陕西理工大学"中国语言文学省级优势学科"专项建设经费资助出版

当代文学与文化现象论

王 芳 徐向阳 / 著

中国社会科学出版社

图书在版编目（CIP）数据

当代文学与文化现象论/王芳，徐向阳著.—北京：中国社会科学出版社，2018.9
ISBN 978-7-5203-2802-9

Ⅰ.①当… Ⅱ.①王…②徐… Ⅲ.①中国文学—当代文学—文学研究 Ⅳ.①I206.7

中国版本图书馆 CIP 数据核字（2018）第 154697 号

出 版 人	赵剑英
责任编辑	周晓慧
责任校对	无 介
责任印制	戴 宽

出 版	中国社会科学出版社
社 址	北京鼓楼西大街甲 158 号
邮 编	100720
网 址	http://www.cssapw.cn
发 行 部	010-84083685
门 市 部	010-84029450
经 销	新华书店及其他书店
印 刷	北京明恒达印务有限公司
装 订	廊坊市广阳区广增装订厂
版 次	2018 年 9 月第 1 版
印 次	2018 年 9 月第 1 次印刷
开 本	710×1000 1/16
印 张	17.25
插 页	2
字 数	245 千字
定 价	69.00 元

凡购买中国社会科学出版社图书，如有质量问题请与本社营销中心联系调换
电话：010-84083683
版权所有　侵权必究

序　言

"一切历史都是当代史。"这是克罗齐在其专著《历史学的理论和实际》中提出的。柯林武德进一步说道：这句话"在严格的意义上，即人们实际上完成某种活动时对自己的活动的意识。因此，历史就是活着的心灵的自我认识"。

我们生活在一个历时性和共时性交错辉映的时代，我们的思维更多地呈现出一种放射性的状态。在阅读文学作品时，我们既可以因某篇小说所彰显的生活理念而感动，也可能对某位作家心灵掠过的某种善意或愤怒而肃然起敬，或者可以站在某种专业或技艺的角度去评判作品和世界……当21世纪以其纷繁多姿呈现在我们面前时，"当代"已不仅仅是一个时间概念，更多的是一个思想概念，在这本《当代文学与文化现象论》中，作者力争将这些年萦绕于心、缠绕于身的一些作家作品、文化现象、教育审美等问题的思考提炼出来，呈现给大家，以期得到方家的指正。

感谢文学院领导、同仁的砥砺关怀，感谢学科办付兴林主任的鼎力支持。

目　录

第一章　当代男性作家论 ……………………………………（1）

一　福贵精神的两种解读
　　——论余华小说《活着》………………………………（2）

二　颠覆传统人性的展览
　　——余华小说的另一种人文关怀 ………………………（7）

三　叙述转型　寻找父亲
　　——余华小说文本世界的意义建构 ……………………（12）

四　传统伦理　儒家代言
　　——陈忠实《白鹿原》中白嘉轩的三观论 ……………（20）

五　无尽长路　不息前奔
　　——扎西达娃《系在皮绳扣上的魂》之生存本相 ……（27）

六　崎岖小道上的人性呼唤
　　——朗顿·班觉《绿松石》中的人性及其冲突 ………（32）

第二章　当代女性作家论 ……………………………………（39）

一　城市女性　时空之梦
　　——王安忆《长恨歌》中女性几种精神取向 …………（40）

二　上海风情　女性意蕴
　　——王安忆《长恨歌》的主题意蕴 ……………………（43）

三　后天努力　厚积薄发
　　——王安忆小说创作的几个关键程序 …………………（49）

四　诗性眼光　温情世界
　　——迟子建小说的诗意美 ………………………………（53）

五 新奇丰厚 灵魂重生
　　——从三个女性形象的塑造解读铁凝的《大浴女》…… (65)

六 先验结构 囿于一隅
　　——论蒋韵《落日情节》：走不出结构的女人 ………… (71)

七 灿烂星空 别样光芒
　　——谌容与张洁创作比较 ……………………………… (79)

八 阴阳同体 超越传统
　　——张抗抗《作女》之于女性出路的启示和问题 ……… (85)

第三章 文学现象论 ………………………………………………… (92)

一 维特与歌德
　　——无意识与作家的创作动机 ………………………… (93)

二 一样浪漫 两样情致
　　——"湖畔派"诗人与中国山水诗人创作方法比较 …… (97)

三 关注人生 抨击痼疾
　　——乡土文学刍议 ……………………………………… (101)

四 大胆取材 率真抒情
　　——新时期散文的真情性 ……………………………… (104)

五 注重过程性、偶然性、个体性、调侃性的现代性
　　——新时期现代主义文学人文精神的特点 …………… (111)

第四章 陕南地域文化与文学创作论 …………………………… (122)

一 资源丰富 品味高雅
　　——两汉三国文化与汉中旅游 ………………………… (122)

二 整合文化 更新教育
　　——汉水上游的文化传统与教育的更新发展 ………… (128)

三 两情相悦 潇洒自由
　　——《中国民间歌曲集成·陕西卷》所见陕南情歌的
　　　　情感价值倾向 ……………………………………… (137)

四　陕南乡土　阴柔温婉
　　　　——王蓬短篇小说的艺术特色 ………………………（144）

第五章　文化教育论 ……………………………………………（150）
　　一　激发兴趣　创新思维
　　　　——中国当代文学教学改革探讨 ……………………（150）
　　二　开动脑筋　教学相长
　　　　——当代文学教学中所想到的一些问题 ……………（153）
　　三　直面现实　学以致用
　　　　——高职学生能力素质目标培养定位思考 …………（158）
　　四　以情育人　以美化人
　　　　——科学发展观与高校美育实施创新问题研究 ……（163）
　　五　回归家庭　终身学习
　　　　——现代家庭教育应该注意的几个问题 ……………（168）
　　六　理念先导　与时俱进
　　　　——卓越教师培养模式问题与探索 …………………（173）

第六章　审美批判论 ……………………………………………（183）
　　一　剔除平庸　提升人性
　　　　——审美现代性的学科反思 …………………………（183）
　　二　歌谣文理　丹霞满天
　　　　——审美功利性的现代反思 …………………………（190）
　　三　互通有无　等量齐观
　　　　——对法兰克福学派大众文化批判理论的批判 ……（198）
　　四　精巧移植　有效衔接
　　　　——王国维建构现代诗学的话语逻辑 ………………（207）
　　五　感性之外　重建自我
　　　　——现代音乐美学救赎的逻辑理路论略 ……………（214）
　　六　形态嬗变　审美创生
　　　　——中国传统诗学技法理论的演进轨迹 ……………（222）

七　瓦解壁障　有效表达
　　——中国诗法知识谱系考论 …………………（233）
八　颠覆传统　重构自身
　　——艺术经典化与文学解释 ………………………（244）

参考文献 ……………………………………………………（258）

第一章　当代男性作家论

　　余华是当代文学创作上具有标志性和代表性的作家，他早期的创作以血腥、暴力和死亡见长，这种主题特别表现在他的短篇小说集中，《鲜血梅花》《战栗》《黄昏里的男孩》《现实一种》《我胆小如鼠》《世事如烟》写尽了人性之恶和面对世界时人物的无助，而他的长篇小说《活着》《在细雨中呼喊》《许三观卖血记》《兄弟》《第七天》等作品在默默叙事的背后悄悄重建着一个温暖的父亲形象，同时在一个纷繁交集的百态世界里把摸人性温情，余华对人世间非理性的展示和对人性理性回归的呼唤奠定了他在中国当代文学史上的先锋地位，他的创作虽然不是最多，但其对人性本真的抵达却是深刻和意味隽永的。《白鹿原》既是一部民族历史文化史诗，又是一个家族记忆的片段史，作品尤其通过白嘉轩触摸了传统文化之精髓，从白嘉轩身上我们看到了一位"耕读传家"的"仁义"之士身上所体现出的父子观、女性观和人生观，陈忠实通过白嘉轩这一形象聚焦并聚集了传统文化沉重的内涵。在现当代文学创作的队伍中，少数民族作家的创作也是不容小觑的，他们常常以其别样的景致呈现着人生和人性的复杂内容，藏族著名作家扎西达娃的短篇小说《系在皮绳扣上的魂》通过营造一个颇有深意的召唤结构揭示了人的三种精神本相，而藏族另一位作家朗顿·班觉则通过长篇小说《绿松石》展现了斑驳的西藏世态和复杂的人性冲突。本章通过梳理当代南方作家、西北作家和少数民族作家的创作展现不同地域文化下男性作家不同的叙事侧重倾向。

一　福贵精神的两种解读
——论余华小说《活着》

当 20 世纪 90 年代的文学以它的多彩纷呈出现在我们面前的时候，余华则用小说《活着》传递给读者另一种信息，那便是关于"苦难"的主题。"余华的冲击力，在他始终以阴沉冷静的笔调叙述苦难与不幸，于习见的苦难文学之侧独树一帜。"[①]《活着》摆脱了同时代人的浮躁峻急，以毫不突兀的眼光看取生活，这样生活便透出其特有的真义和价值。作家沉静的品格带来的是其作品的别开生面。

我们知道，"文学是人学"。不同时代的文学作品带给我们的感受与体悟是不一样的，然而作为文学作品中的形象，它应该是真实的、生动的。高尔基曾说："艺术的作品不是叙述，而是用形象图画来描写现实。"[②] 但如果形象只是对事物表面现象的描绘，只达到罗丹所谓的"低级的精确"[③]而缺乏耐人寻味的思想意义和情感深度，那么，它即使出自大家之手也未必是优秀作品。比较"十七年"的文学作品，可以看到，许多人物刚刚闪亮登场，旋即便随着政治风浪而销声匿迹了。进入 20 世纪 80 年代后，文学虽也苦苦追求、向上，但是这时文学作品中的许多人物还带有相当浓厚的学究气。许多作家常常赋予人物某种"主义"或某种"思想"，使人物成为一种可敬而不可亲的存在。文学如何关心底层的百姓，如何反映深厚的大众，这在余华《活着》那里得到了极为深沉的思考和表现，福贵这个人物在解读老百姓生存样态方面是具有一定说服力的。

（一）牛精神：内容的大众关照

我们知道，文学作品的具体化要受到文本的限制。"茵伽登认为，

[①] 郜元宝：《余华：面对苦难》，《新民晚报》1997 年 1 月 27 日第 20 版。
[②] [苏] 高尔基：《同进入文学界的青年突击队员谈话》，《高尔基选集文学论文选》，孟昌、曹葆华译，人民文学出版社 1958 年版，第 279 页。
[③] [法] 罗丹：《罗丹艺术论》，人民美术出版社 1978 年版，第 3 页。

文学艺术之所以成为'审美客体'乃是因为作品文本的全部审美价值构成一种'复调和声'。'复调和声'正是作品中那种与同一部作品中显示出来的形而上学属性结合起来而使作品成为一部艺术作品的东西。"[1]《活着》中福贵所展现出的生存样态可以看作使这个文本成为艺术品的东西。

1. 主题的建构

"一般地说，创作意图愈自觉、稳定，文本的主题愈明显；文本主题愈明显，就愈易被读者解释，也愈易与创作主题吻合。"[2]《活着》客观、冷静地塑造了福贵这个形象：他本可以从父亲手中接受一份家底颇丰的产业，由于赌博输掉了全部家产而气死了父亲。从此一家人相依为命，备受艰辛。在经历了种种人生坎坷和政治动荡后，家人都先他而去，唯他独守着一头被叫作"福贵"的老牛活着。如果说年轻时候的福贵有钱有势有力的话，那么赌博使他失去财产；气死父亲，使他变成一个自食其力的人；被国民党抓去当兵能死里逃生，让他顿悟生命的可贵；在侥幸生还准备守着妻儿老小过活时，亲人们却相继撒手尘寰；最后只有像牛一样活着……在这个故事的不断建构中，作家不知不觉地把一个玩世不恭、放荡不羁的公子哥最终变成了一头牛。作家传递给我们的不只是关于苦难的体验，更重要的是他把人物还原成了一个独立的存在，是摆脱了一切身外之物的个体的人。他形象而真实地告诉我们：一个在无所依傍的境地中的人最顽强、最执着的东西是什么。正如余华在《活着》序中所写的那样，这部小说是要表现人面对苦难"惊人的承受力"。

2. 在"价值"的剥离中寻找到的"牛精神"

《活着》已经远离了"十七年"小说的一厢情愿，也不见新时期小说的亢奋激越，作家赋予人物的生活态度既非圆滑，也非逃避，而是一种选择，一种选择之后的选择。作者在对人物的层层剥离中，逐步地把一个个属于人物的所谓"价值"剥落，使人物在不知不觉中

---

[1] 畅广元等编：《文艺学导论》，陕西人民教育出版社1991年版，第279页。
[2] 同上书，第304页。

赢得人生。除了上面谈到的那些内容外，关于"活着"的价值更深一层的思考是作者在将福贵与龙二、与春生人生道路的参照对比中获得的。

在与龙二的对比中，小说写道：福贵赌博惨败，龙二接管了他的财产。然而不几年，中华人民共和国成立了，全国上下进行土改。龙二贪恋家财，态度恶劣，拒不交出土地，这样他就成了自绝于人民的反动地主，他的厄运在所难逃。果然不几天，伴随着一声枪响，龙二魂归西天。然而，这一枪也吓得福贵尿湿了裤子。他幡然醒悟，幸亏丢了家产，否则这地主的恶名还不知何人来背呢？这时故事虽有因主人公玩世不恭侥幸生存所带来的滑稽感，但是也让我们深深地感受到了命运的无常。谁说不是"福兮，祸之所伏；祸兮，福之所倚"呢。值得注意的是，作家在这一个情节的解构中，主要剥离的是"钱财是什么"这一命题。结论是：它乃身外之物，甚至杀身之祸。这种关于个体外在价值的失望与落寞，更进一步地表现在福贵与春生的对比上，那是关于"仕途是什么"的思考。春生与福贵一同被国民党抓兵，在一次作战中，几乎全军覆没，唯他俩幸存了下来。后来福贵解甲归田，春生随军辗转，并步步高升，以致最后当上了福贵所在县的县长。相比于当年，春生算是混得不错的了，可谓"达"矣！福贵也是这么看的。然而好景不长，"文化大革命"开始了。春生因种种政治罪名而受到批判，天天挨整，情形每况愈下，最后终于难顾妻儿，上吊自杀。春生到底在追求什么？连他自己尚未作答，转眼之间，悲剧就上演了。让我们再来看看福贵。老年的福贵既没有大福，也没有大贵，在远离了金钱、权力、亲人的道路上，福贵含辛茹苦，如履薄冰地活着。我们不禁要问：这样活着有什么意思？然而，这样活着的背后包含了人物对活着的全部理解和信仰。当老年的福贵坐在田间地头嗔怪那头名为"福贵"的老牛偷懒，并用"家珍""凤霞""有庆""苦根"等亲人的名字命名老牛（其实根本不存在）以激励它时，福贵已经获得了一种人生，一种活着的真谛——福贵精神，也即"牛精神"。那是一种顽强隐忍、自我鞭策的精神。在这种憨诚平实的精神背后所蕴含的是主人公活着与不懈的永恒。

3. 小人物的写照

作为一名作家，只有当他怀着对人民博大精深的爱来俯瞰众生时，他才获得了对普通百姓深切的同情与体察。余华通过福贵发现了福贵精神，而福贵精神正是普通百姓面对生活和命运的选择，也是那些曾经经历了苦难和正在经历苦难的人们常会丢失又总在寻找的东西。福贵在这里已经不是一个人，而是一类人，一大群人。"福贵"永远是笼罩在他（她）们生活前方的幻影，是牵动他们生存下去的引力，为了这个幻影他（她）们宁愿付出一切。当然在付出的道路上，他（她）们又获得了一种大美，这是他（她）们用整个生命寻找到的东西，那便是顽强与隐忍的"牛精神"。作品暗含地告诉我们：任何物质的、金钱的甚至亲情的东西都是一些远离个体的存在，这些东西的确可以维系人，但是这些东西远非人的本真。只有将人回归到独立的个体，这种独立的个体所拥有的东西才是永恒的。这种普通人身上所拥有的"牛精神"其实质不亚于任何一种"崇高"或"伟大"。因为人都是特定社会历史条件下的产物，小人物自有其独特的生命形式。与其让一个小人物斗胆反抗，徒留下一身浮躁，不如这种忍受与艰辛所带给人的"平静"感意味隽长，因为"只要是有益的，或者是无害的，都可以在文艺园地里占有一席地位"。①

（二）隐藏在福贵精神背后的指斥

1. 让福贵精神面对未来

我们知道："肯定性的爱，对象指向现实。否定性的爱，对象指向未来。"② 有些文学作品始终贯穿着一种爱，而有些作品是以上两种爱的交织。《活着》正是这样，当我们从作家眼中得到活着不易，需要一种顽强隐忍的"牛精神"的审美体验后，作家又将这一批判的矛头指向这一精神的本身。福贵的一生经历了各种风雨沧桑、动荡无常，期间既包括新中国成立前的各种战乱也包括新中国成立后的历

---

① 十四院校《文学理论基础》编写组：《文艺理论基础》，上海文艺出版社1981年版，第414页。

② 畅广元等编：《文艺学导论》，陕西人民教育出版社1991年版，第170页。

次运动。他是历史的见证人,他身上熔铸的也是半个多世纪以来国民性中最普遍、最广泛的东西——福贵精神。而这一精神如果摆脱其特有的存在土壤,一味割裂来看待,它的认识价值也就损失了一半。因为恩格斯在评论诗人歌德和批评拉萨尔的剧本《济金根》时,提出了"美学的观点和历史的观点"这个马克思主义的批评标准,其意是说:"一部好的或比较好的文艺作品,应该在整体上具备它的审美特征,富于夺人的艺术魅力;同时,它又反映了特定时期的发展规律,给人以历史真实感和现实感。"[1]当我们从"牛精神"当中获得了某种历史的和现实的真实感受后,这种精神在面对未来时是否还有某种盲从与自欺。忍辱负重背后是否还存在着只拉车不看路的嘲讽。我们不禁要问:妻死子去、孤苦伶仃的福贵到底在等待什么?出路何在?

2. "活着"的质量

如果我们用马斯洛关于人的"基本需要理论"[2]来剖析一下福贵这个人物,我们可以看到福贵一生活着的质量。

马斯洛将人的基本需要大致分三层:最底层是"温饱和安全,维持人生存的基本需要";中间层是"爱和相属关系"的需要,也即亲情的需要;最上层是"尊重"和"自我实现"的社会需要。对于福贵而言,这最上层的需要根本谈不上。那么让我们来看看中间层和最底层的实现情况。通过小说可以看到,亲情的需要福贵曾经拥有但最终还是失去了:母亲、妻子、女儿、女婿、儿子、外孙子,他(她)们要么死于疾病,要么死于祸灾,究其实质他(她)们都是间接地死于各种社会动荡和政治运动。至于最底层的生存需要有时也常陷入危境,福贵一生虽不多因迁徙而带来的动荡,但他时时刻刻都处在忐忑不安的心理动荡中。从他败家的那天起,他的内心就没有停止过提心吊胆和担惊受怕。因为,无论一个人怎样的玩世不恭,信马由缰,

---

[1] 十四院校《文学理论基础》编写组:《文艺理论基础》,上海文艺出版社1981年版,第407—408页。

[2] 参阅[美]弗兰克·戈布尔《第三思潮:马斯洛心理学》,吕明、陈红雯译,上海译文出版社1987年版,第39—57页。

他总是逃离不了现实，逃离不了社会的大背景，现实和社会带给福贵的只剩下活着……一个人用其一生的时光只是徘徊于生存的门槛，这是个人与社会多么深重的悲剧。此时福贵已变成了一种符号，那便是"辛酸、苦难"的代名词。我们的国民在历经半个多世纪的岁月后，生存现状和国民精神并未得到多大的改观，这时我们就看到作家已把批判的矛头指向了历史，指向了社会，指向了使得我们这个民族活得如此苦累的方方面面。

"忧患意识和使命感是爱的必然结果，不难设想，一个对人民、祖国和人类失去信心，并且没有爱的人会有什么忧患意识和使命感。"① 面对活着，余华没有钻进象牙塔，更没有逃避生活。"这样的作家能够把使所有的人都成为高尚的人、有价值的人当作自己存在的价值所在。"② 对于福贵生存样态的批判正是作家否定性的爱的必然表现，这种爱充满了作家的关怀和期待。这种爱也是作家按其人生理解和审美发现而对普通人的生活从感性到理性的把握和判断。

马克思说："作者的见解越隐蔽，对艺术作品来说就愈好。"③ 福贵精神带给我们的是平静平实下的本真，但它毕竟是特定社会历史条件下的产物，是相对的。作家巧妙地将关怀的目光投向了未来，他不仅用他的作品揭示了老百姓"活着不易"这个显主题，而且揭示了"人到底该怎样活着"这个隐主题。正如余华自己所说的那样，他写下了一部"高尚的作品"，而完成这一高尚之作的载体是"福贵精神"。

二 颠覆传统人性的展览
——余华小说的另一种人文关怀

余华小说后人道主义人文关怀的最大贡献，就是在揭示出人的负

---

① 畅广元等编：《文艺学导论》，陕西人民教育出版社1991年版，第171页。
② 同上书，第172页。
③ 恩格斯：《恩格斯致玛·哈克奈斯》，《马克思恩格斯选集》（第4卷），人民出版社1972年版，第462页。

面内容之后，让人们"用同情的眼光看待世界"，从而确立关于人作为一个复杂丰富存在的命题，并启示读者在引进一种圆形思维的方式后去实现人的内转向命题。

"余华无疑是先锋小说中最具文化冲击力和颠覆性的作家。他的作品不仅偏离了以确定人的主体性为目标的新时期文学主潮，而且对五四新文学启蒙主义传统构成了解构和颠覆。"① 这种以人性中的非理性、非逻辑性、苦难……为主题的零度叙述，恰恰为我们新时期的文学补上了现实的一课，也使我们对人性的深层内容不是只做简单伦理的道德判断，而是找到它们合理存在与合理过渡的场所。

（一）对于传统意义"人"的颠覆

中国传统文化早已将人模塑成一个完美的"道"的存在体。在情上要求他们"发乎情、止乎理"，在欲上要求他们"存天理、灭人欲"，长期以来，"谦谦君子""高杰志士"成为文学的主流，传统文化为我们理出了一个不断提升、拔高，再提升、再拔高的崇高的人的形象。在这一流变中，文学处处充斥着作为"类"的人物，而将个体在这个复杂生成过程中的艰难纠错却置之一边，从而将个体从此岸到彼岸的提升简单化、草率化。纵观当代文学史，"十七年"时期，由于文学与政治的紧密结合，文学作品中出现了"高大全"式的类型人物。"文化大革命"十年，我们已很难找到像样的文学层面的人物，对真正属于文学意义上的"人"的追求开始于新时期，但从一开始就有在"人"的边缘不停绕圈子之嫌，文学虽也直面惨淡的人生，但却不能直面惨淡的人心，恰恰是后现代的创作在此找到了对人性进行深刻阐释的切入点。余华对人的阐释，从底层撑开了传统对人的解释的巨伞，他笔下的人物虽以荒诞、苦难、非理性、非逻辑样态出现，但这的确是对"人的自大传统"的致命一击。

看他的作品，我们发现了人的另一层面。他的成名作《十八岁出

---

① 耿传明：《试论余华小说中后人道主义倾向及其对鲁迅启蒙话语的解构》，《中国现代文学研究丛刊》1997年第3期。

门远行》就是对一种道德化现实的颠覆，使"非此即彼"的道德逻辑陷入了尴尬之地："我"心目中的世界是一个善恶分明的二元世界，所以当有人抢苹果时，"我"义不容辞地上前阻拦，结果被打得遍体鳞伤，但奇怪的是我所保护的对象却兴高采烈地与强盗为伍，将"我"一人抛在了被砸坏的空车上。圣人说：德不高，必有邻。而现实却是匡扶正义的"我"反倒成了孤家寡人。道德化的现实受到了非理性现实的嘲笑，道德的人受到了非理性的捉弄。

在《现实一种》中，一场由于儿童无知而造成的婴儿死亡事件竟导致了兄弟之间的相残，传统的手足之情经不住世间偶然事件的意外一击；连家族中的长者——本应负监护之责的祖母，本质上也只是个有自恋狂症的患者，她与孩子们争好吃的，只关心自己的骨头又断了几根，是否已经霉变；兄弟姐娌之间缺少亲情，绝少往来。这种与传统家庭伦理相违背的现代家庭畸变，使我们不得不对传统的人提出质疑，也不难看出传统遮蔽下人的一种现实。

另外在《河边的错误》中，余华对理性、法律的绝对可靠性、公正性提出质疑：人们一般习惯以作案动机来寻找罪犯，而疯子杀人是无动机的，这就把破案者引入了歧途，在证实了是疯子杀人后，法律又对他无可奈何，最后在疯子接二连三杀人的情况下，刑警队长马哲以身试法，私自击毙了疯子，而结果是他为逃避法律的追究，不得不装疯来度过余生。由此可见人类理性的有限性和世界荒诞的非理性本质。

这种非人格化的东西存在于余华的许多作品中，作家在这里颠覆的是一个传统道德意义上的人，这个"道"的意义上的人，已经退化为一个遥远的神话，个人屈服于专断的理性而丧失了个体的体验。但在这里我们只想为作家的揭露找到合理的心理感应机制，从一个读者的角度评判与裁度作家的这种体验与感受的真实性和深刻性，但这并非我们的宿命。

（二）圆形思维的引入

文学作品是写给读者的，文学作品对人性的深刻挖掘，并不只是对现实的一种指引，而是一种批判和纠正，文学的意义在生活。余华对于非人格化人的揭示，是对文学史的贡献。它启示我们现实生活中的人要用更为复杂的眼光和头脑来看待世界，看待自己，因为我们是人，而非神。传统的妄自尊大没有看到个体人在生成道路上的复杂曲折，没有看到理性的光环下所掩盖的非理性层面。

余华对于人的负面因素的挖掘，既源于技术实验的考虑，又是想象力使然，而最重要的是对经验的怀疑。《十八岁出门远行》将一个企图自立自主的"我"推向世界，但遭遇莫测，显示了世界的荒诞；在《西北风呼啸的中午》中，"我"被一个大汉裹胁着去参加一个不认识人的葬礼，并被死者的母亲认为干儿子，"我"被置于啼笑皆非的境地；在《四月三日事件》中，"我"成为一个怪异，四月三日成为父母关于我的某种密谋暗指，传统的人的家庭和谐关系遭到怀疑，"我"成为尴尬的存在；《现实一种》将人放置于非理性的连环游戏中，主体与客体都遭到嘲讽；《河边的错误》是没有道理可讲的故事，人的出路只有以谬抗谬；《世事如烟》解构了正常生殖关系中的人，将一个私欲的、唯我的人推向极致；《古典爱情》虽谓爱情，但历遭不测，充满劫难；《往事与刑罚》中的刑罚专家与陌生人的关系可谓人的真实生存状态的两面，人对自己的认识永远是陌生的，只有在不断地给自己编织的漂亮绞刑受罚中才能认识自我；《鲜血梅花》对青道长和白雨潇的寻找，正如作者所说就是寻找自己的死法；《此文献给少女杨柳》把移植少女眼角膜与小城地下埋藏的10颗炸弹相连，结构奇怪，情节荒诞，充分展示了作家的想象力；《偶然事件》对"偶然"大做文章；《夏季台风》中人物众多，充满嘈杂，审美判断缺位；而《在细雨中呼喊》《活着》《许三观卖血记》则尽显生之不易。余华用他的创作直抵人的形形色色，丰富了当代文学人物画廊形象，直接导致读者对人及人性的重新思考。裴多菲早就说过："生命多少用时间计算，生命的价值用贡献计算。"余华小说的贡献就在于他在对人的深刻认识上所作出的贡献，他冲击着关于人的认识的传统的二元对立模式，启示读者用一种圆形思维去理解"人"，丰富"人"。

（三）实现人的内转向

余华小说文本中的非理性、非逻辑性、无常命运性、苦难的叙写，并非对现实理性的解构，"余华所谓颠覆常识，也就是抛开既有的文化成规，进入一种前文化状态，以改变人们对于世界的固有的习以为常的理解和认识……余华努力想要打破的就是对于世界的主观理解。在'混乱'和'暴力'中让人类赋予世界的井然有序的文化秩序陷入尴尬境地，自行瓦解"[1]。这种现实只能靠个体的精神来感知，而"感知的终极目的便是消除自我，也就是消除人之强加给世界的主观性"[2]。在这里，传统的关于人的先验认识遭到猛烈冲击与重创，主体性人的颠覆使现实生活中的人不再自狂自大，也不再妄自菲薄，在作家进行大量充分的零度叙述后，现实生活中的人变得平淡冷静多了，他们懂得了"冷也好，热也好，活着就好"[3]的道理。比如余华的《活着》中，由福贵引申出来的福贵精神就是个体在特定环境命运中人文品质的体现。

余华的小说体验深刻，厚积薄发。余华眼光犀利，感触独到。其实，当人们通过余华的作品认识了现实的种种，认识了人的理性与非理性的并存，认识了现实的无序与有序……之后，现实的人该往何处去，已不是文本可以直接告诉我们的，这是需要读者自己去悟得的。现实提供给人的路似乎很多，而能走的只有一条，当读者越是急于提升、拔高自己时，就越应充分认识到这一路途的艰辛和艰难，因此，我们只有通过阅读优秀的文学作品才能使得这一过程变得通畅，步履更快。特别是要阅读那些人作为一个渺小存在的后现代文本，因为传统文化总是把人拔得很高，人是可敬而不可亲的存在。后现代的文本的确是对人从形而上到形而下的全方位观照，这其中难道不存在作家更为深切的人文关怀吗？

---

[1] 耿传明：《试论余华小说中的后人道主义倾向及其对鲁迅启蒙话语的解构》，《中国现代文学研究丛刊》1997年第3期。

[2] 同上。

[3] 池莉：《池莉精品文集》，北方文艺出版社2000年版，第493页。

后现代的文本在揭示了人的复杂斑驳后，并非让现实世界走向了混乱，而是愈益启示人在现实的道路上要实现人的精神的内转向追求，内转向的唯一途径就是审美，因为现代性是建立在"个体感受"上的。内转向的提出是对那些永远生活在自身之外的理想主义的规劝，回到对生存的体验是寻找人文精神的道路。读者通过对后现代作品的阅读不正是在观照一个人必须"内转向"的人生体验的宿命。余华小说正是这样启示了我们，启示了读者的思维，我们不能不说余华小说体现着极为深刻的人文关怀。

"由此可见，文学对人的描写不应停留在外部世界里，而必须进入无比丰富的内心世界，这样才能把人写得更活，更生动，也更真实。"[①] 而读者也才能从中获益无穷。这便是余华小说对人的认识的贡献，也就是对文学史的贡献。

三　叙述转型　寻找父亲
——余华小说文本世界的意义建构

余华小说创作经过了由损父、无父、缺父、失父到亲和父亲再到找到及认同父亲形象的文化体认过程。余华小说创作经历的是一场由颠覆传统再到回归传统的经验嬗变。在余华小说的许多研究中我们发现，研究者或注重于对他作品中所描写的某种具体现象进行研究，如赵毅衡《非语义化的凯旋》提到了余华的主题颠覆到文类性颠覆写作，洪治纲《追踪神秘——近期小说审美动向》谈到了余华小说中死亡的神秘、缺失的神秘、偶然的神秘，昌切《先锋小说一解》指出"主体性的失落和主体性失落后价值的无定态，是先锋小说至关紧要，最为突出的特征"；或侧重于余华的某一作品与其他作家作品的分析比较，如何鲤《论余华的叙事循环》探讨了余华对人性的背反性、分裂性的认识并比较了余华与鲁迅小说在"现代层面"的异同，耿

[①] 袁孟宁：《略论当代小说创作的"内向"化趋势》，《中国现代文学研究丛刊》1994年第5期。

传明《试论余华小说中的后人道主义倾向及其对鲁迅启蒙话语的解构》将余华与鲁迅做比较，指出了后人道主义对人的理解有明显的绝对化之弊。笔者想要做的是将他的小说文本前后贯穿起来以找寻其小说的内在意蕴和文化含义。从他早期的《十八岁出门远行》开始，其文本就隐匿着一个关于颠覆父亲，展示自我的主题，后经《世事如烟》《祖先》《死亡叙述》《我胆小如鼠》《现实一种》等文本的裂变，父亲的形象已经倾斜、消解，而当这种缘起于技术实验的先锋姿态叙写之后，我们发现父亲形象在余华的小说中悄悄复归，而且这种复归开始是以几近羞涩的姿态出现的，还有就是以长篇的形式出现的。《在细雨中呼喊》里的这种复归是以一个养父的形象来完成的，到了《活着》，父亲已作为一个大写的人、理性的人、意味深长的人，矗立在余华小说创作的十字路口，《许三观卖血记》中坚实的父爱世界已经被筑实。

（一）

"余华无疑是先锋小说中最具文化冲击力和颠覆性的作家。他的作品不仅偏离了以确立人的主体性为目标的新时期文学主潮，而且对五四新文学启蒙主义构成了解构和颠覆。"[①] 如果说这句话成立的话，那无疑言中了余华早期中短篇小说创作的要害。余华的中短篇小说正是这样直指人的非理性、非逻辑、无秩序的，将一个价值多元时代的迷茫、无望、困惑淋漓尽致地展现出来，让读者一同体认转型期的文化百态及道德疲软。这是文化的谷底样态，芸芸众生在这个文化的低迷期原形毕露，精神无望，而这种无望更多的是通过父亲这一形象遭到破坏、扭曲、缺乏、失落而表达的。在《世事如烟》中，父亲作为欲望的载体遭到丑化，父亲沉沦了。那个"90岁的算命先生，正是这个所谓的父亲和他所播撒的腐臭的欲望成为一系列死亡的原因：他'一共有五个子女，前四个在二十年前相继死去，他将四个子女克

[①] 耿传明：《试论余华小说中的后人道主义倾向及其对鲁迅启蒙话语的解构》，《中国现代文学研究丛刊》1997年第3期。

去了阴间,因此那四个子女没有福分享受的年岁,都将增到算命先生的寿上。因此,尽管年近九十,可算命先生这二十年来从未体察到身体里有苍老的痕迹。'在他的第五个儿子死去之后,他认养了7个儿子,也许诺收留了3个'不知重孙,还是儿女'的孩子,以便继续把他们克去阴间,以享用他们稚嫩而悠长的生命。不仅如此,他作为唯一的一个不朽、不老的男性能力的化身,除将儿女送入死境外,还要以'采阴补阳'之道养生的。他在每月十五日诱骗一个瘦弱的、未成年的幼女,在'一阵撕裂般的哭叫声'中攫取她们的童贞,以便能在年幼的女孩体内吮吸生命之源"[1]。在这里父亲这一形象作为欲望的载体彻底沉沦了,传统的、大写的人在无法进行的自我确认中尽情地展开欲望的舞蹈,连最起码的人伦亲情也丧失了,人到了只能凭本能活着的时代,并且还相互影响,各自行动着。这种无父的境况连带着相邻种属的无常竟还达成了某种默契。"3"作为祖母,肚子里怀着孙儿播下的种子深夜来访算命先生,当她正在为生不生腹中的婴儿并且为这个婴儿算是她的儿女还是她的重孙而苦恼时,瞎先生表示这无关紧要,因为他愿意抚养这个孩子。文本为我们提供了感到滑稽的理由:在一个无望但是有欲的时代,指引我们行动方向的竟是一个瞎子,而这个瞎子正在以貌似开通、实则鬼魅的行踪进行着自己的欲望之舞。余华说:"当我不再相信有关现实生活的常识时,这种怀疑便导致了我对另一部分现实的重视,从而直接诱发了我有关混乱和暴力的极端化的想法。"所谓另一部分现实,也就是"不被日常生活所围困的经验现实而是脱离了人的主观意志独立存在的那种现实"。这种现实只能靠个体的精神来感知,而"感知的终极目的便是消除自我",也就是消除人之强加给世界的主观性……在混乱和暴力中让人类赋予世界的井然有序的文化秩序陷入尴尬境地,自行瓦解。[2] 这也许正是余华消解父亲形象的原始冲动。在《祖先》中,父亲是一个胆小、迟钝的家伙,即使最后他拿起火药枪奔向树林去找那个黑家

---

[1] 方维保:《〈活着〉:先锋派的终结仪式》,《淮南师范学院学报》2002年第4期。
[2] 耿传明:《试论余华小说中的后人道主义倾向及其对鲁迅启蒙话语的解构》,《中国现代文学研究丛刊》1997年第3期。

伙——"祖先"算账，他也是作为一个有去无回的能指存在的，而"我"更多的是受着母亲和教师的指引前行的。《死亡叙述》中的父亲似乎是以一个具有了一些天理人伦良心未泯的所指出现的，然而他却遭到现实无情的报复。当他主动承担了肇事责任去找医院救小女孩时，却遭到了小女孩家人及众人的殴打并丧命。父亲形象的极度颠覆和不幸造成读者心中关于世界难以认知和动荡无常的感喟。在《我胆小如鼠》中父亲似乎有了力度，当他重新驾着卡车冲向那辆载着侮辱他的人的拖拉机时，他的命运也只能是与他们同归于尽。而我试图重振这一威风，在面对我的同龄人时，却遭到了失败。父亲这一形象被作者掂来复去地把玩着，作者也试图拯救这一形象，可惜出手乏力。"逻各斯中心主义"的终极所指（存在、本质、本原、真理、实在等）[①] 已被余华彻底消解，人类起初的关于秩序、理性、先后的认识已遭到先锋作家彻底的否决，人又进入了历史的黑洞中，面对世界、面对现实无从起步，也无从认识，人已被世界彻底打垮了。

那么这个无父世界个体的命运将会是怎样的呢？《十八岁出门远行》试图用一个优美的出发去完成关于对世界的认识，可是当"我"离开了父亲，我遭遇了司机、劫匪，我出于维护正义而被殴打，被遗弃在连轮子都卸了的汽车上，我伤痕累累地蜷缩在尚能安身的汽车驾驶室的软垫上。其实，这里作品已经透出了回归的先兆，人类是需要有归宿的。当这个无父的故事被演绎到《现实一种》时，世界呈现出了兄弟相残、祖母自恋的非常糟糕的局面。在这个文本中，祖母是一个与儿孙争吃争喝，整天只考虑自己的肋骨又断了几根的老妇，她只关心自己，而将监护下一代的责任抛诸脑后，致使四岁的大孙子抱耍摔死了几个月的堂弟。这篇小说有着典型的无父背景，无父的子女们凭着自己天生的舐犊之情互索性命：弟弟山峰的老婆要讨回人命，整死了小侄子，山峰甘愿代妻受过，被哥哥山岗绑在树上，任由一只小狗舔他的脚掌，他搔痒难熬狂笑四十分钟暴毙。山岗逃走，终于落网被枪毙。他的尸体却阴差阳错地被弟媳"捐给

[①] 王先霈：《文学批评原理》，华中师范大学出版社1999年版，第174页。

国家",被解剖得四分五裂。我们最后看到的是,山岗的睾丸被重植在一个年轻人身上,年轻人不久结婚,"十个月后生下了一个十分壮实的儿子"。山峰的妻子万万没有想到,她的复仇使山岗"后继有人"了。这是一个象征,说明人类相残的天性有可能代代相传;而这又是一个讽刺,表明这种相残整得不是别人而恰恰是人类自己。如果说这是一个故事的话,不如说这是一个无父时代历史行进中的悖论寓言,在这个作品中,余华已将一个在无父背景(即缺乏理性、缺乏远见、缺乏文化)下的人类命题揭示了出来,让人们开始思考自己的归宿。

（二）

余华以最古怪的人物、最浅薄的叙述姿态,诉说了一则又一则荒诞又荒凉的故事。虽然不可置信,但它像电击一样,刺激着我们既面对又回避的经验中不堪言说的部分。然而,"当余华完整地描绘出与命运相抗衡的父亲——福贵的形象的同时,他也完成了作为先锋派小说家的心灵与文本救赎,在'他'——父亲的引导下逃出了自己在前些创作中所营造的恶劣语境"[1]。其实这种对于父亲——文化与秩序的认知回归早在他《十八岁出门远行》中已有所准备,十八岁的我被分裂成"经验的我"和"叙述的我",十八岁的"我"是故事中的行为执行人,他被逐出门远行,搭便车、满脸热情地见义勇为,悲惨地遭受洗劫。而十八岁的"我"又是现时态的真实,他看透世事,明察秋毫。前者是幼稚的,后者是练达的。这里的"我"已开始了对有父世界的潜在认同,并为这个有父世界的存在可能提供了大量的现实佐证。而这一假设《在细雨中呼喊》里被悄悄建设着、证明着。我——"孙光林",一个既不受父亲所爱,又不被兄弟亲睦的孩子,在用自己的经历去证明无父与有父的不同。相遇朋友苏宇,使他确认成长已成为不可回避的事实,这两个孩子共同的孤单感使他们注定想要去证明和明晰这个世界的意义和价值。正

---

[1] 方维保:《〈活着〉:先锋派的终结仪式》,《淮南师范学院学报》2002年第4期。

如作品所写的,当我多年以后回想起苏宇所述的那个被警察到处抓捕,而父母下班回来后发现了他并用绳子将他绑在门前的树上要把他交给警察的故事一样,长大已是不可避免的了,而幸福与绝望这两个事实,总像一枚硬币的两面始终纠缠着"我"。而这时,"我"的父亲已彻底堕落了,但有幸的是我被王立强——"我"的养父所收养。尽管王立强和他的妻子也经受着无望生活的折磨,特别是王立强,还遭受着疾病缠身的妻子生理和心理上的双重困扰,而王立强却是一位知冷知暖、知情知义的父亲。作家在这里不动声色地进行着关于父亲,亦即这个世界还是有所寄托,有些可靠意义的建构,所以"我"不无动情地承认:"我忘不了当初他看着我的眼神,我一生都忘不了,在他死后那么多年,我一想起他当初看着我的眼神,就会心里发酸。他是那样羞愧和疼爱地望着我,我曾经有过这样一位父亲,可我当时并没有这样的感受,他死后我回到南门以后的日子,我才渐渐意识到这一点,比起孙广才来,王立强在很多地方都更像父亲。现在一切都是那么遥远时,我才发现王立强的死,已经构成了我冗长持久的忧伤。"① 余华连同他的人物一起在这个作品中正在悄悄地回归和承认人间的温情、秩序与理性的魅力。有人说:"在余华的小说里人与世界的抗衡,一开始就是不平等的,好像人一出场就被派定了失败者的角色,这与他低估了人的能动性、创造性、自我拯救的能力有关。"② 笔者认为,余华这些先锋作家并不是从骨子里低估这些,而是想为这些的出现找到更可靠、更有力的依据。尽管他们早期对于人间温情,人的创造性、能动性、自我拯救性还带着半信半疑的神情,但是写着写着他们自己也不由自主地深陷于温情之中。他们对于人类理性美好前途的希冀和渴望比我们想象的要深沉得多,甚至这种希冀不惜以瓦解一个现有的父亲形象为代价,一如《世事如烟》中的算命先生、《在细雨中呼喊》里的孙广才、《祖先》中的父亲形象那样。尽管这一对美好人性的感知要先绕个道,从

---

① 余华:《在细雨中呼喊》,南海出版公司1999年版,第276页。
② 耿传明:《试论余华小说中的后人道主义倾向及其对鲁迅启蒙话语的解构》,《中国现代文学研究丛刊》1997年第3期。

旁的不相关的世界中得到确认，如养父王立强，朋友苏宇的父亲，《许三观卖血记》中的许三观等，但这种先确认周围世界的可靠性，再重整自我世界的认知法，是这些先锋作家小心翼翼的秉性使然。这种用故事去一层一层解构意义，又用故事去一步一步建构世界的处心积虑是先锋作家敏感的神经使然。这种对于人性的发现和讴歌也许没有鲁迅小说来得革命，但比鲁迅小说来得温情可靠。余华为了确认这一世界的可靠性，在《许三观卖血记》中将一个义父的形象推向极致，人世间的温情笼罩在这个义父的光芒之下。许三观虽然一无所有，但他不光拯救了许玉兰，还拯救了一乐，并且重建了自己的家庭秩序，而这一切却是以拯救生命为前提的。许三观的三个儿子，二乐、三乐是己生，而一乐却是许玉兰和别人（何小勇）生的孩子。他知道这一点后虽有抱怨，但并未忘却为父之责，并为这个孩子花费了他最大的心血：当一乐得了肝炎，许三观放下所有的"里子""面子"，去街坊邻里处借钱，去何小勇家借钱。他让许玉兰先护送一乐去上海看病，自己再打算一路卖血卖到上海。当许三观为着不是自己亲生孩子的一乐忙碌时，他也很好地处理了家庭关系，维护了家庭秩序。许玉兰和一乐上午走后，下午二乐也病倒了，二乐在把一乐背回来的路上受了寒……许三观又把三乐叫到面前对三乐说："我把二乐交给你了，你这几天别去厂里上班，就在家里照顾二乐，你要让二乐休息好，吃好……知道三乐不会做饭，他还给三乐留了十元钱。"这里作家将人物的大小顺序做了有趣的颠倒，形成了小的照顾大的，大的照顾人家的这样一幕人间温情画面。作家经历了从无父到有父，从无父的混乱到有父的秩序的过渡，将人伦亲情，有序与理性以无法阻挡之势向前推进着。一乐、二乐、三乐之间这种隔着一层血缘的兄弟之谊已远远超过了《在细雨中呼喊》里孙光平、孙光林、孙光明这些有血缘人的兄弟关系。作品就是这样以父亲——父格的有血有肉的回归带动了兄弟、族胞之间亲情的回归。毕竟有父的、秩序的、理性的世界带给我们的感觉比无父的、缺父的、失父的世界要温暖得多。而到了《活着》，父亲形象已"在余华那里作为一个文化符码坚实地矗立在创作的十字路口，以信任的重建替代了对于父亲传统文化的反人类性的探讨，以崇拜的颂扬替代对于他的作为暮年文化化身的诅咒。余华在若干年遗忘父亲之后，终于无法忍受无根之轻的沉重。在《活着》中从记忆深处重新唤醒'缺席的父亲'"。①

如果说《活着》中早年的父亲形象还身存轻浮无知的活，那么其后这个父亲则以返还历史本真的轨迹承载了父亲深层文化悲悯人格的意义建构，这个父亲承担了责任、苦难、艰辛、死亡，从意义混乱到意义明晰，再以牛的形象强化这种意义确认的悲剧人格的文化建构，从而完成了余华早期关于失父到亲和父亲形象再到认同父亲形象的寻父轨迹。

（三）

余华拂去了潮湿、阴沉也是宿命的和难以捉摸的《世事如烟》，经历了疯狂、暴力和血腥的《现实一种》，尽管有着《我胆小如鼠》的恐惧不安和想入非非，终于从《在细雨中呼喊》中走出，成长起来，即使还要经历《许三观卖血记》式的痛苦历程，但是一个混乱、丑陋、模糊的旧的父亲形象已被冲散，而一个坚实、可靠、意味深长甚至夹杂着传统的艰辛与荒谬的父爱世界已经诞生。父爱为芸芸众生找到了活着的阿基米德点，父格以貌似粗俗的方式承担了荒谬的悲剧品格。唯其如此，世界才以其潜在的温情导引着人们跨越一个又一个艰难险阻，才有了找寻意义的勇气。余华式的无父的无望到寻父的认同，再到有父的温情世界的建构，是颠覆传统但却希冀其更具有深远魅力所指的文本意义努力。正如夏中义、富华所说："从20世纪80年代呼喊'苦难中的温情'到90年代宣告'温情地受难'，余华几乎判若两人。"② 赵卫东也曾指出：余华等人的创作已经显露出了小说回到人本身，回到对人的价值关怀上的命题。③ 耿传明在余华研究中也说道："文学在经历了一定时期必经的'解符码化'阶段之后，势必会走向'再符码化'的时期。"同时指出"'人怎样才能创造自

---

① 方维保：《〈活着〉：先锋派的终结仪式》，《淮南师范学院学报》2002年第4期。
② 夏中义、富华：《苦难中的温情与温情地受难》，《南方文坛》2001年第4期。
③ 赵卫东：《先锋小说价值取向的批判》，《河南大学学报》1996年第6期。

己'会成为人们普遍关注的最迫切问题"①。王征说道:"余华笔下新父亲形象的存在,是向逃避和放纵式虚无的反驳。"② 综上所述,父爱世界的建立使先锋文学以孤绝姿态走向自己未来的反面,它的出现在今天这一社会文化转型期是很有辩证意义的。正如王晓华所指出的:"体系性建构的匮乏是中国现当代文化的根本欠缺……由于缺乏细致的理论建构,中国知识分子一旦需要解释本体论认识论宇宙论方面的问题时,就会走向玄学……中国当代文化要获得实质性的进展,关键不在于重建某种道德理想,而需要文化建构方式的根本革命。建构主义是中国文化的唯一希望。"③ 余华正用他的小说说明建构主义是如何在我们现实生活中发生、发展、演化着的。同时我们必须指出,今人所面对的永远只能是一个悖论的世界,"前无古人,后无来者"是我们真的现实,"坚持先锋和重创先锋需要对中国现实的世界史的重新思考"④,而"觅求一种与本土现实话语接轨的新的言说方式"⑤ 也许正是余华及其同行者们所做的事。我们再次发现余华由颠覆传统再到回归传统的经验嬗变是对某种必然性的确认,是颇具深意的意义世界的建构。

四 传统伦理 儒家代言
——陈忠实《白鹿原》中白嘉轩的三观论

陈忠实的长篇小说《白鹿原》自从 1993 年出版后,文学界给予了很高的评价,认为其无愧于"民族秘史"的称号。评论的文章写了又写,评了又评,然而各自侧重点不同,论述有异,但是对主人公白嘉轩的评价却达成了惊人的共识:白嘉轩是中国传统文化的象征,

---

① 耿传明:《试论余华小说中的后人道主义倾向及其对鲁迅启蒙话语的解构》,《中国现代文学研究丛刊》1997 年第 3 期。
② 王征:《日常经验的再现》,《上海师范大学学报》(社会科学版)2000 年第 1 期。
③ 王晓华:《建构主义:中国文化的唯一希望》,《新华文摘》1998 年第 1 期。
④ 张法:《何以获得先锋》,《求是学刊》1998 年第 1 期。
⑤ 李仰智:《从正常中逃逸到反常中舞蹈》,《河南大学学报》2000 年第 1 期。

在他的身上体现了中国传统文化全部的美与丑、善与恶。然而,这些抽象的文化内涵在他的身上是如何体现出来的呢?我们可以从白嘉轩的三观得到答案。

(一) 白嘉轩的父子观

白嘉轩的父子观,主要指他与长子白孝文的关系。

白嘉轩的父子观包含两个方面的内容。首先,他是"严父"。在中国传统社会中,父母亲的社会角色不大一样,分别叫作"严父慈母","慈"与母性有关,是感情的,常与"爱"相连,叫"慈爱",这种感情是显性的。一说到"慈",人们就会很自然地想到母亲,想到"爱"。而"严"的内容比较复杂,它应该含有"爱"的成分,但这种"爱"是伦理的,"君为臣纲,父为子纲","父亲必须疏远子女,以便合乎'礼仪'或'礼义'"[1],白嘉轩对孝文就是如此。他对儿子的"爱"不亚于任何一个做父亲甚至做母亲的对孩子的"爱",他"太喜欢这两个儿子了",常常会情不自禁地"专注地瞅着那器官鼓出的脸",然后按照传统意义上对"严父"的规范要求,不表露情感地"止于礼",所以他只能在"孩子不留意的时候"看他们,不能说"亲热的话",做"疼爱亲昵的表示",这就说明在白嘉轩的身上,历史文化早已把他放在"君君臣臣父父子子"的伦理道德观中,他是不能松懈的,是不可让人知的。

那么,他对"子"有什么要求呢?那就是"孝"。"孝"是中国传统伦理的核心。"孝"的产生,源于中国传统的农业文明的宗法制度,即以家庭、家族为本位,为核心。白嘉轩对儿子孝文严格以"孝"的标准来规范和要求,其实这与家庭、家族的本位思想是分不开的,当然也客观地带有某种社会与文化的继承性。孝文是白家的长子,理所当然要继承父亲白嘉轩的"事业",即封建家长和宗法族长的社会角色和地位。所以,白嘉轩对孝文的教育培养更是尽心尽力。他时时处处不失时机地对儿子进行点化教育,"以期他尽快具备作为

---

[1] 易中天:《闲话中国人》,上海文艺出版社2002年版,第294页。

这个四合院未来主人所应有的心计和独立人格"。他深夜秉烛给儿子讲解"耕读传家"的匾额，言传身教，用心良苦。孝文也的确很孝顺，很听话，一步一个脚印地向着白嘉轩所说的道路迈进。他读四书五经，接受"耕读传家"教育，为家族利益结婚生子，在宗族祠堂里做族长继承人应该做的一切事情。然而，他并不懂得为什么要这样做，他更不能清醒地认识到这一切跟自己的关系。他只是按既定的目标做事，自己的天性和个性都被日常的点点滴滴所掩盖。他似乎注定不会成为白嘉轩那样有独立人格的人。所以他在没有一点征兆的情况下，一发而不可收地走向了堕落。他不但毁了自己，也差点毁了自己的家，他成了家法宗族文化的"不孝"子孙，宗法文化不能原谅他，白嘉轩更不能原谅他。

然而，不论怎样，他们终归还是"父子"，血总是浓于水的，这种血缘亲情是改变不了的。何况按照中国的传统文化，儿子是家族、香火的延续，嫡长子的地位更是仅次于"祖宗"和父亲的，是家族、宗族一脉相承的血统所系。不像女儿，是外家人，在家是"客"，早晚都得离开自己的家。白嘉轩虽然在孝文堕落之后遭到了致命的打击，作为封建家长、宗法族长，他不能原谅家族的"败类"，但作为父亲，他其实早已原谅了自己的儿子，他可以用分家的方式，把儿子分开，但分家是分不开血缘和亲情的。起初对孝文的态度强硬，"他当了皇上也甭想进我这门"，其中很大的成分是赌气，在这话说过后不久，他便允许了孝文回塬上祭祖的请求。孝文的回乡祭祖并非悔过自新重新做人，而是为了展现荣耀。与其说孝文的"出息"使白嘉轩容他回家，不如说孝文的"严父"形象的内涵，事实上证明孝文并没有丢自家人的脸，他挣回了面子，挣回了尊严，同时也没有彻底辜负白嘉轩对他的厚望。

所以说，白嘉轩的父子观其实是亲情与伦理相互交织的一个表现过程，是同一文化的两种不同表现形式相互作用的结果。

（二）白嘉轩的女性观

白嘉轩的女性观包括两方面的内容：一是他的女子观；二是他的

女性观。

先以白灵为例来看看白嘉轩的女子观。如果说白嘉轩在孝文的世界里是个始终如一的"严父"形象的话，那么他对白灵则是从"慈爱"的父亲到"严酷"的族长的两个极端。白灵是白嘉轩唯一的女儿，也是他最小的一个孩子，可以说，从她出生到离家出走的十几年的时光里，白嘉轩对她极尽宠爱之能事，与他对孝文兄弟的态度简直判若两人，他"常常忍不住咬那手腕，咬得女儿哎哟直叫，揪他的头发，打他的脸""他把疼哭了的女儿架上脖子在院子里颠着跑着，又逗得灵灵笑起来"。他虽然很清楚对女儿更应该"严管"的道理，"只是他无论如何对灵灵冷不下脸来"[①]"不忍心看她伤心哭闹"[②]。他甚至违背了自己的原则送灵灵去学堂接受教育，而当白灵偷偷独自跑到县城去上"新学堂"后，他也显得无能为力，这与他对孝文断然相疏的态度截然不同。这里除了他对白灵一贯宠爱的原因之外，恐怕还与中国传统的男女两性的社会身份有关。中国人家族观念很强，尤其是作为族长的白嘉轩，他很重视宗族血缘和亲子继承这些关系。儿子是家庭的继承者，是血统的承继者和延展者，而女儿最终是要嫁人的，在家是"客"，所以必须以礼相待。将白嘉轩对白灵的态度作此分析应该是合理的，因为当白灵彻底背叛了家法、宗规而出走之后，白嘉轩就表现出了果断与决绝，毕竟"女儿是泼出去的水"。这时候从社会情感上女儿已是"外人"了，所以尽管白灵的举措与孝文的堕落同样让他丢了面子，甚至是失了德性，但他的反应却并不那么强烈。由此我们可以看出，白嘉轩的女子观，其实也是伦理与感情的双重冲突造成的，但是这与他的父子观又不同，他对孝文始终是情感随着伦理"礼仪"走，对白灵则总是伦理随着感情转移。

现在来看白嘉轩的女性观。白嘉轩对待女性的态度，几乎全部体现了传统文化的弊端和反动。《白鹿原》开篇的第一句话就是，"白

[①] 陈忠实：《白鹿原》，人民文学出版社1993年版，第118页。
[②] 同上书，第118页。

嘉轩后来引以为豪壮的是一生里娶过七房女人",然而,他对这些女人的记忆却仅仅是新婚之夜的占有。即使是为他坐过八回月子、养了四个儿女的第七房女人仙草,留给他的记忆也不过多了一层死后的孤寂。对他来说,女人只不过是生儿育女和传宗接代的工具。《论语》说:"昏礼者将二姓之好,上以事宗庙,而下以继后世也,故君子重之。"① 在男性的世界里,女人是工具,却不仅仅是工具,工具不需要"三从四德",而女人必须严格地按照"三从四德"的要求来行事。田小娥是女人,而且是个"罕见的漂亮女人",如果只以传宗接代的要求来看,田小娥的条件已经足够好了,然而传统文化的没道理就在这里,它既不把女人当"人",同时又要强迫她们遵守"人"的行事规则。所以,要做人家的媳妇,就必须符合"三从四德"的礼教要求,小娥不甘"非人"的生活遭遇想重新过活,便违背了封建礼教,要受处罚,没有人承认过她是白鹿家族的媳妇,却要以白鹿家族的族规来给她定罪。小娥是"封建制度的牺牲品,在封建伦理道德的神圣名义下的被凌辱者与被损害者"②。"封建的伦理思想和宗法的关系紧密结合,两千多年来,成了统治中国农村,钳制着人民的命运的强固的手段。可悲的是,封建阶级的统治思想,已经渗透进人民的肌体,使他们承受了封建阶级的阶级偏见。"③ 小娥这个孤苦无依、从未争到过一个人的价值的女人,得不到同情,得不到理解,甚至在她死后仍然得不到解脱,白嘉轩还要给她造塔,把她烧成灰压到塔下,叫她永世不得见天日。此时,"这个最敦厚的长者同时是最冷血的食人者"④,在他的身上宗法家庭制度反动和"吃人"的一面便体现得淋漓尽致。

由此可见,同为女性,而传统的宗法伦理道德对她们的要求却是

---

① 费孝通:《乡土中国生育制度》,北京大学出版社1998年版,第147页。
② 陈涌:《关于陈忠实的创作》,李建军、洪清波:《〈白鹿原〉评论集》,人民文学出版社2000年版,第215页。
③ 同上。
④ 雷达:《废墟上的精魂》,李建军、洪清波:《〈白鹿原〉评论集》,人民文学出版社2000年版,第12页。

不同的。白嘉轩可以任自己的小女儿白灵撒娇、哭闹、任性作为，却不能原谅成人的白灵哪怕是一点点的离经叛道，而对自己的七房妻子以及田小娥这种一开始便是以女人或荡妇的形象在他的世界里出现的女性，指导他的思想行为的只是家法、族规以及封建的宗法伦理思想，他只会以这些教条去要求和规范她们的一言一行、一举一动。

（三）白嘉轩的人生观

白嘉轩的人生观概括来说就是"仁义为本"。在白嘉轩的一生中，控制他的人格的核心东西是"仁义"二字。"做人"是他的毕生追求。"仁"是孔孟诸德之首，它的最根本的含义是"爱人"，强调"人"的存在。白嘉轩虽然未受过系统的儒家教育，但他对儒家文化精义的领悟和身体力行，乃是无与伦比的。

作为封建阶级的人物，他却组织"交农"反抗国民党横征暴敛；他跪在田福贤面前为被捕的农协会骨干求情；"四一二政变"后田福贤还乡他又是唯一不低头问候的一个；国民党叫他儿子当甲长他则以进山躲避来对抗……这一切并不是这个人物的"革命性"，而是他"顺势、理当""学为好人"和"遵明君是忠，反昏君是大忠"等儒家观念支配的结果。"仁义"是他的生活信条，他修祠堂办学馆，对长工鹿三的兄弟情谊更是真挚动人。

可以说，白嘉轩把"仁义"发挥到了淋漓尽致的程度。这在他对黑娃的态度转变上以及对鹿子霖的营救过程中表现得尤为突出。

黑娃是长工鹿三的儿子，性格中有着天生的执拗与叛逆。他虽然清楚地知道作为"东家"的白嘉轩对于他以及他们家可以说是厚待到了无可指责甚至是无以复加的地步，但他恰恰最怕白嘉轩凛然不可侵犯的威严，最不能忍受他挺直的腰杆。这些也成了他与白嘉轩几次冲突的契机。第一次冲突应该是黑娃引回田小娥当媳妇的那一次，这次不能算是两个人面对面的正面冲突，黑娃也说："我知道族规。这不怪你。"可它却为以后的正面冲突埋下了伏笔。黑娃当了土匪以后设计了一次洗劫白鹿村白嘉轩和鹿子霖两家的行动，他的直接目的是报复白嘉轩在祠堂里用刺刷惩治小娥的事，而结果却是打断了白嘉轩的腰，可见他与白嘉轩的过节是积怨已久的。尽管如此，当黑娃被保安团抓获以后，白嘉轩二话不说就去看他，并力图说服孝文放了黑娃，还说："瞎人只有落到这一步才能学好，学好了就是个好人。"黑娃后来的悔过自新，的确也证实了白嘉轩的预言。如果说这些都是由于白嘉轩与鹿三真挚的主仆关系的话，那么当黑娃最后一次被捕判刑时，白嘉轩不遗余力地为其奔走则可以说是真真切切地对"人"的关心与关切了。黑娃被枪毙的那一刻，白嘉轩竟"气血蒙目"，昏死过去。他"仁义"为本的做人原则遭受了毁灭性的打击，他始终认为"人学好了就该容得"，而黑娃学好的结局却是含冤而死。对白嘉轩而言，这不是某一个人的毁灭，而是"学为好人"的追求和信仰的毁灭。

从作品中可以看出，白嘉轩以"仁义"为本的做人准则与"愚"有着本质的区别，他虽然对儒家的传统礼仪奉之不违，但并不是麻木地遵从，这主要是由他的社会地位和阶级本质所决定的，如他与鹿子霖的关系。作品第三章就详细地叙述了白嘉轩"巧取风水地"的事件，展开了白、鹿两家近半个世纪明争暗斗的场面。这件事是在暗里进行的，没有形成直接的矛盾，但这在心理上毕竟是损人利己的阴暗"勾当"，不符合儒家的伦理纲常，反过来看，白、鹿两家的斗争之残酷也尽显其中，鹿子霖的"恶施美人计"拉孝文"下水"，使这场斗争明显化、白热化。孝文的堕落使白嘉轩受到了毁灭性的打击，与鹿子霖的明争暗斗也到了"撕破脸皮"的地步。他表面装得若无其事，心里却无时无刻不想着要"翻回本"来。然而这时候的白嘉轩已不再是偷梁换柱夺取"风水宝地"时的白嘉轩了，他有足够的实力及成熟的思想和做人的准则。所以在鹿子霖一次次非难面前，他不露声色地咬牙忍着，当鹿子霖坐牢后，他不但没有落井下石，还多方奔走求告，为他辩护。笔者认为，这应该是他"仁义"原则的极致。虽然在白嘉轩的一生里为别人的生命安危、大事小事的操劳并非一次、两次，对鹿三及黑娃父子的仁义关切更是自始至终、至真至诚，但鹿子霖却不同，如黑娃，他的身份、地位及阶级本质决定了他只能是一个"变坏了"的好人，而鹿子霖却始终都是个寡廉鲜耻的形象，白嘉轩最终还是战胜了个人观念的芥蒂而以"仁义"之"礼"对他，的确是一次人格的升华。

五 无尽长路 不息前奔
——扎西达娃《系在皮绳扣上的魂》之生存本相

当代藏族作家扎西达娃的短篇小说《系在皮绳扣上的魂》神秘虚玄、想象力丰富，特别是作品潜存着一个极大的召唤结构，既能满足读者的期待欲，又能启动读者重构的创造欲。这是一部从接受美学向度来讲值得挖掘的作品。扎西达娃小说《系在皮绳扣上的魂》，是对人的真实生存状态，特别是精神自我的挖掘颇有深意之作，作家揭示了人之生存状态中精神自我的三种真实状态。

（一）婛——I：追逐的主体之我

《系在皮绳扣上的魂》结构新颖，内蕴深远，虚实相间，技巧娴熟，但它绝对不是单纯玩弄技巧之作，其中有着对人之灵魂存在深刻之思考，在结构技巧的背后潜藏的是作家对于人这一真实命题的深度挖掘。小说开头就写到扎妥寺的第二十三位转世活佛桑杰达普活佛快死了，"他的瞳孔正慢慢扩散，'香巴拉'，他蠕动着嘴唇，'战争已经开始'……根据古代的经书记载，北方有个'人间净土'的理想国——香巴拉。据说天上瑜伽密教起源于此……在世界末日到达时，总会有一些幸存的人被神祇救出天宫。于是当世界再次形成时，宗教又随之兴起……扎妥·桑杰达普躺在床上，他进入幻觉状态，跟眼前看不见的什么人在说话：'当你翻过喀隆雪山，站在莲花生大师的掌纹中间，不要追求，不要寻找。在祈祷中领悟，在领悟中获得幻想。在纵横交错的掌纹里，只有一条是通往人间净土的生存之路。'"[①] 这是小说的事实部分。可活佛讲的这个故事是在背诵作者虚构的一篇小

[①] 朱栋霖、吴秀明：《中国现代文学作品选》（第3卷），高等教育出版社2002年版，第320页。

说，这又将这个严肃的生存之路的话题纳入虚无，不管怎样，让我们看看这个虚构的故事是什么：

娙是一个牧羊女。其父亲是一个说《格萨尔》的艺人，一天，一位顶天立地的汉子的到来打破了平静的生活，"这位疲惫的汉子吃过饭道完谢后便倒在娙的爸爸的床上睡了。……黑暗中，她像发疟疾似地浑身打颤，一声不响地钻进了汉子的羊毛毯里。"第二天，娙准备好了一切，"汉子吸完最后一撮鼻烟，拍拍巴掌上的烟末、起身。摸她头顶搂住她的肩膀，两人低头钻出小屋，向黑的西方走去……"[1] 这里我们注意到这部作品的玄机和象征几个细节值得分析：作品提到娙的父亲是个说《格萨尔》的艺人。这里的《格萨尔》艺人应该具有某种原型意味，其中充满着对娙的未来生存状态的暗示。这里面既有传统生存样态的暗喻：父亲、格萨尔；又有着人对某种形而上意义的顽强追求：艺人。而一位顶天立地的大汉的到来，钻入汉子的羊毛毯和与汉子的出走表明已在一种不知不觉中完成了作为成长的"成人仪式"，于是一个"主体的我"——I 已经凸显于读者眼前。父亲隐退，大写的个体的我出现，即将独立地面对自己，面对前途，面对命运。对此，西方女性主义者朱莉亚·克里斯蒂娃曾说道："男女进入语言或象征秩序阶段时，同样遭受着缺乏和'精神分裂'感。"[2] 只有不断在追求中才能完成"有意味的形式"（这也是艺人女儿的命运），于是娙跟大汉——塔贝一同出走。这种出走同样带有宗教的意味。他们虽没有像那些佛教徒磕着等身长头般地前行，但一路却也极尽顶礼膜拜之功。每进一个寺庙，他俩便逐一在每一个菩萨像的坐台前伸出额头触碰，但是连他们自己也不知道自己要去哪里，这里同样有一个命义加注于主体追求我的意义中，那就是西西弗斯神话的意义，可对于有了自主意识的我（I）来说，不知目标的追求也是追求。于是娙——I 因完成了成熟的将被建构的主体的我而获得了永生。

---

[1] 朱栋霖、吴秀明：《中国现代文学作品选》（第3卷），高等教育出版社2002年版，第322页。

[2] 屈雅君：《新时期文学批评模式研究》，陕西人民教育出版社1997年版，第135页。

（二）塔贝——me：被放逐的客体的我

其实，我们每个人都是被抛到这个世界上的。客体 me 的存在是谁也无法摆脱的命运，而这个客体 me 的最真实的存在样态也许就像塔贝所演绎的那样：流浪。这种 me 的状态在塔贝所想："只因我前世积了福德和智慧资粮，弃恶从善，才没有投到地狱，生在邪门歪道，成为饿鬼痴呆，而生于中土，善得人身。"① 这里作家是带有宗教虔诚信仰般地对待客体人之真相的，泼洒的是悲天悯人的宗教情怀：能转世为人是多么大的幸运，天大的福祉啊，虽说不知所归，可充满着被追问的快乐。于是正如塔贝所悟："在走向解脱苦难终结的道路上，女人和钱财都是身外之物，是道路中的绊脚石。"② 这里女人和钱财不一定是实指，只是某些象征，而 me 的最可喜的状态就是有身，有身也才有了一切的可能。经过了成人仪式后的 I（嫦）和 me（塔贝）即是人的两面，也常常可能出现分离状态。正如作品所写："有人从其音容、谈吐和体态上看出了她有转世下凡的白度母的象征，于是塔贝被撇在一边了。但是塔贝知道她决不是白度母的化身，因为在睡熟的时候，他发现她的睡相丑陋不堪，脸上皮肉松弛，半张的嘴角流出一股股口涎。"③ 这里塔贝更像弗洛伊德说的那个本我，就是那个自我，本我常常处于最自然、无修饰、欲望外显的状态中，而自我常是轻拢着面纱的，这种轻拢有自为的，也有人为的。正如弗洛伊德所说："本我"是一种本能的冲动，它不问时机、不看条件、不顾后果地一味要求自我满足，因此，在正常人的心理活动中，它很自然地要被压抑、受阻止，而它的一部分由于在与外界的实际接触中不断遭到打击而失败，于是进行修改，而修改后的"本我"即成为"自我"。"自我"限制和驾驭着"本我"，以便寻求适当的时机，在现实原则的基础上使"本我"的一部分要求得到满足。于是塔贝受到压

---

① 朱栋霖、吴秀明：《中国现代文学作品选》（第3卷），高等教育出版社2002年版，第327页。
② 同上。
③ 同上。

抑,要寻找宣泄口,他频频向在酒店喝酒的老头发出挑衅,却意外得到老头的启示。注意这个"意外的启示",它正是人的某种必然性所指。老头说:"翻过喀隆雪山……下山走两天,能看见山脚下时,那底下有数不清的深深浅浅的沟壑。它们向四面八方伸展,弯弯曲曲。你走进沟底就算是进了迷宫。……你知道山脚下为什么有比别的山脚多得多的沟壑吗?那是莲花生大师右手的掌纹。……凡人只要走到那里面就会迷失方向。据说在这数不清的沟壑中只有一条能走出去,剩下的全是死路。那条生路没有任何标记。"① 这里世界的虚无与人的必然挣扎被呈示了出来,老头的话与小说前面提到的桑杰达普活佛的话语如出一辙。面对于此,一个新我即将诞生。也就是说,当人面对自己的主客矛盾关系,该怎么办时,我们看到作家让他笔下的人物选择了继续受难。于是,塔贝离开甲村,一人进了山……在半路上,他吐了一口血。内脏受了伤,被抛的被放逐的我只能承受命运,这也许就是客体我(me)的真实生存样态。虚构的小说结束。而"我"(myself)面对人的这样的两面时,只能选择进取。于是尽管"小说到此结束",而"我决定回到帕布乃冈,翻过喀隆雪山,去莲花生的掌纹地寻找我的主人公"②,这是意味深长的。

(三)"我"——myself:反思进取的我

正如故事所发展的那样,有了对 me——塔贝和 I——琼的这些基本认识后,一个真正的 myself 的"我"开始清醒,当"桑杰达普的躯体被火葬,有人在烫手的灰烬中拣到几块珍宝般的舍利。我的主人公却没有在眼前出现,'塔贝,你——在——哪——儿?'……不一会儿……是琼!这是我万万没预料到的。'塔贝要死了。'她哭哭啼啼走过来说。"在沟底,塔贝睁眼看着我说:"先知,我在等待,在领悟,神会启示我的。"③ 琼说他受伤很重,需要不停地喝水。于是原来小

---

① 朱栋霖、吴秀明:《中国现代文学作品选》(第3卷),高等教育出版社2002年版,第329页。
② 同上。
③ 同上书,第331页。

说中在形式上留在甲村的又回来了。她甚至反问道："'我为什么要留在甲村呢？我根本没有这样想过。他从没答应我留在什么地方。他把我的心摘去系在自己的腰上，离开他我准活不了。''不见得'，我说。"这里的"不见得"一下子把在面对生死考验之后的反思意义的我推到读者眼前……接着说"他一直想知道那是什么"①。这里的"他"还是指塔贝，而这里的"那"也就是指某种意义。而当"我"重新获得时间感时，塔贝已闭上了眼睛，注意这里主人公对时间感的获得是很重要的细节，它表示一个新的历程即将开始。此时身边只剩下嫁，而"我代替了塔贝，跟在她后面，我们一起往回走。时间又从头算起"②。这是某种几近神谕的写作。

当我通过我所创造的人物在经历了人的某些生存的真相后，"我"（myself）——反思的我获得了大旨：无论我（me）在自己前进的道路上会遇到什么，而成为可能的我（I）总会在反思和反省的我（myself）的光辉指引下以人生的某种必然性的真理所指从零开始。而当一个旧我死去时，恰恰正是新我诞生之时。于是，对于真正意义上的人来说，时间永远只会从零开始。这恰恰就如宗白华先生在解读《浮士德》意象的内在秩序时所说的那样："人生是个不能息肩的重负，是个不能驻足的前奔。"③ 还有更重要的一点就是，这种前奔永远只能是抛弃旧我的从零开始。能反思、能反省就是意义之所在。作品中桑杰达普和饮酒老头之话语充满冥意："当你翻过喀隆雪山，站在莲花生大师的掌纹中间，不要追求，不要寻找。在祈祷中领悟，在领悟中获得幻象。"这里的领悟和幻象是人之为人的形上所指，在纵横交错的掌纹里，只有一条是通往人间净土的生存之路，这里的唯一"一条路"指的正是精神升华之路。而读者也将在作者的这一理性辉光的指引下前行。这就是扎西达娃《系在皮绳扣上的魂》所阐释的人之真实精神的真相。

---

① 朱栋霖、吴秀明：《中国现代文学作品选》（第3卷），高等教育出版社2002年版，第331页。
② 同上书，第333页。
③ 转引自李锐等《文学的审美解读》，三秦出版社2002年版，第257页。

六　崎岖小道上的人性呼唤
——朗顿·班觉《绿松石》中的人性及其冲突

（一）

藏族作家朗顿·班觉的长篇小说《绿松石》① 以一块绿松石头饰为线索，叙写了班旦一家三口曲折、复杂而又悲惨的命运人生，涉及了西藏各阶层的世态人情，触摸了西藏斑斓的民俗礼仪，为我们打开了一扇了解藏民族、藏文化的窗口。同时，它对复杂人性的探索，可谓达到了福斯特所说的小说应具有的最高要素——"对真理的体认"。确实，这部用藏语创作的长篇小说，作为西藏传统文学与现代文学的分水岭，其特殊的艺术价值值得汉语读者来进一步确证。必须承认，这部小说的线索——"绿松石"找得好。线索作为结构一部作品的主要脉络，它的存在，可以说，将关系到作品的核心品质。绿松石，一种宝石，一般藏民多用来护魂、定情、祈福，而在邪恶之人手里，它就成了淫邪、升官、发财等用途的媒介，"绿松石"这颗宝石如同一颗试金石，在作品中试出的是各种人物人性的方方面面。而班旦一家在相遇"绿松石"后，牵涉的是一个关于虔诚、忠贞、知恩、报恩的故事。当班旦的爷爷到岗仁波钦神山朝佛，在从玛旁雍错神湖中舀圣水往头顶上浇灌时，从湖水的泥沙中舀出了一块精美的绿松石，在场的人看到后，都夸这块绿松石是世间难见的好玉，班旦的爷爷当时是这样想的："这块绿松石，可能是哪个朝湖的人从自己脖子上摘下来献给湖神的，现在被水冲到岸边来了……他想，别人拿这么贵重的绿松石献给湖神，我又怎能拿走？他对着圣湖大喊道：'神湖啊，我是个贫穷的人，没有任何东西献给你，我把这块捡到的绿松石，当做我的贡品还给你，请您收下吧！'"这一"捡"一"献"，写出的是班旦爷爷对圣湖的虔诚和心灵的无私。当他正要把这块绿松石扔进湖里时，一位康区来的喇嘛叫道"喂、喂，这块玉不能扔！"说着，他拿

---

① 载《芳草》2009 年第 2 期。

过玉，端详了良久，对班旦的爷爷说："玛旁雍错乃是空行刹土，你前世积德行善，这是湖神金刚瑜伽度姆赐予你的，你可将此物作为你的护魂宝石。"于是，班旦的爷爷就把玉石收起来，戴在了自己的脖子上，从班旦爷爷这一"收"的举动来看，戴绿松石是为了护魂，既没有触犯佛戒，也不是贪妄之举，这一"收"之举，与私念无关，也是虔敬的。后来，班旦的爷爷回到扎嘎县的家里，在结婚时，把这块玉石送给了班旦的奶奶；再后来，班旦的奶奶在班旦的父亲十五岁时，又把这块玉石送给了儿子；又往后，班旦的爸爸把玉石送给了班旦的妈妈；再后来，这块绿松石遭到县官的掠夺，班旦的爸爸依照班旦妈妈的临终遗愿，把玉石献给佛祖，祈求佛祖保佑班旦一生平安幸福。这一"献"又表达了班旦一家人的知恩图报和忠诚虔敬。可以看出，这块绿松石在班旦一家人的交接中，始终是与虔诚、忠贞、知恩、报恩的情感相联系的。在小说中，代本大人和色珍啦相遇"绿松石"后，牵涉的是一个关于淫邪、欺瞒、伪善、贪婪的故事。"绿松石"何以会给班旦一家人带来灾祸呢？主要是因为代本大人的淫邪所致。二十多年前，当代本大人在山南扎嘎县担任宗本时，看上了班旦母亲头上戴的这块"绿松石"，并千方百计企图把它弄来献给情妇色珍啦。他用交换、抵债、嫁祸等方法，终于使得班旦的父母坐牢，使其受尽严刑拷打，从此一家人天各一方，音讯杳无。后来，代本大人又与扎拉的妻子色珍啦通奸，生下了扎拉名下的一个女儿益西康珠，厚颜害众；为了巩固自己不生育的妹妹——噶伦夫人在噶伦府的地位，不惜诱骗班旦的姨妈玉珍，使其怀孕，谎称妹妹"怀孕"，将其接到自己家里保胎安胎半年，偷梁换柱，瞒天过海，把自己和玉珍所生的孩子——晋美扎巴送给妹妹的丈夫噶伦大人，代本大人的势利和伪善，一目了然。色珍啦也是一个沽名钓誉、自私自利的人，当她看到益西康珠一天天地长大，在为女儿的婚姻操心时，她的出发点是要攀高枝、图名利，她让女儿违心地与噶伦大人的儿子晋美扎巴接近，势利而虚荣。而噶伦大人面对"绿松石"时，扮演的是一个迂腐而又无力回天、颇具讽刺意味的角色。他整日在三界众生之冠、先知圣人的达赖喇嘛左右侍候，肩负着神圣的使命，可谓位极人臣。为了给多灾多病的儿子晋美扎巴找一块护魂宝石，他利用职权以划拨两座庄园的承诺做交换，让米本大人帮忙寻找，这暴露的是西藏贵族阶级的腐败。而当噶伦大人从班旦、德吉处了解到了代本大人和色珍啦对他的瞒骗、欺诈后，他也曾恼羞成怒，但一个庞大的利益集团已经形成，所以当班旦再回噶伦府致谢噶伦时，代本大人、色珍啦、米本大人等又聚集在噶伦府为晋美扎巴少爷身体康复做欢庆宴，噶伦府又一次成为这个复杂利益群体沆瀣一气的地方，所以，噶伦府在遭遇"绿松石"后的经历就特别具有反讽效果。如果说，"绿松石"是一个绳串，那么，"班旦家的故事""代本大人—色珍啦的故事""噶伦大人家的故事"就像一颗颗冰糖葫芦串在"绿松石"这条绳串上。这几个故事本可以单独成篇，但作者朗顿·班觉以其丰富的生活阅历和广博的社会知识，将20世纪二三十年代西藏社会上至噶伦，下至乞丐的生活杂糅在一起，以"绿松石"为线索，展示出西藏社会的各个方面，揭示出复杂的人性。法国作家左拉说，"小说家最高的品格就是真实感"，朗顿·班觉通过"绿松石"将西藏各种人物有关虔诚、亲情、淫恶、仇怨、利欲等各色情感勾连成篇，它所呈现出的人性的真实，有社会学层面的，也有人性自身不可更改的逻辑层面的，可谓写出了人性那幽深而精微的一面。很多民族题材小说，多着重于民族风情的展示，或宗教学的探究，难以触及人性所固有的一些根本问题，但《绿松石》不同，它是有深度的一种民族话语的书写，尤其是它所写的内在的人性图景，超越了很多同类题材的作品。

（二）

每个人活在世上都与各种"利"相关，"利"就是好处。每个人在本质上都是为己的，当然，说人性为己并不是要贬低人，它只是人性的一个事实而已。自私的人性非善也非恶，只是相较于他人、社会后才有了善恶之分。[①] 英国哲学家兼经济学家边沁和米尔提出的"功利主义"哲学认为：一种行为如有助于增进幸福，则为正确的；若导

[①] 黎鸣：《中国人性分析报告》，中国社会出版社2003年版，第4页。

致产生和幸福相反的东西，则为错误的。幸福不仅涉及行为的当事人，也涉及受该行为影响的每一个人。《绿松石》中的人物也面临着各种利益选择：班旦的爷爷在喇嘛的劝说下收戴绿松石，是企图护魂；班旦的爷爷结婚时将绿松石送给班旦的奶奶，是为了表达纯真的爱情；班旦的奶奶在班旦的父亲阿巴平措十五岁时把玉石送给儿子，是为了祈求儿子平安吉祥；班旦的爸爸在结婚时又将玉石送给班旦的妈妈，也是为了表达爱情与忠心；班旦的爸爸依照班旦妈妈的临终遗愿把绿松石带到拉萨献给释迦牟尼佛祖，以祈求佛祖给予儿子一生幸福，这是一种善念；当班旦得知德吉的父亲去世时，又把绿松石送给德吉，它所见证的也是真挚的爱情……从班旦一家几代人相遇绿松石、交接绿松石的行动中可以看出，班旦一家几代虽是贫寒人家，却从未因绿松石而做过什么非分之事，只是将绿松石看成是护魂或祈福的吉祥物。而对另外一些人，绿松石映照出的却是贪念和自私：代本大人（当年的县官）看上班旦母亲头上的绿松石头饰，企图据为己有以送给情人色珍啦，然后用交换、抵债、抓人、苦刑等方法胁迫班旦一家人就范，此为淫欲和私欲所至；色珍啦收留班旦父子俩的初衷，一是想随丈夫的意；二是想得到班旦这样一个不花钱的好劳力；三是想再赚得一个好名声。她为求名求利，是一种伪善；色珍啦假借看望米本夫人，实则驻留于代本大人家与代本幽会，这是背叛丈夫的行为，是淫邪；色珍啦打造女儿益西康珠，想攀龙附凤，不惜违背女儿的意愿，不择手段地让女儿与噶伦大人家的儿子晋美扎巴交往，而实际上晋美扎巴和益西康珠是同父异母的兄妹，这是虚荣与势利之心作怪；代本大人为了维护不生育的妹妹噶伦夫人在噶伦家的地位，诱奸班旦的姨妈玉珍，又假说孩子夭亡，并谎称玉珍是疯子，偷梁换柱将孩子送与噶伦大人，这种恶甚至殃及了后代；当代本大人知晓班旦要找的仇人就是他时，却不知悔过，而是变本加厉，派仆人旺杰追杀班旦，蓄意杀人，罪加一等；当噶伦大人从班旦、德吉交给他的代本大人写给色珍啦的情书密信中，知道自己的儿子晋美扎巴原来是代本的儿子后，也曾震怒，但一个牢固的利益群体已经形成……我们不能简单地判断《绿松石》中这些人物的选择是善还是恶，而只想看看当《绿松石》中的这些人物在面临现实功利选择时的行为是不是妨碍了他人,"人只有把自私当作维护自己生存、发展的原动力,而并不妨碍他人的生存、发展时,'人性自私'才同时也是善的……也就是说,只有当某人的自私妨碍了他人的自私时,才谈得上是恶,只有当某人在自私的同时又尊重或有利于他人的自私,才谈得上是善"①。代本大人、色珍啦、米本大人、噶伦大人等,无论在追求有形的利益还是无形的利益时,总是以侵犯、践踏他人之利益为代价,而且此中的贻害还常常以自戕(即所谓报应)为代价,这或许就是所谓的恶果吧。而班旦一家,为班旦父子提供过食宿的四十多岁的妇人、收留班旦父子的扎拉老板,协助班旦父子的扎西、德吉父女等人在祈愿或互助相帮上,则展现了善的力量。或许,善恶本就难分,但从某种意义上说,文学所要穷究的,终归还是人生的大道,在这大道上,善与恶正是最为基本的母题之一,由善和恶,洞悉的何尝不是人性的某种痼疾?以及人性中还残存的希望?《绿松石》用一种近乎笨拙的方式,以不同的人对于"绿松石"的不同反应,写出了作为一个人,面对利益和现实时那种根本的冲突。它既是一种人与人之间的冲突,也是一种人与自身的冲突。那些古老的贪念,那些在利益面前亘古不变的嘴脸,还有那些本真的善良,无论在哪一片大地上,或许都是一样的。朗顿·班觉写的是藏族,其作品的根底,写的其实是人类的本相。

(三)

在 20 世纪二三十年代的旧西藏社会中,以噶伦大人、代本大人、米本大人甚至包括色珍啦等在内的人群,是旧西藏的强势群体,而班旦一家、德吉一家则是旧西藏的弱势群体,这两类人都笃信佛教,可为什么这两类人的遭遇和处境竟有天壤之别呢?有论者指出:"藏传佛教除了一切阶级社会所有的共同属性之外,它的特殊性主要表现在宗教势力和地方封建势力在政治、经济方面的紧密结合上。"② 在

---

① 黎鸣:《中国人性分析报告》,中国社会出版社2003年版,第5—13页。
② 次旺俊美:《西藏宗教与社会发展关系研究》,西藏人民出版社2001年版,第51页。

《绿松石》中我们看到，噶伦大人也笃信佛教，否则他不会为多病的儿子晋美扎巴寻找护魂宝石，代本大人在知道自己与色珍啦所生的女儿和自己与班旦的姨妈玉珍所生的儿子谈婚论嫁时也怕遭报应——但是，对于他们来说，现实的利益远远高于佛法，所以才有了《绿松石》中颇具讽刺意味的结局：得知真相的噶伦大人又与代本大人、米本大人、色珍啦等人聚集在噶伦府，不惜以栽赃班旦是偷走绿松石的盗贼为幌子，假戏真做，欺世盗名。的确，《绿松石》这部作品涉及了旧西藏上下多个阶层的人物和事件，噶伦是旧西藏地方政府中的三品职位，代本属于四品，但这些人大都来自于西藏的贵族世家，"西藏地方政府中最重要、最有权势的职位为他们所控制着，几乎被垄断，因而大贵族实际上占据了世俗贵族官僚结构中的主导地位，组成了一个西藏最有势力的集团"[①]，加上政教合一的体制，导致西藏的宗教势力、政治势力、经济势力的紧密结合，这也难怪《绿松石》的结尾是这么的出人意料了。朗顿·班觉的写作，其实贯穿着他对旧西藏社会的深刻反思。通过阅读《绿松石》，我们对藏教轮回观也有了深思。佛陀说："卑贱者和高贵者，美貌者和丑陋者，快乐者和痛苦者各依其自业而往生。"[②] 但无论是处在哪个层面上的人，都应该以"诸恶莫做，众善奉行"为宗旨。班旦一家人在得到绿松石后是将宝石用来护魂、祈福的，可是他们现实的境遇却是因宝石而屡屡遭殃，他们一家人自始至终的行为可谓虔诚、执着。就连德吉，这个所谓下层人的女儿在对待爱情这个问题上，都有一套纯洁朴素的想法，当她感到班旦对益西康珠和她都有朦胧的情感时，她想："每个人都应该有一颗善良纯洁的心，但在儿女情感上，若也怀着博大善心，这人间岂不乱套了吗？"若用这话来对比代本大人、色珍啦等人的所作所为，后者的行径的确让人感到难过。《绿松石》最后写道：经历了人生的种种磨难后，两个年轻人（班旦和德吉）的心贴得更紧了，他俩手牵着手，面向东方，走上了一条崎岖的小道。两人越走越远，

[①] 次旺俊美：《西藏宗教与社会发展关系研究》，西藏人民出版社2001年版，第102页。

[②] 那烂陀长老：《觉悟之路》，学愚译，山东人民出版社1996年版，第252页。

终于消失在小路的尽头。"一条崎岖的小道"颇具象征意义。但谁来惩戒代本大人、色珍啦、噶伦大人、米本大人他们的恶行呢？一种宗教如果只是用来教化民众、统治人民，只是用来神化自己、僭越别人，这不是这种宗教错了，而是掌握、利用这种宗教的人错了。就如佛法所说"持续不断的善业能消除化解恶业的果报"，愿代本、色珍啦、米本、噶伦大人他们也能聆听到佛陀的声音，赎罪吧！——或许，这也是《绿松石》这部小说向人性发出的诚恳呼吁。

第二章 当代女性作家论

王安忆、迟子建、铁凝、蒋韵、谌容、张洁、张抗抗等都是在当代文学创作上有着巨大贡献的女作家。谌容、张洁分别是1936年、1937年出生的,作为当代文学史上辈分较大的女作家,她俩一个面对现实含蓄温婉,一个醉心理想超拔洒脱。如果说谌容以《人到中年》《懒得离婚》等为代表的系列作品反映的是一代女性知识分子的现实之痛的话,那么张洁以《爱,是不能忘记的》《无字》等为代表的系列小说反映的则是一代女性知识分子的理想之痛。张抗抗、蒋韵、王安忆、铁凝分别出生于1950年、1954年、1954年、1957年,可以说她们是当代文学史上女作家创作队伍中的中坚力量,她们以其对当代生活和艺术的敏锐把捉揭示着人性之痛、时代之变以及文学之魂。张抗抗的《作女》将现实女性与男性并行的话题推至文学的前窗,揭示着解放了的男女们可能共同遭遇的出路何在问题;蒋韵的《落日情节》对传统文化结构下女性的他戕和自戕展示得触目惊心、发人深省;铁凝以其代表作《大浴女》演绎着21世纪女性的灵魂之舞;王安忆从1976年开始创作以来就以永不停歇的脚步、千变万化之姿开拓着文学的"心灵世界",作为当代文学的常青树,长篇《69届初中生》《黄河故道人》《流水十三章》《米尼》《纪实与虚构》《长恨歌》《富萍》《上种红菱下种藕》《逃之夭夭》《遍地枭雄》《启蒙时代》《天香》《匿名》等使她以高产和多变稳扎在当代文学的前沿阵地上,同时她的中短篇小说集、散文集、文论集也使她成为与时代并行的思想者。1964年出生的迟子建在当代女性文学的创作史上可以说具有承前启后的地位,她的作品充满了人间的暖意,特别是她的短篇小说笔法细腻、情真意切,《逝川》《雾月牛栏》《白银那》《亲亲土豆》等作品用诗意的眼光、善良的温情为我们的读者构筑了一个个诗性的文学世界,长篇小说《茫茫前程》《晨钟响彻黄昏》《热鸟》《伪满洲国》《树下》《越过云层的晴朗》《额尔古纳河右岸》《白雪乌鸦》《群山之巅》等塑造、叙写了一个个风格鲜明、意境深远的中国北部世界。

一 城市女性 时空之梦
——王安忆《长恨歌》中女性几种精神取向

王安忆的《长恨歌》通过女主人公王琦瑶几十年的风雨遭遇,揭示了一个女性与城市的故事,我们可以从城市精神、日常精神、女性之梦几方面找寻作者关于城市女性精神向度的思考,体会城市女性的时空观及生存的本质力量。

(一) 女性的城市精神

若深究王琦瑶身上的城市精神,也许它体现的恰恰是城市女性的空间观念。关于城市,《现代汉语词典》[①]的解释是指人口集中、工商业发达、居民以非农业人口为主的地区,通常是周围地区的政治、经济、文化中心。在男权社会中,当男性成为城市的主宰、主导力量之后,给女性留下的空间也就不大了。而王琦瑶恰恰是20世纪城市孕育出的女性精灵,她虽非长谋远瞩,更非大志巾帼,但她却以其独有的隽长意味成为城市的一种象征,绵延着城市的情感,内存着城市的密码,演绎着城市的风尚,体现着城市的文明。

也许一位城市女性,找到一个能够施展自我空间的立足点是很重要的。城市中长大的王琦瑶深谙此中的意味,所以少女时代的王琦瑶就不知天高地厚,不知梦之所归,她参加了选美,获得了第三名。随

---

① 中国社会科学院语言研究所词典编辑室:《现代汉语词典》,商务印书馆1978年版,第161页。

之而来的是住进了军政要员李主任的"爱丽斯公寓",做起了金丝雀,也许这也是 20 世纪明智的城市女性最自然、最合理的选择。所以从这一细节里我们可以看到 20 世纪城市女性朴素的城市觉悟,找到一个体面有钱可以依靠的男人,也许就成功了一半。这里正应了黑格尔的一句话"凡是存在的都是合理的",然而殊不知"黑格尔的这一命题并不是消极无为的,而是暗藏着否定之否定的批判精神,若要破译的话,那意思是,凡是存在的都是要消亡的"。[①] 我们这里想用此说明的并不是《长恨歌》中李主任机毁人亡的必然,而是感到也许正是李主任的机毁人亡,王琦瑶重新认识了自我,认识了世界,一切都是不确定的,由此反思了现代城市女性将个体交托于某个男性就以为万事大吉的朴素唯物主义观。这个女性缺乏的不是别的,而是生存的自觉。

(二)女性的日常精神

如果说在女性与城市的关系中,女性体现的城市精神是女性关于空间的思考的话,那么王琦瑶身上所体现出的日常精神则是女性关于时间的思考。也许时间是女性的一笔财富,但更是女性的一把撒手锏,而王琦瑶是在城市的历练中较好地超越了时间、超越了自我的人。一件沉积在箱底多年的旧衣服经她之手改裁后就可以领导一时的新潮流,一天天冗乏的日子,在她的手中就可能变成一盘盘精美的小点,一锅锅香飘四溢的锅仔,一幕幕"炉边小天地"的紧凑。在她手上时间不再成为一种烦恼,一个难以对付的问题。女性正是以这种精致支撑着城市,使城市依托在了这样一个个精美的底座上,城市女性将时间很好地转化成了物质,成了一个又一个可触可感可亲可知的存在。外面的世界正在发生的大事情"和这炉边小天地无关",与这炉边小天地有关的是如何将这种"边闲谈边吃喝午饭、点心,晚饭都是连成一片的"生活长久地继续下去,这是一种最能把握时间本质的生活,是由一个个的细节组成的具有时间内在质感的生活,这也许是

---

① 雷达:《为什么需要和需要什么》,《新华文摘》2003 年第 2 期。

大都市、大上海芸芸众生、男女老少最踏实的活法,所以日常精神也许是女性对付虚元、占有时间、超越时间最有力的精神之剑。

(三) 女性的梦

城市还给女性带来了一个莫大的副产品,女性的梦。这也是女性为什么一次次走进城市的原因。也恰恰是这个梦,女性又反过来支撑着城市。从王琦瑶的故事来看,女性的梦既是精神的,又是物质的,女性驻足城市是因为城市为女性提供了一个舞台,女性自由地伸缩于这个"庞然大物"面前,这个"庞然大物"又刺激着女性的占有欲、征服欲、创造欲。不过女性的这个梦也是不断变化着的,但这个梦总是美的,所以在这里才有了老克腊对王琦瑶的眷恋,有了程先生对王琦瑶的不二,有了康明逊与王琦瑶的私情……城市给女性带来了梦,女性又成为别人的梦,正如卞之琳《断章》:"你站在桥上看风景,看风景的人在楼上看你。明月装饰了你的窗子,你装饰了别人的梦。"①

王琦瑶的梦是有着明确的物质、价值、情感向度所指的梦,更重要的是王琦瑶的梦不虚无。王琦瑶不仅吸引男人,也吸引女人,蒋丽莉对王琦瑶女儿的喜爱,薇薇的同学张永红对王琦瑶的崇拜,说明王琦瑶是很多人的精神所指,一个能把时间编织得实实在在的女人是幸福的,也是迷人的。王琦瑶就是这样的女人。虽然她在名义上什么都不是,可她是芯子里做的人,是属于她自己的人。女性之梦在王琦瑶那里既不玄妙,又富情致,也许正是一幅幅的"龙虎"牌万金油广告画,一张张美人图的月份牌,一款款摩登的发式,一朵朵粉红旗袍缎子上的绣花,棕色的地板,垂着流苏的织麻床罩托住了王琦瑶的梦,可以想象都市中的女性正是凭着这样的物质敏感演绎了城市的精妙、城市的意味、城市的安宁和城市的富足。

王琦瑶身上体现的女性的城市精神、日常精神和女性之梦的所指揭示了城市女性的时空观和她们生存的一些本质力量,王安忆将《长

---

① 钱谷融:《中国现代文学作品选读》,华东师范大学出版社 1987 年版,第 496 页。

恨歌》写成一个悲剧，说明作者面对城市，面对女性是感伤的，也说明王琦瑶是美的，是可追念的。

二　上海风情　女性意蕴
——王安忆《长恨歌》的主题意蕴

王安忆写了许多以上海为背景的小说，不同程度地展示了上海这座城市的风情，但真正把上海写到骨子里去的，莫过于《长恨歌》。该作品写的是生活在大上海弄堂里的一位市民女性王琦瑶40年的生活故事。在这个故事中，作者层层解构出城市、居民、女性所蕴含的那种普遍的精神意蕴。

（一）《长恨歌》的上海风情

弄堂是《长恨歌》的一个艺术特质，是作者用以抽象城市精神的具物。作者没有选择高楼大厦、大马路和外滩，而偏偏选择了藏污纳垢的弄堂，这不能不说是受了她的城市观念的影响。王安忆认为，一个城市的精神应体现在一般的市民、大多数人生活的地方，只有这个地方才能够托住整个城市。正如作品开头所写到的："站一个制高点看上海，上海的弄堂是壮观的景象。它是这城市背景一样的东西。街道和楼房凸显在它之上，是一些点和线，而它则是中国画中称为皴法的那类笔触，是将空白填满的。当天黑下来，灯亮起来的时分。这些点和线都是有光的，在那光后面大片大片的暗，便是上海的弄堂了。"① "上海的几点几线的光，全是叫那暗托住的，一托便是几十年。这东方巴黎的璀璨，是以那暗做底铺陈开。一铺便是几十年。"② 几点几线的光代表不了这个城市，城市的精神蕴于那大片大片的暗中。

王安忆的城市非关风云，日常生活是王安忆赋予城市这个概念的

---

① 王安忆：《长恨歌》，作家出版社2000年版，第1页。
② 同上书，第3页。

内涵。"吃饭、穿衣、睡觉这三个词是日常生活的精华,也是王安忆城市概念的代码。只有它们,才是城市丰满的血肉。"对城市里发生的惊天动地的政治事件及历史变迁,王安忆是用弄堂的砖木格子一点点的朽烂最后变成一艘沉船的残骸来体现的。她眼中都市的历史不是舞厅酒吧浮光掠影的夜生活,不是波涛汹涌的革命热潮,而是琐碎平常的日常生活。但王安忆所谓的日常生活,也不是庸俗的日常生活。它是灵与肉的结合体,它有着真善美的本质。王安忆力图挖掘出都市里日常生活的内在性。在她看来,上海这个城市的日常生活具有一种韧劲的美和顽强的生命力,默默地穿越时代的关隘,保护自己的特色。

　　的确,即使在物质贫乏的20世纪六七十年代,淮海路上的少女仍然可以凭借着细密的心思,把上一代的布尔乔亚风传承下来。"在60年代末到70年代上半叶,你到淮海路来走一遭,便能感受到在那虚伪空洞的政治生活下的一颗活泼跳跃的心。当然,你要细心地看,看那平直头发的一点弯曲的发梢,那蓝布衫里的一角衬衣的领子,还有围巾的系法,鞋带上的小花头,那真是妙不可言,用心之苦令人大受感动。"[①] 作者正是欣赏她们这种即使在困难时期,仍能挖空心思去寻找那点滴之美的对日常生活热爱的热忱之心。社会意识形态已经起了翻天覆地变化的时候,唯有日常生活的方式仍然吸引着人物或作家。从作品中我们看到,"龙虎"牌万金油的广告画,美人图的月份牌所带来的上海日常生活的气韵不仅呼唤着在邬桥乡下的王琦瑶,也吸引着几十年后生活在另一种历史格局下的王安忆,否则作者不会对几十年前的摩登发式、粉红旗袍缎子上的绣花等日常生活的细部做津津有味的咀嚼和反刍。几十年间上海这座城市的肌理和纹路在作者的一笔一画的细腻勾勒中凸显出来,宛若舒缓展开的一轴年深久远却仍显绮丽迷雾的工笔长卷画。在由泛着幽光的棕色地板、垂着流苏的麻织床罩所构建的精致日常生活中,透露了一种富足、闲适的美,即使带着几分慵懒和奢靡。这种艺术化倾向来源于上海市民追求精致的生

[①] 王安忆:《长恨歌》,作家出版社2000年版,第262页。

活取向。

　　这也许就是城市的精魂,城市的财富,这种潜在的支配力量,使得城市处于相对真实和稳定中。城市精神就是如此琐碎地体现在《长恨歌》中,《长恨歌》也就是这样琐碎地体现着城市精神。

(二)《长恨歌》的市民精神

　　王安忆认为,城市的精神是一笔财富,而这笔财富是由城市里最普遍的市民聚敛起来的。市民的生活是城市潜在的支配力量。王安忆把目光聚焦在上海生活的底层,落到最普通最平凡的百姓身上,因为这些人在任何时候都是城市里的绝大多数,虽然他们无足轻重,但是他们的人生是真人生,他们的性情是真性情,他们的生命是真生命,他们的生活是真生活。什么样的轰轰烈烈都有完结,都会成为过去,只有这些"灰尘"们生生不息,永无止境,所以他(她)们是城市精神的当然代表,写城市就不能不写他们,他们就是城市,城市就是他们,把王琦瑶作为主人公正是基于作者的这个出发点。

　　王安忆所谓的市民精神是大众化的,其倾向构成了市民精神的群体样态。王安忆笔下的日子,虽然都是小日子,但这种日子是经过沉淀、积累的有情有调的日子。五六十年代的中国有许多寒冷的冬天,政治运动猛烈地冲击着每个角落,经济上的饥饿逼仄着每一个人,但王琦瑶却过着"炉边小天地"的生活,她和她的几个男女朋友,结成一个小圈子,聚集在一起,打牌、聊天、做小吃,"像一个半梦半醒的人",享受着自己营造的乐趣。"外面的世界正在发生大事情",却"和这炉边的小天地无关",与这炉边有关的是如何将这种"边闲谈边吃喝,午饭、点心、晚饭都是连成一片的"生活长久地继续下去,这是一种疏离时代远离社会的生活方式,这是王琦瑶们自己制造的生活方式,没有生存的惘然,也不会有精神的痛苦,倒是有一种市民的自足,一种别样的生活态度,尽管这样的生存是如此苍白无力,但那毕竟能使她们像守岁般地度过一年又一年,忍耐着在乱世中辗转偷生,自得其乐。

　　正是这样,王琦瑶带着市民精神走向80年代。此时,她已经从一个上海小姐变成一个年近半百的女人了。然而商业文化的兴起却引来了市民意识、市民趣味和市民生活理想的复兴，王琦瑶似乎又回到了40年代热闹的时尚中，她又吸引了许多年轻人并与之成为忘年交，连自己女儿的男友也特爱和她一起相处说话。一位被称为老克腊的年轻人竟痴迷上了王琦瑶，苦苦地追求王琦瑶，让王琦瑶也动了感情。"所谓'老克腊'指的是某一类风流人物……在那全新的社会风貌中，他们保持着上海的旧时尚，以固守为激进"，年轻的老克腊迷上了比自己大二十多岁的王琦瑶，是因为王琦瑶懂得生活，懂得衣食之美，有常人的真性情，他迷上她实际上是迷上了那已逝的市民生活的气息和色彩，王琦瑶则从老克腊的痴迷中重温了昔日的风采，她要在这现实面前抓住一点实在，免得坠入那生活的虚空，旧上海的风情是这对老少情人共同的心，这不免会造成最终的悲剧。"王琦瑶就这样以自己的方式活了半个世纪，虽说经不起灵魂的拷问，经不起价值的追问，但却是实在的有内容的生活，她有她的追求，有她的愿望，有她自己要坚韧地抓住自行创造的生活，这是在大商业兼大欢场的上海市民女性的典型活法。"① 王安忆以她那入木三分的观察和思考，表现了上海这个"东方巴黎"的人与城市之间普遍连接在一起的那种市民精神。

王安忆要讲的市民精神在程先生和蒋丽莉身上也有体现。在1966年那场大革命中，那扫荡一切的气势穿透了城市最隐秘的内心，程先生为了尊严，跳楼自杀，这不能不说是一种市民精神。蒋丽莉的生活似乎总有一些文艺的、诗意的、戏剧的成分，她爱跟潮流赶热闹，她参加了革命，苦苦追求入党，但是她从内心深处还是羡慕着有情有调的永恒的市民生活。她苦苦追求过程先生，但程先生老摆脱不了王琦瑶的影子，她因恼火而变得冷若冰霜，这与她在政治上所表现的热情是截然对立的。她不喜欢自己的三个孩子，因为他们就像她丈夫老张（进城的解放军干部）的缩版，说着半生不熟的普通话，身上永远散发出葱味和脚臭的气味，他们举止莽撞、言语粗鲁、肮脏邋遢、不是

---

① 朱水涌：《世纪之交的中国文学》，厦门大学出版社2000年版，第123页。

吵就是打，说到底就是没有上海市民那种文明的精神。所以见了他们就生厌。对王琦瑶的女婴，却是一见就喜欢，好像她从小就得到了王琦瑶的真传一样。

（三）《长恨歌》的女性情怀

"当一个城市的精神由市民的生活细节来呈示时，她的主角很可能是由女性来充当的。"《长恨歌》中的主人公王琦瑶追求的不过是在一个芯子里做人的日子，过实处的日子。女性的本分在王琦瑶身上得到了充分的体现，女性对现实生活追求的绵长的韧性在王琦瑶身上也得到了充分的体现。王安忆作为一个女性作家，对女性生存现状和价值取向有着近乎本能的关注和理解。

少女时代的王琦瑶是乖的，好看的。她比较聪明，天生有几分清醒，但又比较含蓄和沉着。她和一般女孩的作态不一样，是不作态的作态，是以抑代扬的。《上海生活》里的"沪上淑媛王琦瑶"使她的名字不胫而走，而她却依然故我。晚上拍照睡觉迟了，第二天还准时到校。学校举行恳谈会，要她上台给老校友献花，她推给了别的同学。有好奇的同学问她照相的细节，她则据实回答，不渲染卖弄，也不故作深奥。她对人和事还和从前一样，不抢先也不落后，保持中游。

生活在都市里的王琦瑶是一个做梦的女孩，她不知天高地厚、不知梦之所归。"她的心本来是高的。"[①] 当导演肩负着历史的使命来说服王琦瑶退出复选圈，说那是过眼烟云、竹篮打水一场空时，王琦瑶却把导演的话当作耳边风；对待程先生的挚爱也是一副玩世不恭的态度，借着蒋丽莉顺水推舟，而毅然走进了军政要员李主任的"爱丽斯公寓"，做起了金丝鸟。她为的是也有一个像蒋丽莉那样的家。殊不知，这就是一个女人一生悲剧的开始。

王琦瑶与李主任虽有悲喜交加的聚散，却无刻骨铭心的相爱相知，而从此她的身份却变成了为人所不齿的情妇。纵然如此，王琦瑶

[①] 王安忆：《长恨歌》，作家出版社2000年版，第53页。

在邬桥的阿二面前还是保留了一份优越感的,她亵渎了阿二的顶礼膜拜,抢白了阿二对她的真情表白。再回到上海时,为了生计她只能在弄堂里做起注射护士,但却保留了那种不走样的生活图式,这吸引了严师母等人,但她们最终还是不能接受她。当严师母知道了她和康明逊的恋情以后,心里责怪道"明知不行,却偏要行。康明逊不知你是谁,你也不知道你是谁吗?"这是时代的偏见,这是城市的偏见。一个正常的女性生活在这个时代、生活在这个城市里,要么兴风作浪,要么奋起抗争,要么物我妥协。王琦瑶是第三种态度,这种态度是最能体现韧性的,是女性普遍的生存之道。这种态度是不能爱也不能恨的。

青春是女人最宝贵的财富,时间是女人最害怕的东西。王琦瑶与康明逊的恋情就是为了快要失去的青春在尚可苟且的环境里做了一种情爱的挣扎。80年代,王琦瑶与"老克腊"的"忘年恋"更是王琦瑶下意识地自我挽救。面对行将老去的现实,繁华旧梦的碎片,王琦瑶实在不甘心。甚至与女儿也经常像两个争斗着的女人互不相让,这种争斗在服饰、交友等各方面,跨越血缘亲情和年龄差异鲜明地存在着。在王琦瑶身上,母亲的角色始终没有得到充分体现,她没有太多孕育生命的快感,更缺乏为人之母的崇高感。王琦瑶始终执着于女人这一本位角色。王琦瑶传递出了王安忆对女性本位角色的深邃理解。

王琦瑶的悲剧是女人的悲剧,是市民的悲剧,也是城市的悲剧。她的悲剧是她的市民精神造成的,市民的悲剧是城市精神造成的。王安忆曾系统地阐发了女人与城市的关系。这应该说是王安忆对城市相当独特的体认。城市具有相当大的空间与弹性,为女性提供了面对公众的舞台和严守秘密的闺房,王琦瑶就在这舞台与闺房中长大、流转、迁徙与沉浮。她似乎被动地被上海所塑造、所接纳,自然而然、按部就班地走着上海女性走过或期望走的路,而在这漫长的路上,她领略并保存着这座城市的精华。她的存在是一个城市的存在,她的命运是一个城市的命运。

三 后天努力 厚积薄发
——王安忆小说创作的几个关键程序

王安忆是当代文坛颇有成绩的女作家,她同样属于一个既有恒心,又有恒产的作家,纵观她这些年的作品,我们发现作家非常注意从以下三个方面来建构自己的小说世界。

(一)营建可供发展的人物关系

故事有先天好的,也有后天创造出来的。王安忆的故事大多是属于后者的。王安忆曾在《我读我看》"编故事"一栏中谈到过创作的一些技法问题,首先谈到了故事的"核"的问题,她说:"具体来说就是人物的关系……好的人物关系有两种情况:第一种情况就是这个核、这个人和关系先天很好……好在什么地方?好在它的人物关系,先天就带有两重性……大部分的时候,我们都很难有这么好的运气,所以更多情况是需要后天努力。"① 前者她举了电影《霸王别姬》,后者她举了根据李碧华故事改编的电影《胭脂扣》。作家进一步说道:"我有一种发现:第一种关系,确实不错,它很现成。你拿到手,故事也就完成了一半。但是这种先天好的故事的核,它太容易被使用了,它的资源就很容易被耗尽。倒是第二种,需要后天努力的,好像还有些前途。为什么呢,我也考虑过,先天好的核,往往是比较复杂的,它天赋条件圆满一些,条件圆满的东西限制也大。第二种先天不怎么好,天赋条件不那么圆满,但比较单纯,反而有很多可能性。"② 看了王安忆的许多小说后,我们发现王安忆的很多作品都属于第二种情况,人物关系是后天努力的结果,显示了王安忆作为一个作家创生故事的能力。这里我们有一个重要的发现,就是王安忆近年来的许多创作,人物在故事之始大都呈现出一个有许多可能性的"点"的特

---

① 王安忆:《我读我看》,上海人民出版社2001年版,第218—219页。
② 同上书,第221页。

征。关于这一点，王安忆曾经举例说："你用一个点可以画出任何形状，方块、圆形、三角、直线都可以，但如果是一道线，你就只能画一部分。拥有的条件越是多可能性就越是少，拥有的条件越是少，越单纯，可能性就越多。"① 无论是《长恨歌》中的王琦瑶，还是《富萍》中的富萍，抑或是《上种红菱下种藕》中的秧宝宝……她们先天都不具有多么复杂的人际关系，因此从她们身上才有可能生发出出人意料的故事来。其实从作家对这些人物的命名上就可以看到某种故事性特征。如王琦瑶可使人联想到一个女性飘摇奇异的一生，富萍同样使人想到无根浮萍，秧宝宝更是一个有着无穷未知的命名。而且在王安忆的这些故事中，主人公的一个眼神、一个动作、一举手、一抬足，他（她）的命运和前途就会有"质"的变化。比如《富萍》中富萍找舅舅那一场戏，要在偌大上海找一个人简直就像是大海捞针，但是王安忆是一个有韧劲的作家，因此她笔下的人物充满了活力。从叔叔婶婶那儿知道的信息是：舅舅名"叫孙达亮，住上海闸北，摇垃圾船"②。从这个线索出发，富萍在棚户区里一家人一家人地寻问，这些人虽不能直接引荐却间接地把她像传接力棒似的传给下一家，竟然在不到两个多小时的时间里找到了舅舅孙达亮家。由此看来，王安忆具有编故事的才能，同时她能使自己笔下的主人公拥有言说的主动权，也许这是一个聪明的作家可能获得无限空间的最佳姿态。

（二）给故事添加合理的条件和理由

当然这种以"点"开始的故事要发展下去，正像王安忆本人所认识的那样，添加条件是很重要的。王安忆说："你添加的条件越是出色，你可以走得越远。"③ 那么如何添加条件呢，说起来很简单：根据逻辑。逻辑是很重要的。有些故事好，就是符合逻辑，再说得简单些，就是因果关系，情节的发展就是循着因果关系，所以我们要找到

---

① 王安忆：《我读我看》，上海人民出版社2001年版，第221页。
② 王安忆：《富萍》，湖南文艺出版社2000年版，第102页。
③ 王安忆：《我读我看》，上海人民出版社2001年版，第222页。

因果关系。① 这种因果关系的"依据是什么？我以为就是我们的日常生活"。在这一点上王安忆引用"沈从文先生的儿子曾在《读书》杂志上写他父亲的话，说他父亲评价好作品，常常用极简单的两个字'家常'。这个'家常'非常重要。日常生活是很有力量的。现实生活实践着因果关系，所以因果关系都在现实生活里得到检验，逃不过去"②。王安忆用她的创作实践着她的理念。比如《上种红菱下种藕》中作家一开始就把小主人公秧宝宝——夏静颖寄养到华舍镇的李老师家，环境、人物对象一变就意味着一个崭新的故事即将开始，更重要的是这种安排是非常符合当下江南小镇青年夫妇创家立业的现实情况的，孩子无人看管，那么就将孩子找一家既有知识，又能长一些见识的人家暂时寄养是符合当下亟待发达又不愿耽误下一代的农村青年夫妇的思想现实的。那么随之而来的故事就全凭小主人公秧宝宝自己去开拓了，这很符合王安忆的人物关系理念。于是秧宝宝在李家结识了李老师的儿子、儿媳、女儿、女婿以及孙子，并与这些人产生了微妙的情感故事，更重要的是在这儿还相逢了她的同班同学，少年伙伴蒋芽儿，这种安排就好似给这一个人物能在华舍镇待下来吃了一颗定心丸，是符合现实生活的真实的。由此还发生了一系列小少年、小儿女之间的心灵故事，比如疏远张柔柔，相遇黄久香，疏远李老师的女儿闪闪，亲近李老师的儿媳陆国慎……作家把一个十三四岁小女孩的心灵世界塑造得五彩斑斓，描写得玲珑剔透，其间夹杂着尽可能多的故事和看头。这使我们想起她早期的作品《流逝》，要使欧阳瑞丽这样一个颇具小资特征的女性拥有更感人的故事，除了时代的原因促使外，这个女性在日常、家常生活面前的举措，即在一个不正常的年代里，如何在一日日的生计中锻炼成长也许是这个作品最有看头的地方。

（三）使故事升级

的确，当日常生活成为创作的逻辑准则时，我们发现，这里就有

---

① 王安忆：《我读我看》，上海人民出版社2001年版，第222页。
② 同上书，第228页。

一个问题，正是作家自己所体会到的问题，"画鬼容易画人难"，因为她的故事还牵涉到一个问题，那就是升华。这也是作者的体会，王安忆说："我觉得，故事最后要有升级，故事最怕就是没有升级。"①所以《长恨歌》从"弄堂"到"爱丽丝的告别"为第一部，以"邬桥"到"此处空余黄鹤楼"为第二部，以"薇薇"到"碧落黄泉"为第三部，其实除循了一个女人一生三部曲的逻辑外，更体现了一种物是人非的伤感。但是王琦瑶的青年—中年—老年都内含着日常的底色。"王琦瑶是上海繁华梦的虚幻旗帜，只是一个不真实的梦，但却是一个迷人的梦，虽然王琦瑶所象征的旧上海的繁华梦已经一去不复返，但作为一个从旧时代延续下来的上海市民，王琦瑶却是真实的。"②《长恨歌》的升级是以悲剧升级的，鲁迅曾说："悲剧就是将有价值的东西撕毁给予人看。"笔者以为王琦瑶的价值就在于一种生生不息的日常劲、女性劲，也许"女性从孤独与隔绝的深处悟出了她生活的个人意义，她对过去、死亡、时间的流逝，有着比男人更深切的感觉，她对她心灵的、肉体的、思想的冒险怀有浓厚的兴趣，因为她知道这是她在人间所拥有的一切"③。王琦瑶懂得生活、懂得衣食之美、有常人的真性情、在她身上散发着已逝上海市民生活的气息和色彩，也许这种日常劲、家常劲才是芸芸众生的共有。所以失去一个王琦瑶是不足道的。但她身上所具有的那种让一天天的日子美起来的那股子劲却是人所共有的。

《富萍》从"奶奶"开始把一个乡下姑娘带入城市，到"大水"为止，留给我们读者更多的是关于一个乡下女子未来命运的畅想，而这个故事升级的关键是这个乡下女子的个性和主见，还有那么些不束缚于命运的劲头使故事的发展拥有了无限的可能性。所以当她告别淮海路做工的"奶奶"（富萍是奶奶孙子未见过面的准媳妇）找到闸北摇垃圾船的舅舅家，人物就以最合理和最可能的演进方式个性化地发

---

① 王安忆：《我读我看》，上海人民出版社2001年版，第225页。
② 陈思和、李平：《中国当代文学》，中央广播电视大学出版社2000年版，第524页。
③ ［法］西蒙娜·德·波伏娃：《第二性》，陶铁柱译，中国书籍出版社1992年版，第471页。

展着。一次在舅舅家附近去梅家桥的路上富萍遇到了一个手提煤渣的老婆婆，上前去帮忙，经老婆婆家，从门口向里张望了一眼，瞥见一清爽瘦削的青年——老婆婆的儿子，故事在此又有了新的转机。也许这早年失去父母的女子，相遇这一孤儿寡母人家是她最好的归宿。大致一样的生活背景，差不多的命运，也许是人物走到一起的最好理由。新的归宿选定，新的平衡产生。所以当"大水"一节结尾，老婆婆家在大水中搬家，只见"富萍正划船，忽然一个转身丢下桨，对了水要吐，却又吐不出。只有婆婆一人看见，暗自笑了……"① 寓示着新的生命将要诞生，新的故事又将到来……这种让故事的升级同样在《上种红菱下种藕》中也得到了很好的体现。寄养总是暂时的，秧宝宝下一步何去何从，作者并不是毫无理由地演绎的，而是给人物安排了一个更富新意的去处，秧宝宝的父母在温州赚了一些钱后，决定将他们的宝贝女儿秧宝宝送往绍兴去读寄宿学校，这也许是当下改革开放环境中一个十三四岁的乡下女孩子最光明的出路，所以我们看到王安忆的故事非常遵循现实生活的逻辑。因此她的故事在质朴中见通脱，在通脱中显功力。

无论是追忆已逝上海的繁华梦，还是状写当下生活的现实图景，王安忆的小说都有着深厚的现实原动力，着眼于芸芸众生的现实图景并将故事推向远方。愿王安忆能坚守自己的创作理念，与时俱进，将故事进行到底。

四　诗性眼光　温情世界
——迟子建小说的诗意美

在当代文坛上，迟子建是极具才分的作家，她的小说内容丰富，情味隽永，特别是面对当下这一浮躁的世事，她的作品从选材到立意都有涤尘启智、生情造境的意义。迟子建是近年来颇有创作实绩的一个女作家，她的创作别具一格，卓尔不群。就她的艺术感悟、艺术气

---

① 王安忆：《富萍》，湖南文艺出版社2000年版，第225页。

质、艺术追求而言，她的确不同一般。她的小说具有鲜明的艺术风格和个性特征，因为她所写的是她个人的心灵景象。她用那些极其普通、现实、世俗的材料为我们构筑了一个神奇的、充满诗意的心灵世界。她出生于1964年，从当代小说史的承传关系上来看，她具有承上启下的作用，她的创作彰显着60年代转型期女作家的优长，同时也显出一些问题。但是对诗意世界的构筑作为她鲜明的艺术特征使她成为当代小说史上的"这一个"，让人咀嚼，回味无穷，意境悠远，情味绵长。

（一）善于捕捉普通人身上的闪光点和人性美作为选材的着眼点

"我们是从历史具体性的角度来研究人的本质、本性。在不同的历史阶段和不同的社会条件下，人的本质会有不同的内容。随着社会的每一次进步和发展，对人的本质的理解和认识也就会深入一层。"[①]"马克思说：'人就是人的世界，就是国家，社会。'国家、社会的各种因素，包括各种社会思潮、审美思潮都不是抽象、空洞的存在，都是人所创造出来的。而人所创造的这一切，又最终要反映到具体的人的身上。""坚持'人就是人的世界'的科学命题，可以提高我们对于人物塑造、刻画的审美自觉性。"[②] 迟子建小说世界的建构恰恰是今天我们从计划经济到商品经济过渡期人性的一曲曲挽歌。在发现美上，迟子建是独具慧眼的，从她踏进文坛起，就一直徜徉在无限宽广、无所不包的民间生活的河流中，深情地注视着与自己血肉相连的普通大众，从他们身上，迟子建挖掘出了许多难能可贵的品质。《逝川》中的老渔妇吉喜年轻时美丽、能干，村里的小伙子胡会深深地爱着她，而当她憧憬着做他的新娘时，胡会却娶了别的姑娘。78岁的吉喜孤独一生，在泪鱼游过逝川的这天，她面临着两难选择：是捕泪鱼，还是给胡会的孙媳妇接生，吉喜毫不犹豫地选择了后者。尽管她内心波澜起伏，但她还是忍受着巨大的痛苦安抚产妇。等吉喜忙完这

[①] 吴功正：《小说美学》，江苏文艺出版社1985年版，第16页。
[②] 同上书，第17页。

一切，捕泪鱼的时间早已过去，她自然一条也没有捕到。村里有一种传说：泪鱼下来的时候，如果哪户没有捕到它，那么这家的主人就会遭灾。吉喜当然是懂得这一习俗的，这个一辈子好强的渔妇用宽容化解了心中的怨恨，用善良给别人带来了欢乐。小说的最后，给读者心灵以安慰的是：善良的村民偷偷地在吉喜的盆里放了十几条泪鱼。淳朴的村民之间的互相关爱温暖着读者的心。《雾月牛栏》中宝坠被继父打痴，因为他对继父与母亲做爱说了一句孩子似的话。继父因自己的过失而万般痛苦，整日忧心忡忡，最后抑郁而死。继父的忏悔是感人至深的，他甚至从未抱过自己的亲生女儿，因为他认为女儿的诞生与宝坠的病有着某种微妙的联系。临死时他力劝宝坠住回人的房间，宝坠拒绝后，绝望的继父口中喊着宝坠的名字离开了人世。他的忏悔尽显了人性善的光辉。《白银那》里的乡长王得贵，是一个越到后来越引起人们的崇敬、叹服之情的人物。初识他时，他明显是有着与他在村中所担角色不相匹配的缺陷的，他遇事像个蔫茄子，一种黏糊糊的"老好人"做派，他无力阻止马占军夫妇趁鱼汛在村中飞涨盐价的行为，竟因为他曾经白拿白喝过马家小铺的酒，拿了人家的手短，喝了人家的舌头就短了。在全村人因卡佳（他的妻子）之死与马家夫妇的矛盾达到白热化程度，一场恶战即将开始的时候，王得贵陡然站了出来。在卡佳出殡前他说的那番话朴素之至，也感人备至。这是宽容对狭隘、善良对邪恶的胜利。正是善良和宽容才使得王得贵忍着丧妻的悲痛，坚强地带领着包括马占军夫妇在内的白银那村民，从一场严重的人性危机中胜利地走出来。"揭示社会必然性，摒弃生活偶然性……优秀的悲剧作家总是着力于揭示悲剧的社会根源。确立悲剧形成的必然性原因，对于悲剧具有重大意义。"[①] 商品经济社会必然带来人性方方面面的变化，但是人性向上的必然提升是不以客观的物化世界为转移的。"不是生活中的一切冲突或不幸际遇都具有悲剧性。悲剧作为严格的美学范畴，它的题材和主题应该是严肃的。"[②] 迟子

[①] 吴功正：《小说美学》，江苏文艺出版社1985年版，第464页。
[②] 同上书，第466页。

建的小说并没有回避现实生活中出现的新生事物,但她并不以"新"而乱了阵脚。什么是真?什么是善?什么是美?她有她独立的思考。"歌德认为:'每一种艺术的最高任务即在于通过幻觉,产生一种更高更真实的假象。'在歌德看来,艺术美的'象',是假的……但是,这种'假'在艺术领域内却又是'真'的,是艺术真。这种艺术真,融汇了作家的审美感,因而,它又进入了艺术美……这种'更高真实'的艺术美,可以符合生活的逻辑,也可以符合心理或情感的逻辑。"[1] 普通人身上所具有的闪光点和人性美是我们的作家、艺术家取之不尽、用之不竭的艺术宝藏,普通人身上潜藏着"生生不穷"的创作之源,关照普通人及其他们的生活样状无疑是聪明作家的聪明选择。诚如我们常言的:生活中不是没有美,而是缺少发现美的眼睛。

类似以上这些表现普通人闪光品质的作品还有很多,如《日落碗窑》中腿有残疾的吴云华,不顾自己行动不方便而热心给予邻居王张罗将要生产的傻妻子以照顾和关爱。《疯人院里的小磨盘》中疯人院的三个食堂师傅尽管彼此之间难免有些小摩擦,有时说话也很粗俗,但对小磨盘这个没有父亲的孩子却是非常的关爱,他们鼓励小磨盘好好学习,给他买铅笔,做好吃的。在这些作品中,普通人身上所表现出来的宽容、关爱和亲情深深地打动了读者的心灵,它们充分体现了作者的社会理想和人生理想。从这些作品中不难看出作家不是站在"精神领袖"的位置,也不是站在某一个阶级布道者的立场,而是站在一个对生活有着深刻人文关怀的知识女性的立场来审视、表现和评价社会生活的。她紧紧围绕普通人,将复杂的世相融入小说,将辛酸的幸福呈现给我们,将渺小的生灵引渡到更高的精神境界,给我们制造和构筑了一个诗意的世界。

迟子建的小说不同于当下的一些潮流小说,唯其如此,才独树一帜。先锋小说大量出现技术操作和"反文类"的写作特征,新写实小说"一地鸡毛""来来往往""烦恼人生""不谈爱情",人要么为

---

[1] 吴功正:《小说美学》,江苏文艺出版社1985年版,第67页。

历史所累，要么被现实所恼，人性的主动、人性的张力被压缩、挤兑，人不再是世界的尺度，万物的灵长。人性黯淡到了极点，某种虚无与绝望作为一种绝对的审美价值被标识着，我们看到了连接现实生活的千奇百怪的想象，当然"审美想象是一种创造力，体现了腾越已知世界，向未知世界的挺进和新的发现、创造的活力"①。不过，我们发现先锋派或新写实作家的想象情感所指是向下的、批判性的，而迟子建想象情感所指是向上的、肯定性的，前者更具有对现实的破坏、解构性，而后者更具有对现实的整合、建构性；前者更多的是情感的任性，而后者更多的是对人性必然性理解之后的自觉。这表明迟子建对人性没有失去信心，也表明她对这个世界所持有的哲学态度。这一点和舒婷很相像，也就是说，她们相信"通往心灵和心灵的道路总可以找到"。迟子建的小说也表现出人性的黑暗部分，然而，她总不忘在她的小说中提出希望，人性的希望，这就是她的小说忧伤而不绝望的内在原因。

的确，普通人的生活世界为我们许多作家铺垫了相当厚实的弹性空间，而执着于普通人身上的闪光点和人性美的挖掘是那些被称为"诗人"的作家所钟爱和擅长的选材。

（二）善于挖掘易被人忽视的情感体验

"不管作家往他们的作品里放置什么，比如哲思或德性，文化或文明，但如果不浇铸情感，便很难不让人认为是真正的文学危机产生出来。"② 情感是文学里蕴藏的"常项"，列夫·托尔斯泰深谙于此，所以他在给包括文学在内的艺术下定义时，单单把情感狠狠地强调了一番，说："艺术是这样一项人类活动：一个人用某种外在的标志有意识地把自己体验过的感情传达给别人，而别人为这些感情所感染，也体验到这些感情。"③ 无独有偶，美学家朱光潜在他的《谈文学》

---

① 吴功正：《小说美学》，江苏文艺出版社1985年版，第145页。
② 李万武：《审美与功利的纠缠》，大众文艺出版社2000年版，第348页。
③ ［俄］托尔斯泰：《论艺术》，人民文学出版社1956年版，第46页。

中也说过:"不表现任何情致的文字就不算文学作品。"① 刘勰也说:"夫缀文者情动而辞发,观文者披文以入情。"② 这说明,没有丰富的情感内涵,文艺作品就难以成为文艺作品;没有情感体验,鉴赏主体也难以走进艺术境界。由此可见,一旦缺失了情感,就缺失了整个文学。

迟子建显然是一位情感丰富的女性作家,难能可贵的是她善于捕捉易被人忽视的情感世界。她笔下的情感世界概括起来有以下特点。

1. 用孩子的眼光打量世界,赞美亲情,作品充满着宁静、温馨的气息

《清水洗尘》无疑是这样一篇值得称道的好小说。"清水洗尘",一个多么富有诗意的词汇,作品讲了一家三代洗澡的故事,但这又绝对不是简单的洗澡。小说聚焦于北方农村的一个普通家庭,情节以一个12岁的男孩子天灶为"视点"展开,详细叙述了这个家庭祖孙三代人的洗澡情况。在这篇小说中,天灶、天云、奶奶、爸爸、妈妈、蛇寡妇是小说的六个意象单元,他们联合着、映衬着、对比着,甚至摩擦着,共同把礼镇郑家祖孙、婆媳、父子、夫妻、兄妹等之间的暖人亲情,极富煽惑力地表现了出来。有趣的是迟子建是通过人物间的小摩擦来鲜活人物的个性和可感的亲情的。小说一开篇就把矛盾和盘托出:"天灶觉得人在年关洗澡跟给死猪燖毛一样没什么区别。"这一年一度的辞旧迎新的洗澡,为什么会给天灶留下这么一个不美好的印象?究其原因,不难发现:天灶每次洗澡只能见缝插针地就着家人用过的水洗,从未拥有过一盆真正的清水来洗澡。这一次天灶拒绝用奶奶的剩水,惹哭了家里的"老小孩"。当奶奶知道孙子谁的剩水也不用时,祖孙和好如初。该父亲洗澡时,家里的天真小孩天云跑出来,非要在父亲前边洗澡,怕用父亲用过的澡盆会怀上小孩,逗得父亲、天灶哈哈大笑。父亲与母亲的"摩擦"因于蛇寡妇前来求父亲去修理澡盆。等父亲满脸印着黑灰回来,遭到母亲含沙射影的盘问,

---

① 朱光潜:《谈文学》,安徽教育出版社1996年版,第6页。
② 郭绍虞:《中国历代文论选》(第1册),上海古籍出版社2001年版,第300页。

懂事的天灶为了解救父亲，急忙安排父亲进屋洗澡。母亲在天灶的怂恿下为父亲搓了背，最终父母和好如初，洗去龃龉，这一切都像一道爱的清泉滋润着天灶的心灵。天灶的烦恼也在这温馨的充满爱意的家庭暖意中化解，他终于拥有了一盆真正的清水来洗澡，这第一次的"清水洗尘"，对天灶来说简直就是一次非同寻常的庄严的成人仪式。在这个有"隆隆"夜色和"清香"的星星参与的仪式中，天灶被感动了，我们也被感动了。而我们究竟是被什么感动的呢？我们是被人间轻柔如水、脉脉含情的温柔和爱意打动的。清水洗尘，洗尘清水，只要人间还有爱，只要人间还有情，那么这暖暖的爱意就会像山涧汨汨的清流一样源源不断地、代代不衰地洗去隔膜、洗去不解、洗去尘埃……《花瓣饭》以一个小学高年级的女生为叙述人，围绕"文化大革命"时期一家人在晚饭前所发生的种种风波而展开。这里没有剑拔弩张的冲突，却包含了伤痕文学以来最动人的悲喜剧因素。当校长的父亲被工宣队罚为装卸工，母亲被诬陷为苏修特务受到可怕的批斗时，他们对家人的爱心尚未在残酷迫害中变得麻木。父母进进出出地互相寻找的举止包孕了那个非常时代知识分子异常悲壮也异常复杂的心理波澜。但作者对此不着一笔地加以正面描写，只是以"花瓣拌饭"的意象传出了人间的美好情愫，而充斥正面描写的则是三个小孩的日常生活，时代的残酷性不能不粗暴地侵入这个家庭，以及影响着人伦的正常形态。故事里的大女儿忙着写与父母的决裂书，小儿子满口脏话地侮辱自己的父母。但尽管如此，民间的温馨又一次战胜了时代的荒诞，它以人性的正常爱心消解了貌似威力无比的时代意识形态，爱终于战胜了恨，温馨终于战胜了野蛮，生活本身的逻辑终于战胜了时代的荒诞。作家把那个时代所造成的意识形态和人性的尖锐冲突，举重若轻地化解成一场家庭晚饭前的喜剧性风波。在这篇作品中，我们读到的民间力量却是"发生在几个尚未能形成自觉的人生观的孩子身上，这不能不让我们感到人性抗衡时代的自觉力量的震撼力"[①]。

[①] 陈思和：《短篇小说——一道不应忽略的风景》，《文汇报》2003年2月16日第6版。

2. 用生动传神的文学意象及由意象结构出来的文学情境来表现易被人忽视的情感世界

"文学作品里的情感,是能够唤起生动的审美体验的情感,所以它必须是直观的,即必须是提供给感觉的。"① 情感感觉化的操作方法是为情感立象,即塑造出生动、传神的文学意象以及由意象结构出来的文学情境。在这里意象的直观、可感性既保证唤得出情感,又保证给读者留下想象的余地。迟子建在为情感立象时常常是很独到的。比如《白银那》中有这样一处情感细节:恋爱着的陈林月与马川立到江边看冰排,当有一块巨大的长方形冰排缓缓经过他们面前时,陈林月说那是爱斯基摩人的冰屋子,马川立脱口说了一句"真像是一口冰棺材!人要是睡在冰棺材里,葬在江里有多好!"忽视情感具象性的作家,写到这里大约就要止笔了,但迟子建还嫌没能把这对恋爱着的青年人的情感写得感性具体,便又有了一小节把情感感觉化的文字:"陈林月便因为这种不吉祥的比喻而揉了马川立一把,他趔趄着一脚伸进浅浅的水里,让冰凉刺骨的江水激得打了一个深重的寒噤,就势抱住陈林月,让赔他身上的热气。当然那热气很快就在拥抱中回到他身上。"②

《逆行精灵》中的孕妇、哑巴、豁唇是作者笔下的弱小者,作者安排他们在同一天做了一个相同的梦:"在雾间有一个穿白衣服的女人飞来飞去,她披着乌发,肌肤光洁动人,她飞得恣意逍遥。"③ 这种至纯至真至美的境界是迟子建的理想境界。这一切是"隐喻",还是"表现"?看不出作家的象征寓意,但感受得出作家努力表现普通人的神奇幻觉与浪漫情怀的匠心。

3. 以诗性的目光来寻找残酷现实中的温情世界

"一个优秀的作家,不仅要向人们揭示社会与人生的苦难真相和残忍面目,而且要在洞悉人生真相以后,寻找或创造一种承担真相的力量,让人们在用文字堆砌的艺术世界里获得精神的抚慰和情感

---

① 李万武:《审美与功利的纠缠》,大众文艺出版社2000年版,第349页。
② 迟子建:《迟子建文选》,江苏文艺出版社1997年版,第29页。
③ 迟子建:《逆行精灵》,中国文联出版社2003年版,第43页。

的引渡。"① 王安忆说过："小说是现实生活的艺术，所以小说必须在现实中找寻它的审美价值，也就是生活的形式。"② 在这个世界里，迟子建找寻到了人类的温情，用充满温馨与爱意的温情来承担人生的苦难，抵御生命的荒寒与无望。

在迟子建的小说里，底层百姓的生活大都比较简单、困苦，他们无法左右自己的命运，经常要面对各种不期而至的天灾人祸，但他们总是以平和的心态来对待命运，对生活和生命依然充满了深情的渴望和敬重。《秧歌》里的洗衣婆，老伴去世后，自己也一天天地衰老下去，可是只要能吃上水饺和醋，她就觉得生活能过下去，并且还怜爱那一片落叶和一条小虫。《亲亲土豆》写了一对恩爱夫妻在丈夫得了绝症后依然痛苦地相爱着，丈夫秦山在自己的生命之火即将熄灭的时候，不舍得花钱治病却给妻子买了一条天蓝色的软缎旗袍，让她明年夏天穿上。这种爱是揪人心的，它充满着生离死别的切肤痛楚。《逆行精灵》中的黑脸人，满怀对哥哥的仇恨，准备前去杀兄，可是同行客车里那个安详的孕妇身上所呈现的无法言说的美感，使他杀人的勇气像退潮的海水一样波澜不起，而当夜晚在旅途中的小站里聆听到充满人间至爱的音乐时，心灰意冷的他又重新产生了生活的渴望，于是从不流泪的他悄然落泪。

4. 表现人与自然和谐相处，其乐融融的温情世界

在迟子建笔下，那铺天盖地的冬雪，连绵不绝的秋雨，春日泥泞不堪的街道，都具有神性和灵性，那些个人命运与自然环境相互依存的底层人民，对田野河流，对一草一木，对被自己驯养并使用过的牛马狗羊，甚至是伤害人类的黑熊都怀有无限的爱意。弱智儿宝坠住在牛栏里，日夜与牛儿交谈，牛儿对他的亲热和关心感动着孩子冥顽的心（《雾月牛栏》）。孤苦的洗衣婆怕落在枕头边的落叶会寂寞，就趁着月光明亮地照耀着路面的时辰，将落叶送回原来的路上，不料回来时，她又在身上发现了一只虫子，便再次走出房门，将虫子放到了巷

---

① 程鑫：《直面与超越苦难的努力——迟子建小说的苦难书写》，硕士学位论文，东北师范大学，2009年。
② 王安忆：《生活的形式》，《上海文艺》1995年第5期。

子里（《秧歌》）。

　　值得注意的是，迟子建笔下一些不幸的妇女往往将情感寄托在一些自然景物上。《河柳图》中的程锦蓝心中有一片河柳，因为这河柳是她与前夫李牧青的爱情见证，小说出现河柳达十次之多，或实或虚，或简或繁，但都把它们写得绚丽多姿，美不胜收，尤其是写到那些河柳在女主人公心中"无法无天"地化成不同色彩的时候，更是下笔有神。毕竟，这是在人生道路上迅速滑落的女性所保有的最后一块领地，是女主人公向往美好的唯一精神寄托，是对逝去年华的祭奠。而当后夫裴韶发将河柳割掉准备编筐时，程锦蓝的精神世界终于跌落到无可退守的地步。

　　《疯人院里的小磨盘》中的菊师傅年轻守寡，独自拉扯小磨盘长大。作者对她的外貌是这样描述的："她大约有四十了吧，眼角聚集着一棱一棱的皱纹，她很瘦，面色青黄，吃东西时老是打嗝……无论冬夏，她衣服的颜色都是老绿色的。"① 这样一个不爱打扮自己，心理负担极重的女人却很爱看晚霞，一旦西边天际弥漫着橙黄或嫣红的晚霞，她就会溜出灶房，出神地看上一会儿。每回看了晚霞回来，她的眼神就有了光彩，干活时就更加卖力了。

　　迟子建无比热爱故乡的山水风物和劳作在那片土地上的人民，正是这份热爱才使她捕捉到了易被别人忽视的情感世界。但这并不是一个田园牧歌式的情感世界，而是一个凄美的世界，迟子建相信这同样能带给人力量。说迟子建是一个理想主义者并不为过，她选用了建立一种假象的现实——虚构的历史与理想——的方式来写作。在写作中所建立的书面的现实，成了她寄寓理想的地方，这些在历史和追忆中建立起来的理想主义，保存了在当下的现实中所没有的事物，如诗意的生活，美好的人性，朴素的情感，而这些恰恰是人活下去的动力。迟子建着力表现勃勃生命中人性的善、宽容和理解，对生命中夹杂的"恶"她轻易地宽恕了，或许因为她是底层小人物中的一员，于是她就设身处地地原谅了它们。总之，迟子建这样处理善、恶自有她的道

---

① 迟子建：《迟子建文选》，江苏文艺出版社1997年版，第69页。

理，绝非无为而治，正如她自己所说："只是我的'拯救'方式可能过于唐突。"她要把辛酸的温情给予那些挣扎在生活底层的人们，她要把自己的笔力倾注于歌颂青春、幻想、热情、爱情、希望和生命的顽强与亲切上，而不是放在描写灰暗、肮脏、窒息、腐烂和生存的倾轧上。所以她才能创作出那些温馨、亲切并带有美好人性的温婉之作，用那样朴素、平凡的材料，制作出那样优美、宁静、纯真的诗意世界。"小说作品的感情要求和其它文学作品一样，一是真实，二是丰富，三是独特。"[①] 迟子建的小说具有这样的美学价值。

（三）善于营建具有浪漫仙气的通灵世界

唐杜荀鹤曾说："世间何事好，最好莫过诗。"迟子建的小说清丽淡雅，于无声处诉真情，于现实中提炼浪漫空灵的情感世界。《亲亲土豆》为我们营造了一幅现代农村恩爱亲情的田园牧歌图：当秦山因肺病辞世时，天寒地冻中覆盖棺材的那点冻土无济于事。妻子李爱杰则将一袋袋的土豆堆上坟头。"只见那些土豆突噜噜地在坟堆上旋转，最后众志成城地挤靠在一起，使秦山的坟豁然丰满充盈起来。"李爱杰最后一个离开秦山的坟，她刚走两三步，忽然听见背后一阵簌簌地响动，原来坟顶上的一个又圆又胖的土豆从上面坠了下来，一直滚到李爱杰脚边，停在她的鞋前，仿佛一个受惯了宠的小孩子在乞求母亲那至爱的亲昵。李爱杰怜爱地看看那个土豆，轻轻地嗔怪道："还跟我的脚呀？"夫妻生前的爱意，死后的难别尽在不言中。而土豆这一东北老百姓最亲切最珍爱的粮食作物已在此化成秦山、李爱杰这一对恩爱夫妻情感的音符，情的象征。迟子建的小说总是能于平凡的情景中挖掘出生活的诗意。正如高尔基所说："世上美好的事物真少，最美的是艺术。"迟子建正是这样的"诗人"。

"但写真情与实境，任他埋没与流传。"迟子建抒写的浪漫情感和浪漫世界不仅充满着善良气息，而且具有仙气。不知是受《聊斋》的影响，还是迟子建温柔敦厚的性情使然，她能把一些一般人看似鬼

[①] 吴功正：《小说美学》，江苏文艺出版社1985年版，第135页。

异,感到骨寒的场景、情景也渲染得人气十足、温情脉脉。《格里格海的细雨黄昏》中,"我"大胆地住进了一处所谓常闹鬼的木屋,果然到了夜里,门发出"吱扭"的声响,灶房里传出清脆的碗筷敲击声,而在各种颜色的蜡烛闪亮登场后,它们无一例外地被吹熄了。而这个"鬼"生前是一个爱听自然界各种风声、鸟声、流水声、秋虫哀鸣等声音的老人。这里就连"驱鬼的人"对鬼也是很人道、很仁义的,大过年是不驱鬼的……当我带着未完成的长篇随一个文化访问团来到挪威时,时过境迁,我为自己在木屋里驱鬼的行为感到无比羞愧。我想那是一种真正的天籁之音,是一个人灵魂的歌唱,是一个往生者所抒发的对人间的绵绵情怀。"我相信一个热爱音乐的人,他的灵魂是会发音的。"读到这,我们几乎快要改变自己的人生观、生死观了。只要人间还有爱,无论生死都有了可以依托的向往,有了无所畏惧的理由。这真是"我不觅诗诗觅我,始知天籁本天然"。这就是迟子建的创作。"只有诗人,不屑为这种服从所束缚,而是为自己创新的气魄所鼓舞,在其造出比自然所产生的更好的事物中,或完全崭新的、自然中从来没有的形象中,如那些英雄、独眼巨人、怪兽、复仇神等等,实际上升入了另一种自然,所以他与自然携手并进,不局限于她的赐予所许可的狭窄范围中,而自由地在自己才智的黄道带中游行。"①

这样说来,《逆行精灵》中那个出现于不同年龄、各色人梦中的"白衣女人"也是理解这文章的一个眼,也可说她是普遍地存在于人们内心深处的某种善良美好的象征,在人们纷纷感到迷惘而走入困境时,"她"成为大家向美、向善的印证。当然,迟子建小说世界并非没有瑕疵,比如"白衣女人"和小木匠之间关系的迅速变化和进展表现出作家价值观、情爱观上的一些判断模糊。但是,毕竟瑕不掩瑜,在转型期的今天,迟子建的出现意味深长,诗意化的追求在这里关涉的远远不是一个形式的问题,而有可能是一个关于人的,或者说是一个关于人性、自然性和规律性的问题。其实,不光是她,即使像

---

① 伍蠡甫:《西方古今文论选》,复旦大学出版社1984年版,第56页。

毕飞宇这样的所谓新生代作家和 20 多年在文坛上驰骋不败的王安忆、铁凝和更远一点的张洁等人此时都出现了一种在现代的形式之下情感指向过去的趋向，这是值得评论界注意的现象。

综上所述，迟子建是已经行驶在了自己的"山程水驿"创作道路上的小说家，她用无限的爱心、善良和情意构筑着自己天籁般的诗意世界。如果用王昌龄《诗格》中的三境来做判断的话，迟子建的小说已不是简单地在物境、情境层了，而是有了自己的意境。而这意境是用什么来达到的呢？是用作家的真挚、丰富和独特的审美情感和跨越已知世界，向未知世界挺进和创造、发现的审美想象来完成的。法国狄德罗在论天才时这样说道："精神的浩瀚，想象的活跃，心灵的勤奋，就是天才。"从迟子建小说创作的实绩和内容来看，迟子建是具备了足以成为天才作家的潜力的，我们祝愿着并期待着。

五 新奇丰厚 灵魂重生
——从三个女性形象的塑造解读铁凝的《大浴女》

铁凝的《大浴女》新奇丰厚，立体翔实，充分显示了一个人到中年的女作家在经历了人生的坎坎坷坷、艰辛沧桑之后的一种文学表白，作品为我们塑造的尹小荃、尹小跳、尹小帆三个女性形象是非常耐人寻味的，其中的每一位都纽结或隐含着极大的功能或文化的意蕴。

（一）尹小荃：推动故事情节展开的原动力

尹小荃是一个两岁的孩子，但是她却构成了《大浴女》整个故事展开发展的原动力，是推动故事前行的前因，正如崔志远所说："全书有一个强大的纽结：尹小荃之死，各种人物和矛盾都拴在这个纽结上。"[①] 正是这个人物牵涉了文中各种关系的出场和意义。首先是章妩和唐医生的出场，章妩是尹小跳和尹小帆的母亲，尹亦寻的妻子，

---

① 崔志远：《解读大浴女》，《现当代文学文摘》2001 年第 3 期。

但在那个人性扭曲的年代,她和丈夫同时被下放农村,由于耐不住寂寞,回城称病不返,在不断去医院开假证明的过程中认识了唐医生,生下了尹小荃。文中唐医生被逼上高高的烟囱,跳下身亡,也算是命因有报。而章妩的一举一动无不受到女儿的责难和追问,正如文中写道:她不给孩子们做饭,不是去医院就是躺在床上……而"她从来就害怕她的女儿尹小跳,比害怕丈夫尹亦寻还要害怕。她肯定她的一切都没有逃过尹小跳的眼……"①这样,尹小跳—章妩—尹小帆就形成了一组母女关系链,而章妩—尹小荃—唐医生则形成了故事展开的根本。其次是尹小跳和尹小帆的出场,文中写道,尹小跳和尹小帆是拉着手怔着看尹小荃落井的,这表明尹小跳和尹小帆对尹小荃的感情是隔膜的,这种隔膜的深层原因也许来自于家庭和血缘的维护心理,然而尹小荃毕竟是一个活生生的生命,两姐妹手一拉的结果是活生生地看着一个生命的消失,所以尹小跳—尹小荃—尹小帆又形成了同母异父的关系链,在这种关系链中个中的滋味也许只有人物本身才能体会得清楚。再次,唐菲和陈在的存在,也与尹小荃有关,唐菲是唐医生的外甥女,她无形中感到尹小荃长得像她的舅舅,而揭开井盖,导致尹小荃掉井的直接原因人就是唐菲。这样,唐医生—尹小荃—唐菲又构成了小说旁枝上的一组外围的烘托链。因故念母亲无意识地忽略了搬井盖的人也使陈在卷入了故事之中,更重要的是陈在还是尹小跳的同院至朋,在尹小跳以后的人生中占据着重要的位置。从以上的分析里我们可以看到:尹小荃"应该是一个象征性的隐喻。她的生牵动着章妩,唐医生,尹亦寻。死则牵动着尹小跳,尹小帆,唐菲,陈在等人"②,所以尹小荃是《大浴女》故事展开的根本,是推动故事情节发展的原动力。她也许是一个象征,拷问着大浴者,以及大磨难中的男男女女。

(二)尹小跳:道德与智慧的发言人

可以说《大浴女》中的主人公就是尹小跳,作为一个有知识、有

---

① 铁凝:《大浴女》,春风文艺出版社2000年版,第138页。
② 同上。

文化、有理智的现代女性,尹小跳在文中起着举足轻重的作用。她是作品中道德与智慧的发言人。首先,这种声音的一组最重要的关系表现在尹小跳与母亲的对峙中。当她得知母亲称病在家,只会上医院或躺在床上时,她敏感地发现这是一个不祥的信号,她立即向她的父亲写信揭发她的母亲,信写得声泪俱下,控诉有加。① 在信中她质问道:"什么是妈妈?妈妈就是'知道了知道了妈忙!'"从信中我们已经看到了一个有情有义,有良知的女儿对母亲出轨的痛恨。因此,从女儿这个角度来考察,尹小跳是合格的,她是一个好姑娘,是一个真实的人。其次,这种声音体现在尹小跳与方兢、陈在、麦克的关系上,这是出现在作品中的其他几个人,尹小跳在对待这几个人时能把握自己,表现了认真、朴实的做人态度。尹小跳先认识了方兢,被他的出身、经历、家庭、爱好所吸引,这是很符合一个年轻女子心理的事情,然而,随着时间的推移,她发现方兢身上有着不可拂去的虚伪、虚荣、狡辩、投机和玩世的品质,这种不能苟合的弱点,使她弃之而去。倒是她与陈在的关系体现了两性意味隽永的诗意,但却有着不能实现的悲剧性。我们看到,在大量的文学作品中都有这样一种爱情,一种永远在奔跑中的爱情。瓦西列夫在《情爱论》中写道:"在爱情中,非理性成分和不理智成分表现尤为突出。爱情的一切似乎都无法借助人的认识来预见、培养和控制。冷眼看上去,爱情是因为颠倒了理性的一切规则才得以生存,它通常给人带来许多不合乎逻辑的意外,仿佛是嘲弄理性的优良品德。"② 然而对于尹小跳来说,理性的力量是无穷的。另外,在与麦克的关系上,虽然他们也有值得留恋的梦,但那毕竟是两种文化背景下所发生的故事,也许很新鲜,但是不长久,他们的故事最后也只成为相遇之后的碰撞和碰撞之后的流浪。从尹小跳与方兢、陈在、麦克的关系上我们可以发现,当女性在寻找异性的道路上艰难跋涉之后,她们还是在努力,而在超越了各种文化的差异之后,留给她们的也许只有时间,而当西方的"女性主义者,

---

① 参见铁凝《大浴女》,春风文艺出版社2000年版,第69页。
② [保]基里尔·瓦西列夫:《情爱论》,赵永穆、范国恩、陈行慧译,生活·读书·新知三联书店1984年版,第111页。

将注意力集中到妇女文学传统的寻找上,其目的并非简单地让妇女跻身于男性统治的传统,而是力图在妇女自身中间谱写一个传统"①时,中国的女性解放也正以尹小跳不断奔跑的方式实现着自我,也许西方人的女性解放之路走得更群体一些,而中国的女性解放之路正如尹小跳一样走得更孤独一些。但是,从时代的大背景看,尹小跳是幸运的,她毕竟处于中西方文化碰撞的大背景下,在事业、家庭、个人的道路上还有一种选择。在经历了种种磨难与艰难跋涉后,尹小跳终于当上了出版社的副社长,她以后的升迁与出国也都是其不断努力、不断进取的结果,是情理之中的事。但这不是自私,其实这也许是一种更深刻的自爱,正如弗洛姆所说:"在讨论自私与自爱的心理学方面的问题之前,我们应强调一下存在于对他人之爱与对己之爱是相互排斥的这一表述中的逻辑错误。如果说,对作为人的存在的我的邻人的爱是一种美德,那么爱自己也一定是一种美德……因为我也是人的存在。"②所以在作品最后尹小跳不仅处理好了自己的情爱问题,也处理好了与父亲尹亦寻、母亲章妩的关系。小说最后写道:"她爱她的父母、爱这一对吵闹了一生的男女,从来没有像今天这样爱过。生活亏欠了他们一些东西,她也亏欠了他们,现在她醒悟到了这点,她强烈地意识到他们是多么需要被疼爱,从此她不会一味要求他们理解她了,她要扩大胸怀去理解他们。"③在处理好了各种关系之后,尹小跳"头顶波斯菊"④走向了自己"内心深处的花园"⑤:

> 她拉着她自己的手走进了她的心中。从前她以为她的心只像一颗拳头那么大,现在她才知道她错了,她的心房幽深宽广无边无际。她拉着她自己的手往心房深处,一路上到处是花和花香,

---

① 张岩冰:《女权主义文论》,山东教育出版社1998年版,第85页。
② [美] 埃·弗洛姆:《爱的艺术》,刘福堂译,安徽文艺出版社1986年版,第48页。
③ 铁凝:《大浴女》,春风文艺出版社2000年版,第367页。
④ 同上书,第326页。
⑤ 同上书,第361页。

她终于走进了她内心深处的花园,她才知道她心中的花园是这样。这儿青草碧绿泉眼丰沛,花枝摇曳溪水欢腾,白云轻擦着池水飘扬,鸟儿在云间鸣叫。到处看得见她熟悉的人,她亲近的人,她至亲的人,她曾经的恋人……他们在花园漫步,脸上有舒畅的笑意。也还有那些逝去的少女,唐菲、抗日英雄和尹小荃,她们头顶波斯菊在草尖儿上行走,带起阵阵清凉的风。她拉着她自己的手走着,惊奇自己能为人们提供这样的一个花园,这样的清风和这样的爱意。她是在什么时候开垦的这花园,她是在什么时候拥有的这花园?是与生俱来还是后天的营造?是与生俱来的吧,在每个人的心中都有一座花园的,你必须拉着你的手往心灵深处走,你必须去发现、开垦、拔草、浇灌……当有一天我们头顶波斯菊的时候回望心灵,我们才会庆幸那儿是全世界最宽阔的地方,我不曾让我至亲至爱的人们栖息在杂草之中。①

如果说《大浴女》中的浴女指的是尹小跳的话,那么她正是一个经历了人生的炼狱—大浴—大磨难后灵魂得以升华的人。所以在这部小说中,尹小跳的一言一行都充分显示出了一个现代女性道德与智慧发言人的身影,是值得歌颂的女性。

(三)尹小帆:中西方文化碰撞下的夜精灵

我们这里之所以说尹小帆是夜精灵,是因为这个人物身上所蕴含的中西方文化碰撞的实质内涵还是一个谜,是一个只有通过时间才能逐渐明晰的话题。我们在这里无法给发生在这一人物身上的文化碰撞内涵一个确定的或圆满的答案。我们只能随着作品中发生在尹小帆身上的故事去逐一解释这一碰撞的实际。从尹小帆在作品中走过的路来看,她从小接受来自于父母和姐姐的关爱颇多,尹小荃的出生使她发现自己地位被动摇,她要在这个家里争宠,当她逐渐从一个不懂事的孩子长大成人时,她这种争强好胜的性格就越演越烈。想当尹家老大

---

① 铁凝:《大浴女》,春风文艺出版社2000年版,第371页。

的想法无名地支使着她,支配着她的行为,但是她总是急功近利。面对尹小荃的死,她没有尹小跳的良知,倒是反复在心里强调:"不是她拉尹小跳的手,而是尹小跳拉住了她,她是被动的,被拉就是被阻止。"① 面对母亲,她总是用姐姐的劳动果实来邀功请赏,姐姐是她的遮风墙、避雨港,但是每每她又以出卖和背叛她的姐姐的面目出现,她可以为了一件短风衣与她的姐姐反目,那么在处理与姐姐的旧相好麦克的感情上也就可想而知了。我们知道,尹小帆是受了中国传统教育与西方资产阶级人生观影响的新女性。做个优秀的好孩子、最好的孩子是她的初衷,但在西风东渐的过程中,个性的开放与利己主义的思想观也无时无刻不在她身上表现着。"她要从所有方面证明,她尹小帆是这个家庭里最值得重视的生命。"② 所以当她一旦成熟起来看她所做的一切都是与她的姐姐的抢夺:抢风衣、抢丈夫、推责任、卸包袱。当小说结束时,她得到了麦克,她的姐姐对她说:"小帆我不是想阻止你和麦克结婚,我只是觉得你有一种心态,一种和我竞争、抢夺的心态,这种心态其实会蒙蔽你的灵魂,让你不知道究竟什么是你的真爱。"③ 尹小帆却说:"这话该由我来告诉你,我和陈在通过电话了,我知道你们结不成婚了,现在想和我竞争、抢夺的是你吧,你走投无路才想到了麦克。"④ 所以小说又写道:"尹小帆是多么忙啊,忙着参与,忙着破坏,忙着破坏与参与,忙着参与与破坏,不参与不破坏就不足以证明她的存在。"⑤ 从尹小帆身上我们看到,文化的碰撞具体到每个人时情况就非常复杂了,从尹小帆身上我们应该深深反思家族权利意识是怎样侵袭着我们的心灵,同时也要看到西风东渐中时代的女性们到底又拿来了一些什么,我们不得不痛苦地告诉大家:我们正处在一个中西方文化极具悖论的时代,而身在其中的每一个人都应该很好地思索一下自己的位置,给自己一个相对稳定的定

---

① 铁凝:《大浴女》,春风文艺出版社 2000 年版,第 218 页。
② 同上书,第 220 页。
③ 同上书,第 369 页。
④ 同上。
⑤ 同上书,第 370 页。

位，因此我们认为尹小帆只能是东西方文化碰撞下的夜精灵，她的未来的一切都还是个谜，需要时间的考验。黑格尔在《美学》中说："美只能在形象中见出。"①而"人们谈论得最多的东西，每每注定是人们知道很少的东西，而美的性质就是其中之一"②。从这个意义上看，《大浴女》已具备了美的结构和素质，三个女性无论是在故事的结构、叙述的策略，还是主题的深层含义上都具有自己特定的功能，这部作品无疑是铁凝在新时期里一部具有创新意义的作品，更可贵的是，这部作品"具有清澄透明的人性魅力，并为爱、为善、为人类所应具备的高尚情怀和生活信仰准备了无数催人泪下的细节，它恢复并唤醒了人之所以叫人的那部分高贵和尊严，同情、怜悯和追问灵魂的自由……"③

六 先验结构 囿于一隅
——论蒋韵《落日情节》：走不出结构的女人

文学的要旨不仅在于示情，更重要的是揭示人作为一个复杂存在的特殊而又典型的意义。文学作品对女性生活的挖掘是我们认识现实的一个独特的视角。女作家蒋韵的《落日情节》"其实是把一种生活状态推到极端地步；日常小事，寻常人家，却隐含着个人与历史的巨大冲突。令人震惊而感人至深"④。

这种震撼在于作家能从女性与传统、女性与社会、女性与自身的关系出发进行思考，在重围中展示了一个沉重而又无法突围的女人是如何遭到他杀而又自戕的。"郗童的哥哥死于"文化大革命"武斗，结果罪责要由为哥哥开门的郗童承担；而自责在后来的岁月中成为抹不去的生活阴影，通过母亲的折射，笼罩了这个女人的一生。她那本来鲜活的青春年华也因此过早缄默而暗淡。在以后出现的多次生活转

---

① 吴功正：《小说美学》，江苏文艺出版社1985年版。
② 铁凝：《大浴女》，春风文艺出版社2000年版，第3页。
③ 同上书，封底。
④ 陈晓明选编：《中国女性小说精选》，甘肃人民出版社1994年版，第439页。

机,她不能越过这道障碍。母亲把所有的罪责、爱和愤怒都倾注到郗童身上,这个柔弱的女子只有默默承受这一切。正如她坐在母亲输液的床边所想的那样:'她曾经杀了哥哥。她居然想逃避惩罚。她想得多么天真,她又怎么逃得过去?今生今世,她是逃不掉的了'。她不得不一而再,再而三地放弃自己的自由和幸福。终至于她只能在学校的讲坛上重复汉语的主谓宾结构,以形销骨立的姿势消逝于昔日恋人的视野。"① 这个悲剧意味很浓的故事不禁使我们发问:是什么构筑了郗童憔悴而又顽固的生命形式,为什么这种动力如此强大?

(一) 在被抛中迷惑

法国存在主义女权作家西蒙娜·德·波伏娃说:"我们必须再次重申,在人类社会中没有什么是自然的,和其他许多产品一样,女人也是文明所精心制作的产品。"② 郗童的故事可以从一个角度为我们展示这个产品的制作过程。

郗童是1967年9月8日早晨被母亲判了"死刑"的。

> 九月八日早晨,母亲起床,只见郗凡屋里房门虚掩,推门一瞧,人早已无踪无影,棉被毛巾被叠得整整齐齐,伸手摸床,却早已没有一丝热气。再摸自己的衣兜里。母亲旋风一样撞开了郗童的房门。
>
> "郗童你干的好事!"母亲说。
>
> 郗童早已起床,坐在窗下,仰着一张脸,专等母亲来审问。母亲说:"郗童你干的好事!"郗童就笑了。郗童说道:
>
> "母亲大人息怒,你罚我洗三天碗吧。"
>
> "母亲大人"抬手给她一个嘴巴,母亲的脸在朝阳中呈现出雪一样寂静的颜色。母亲许久说出一句话,这句话语不惊人却毁掉了郗童的余生。母亲说道:"你杀了郗凡。"

---

① 陈晓明选编:《中国女性小说精选》,甘肃人民出版社1994年版,第438页。
② [法] 西蒙娜·德·波伏娃:《第二性》,陶铁柱译,中国书籍出版社1992年版,第549页。

母亲在一九六七年九月八日说出了一个预言。

仅仅几分钟，郗童被"结束"了本是充满无限生机与想象的生命。又是谁杀了郗童？我们必须拨开故事的表象去寻根溯源。表面看是郗童放走了被母亲牢牢看守的哥哥郗凡导致了郗凡被"文化大革命"武斗的吞噬。我们不想否认这一不幸的事实，但是当这一不幸又影响、扼杀了另一个鲜活的生命时，我们不得不对郗童在母亲折射下的沉重而又自责的心理进行理性的探究。我们想说这个故事它更深地揭示了女性在被抛中不公正的地位。我们想问：为什么被锁在房子里的是郗童的哥哥，而不是郗童呢？母亲的这一锁将男女截然地区别开来。这一锁让我们看到男性优于女性的处境和男性作为一个与过去、与现在、与未来不可分割的人的完整性和连贯性。"锁"这一行为正是一种强调，强调了被锁者与这个社会的亲在性和对一个家庭的重要性。被锁者——哥哥——男性与这个世界的关系是"在之中"。因为他与这个世界的联系是直接的，所以外部世界无时无刻的莫测变化必将通过他——男性反映给他生活周围的人。在郗童这么一个早年丧父的三口之家中，哥哥无疑是与外部世界碰撞、纽结的主体，而对这一主体最敏感和直接的守望者无疑是他的母亲。同样是传统意义上的她，正是通过儿子与世界联系在了一起。儿子是她精神的晴雨表，当这个世界平和安详时，她可能是他最深沉的默默的祈福者；当这个世界动荡不安、险象环生时，她无疑是最沉重的忧虑者甚或保护神。不过与其说郗童的母亲在"文化大革命"武斗时是儿子的第一保护人，不如说她将儿子牢牢的一锁是出于对儿子或者说就是对自己命运的深深的忧虑。

正是这样，郗童没有被锁事实下的内涵也就显得意味深长和耐人寻味了。郗童——女儿——女性不用被锁是因为她是令人放心的。这一放心也就否定了女性与这个世界的必然联系。因为她是"在其外"的人，因此她便失去了主人的地位，处在次要位置。所以她全部的愿望和努力充其量不过是对这个世界的点缀甚或可能是节外生枝（郗童放走了哥哥正是这样）。试想：如果女性与这个世界的关系也是"在之中"的,情况会怎样呢?郁童放走哥哥不光是对哥哥的言听计从,她的下意识还透露出对哥哥——男性无限的崇拜与信任。其实郁童早已处在了并不自知的被抛中,因为所谓女性气质正在要求她"只有把她那为自己创造的生活,同她的母亲、她的童年游戏和她少女幻想为她准备的命运结合起来,她才能够通过她的全部的现在和过去,对她自己采取赞同的态度"①。帮哥哥打开门锁无不与她缺乏理性判断的温顺善良有关。其实郁童对自己被抛的事实认识是不太明晰的,而哥哥的死与母亲"隔了千山万水"的眼光加深了她的异化。"一个人如果丧失了主观意志任凭他人或环境及异化了的自我的摆弄,就等于进了地狱。"② 在走向地狱的路上,郁童的母亲"助"了郁童一臂之力。可悲的是母亲对此一无所知。"你杀了郁凡"是一个丧夫之妻对自己前途无处住脚的感知,此时的她又作为一个丧子之母在传统的重男轻女思想的导引下从自虐走向他虐。因为她的下意识告诉她,女儿——女性是不会给她带来希望的,她(女儿)压根儿与这个世界缺乏联系。所以母亲在无望中只能自虐度日,女儿也就在她这种他虐下深深自责。郁童自责的更深原因是传统压力下做一个女人的自卑。因为哥哥出事使郁童变成既定和谐秩序的破坏者,她打破了母亲平衡的心态,也打乱了自己的人生,她丧失了女性作为一个传统意义上旁观者的那份"安宁"。她在被抛中迷惑,又在迷惑中出发。

(二) 与世隔绝的完美观

当女性在迷惑中上路时,她们往往把爱情作为自由王国的归宿。然而,"当人类个体走过漫长的童年时期时,传统的文化观念已经渗透了他的心灵,这种对自然人的同化已经到了使被同化者不自知的程度"③。郁童正是带着做女人的自卑走向她的爱情的。自卑的她更清楚地将爱情演绎为"对现实的逃避"。和所有的女孩儿一样在她们

---

① [法]西蒙娜·德·波伏娃:《第二性》,陶铁柱译,中国书籍出版社1992年版,第522页。
② 同上书,第4页。
③ 孙绍先:《女性主义文学》,辽宁大学出版社1987年版,第99页。

构筑自己的爱情理想时,很少将现实的内容注入其中。所以她们的完美爱情也终将处在世界之外。"由于女人在社会现实中没有主体的存在,因此她的生命活力只能锁在家庭里、自己的身体里"①,她们一切的努力和小心翼翼与其说是为了爱情,不如说是为了不被传统抛弃,因而她们形成的是与世隔绝的完美观,"所以她才通过自恋、爱情或宗教孜孜不倦地徒劳地追求她的真实存在(being)"②。"一切都在影响她,使她困住自己,使她受外在于她自己的存在的支配——尤其是在爱情方面,她是放弃了而不是坚持了自己的权利。"③ 当她们为传统下所谓完美的爱情献身时,她们也距不断创造的完美越来越远。正是在传统挤压下形成的所谓至高无上的爱情将她们抛到了现实与完美之外。她们也许形式不一,比如郗童不谈爱情的结果是成为爱的祭品。于是当有一天:

> 他们不期而遇,市声包围着一个重逢。他们四只眼睛穿越了许多的岁月骤然相撞,他看出了她的慌乱。她一身七十年代的古老装束,和红男绿女们摩肩接踵。他沉默地屏息看她。她突然落荒而逃,留给他一个惊慌无措的背影。她跑起来像只母鸭,他从不知道这个,他感到震动,她摇摇摆摆离他远去,这时他心里忽然有了一种如释重负的感觉。

没有想到被郗童珍藏于心,只敢小心,不敢轻碰的爱情,在经历了多年的封存酿造后酿出的不是美酒而是母鸭般的身材和恋人如释重负的轻松。我们清楚地看到女人在传统影响下所形成的与世隔绝的完美观常常使她们放弃拥有爱的权利,从而走向爱的反面。当她们为所谓理想的事物努力奋斗时,完美已成了高悬于她们头顶上的利剑,让她们为要做一个完美的女人而战战兢兢。这个完美被她们演绎为不能

---

① 王文英:《令人困惑的第二性——女人》,《文汇报》1988年5月12日第8版。
② [法]西蒙娜·德·波伏娃:《第二性》,陶铁柱译,中国书籍出版社1992年版,第519页。
③ 同上书,第541页。

在自己一生的道路上出错,无论是什么原因,一旦出错便是毁灭的开始。其实她们并非在追求完美,而只是想与现实绕着走。而脱离现实的完美只能使她们变成一次性的消费品。于是传统重压下的她们与现实和爱情越来越远,离虚无越来越近。毋须讳言,女性的这种完美观缺少的是心智的滋养和理性的判断:女人也是社会的人,她怎能不与这个世界发生联系呢?所以当她们不幸与这个世界或传统发生碰撞、冲突时,她不应该将这种不幸看成不幸。她们应该放弃一些先验的想法,"她们没有认识到错误可以开辟前进的道路,而是认为错误是无可挽救的灾难,就和畸形似的"[1]。这样她们怎能把自己真正融于社会现实中呢?

(三) 不能承受的生命之轻

由于女人是精神上的近视者,这就使她无法看清远处的东西。"使女人注定成为附庸的祸根在于她没有可能做任何事这一事实。"[2] 她在自恋、爱情或宗教中与其说是寻找自己,不如说是寻找传统关于女性的注脚。正如尼采所说的那样,男性为自己创造了女性形象,而女性则模仿这个形象创造了自己。她一直耿耿于怀于自己第二性的特质,她仍然徘徊于两性的荣辱中。"如果每个人都终于可以这样不以两性差别为荣辱,而以拼命争来的生存自由的光荣为骄傲,那么女人将只能把她个人的历史、她的问题、她的怀疑、她的希望,认同于人类的历史问题、怀疑和希望,那么她将只能在她的生活和工作中谋求揭示整个现实,而不是仅仅谋求揭示她个人的自我,只要她仍不得不为做一个人而斗争,她就不可能成为创造者。"[3]

而要成为创造者,女性首先就要空掉她是一个女人这样一只"杯子"[4]。正是传统意义上的她是女人这一文化观念,常常使她们拥有

---

[1] [法] 西蒙娜·德·波伏娃:《第二性》,陶铁柱译,中国书籍出版社1992年版,第537页。
[2] 同上书,第519页。
[3] 同上书,第542页。
[4] 同上书,第547页。

那种无法比拟的特权，即没有责任感。缺乏责任感就意味着女人总是有退路的，总是有退路必将使女人容易走下坡路。"可是女人就是这样被教育大的，她从来没有对必须为自己的生存负责留下什么深刻印象"①，她们压根儿不想到世界中去寻找自我，而是到男人那里去寻求庇护与解脱，因此她们常常被她们"要依附"和"被解救"的念头弄得不知所措。

由于缺乏责任感，女人没有悲剧意识，她们往往对自己也是主体的地位漠不关心，于是对于生活真正的力度她们体会不深。她们轻易地被意外事件击倒只不过是她不想与不敢面对的托词，而所谓完美爱情是她们不思进取的最大借口。也正是这样，她们寻找爱情的初衷不是更加自爱，而是放弃了爱的权利和责任。事实证明，这种无私常常是某种病状，"表明他没有爱或欣赏任何东西的能力，表明他对生活充满敌意"②。事实同样告诉我们："倘若一个人能够卓有成效地爱，他也会爱自己，倘若他仅能爱他人，他便根本不会爱。"③

而种种迹象和例证表明，"心理生理上失衡，那不意味着缺乏力量，也不意味着平庸"④，只是女人也要有为生存负责的勇气和行动。不幸的是郁童面对生活采取的是恶性循环的逃避。她再次将自己逃遁在工作中，但因是逃遁，所以工作对她来说也只是单调的重复，她并不关心工作的内容和责任。所以郁童只有在讲坛上重复汉语的主谓宾结构和"的"字的 15 种用法。而这种重复也恰好是一种暗喻，说明在中国女性的生活中总有一套像汉语的语法结构一样的秩序一成不变地支配着她们的运作实践，而这种秩序正是长久不变的文化内涵的内核，一种绝对起支配作用的结构。这也就象征性地总结了中国妇女世代相传的命运和归宿。"当代中国妇女并没有完全摆脱封建文化的因

---

① ［法］西蒙娜·德·波伏娃：《第二性》，陶铁柱译，中国书籍出版社 1992 年版，第 542 页。
② ［美］弗洛姆：《爱的艺术》，安徽文艺出版社 1986 年版，第 51 页。
③ 同上书，第 50 页。
④ ［法］西蒙娜·德·波伏娃：《第二性》，陶铁柱译，中国书籍出版社 1992 年版，第 542 页。

袭重负。……封建主义的'男尊女卑'等观念披上了社会主义的外衣，继续束缚着中国妇女。"① 即使像郗童这样受过高等教育的当代女性，她也并不真正关心她生存的价值和意义，所以她必将缺乏对于生活的创造。

"就作出伟大成就而言，今天女人所主要缺乏的是忘掉自我。"② "海德格尔告诉我们，应当放弃自我的古典概念去突破它，不要把我们拘束于自我之中，以便接受我们永远是'在我们自身之外'的观点，没有我们这样的容器，'在我们自身之外'的说法本身就会相当空乏。"③ 所以女人要想成为伟大的创造者，就必须同样承认作为一个人的悲剧性和责任感。"尼采把这种'伟大性'看作是忍受必然性，是对生命之爱。"④ 没有忍受，生命将成为不能承受之轻的东西。

的确，悲剧往往在于我们没有悲剧意识，而拥有悲剧意识便意味着我们拥有责任。"只有那些有政治信念，在工会积极活动，对她们的未来充满信心的女人，才能赋予默默无闻的日常工作以道德意义。但是由于缺乏空闲时间以及沿袭屈从的传统，女人自然刚刚开始产生政治的和社会的意识。由于在工作交换中没有得到理应得到的道德和社会的利益，她们自然不会热烈服从工作的约束。"⑤ 所以女性的解放还要依靠"通过整个社会的演变，包括政治、经济、法律、道德、习俗诸多方面对于女性歧视、束缚的转变"来达到。所以社会的平视也终将使女性在从"他者"到"此者"的道路上走得更快些。不过反女权主义者也告诫我们：今天解放型的女人对世界没有任何建树。这也就提醒我们应思考女性解放真正的内容是什么。因此"一个女人要是不愿意让自己引起社会的愤慨，或贬低自己的社会价值，就应当

---

① 畅广元主编：《中国文学的人文精神》，陕西人民出版社1994年版，第149页。
② [法] 西蒙娜·德·波伏娃：《第二性》，陶铁柱译，中国书籍出版社1992年版，第534页。
③ [法] 让·华尔：《存在哲学》，翁绍军译，赵鑫珊校，生活·读书·新知三联书店1987年版，第31页。
④ [德] 尼采：《瞧！这个人》，刘崎译，中国和平出版社1986年版，前言第8页。
⑤ [法] 西蒙娜·德·波伏娃：《第二性》，陶铁柱译，中国书籍出版社1992年版，第520页。

以女性的方式去经历完她的女性处境"①。

　　　　太阳将落未落，如一幅旧画。

　　因为是画，所以是可以欣赏的，因为是旧画，所以是可以尘封的。女人必须为自己的旅程重新打点行装。蒋韵用郜童形象为我们演绎了一个现代女性的传统沉没。她让更多的人在了解女性现状的同时，也启发女性去找到解决问题的钥匙。

七　灿烂星空　别样光芒
——谌容与张洁创作比较

　　谌容与张洁都是新时期崛起的杰出女作家，也是新时期女性文学的奠基者。当众多的男作家挥斥方遒于广阔世界的大波大澜、人与自然、人与现实、人与历史的宏观领域时，她们则常常徜徉流连于爱情、婚姻、家庭这一类微观地带。尽管她们同处于中国现代女性刚刚觉醒的特别时期，都以女作家特有的细腻与多情，涉足爱情、婚姻、家庭题材，拥抱与她们命运休戚相关的人生。然而，她们拥抱人生的侧重点又迥然不同。对爱情、婚姻、家庭的探索也不尽相同：一位专注于人生之态的描摹和剖析，一位钟情于女性之梦的编织与追求。

（一）创作视角之异

　　作为女作家，张洁和谌容，对女性，尤其是知识女性显然有一种潜在的认同心理。然而由于不同的创作个性，她们对知识女性关注的视角又有所不同：谌容往往通过对知识女性的描写，力求更全面更深入地表现客观现实的真实面貌；张洁则用强烈的自尊把女性问题从诸多其他社会问题中突出出来，倾诉她们对人生、宇宙的全部感受和思

---

① 王文英：《令人困惑的第二性——女人》，《文汇报》1988年5月12日第8版。

考。《人到中年》中的主人公虽是知识女性,但作品的核心无疑是标题所昭示的中年知识分子问题。而《爱,是不能忘记的》(以下简称《爱》)则表现了女主人公钟羽对理想爱情的执着追求却终未如愿的不尽的哀伤。如果说《人到中年》把爱情、婚姻、家庭凝聚在广阔的人生和现实的社会之中,具有强烈的现实针对性和特定历史时期的已然性,那么《爱》则把广阔的人生凝聚在爱情上,显示出未来社会的必然性和超越时空的人类共同性。

继《人到中年》和《爱》之后,谌容和张洁又分别创作了一系列反映爱情、婚姻、家庭问题的佳作。前者如《杨月月与萨特之研究》《错!错!错!》《懒得离婚》;后者如《方舟》《七巧板》《祖母绿》。在这些相同题材的作品中,谌容与张洁还是表现出视点的不同。谌容依然从生活的多种角度来描写爱情、婚姻、家庭。在《杨月月与萨特之研究》中,妇女命运只是视角,而最终的目光还是落在对左右妇女命运乃至左右男人女人共同命运的落后的社会现状的透视与批判上。《懒得离婚》的艺术支点,也依然是对变革生活所带来的种种困顿不安的情绪和骚动的灵魂进行描绘和剖析。

与谌容不同,张洁在《爱》以后的《方舟》《祖母绿》中,依然直接凸显爱情、婚姻、家庭这类内容。张洁倾注全身心关注的是知识女性如何自强自立,如何在以男性价值观为尺度的社会里最大限度地实现女性精神的解放,实现女性自我价值这样一个关系到女性切身利益和根本命运的社会问题。如果说在《爱》中,张洁很少写女性对环境压迫的情绪反应,那么在《方舟》中,张洁已经认识到外部环境的巨大影响和它对知识女性心灵的压迫与撞击。

从谌容与张洁的作品中,我们可以看出,张洁写家庭写得尖锐、痛彻;谌容写家庭,尽管多是悲剧式的家庭,却显得委婉、温情。谌容与张洁笔下的人物,尤其是知识分子形象,尽管有着诸多的差异,但其行为准则似乎还有相同的一面,即"独善其身,忍辱负重,自我牺牲,追求道德的自我完善和内心的平衡"[①]。谌容与张洁作品的深

---

① 许文郁:《张洁的小说世界》,人民文学出版社1991年版,第224页。

层，都蕴藏着一个痛苦矛盾、执着于内心幻想的灵魂。

(二) 创作心态之异

文学是社会生活的反映，社会生活是文学创作的唯一源泉。马克思指出："观念的东西不外是移入人的头脑并在人的头脑中改造过的物质的东西。"① 文学作品的创作过程，从本质上讲，也就是一定的社会物质生活移入作家的头脑并加以改造的过程，即作家对客观现实生活进行艺术概括的过程。文学的本质特征就是通过形象典型来反映生活，从而表现作家的思想感情，它是一种特殊的审美的社会意识形态。谌容和张洁形成她们各自对人生独特的思考和理解，必然与她们的生活基础有着密切的关系。在创作的时候"使自己的思维返回到当时的境界和生活气氛里去"②。

张洁能在《爱》中最先呼唤理想的爱情和婚姻，其中倾注了她坎坷的身世和辛酸的情感经历。"父母的离异，使之在童年时期就过早地感受到了人生的寂寞和荒凉。"③ 天生忧郁多情的气质，喜欢沉思幻想的性格，促使她饱览了古今中外的文学作品，尤其深受充满人情、人性、人道的西方古典文学的哺育和熏陶。契诃夫淡淡的哀愁、雨果的浪漫主义、托尔斯泰作品中人性的复活等，都对张洁后来的创作有明显的影响。张洁说："文学对我日益不是一种消愁解闷的爱好，而是对种种尚未实现的理想的渴求，愿生活更加像人们向往的那个样子。"④ 如此多情的气质，深厚的文学修养，以及后来离婚的孤独，种种不幸的遭遇都使她很容易产生将理想人生诉诸文学，创造一种艺术化人生的真诚追求。

谌容对人生的独特思考也与其独特的人生经历密切相关。病魔的

---

① [德] 马克思：《〈资本论〉第一卷第二版跋》，《马克思恩格斯选集》（第2卷），人民出版社1972年版，第217页。
② 吴强：《写作〈红日〉的情况和一些体会》，《人民文学》1960年1月号，转引自十四院校《文艺理论基础》，文化出版社1981年版，第203页。
③ 张洁：《已经零散了的记忆——〈代自传〉》，许文郁：《张洁的小说世界》，人民文学出版社1991年版。
④ 张洁：《我的船》，《文艺报》1981年第15期。

困扰，漫长的疾病生涯，使她有暇沉浸于中国古典文学和文化的熏陶中，形成了对艺术的痴迷追求。病中饱尝世态炎凉，内心深感孤独，导致她容易产生一种深切的悲剧人生意识。长期病中的静观和慎思使她的作品产生了一种哲学思辨色彩。当她带着这些悲剧感受和哲学意识去观察、体验、思考形形色色的家庭和人生奥秘时，就能敏锐地捕捉到人生的底蕴。但是谌容又带有较多的传统文化思想和传统道德观念。她像中国大多数传统知识分子一样，有一份沉重的社会责任感，她既看到人生的苦难与不幸，又深信人生总有美好的一面。

张洁是一个痛苦的理想主义者。她一直苦苦地向往着比现实更高的东西。理想在张洁的主人公——知识女性的追求中，始终是占据中心地位的价值核心和创造动力，即使在最痛苦的时候，她也决不放弃对理想的追求和膜拜，显示出女性特有的柔韧和刚毅。正因为张洁表现了对理想的过高追求，所以她的主人公们几乎都在现实的制约中痛苦着。

谌容是一个清醒的现实主义者。在她的人物系列中，更注重表现对已然的政治、经济、文化等多方面比较冷静的观察。理想在谌容的主人公那里，似乎成了奢侈品。她的主人公始终是在现实的制约中度着繁难的人生。换言之，她抒写的更多的不是人生的理想追求，而是普通知识分子必须面对的烦恼人生。

王国维说："客观之诗人，不可不多阅世，阅世愈深，则材料愈丰富、愈变化，《水浒》、《红楼梦》之作者是也；主观之诗人，不必多阅世，阅世愈浅而性情愈真，李后主是也。"[①] 王国维在这里指出的是那种创作心理类型。尽管很多人认为，没有一个女作家是冷静的现实主义，但谌容似乎是个例外。除《人到中年》显示出浓郁的抒情性之外，其以后的作品表明她可以名副其实地被称为"客观之诗人"。这表现为谌容始终坚守着现实主义这块阵地，她总是以社会存在的客观性为依据，执守以创造典型为中心的审美理想；她长于按照生活的本来面目，刻画人物性格的不同侧面，展示其心理活动的复杂

---

① 王国维：《人间词话》，上海古籍出版社1998年版。

层次，通过精微的细节描写来捕捉和显现人物的心理轨迹。

与此相反，张洁大概当属于王国维所说的"主观之诗人"。张洁的现实主义广泛灵活地吸收了浪漫主义乃至现代主义的各种表现方式，她放弃了着重外在行为的描写和情节设计的传统思路，着重于心理层次的把握，这使得张洁的作品大都显示出一种强烈的主观色彩。而且，张洁只有在创作自己喜爱的人物时，才能进入人物的内心，如写钟羽、梁倩、曾令儿时，人物写得那样鲜活饱满气韵生动。她们纯洁善良的心，执着的追求，高尚的情操，博大的胸怀……无疑都是张洁本人心灵的一种外化。

（三）情感表达方式之异

文学的根本特征是用形象反映生活并表现作家的思想感情。一般来说，较之男作家，女作家普遍拥有自己独特的情感世界，女性特有的丰富的心灵世界和情绪世界，几乎都是以女主人公感情发展的脉络为牵引线而被描绘得淋漓尽致。

刘勰说："昔诗人什篇，为情而造文。"[①] 这说的就是文章应表现作家的思想感情。也许谌容如果放纵自己的感情，《人到中年》的悲剧意味会更浓；张洁如果再约束一下感情，《爱》当时会为更多的读者所接纳。但谌容毕竟是谌容，其感情唯因理智而有所节制；张洁毕竟是张洁，其理智会因感情而更富人性。她们所表现的女性美，多是外表温柔亲切、气质纤巧和内心纯情充实有力的和谐统一。

张洁把自己的整个身心全部都投入了人物身上，其感情的流泻，使人觉得张洁似乎是在用整个生命负荷女性全部的苦难与不幸。感情的全部投入使张洁的作品表现了一种显而易见的虚构和自传的结合，使作品获得一种出人意料的震荡灵魂的深邃的艺术魅力。如果说谌容的作品在于生活的真实，心理的真实，那么张洁的作品则在于情感的真实，自我的坦诚和真实。梁倩们感情的外露和激越，以及自我的真

[①] 转引自郭绍虞《中国历代文论选》（第1册），上海古籍出版社2001年版，第273页。

实突现和所表现的抗争感，致使《爱》的优美沉郁的风格到《方舟》，发展为令人回肠荡气的强烈抒发和心痛兮兮的扼腕长叹。然而到了《祖母绿》，张洁似乎又经历了一个否定之否定的超越过程。曾令儿的内心情感，也就是张洁的内心情感，在经历了暴风雨般的震撼撞击之后，复归于平衡和平静。由此张洁作品的美学风格又超越了格调亢奋的阳刚之美，转为阴柔与阳刚两种美的形态的相互渗透，达到了更高层次上的"中和之美"。

谌容在《人到中年》以后，其情感基调发生了显著的变化，一如成熟女性走过的人生道路一样，成熟的谌容在走向包括女性在内的广阔人生和博大世界的途程中，日益显出其沧桑阅尽后的豁达超脱和平静。哲学思辨的增强使她能如哲人般地面对客观世界和主观世界，其情感特征必然由《人到中年》的外露化，转为哲理性的内蕴内化，即表现出无动于衷的深藏不露。她在"《错！错！错》、《懒得离婚》中对人物的心理刻画和具体生活场景的描绘，呈现出明显的客观化、冷静化的趋向。谌容情感的客观化、冷静化，并非无是非善恶美丑标准的冷眼观照。她以一种含而不露的明达睿智的目光注视着她笔下的芸芸众生，其中无不蕴藏着深深的伤感和忧虑。同是，谌容作品中不易觉察的幽默风格和喜剧色彩，又透出作家对生活的热爱和使人生尽可能温馨一些的热望"。就阅读效果而言，如果说张洁以感情的倾诉或倾泻而撼人心魄，进而引起不同程度的心灵感应和净化，那么，谌容则是以理性的睿智启迪人心，以对人生的冷静和彻悟引起读者的共鸣。谌容不同于张洁的情感表达方式，必然使谌容的作品表现出与张洁迥然不同的美学风格："悲而不伤，怨而不怒，博约而温润，精微而朗畅，为情适文而又摹写自然。"①

通过以上三方面的比较可以看出，尽管这两位女作家有不少相通相近之点，而本文更多展示的则是她们之间的相离相异之处：张洁强化女性意识，谌容淡化女性意识；张洁追求理想，谌容面对现实；张洁表现自我，谌容隐遁自我；张洁的感情外露浓烈，谌容的感情含蓄

---

① 陆机：《文赋》，上海古籍出版社 1979 年版，第 21 页。

温婉……总之，张洁钟情于女性之梦的编织与追求，谌容专注于人生之态的描摹和剖析。在新时期女性文学的灿烂星空中，张洁与谌容，是两个不同维度的最富有光彩的星座。法国雕塑家罗丹说："所谓大师，就是这样的人：他们用自己的眼睛去看别人见过的东西，在别人司空见惯的东西上能够发现出美来。"① 张洁和谌容正是这样具有创造性的大师。

八 阴阳同体 超越传统
——张抗抗《作女》之于女性出路的启示和问题

张抗抗的《作女》是 21 世纪初有关女性主义话题文本走得较远的一部长篇小说，乍一看，这部作品似乎是一本叫劲（也可理解为较劲）男性视野的作品，但稍稍沉淀后反而感到文中的几个主要女性走上的几乎都不是一条轻松的道路。现当代女性文学在大家貌似离析出的一条线性时间的"女性主义解放道路图"上喋喋不休时，我们发现真正的当代女作家的大多文本的结局多少也总是带着点灰色调的，也许通过分析张抗抗的《作女》中女性形象的塑造会对我们了解女性解放及出路问题有一些展示和启示。

（一）陶桃：迎合男性又追逐传统的女性

《作女》中的陶桃虽不算最主要的人物，但可以说是与主人公卓尔并驾齐驱的角色，就像小说中所写："陶桃应该算是她最亲近最知己的女友"②，陶桃的鲜明之处是她善于从女性易见的外部颜值和女性的柔软之处迎合"娱乐至死"时代男性的眼球，这个女性深深懂得用所谓"女性的特质"去挽留男性，她的最大爱好就是翻看卓尔杂志社的《周末女人》，小说在开头不久就写道，"陶桃一向是《周末女人》最热心的读者"③，"这些年来，陶桃一直固执地教导着、试

---

① ［法］罗丹：《罗丹艺术论》，人民美术出版社 1978 年版，第 5 页。
② 张抗抗：《作女》，北京联合出版公司 2014 年版，第 8 页。
③ 同上书，第 47 页。

图引导卓尔怎样做女人——一个像陶桃那样含蓄温柔、优雅贤惠,被人称作淑女、类似小资,有着含而不露的欲望和魅力的女人"①。她最终的理想就是找一位外表、事业、长相都不错的男性嫁了,小说写道:"陶桃是一个渴望结婚,并正在竭尽全力往结婚方向努力的女人。"② 注意"竭尽全力"几个字,这里有一个问题,即两性相悦、相吸而结合,本来是一件很愉快的事情,这一过程充满着相悦而喜欢的感觉,这应该在很大程度上是无须太多人为因素的,所以何须竭尽全力呢？这里,这种语义学上的微妙之变化恰恰暗含着时代的物质内容,也许正像赫胥黎《美丽新世界》的逻辑一样,读图时代、现代传媒时代构成女性对外形的分外在乎,她们孜孜以求、津津乐道的事就是迎合男性的目光,而事实上恰恰还是在迎合"男子作闺音"③ 的旋律,不过就是换了些器物的名称,变为"蝶妆羽西兰贵人海琳娜郑明明绵羊油羊胎素芦荟精华素眼霜"④ 等现代器物的东西,这些现代女人在历史不断发展变化的过程中,女性之变仍然不离传统媚惑男性之路,其结果是放逐了自己而不自知。男人在男权社会的进化中因其扮演的强势角色而使他们比较容易接受一个弱势女性,这种女性的"弱"常常是以靓丽服装、姣好容颜、性感内衣、一颗柔弱的心等方式表现出来的,而这些真能留住男人的心吗？《作女》让我们看见陶桃有过很多男朋友,但都不称意,终于在老大不小时,一个中产阶级的男人郑达磊出现在她的面前,郑达磊是北京一家行类资深珠宝公司"天琛珠宝公司"的老总,从长相上来说正如卓尔所描述的那样:"卓尔发现他的个子好高肩膀奇宽,遇到门框便习惯性地弯腰；戴一副无框的眼镜,那镜片擦得透亮得就像没有镜片,露出后面一双深思熟虑的眼睛。他的脸型方正,鼻梁以及嘴唇处处棱角分明,宽大光洁的额头上,几道粗大的横纹,在灯下给人一种历尽沧桑和负载过重的

---

① 张抗抗:《作女》,北京联合出版公司2014年版,第9页。
② 同上书,第8页。
③ 张晓梅:《男子作闺音——中国古典文学中的男扮女装现象研究》,人民出版社2008年版,第1页。
④ 张抗抗:《作女》,北京联合出版公司2014年版,第69页。

感觉。他看上去不像个什么老板倒像个政府官员，说是深沉吧，也不尽然，倒是有几分阴沉；说是冷峻吧，也不准确，倒是有几分傲慢。"[1] 一个成熟、健朗、阅历和长相、身份和地位绝佳的现代男模形象尽入眼帘（注意，这个男模形象也是被现代工业文明和后科技时代模式化了的人物！），这不正是陶桃梦寐以求的人吗？陶桃在几近剩女的年龄时终于遇上了一个理想中的心仪人物，她思前想后，左顾右盼下觉得这是她至今为止最好的择偶人选，陶桃最终将目光定在了郑达磊身上。从以上这些描写中我们几乎可以认定陶桃和郑达磊是今天后工业化时代一拍即合的一对男女了，但事实并非如人所愿，在陶桃的多情与专意下，这对男女并未结成连理枝，小说在后面的故事中为我们写道，尽管陶桃是如此这般取悦郑达磊，讨好郑达磊，可是郑达磊迟迟没给陶桃送上那枚象征爱情与婚姻的翠戒，最后陶桃得到的只是除了翠戒而外的七件套玉饰，可是没有翠戒的玉饰就是没有婚姻保障的爱情，这对于一个渴望婚姻和爱的女人而言没有丝毫意义！这里也让人们反思郑达磊这个男性究竟想要什么，想干什么，也许"作"（不满现实）也是男人的本性。

（二）G 小姐：被男性视角异化并戕害同类的女性

现实生活中那些被男性视觉异化并戕害同类的女性是存在较多的。《作女》里的 G 小姐就是这类人的典型代表。这个女人是一个将生存与权力、金钱紧紧挂钩的女人。她对卓尔的刁难、嫉妒、使绊代表了现实中许多功利女性的行径。由于男权社会弱肉强食法则将男性定位的同时，也将许多女性定位，这类女人往往缺乏知性，缺乏灵悟，缺乏精神，她们在生存场里，会斤斤计较于一个职位，一种权力，于是她们不惜利用一张面孔、一场春情去占有某个男性或某种机会，她们扭捏作态地拥有了男性市场，艳值（注意陶桃拥有的更多的是颜值）让她们暂时如鱼得水，而作为人的孤独本质因男人的存在而丧失，这种女性失去哲学，失去趣味，失去自由意志……社会化特征

---

[1] 张抗抗：《作女》，北京联合出版公司 2014 年版，第 17 页。

下的性别话语异化了女人的质、洁，G小姐没有自己的自由意志，她交际就是为了浅层次的谋生，信仰的缺失和多维心灵的构建丧失，仅仅依靠一种形式，一种可见的现实感存活，她们缺乏是非感，同情心，缺乏"彼此人"的尊重，她们在构建自己的心灵框架时功利而现实，她们只重视看得见、摸得着的东西，对可视、可感的眼、耳、鼻、舌、身的满足，注定她们行之不远。其实女人内心真正之建构也是一场"一个人的圣经"，在女性或女人那里同样要进行一场比大海，比天空，比人的内心世界更壮大、博大的心灵构建……然而G小姐的眼光和精神只可能是这一链条上的不觉悟者，她们也如鲁迅笔下的人物那样是吃人者和被吃者，是真正酒肉穿肠者，如鲁迅所说"没有吃过人的孩子"这一问题在这样一些女性那里是从未思考过的，她们的眼光、心胸、思想、行动只是依附于男性而存在，"性"的二元对立思维使她们将男人看成朋友，将女人看成敌人，这些女人将同性视作敌人时，也将自己的手脚网住了，在戕害同性的同时也将自己从"人性"的名单上除名。而"世上有无不想吃人"之信仰、宗教问题是如G小姐这种人从来不会思考、度量的，这是女性的悲哀，是文化的悲哀，是信仰的悲哀！

（三）卓尔：自由灵魂的追求者

卓尔认为，"只有别人看不见的东西，才是真正属于自己"①，所以她要"作"，因为她活着，有欲望、有激情、有冲动、有活力，她要飞翔……"尽管，她腿上膝上因跳跃而碰伤的乌青瘀瘢，像一枚枚蓝灰色烟紫色的徽章，经久不衰地经年不褪地悬挂在那里"②，但卓尔就是一个善于原声唱的女生，她消弭着男性视野加之于女性的危害，正如自然人性论者所说的那样：人的本质是自然的。人性来自自然，自然人性即人的本性，人是自然实体而非社会实体。《作女》中的卓尔形象给我们带来的一个深刻体验是，这个女性在精神

---

① 张抗抗：《作女》，北京联合出版公司2014年版，第206页。
② 同上。

上是比较轻松的,无论是与男人相处,还是面对大家当成保命安身的饭碗——职业,或者是面对所谓复杂的人际关系,都是会率性出牌的人,这给女性解放话题一个启示,那就是女人的率性也许就是解决复杂现实的出路。率性的"率"在现代汉语词典里的解释一是不加思考;二是直爽坦白。① 这个词无论用在女人身上,还是用在男人身上都是一个好词。其实就是男性也是被塑成的,那些对女人的"始乱终弃"也是传统文化对男人所谓本质的反复强调。从男女角色定位角度看,男女的现实都是被塑成的,然而《作女》这一作品为男女各自的超越或是重塑提示了可能,男女都是需要"飞翔"的。男人的本质是什么?女人的本质是什么?这些都非仅仅传统可以界定的。这从卓尔放弃婚姻中的刘博,虽与几个男性交娱,但"作"个不停;从郑达磊不娶陶桃,交欢卓尔,但并非止步等迹象来看,"作"是男、女都有的品质,就像小说第十四章的题目:"'作'着才能感受蓬勃的生命。"

《作女》这本书通过卓尔为我们打开了一扇女性自由灵魂对话现实的窗口,女性心灵的塑造在这部小说中得到了最大的空间释放和灵魂放松……在更多的情况下,一般大众是将男女放在一组貌似平等的二元对立思维中去考察的,但对"性"的判断和对"人"的判断的维度是绝不一样的!新人本主义者注意到,这里所说的人已非男性视野下的女人,更有女性视野下的男人观照了,也就是说,当男性在审视女性,男人在审视女人时,女人也在审视男性,女性也在审视男人,女性决非仅仅是被看的对象,卓尔为读者打开了这扇审视的窗。而小说中反复提到的那些"白玉翡翠珍珠玛瑙"不是作为饰物挂在卓尔脖颈、耳垂、胸前的,它们是卓尔心灵的追求,正如小说所说:"那些曾经被她拒绝的白玉翡翠珍珠玛瑙,此刻亲密地环绕着镶嵌着她的身体,成为她身体的某个部分。它们因她的生命而发光,它们将因女人的复活而重新获得生命。"② 这何尝不能看作卓尔对玉一般通

---

① 中国社会科学院语言研究所词典编辑室编:《现代汉语词典》,商务印书馆1983年版,第1027页。

② 张抗抗:《作女》,北京联合出版公司2014年版,第206页。

透、轻盈灵魂的追求啊！

（四）《作女》文本所启示的问题

男女如何相处？男女关系、男女相处之道也许并非就是爱情一种，即使是爱情也像流行的一首歌里所唱的那样不容易："相爱总是简单相处太难。"就像张爱玲在《金锁记》中所说的那样是完不了，探索不竭的！"三十年前的月亮早已沉了下去，三十年前的人也死了，然而三十年前的故事还没完——完不了。"这个故事如果假设是对男女关系之道的隐喻的话，它也将伴随着人类发展的始末！

男女的问题可能就像科学研究那样，爱因斯坦关于宇宙三维说已经不能表征宇宙的真实存在，宇宙的存在有可能是十三维的，甚至更多维的。这恰恰启示了我们也许男女相处已不能用简单的"性"的维度去解释了，就像雨果所说的那样：比大海广阔的是天空，比天空广阔的是人的心灵世界。那么男性和女性，男人和女人，这其中有多么丰富和博大的存在啊！这里面要解决和探讨，要阐释和发现的"维"是多么丰富啊！所以卓尔也许更多的就是那个按自己维度生活的女性，而陶桃或者G小姐们仅仅以男性或现实为维度的生存法则必将使其作茧自缚。

卓尔的启示是，女性原来在精神方面是可以不累不羁的。当然这个命题是建立在破解男性视野的前提下的，现实生活中作为女性的我们会发现，即使在当今所谓流行的对女人的美称中，诸如男人见到女性就叫"美女"，但大多数女性受"之"者在听到这个所谓美词时是不以为然的，这个词并未让她们感到愉悦，反而这个词可能带给女性对男性判断女人的更多失望，因为这个词本身含有男性低估女性智力的嫌疑，除了那些轻浮的女人或是貌似在社会性别话语中有一些成就但仍然不脱"心机"的女人（即当下指称的那些利用男性节节上爬的女人）可能会喜欢。当然陶桃的"颜值"追求和G小姐的"艳"值追求是有一些区别的。如果说卓尔有什么缺点的话，那就是卓尔下一步要思考的问题将是女性如何走在一条新人本主义的道路上，正如美国著名学者萨顿所指出的那样："新人本主义不排除科学，相反将最大限度地开发科学，它将赞美科学所含有的人性意义，并使它重新和人生联系在一起。"旧人本主义的弊端有可能让人走向自私，当把科学定义加进来时，人有必要自我增加一些理性。当然卓尔的另一个问题是与许多男性都有性关系，这种潇洒或许只是艺术的释放，在现实生活中可能不是一条好走的路。

今天如何打开夏娃与亚当相处的"维"是男女同体话题下的一个问题！"男人的一半是女人，女人的一半是男人"给我们的启示是：无论男性或女性都应该将自己设定成既有阴性特征，又有阳性特征的人，当他们或她们以"阴阳同体"去寻找另外半个人时，方有可能觉得轻松。当男人们"一厢情愿地担当"的想法让他们忘记了他们身上的阴性特征，他们义愤填膺地认为他们铁肩担道义，他们道德著文章；而女性的阴柔造作常常会毁掉她们的率性，社会的发展既不需要男人站在那里彰显个人英雄主义的情怀，也不需要女性同胞故作矜持，大家可以寻找阴阳同体、轻松自在的个性及两性关系了。卓尔的抉择，郑达磊的尾声都有些不明的灰色但却有着比较自由的意思，这令今天的每一位男女深思。

第三章　文学现象论

　　文学活动离不开作家、作品、读者、世界以及研究文学作品的人，这其中的每一个环节既可以独立运行，又可以相互制约。文学阐释学认为，文学接受的主体——读者是构成作者—宇宙—作品之间必不可少的环节，他们以文学作品为对象，力求探赜索隐，把握文本的深层意蕴。克罗齐指出，一切的历史都是当代史，那么，一切的接受都是在读者已有的经验、文化视野下对文学属性、作品内容进行主动选择或扬弃的过程。文学接受是确保社会整体得以维系，社会价值得以建构，历史传统得以绵延的基本文化活动。但长期以来，特别是在以文艺社会学的美学观念作指导，以苏联式的社会主义现实主义创作原则为标准的历史条件下，文学研究以外部研究为主，脱离文本主体性，外部研究与工具理性思维的强化，忽略了与读者对话的立场。一般来说，文学接受的形式包含了文学鉴赏、文学批评、文学感悟等内容，其核心是理解与体悟。

　　文学作品是作者创作出来供读者与之交流的媒介，阅读文本就是与主体之间进行精神交流的过程。文学阅读并非只是辨识文字符号本身而已，其间包含了"兴观群怨""熏浸刺提"等多种因素，文学阅读不仅仅是认知，同时也是通过文字与作者进行"对话"的活动。文学接受使阅读活动成为与古今作者共同交往、共享经验的过程，不再是使接受活动成为读者在特定情境和为特殊目的而进行的知识、态度、价值观的分离活动。文学接受作为文学理论的重要流派，尤其重视对文学文本接受活动中阅读者再生产、二度创造的研究，认为作品的召唤性结构只有在阅读过程中敞开，文本的意义存在于作品与读者的相互碰撞里，而非潜隐在作品肌质中等候人们去索隐、探源。

一 维特与歌德
——无意识与作家的创作动机

作家创作一向被认为是情感流泻的一种方式，这里作家之所以产生了创作欲望，一是因为情感受阻必然导致心理能量的积蓄（就像流水被阻其势愈猛一样），从而进行创作；二是因为情感满溢必然外流，有如水到渠成。这些都是由于心理能量积蓄过剩，作家把这种能量积攒于心灵，一旦时机成熟，一场力的外泄运动就必然会产生。

这里我们要谈到的正是作家的无意识驱动力究竟是怎样导致创作的。我们知道，作家创作应该有两种心态，即"平静"说和"癫狂"说。在"平静"说中我们以为作家是较好地找到了一个创作点位，这里作家在心理上的无意识便起了作用，相较于每一个人来说，只要他（她）活着，那么他（她）必然有对自我的一种认识需要，许多人一般通过特定环境中的角色努力，从这个点位出发去寻找自我，从而通过时间和实践，不同程度地认知自己的能力。如演员通过扮演不同的角色认识了自我艺术创造的才能。这种认识自我的需要是正常而有益的，是对人类生命潜力的多侧面发现。而认知自我的需要在作家那里是怎样出现的呢？我们以为，作家心里与头脑中除有天生创造的因素和后天环境教育的因素的深厚积淀外，在作家那里由生命所塑成的一幕幕雕像，岁月所绘制的一幅幅图景成为作家最初的知觉认知积淀，在这深厚的心理层面与众不同的是作家站了出来，与这些原初的心理影像拉开距离，从而在这一心理空间充分挖掘着一些表层的东西，这便是作家与众不同的明显之处，作家正是通过这种心理距离产生了编织描画心理空白的需要，而作家这种心理的背后已隐藏着作家欣赏自我和被欣赏的需要。

创作的无意识是自由的，作为创作的另一种"癫狂"说是由作家心理需要层次紊乱而导致的，这种创作并非无理，这种创作有时能比平静心态下的创作效果及真实性更强，更能达到作家表现自我的目的

（当然这里用目的有些主观，因为作家此时主观的情感更多地表现了一种无序性，因此作家的情感是真实的，但作家被欣赏的需要不一定很强，而这样的作品往往更能流芳百世）。这里我们以歌德创作《少年维特之烦恼》与《浮士德》为例来稍稍领略一下作家创作中无意识心理的作用。

《少年维特之烦恼》是德国作家歌德青年时期情感的流程图，作家之所以创作出这一震撼文坛的作品，是因为作家本身在情感上也走过这一段欲死欲悲的路途，而歌德的《少年维特之烦恼》中维特死了，可是歌德没有死，所以这以后歌德心理上总隐藏着一种维特式的死亡动机。歌德是活着的，可是歌德的心理能量已不同于维特自杀前歌德的心理能量了。在这两部作品创作之前，作家心理能量都经过了一段时间的储存，我们以为在写《少年维特之烦恼》前作者的心理能量是因失恋而积蓄的，当时作者的这种心理能量积蓄并非自觉自愿的，而是因失恋所导致的对过去恋爱阶段情景的一幅美丽图画的创作。到作家行诸笔头时，作家借助于回忆而把这些心理能量给发泄了出来，我们以为，如果作家不遭遇一场失恋，那么作家创作是不可能的。歌德也曾说自己因失恋而痛苦，像梦游那样"无意识地"写成了《少年维特之烦恼》，我们以为，所谓梦游是对恋爱的再次体验，因为那次恋爱失败了。作为一个人，大家都不愿意轻易地否定自我，而作为有这种挫折经历的人，他的思维和心理总是在重新恢复着对自我的肯定动机。作为作家，他正是把这种重新认识自我的力量用之于创作之中，作家创作之始是过去积蓄的心理能量所导致的一种力的外现需要，是无意识的，而到了真正有意识的创作时，作家则更多的是为了发现自我、创新自我。因此在无意识阶段，作家更多的是为了肯定自我，用"本我"保持"自我"，是一种来自于心理能量的力所驱使的。无论这种力的导因是什么，这种力总是要找到一种外泄途径。当歌德创作《浮士德》时，作家实际上有对《少年维特之烦恼》中维特之死的再次审美判断，也就是对我的人生态度的再次考察、发现、再次肯定的意识。这种能量来自于什么呢？我们以为来自于作者与维特两个人之间生与死的反差，歌德几乎是维特的原型，而作家的真实情感是在维特身上体现的,维特的死亡与其说是对维特人生道路的总结,不如说是对歌德自身道路的总结,维特死了,歌德没死,因此歌德心理上便储存了对维特之死的自责情感,这种情感只在作家的心理深层积淀着,作家只要活着便会时时被他的人物所牵引,即使是不自觉的,是无意识的,当作家的心理能量通过上一次维特之死的最终判决而释放时,作家新的心理能量又以此为起点而积蓄,维特之死的事实又成了作家进行再创作的新的导因。作家在创作《浮士德》之前已把原先维特之死的心理做了一种转向升华,由于歌德生命的延续而把维特之死的死亡欲转化为对《浮士德》中浮士德人生追求的动力。自责转化成自爱,自爱上升成一种对美的追求,这也是作家理想人格的体现。因而作家在有意识地创作《浮士德》时实际上与维特之死所带给作家的心理上死亡欲的无意识外泄动力相连的。所以作家从恋爱到创作《少年维特之烦恼》,从《少年维特之烦恼》到《浮士德》这几个环节中,前者成为后者的无意识,后者总是前者从无意识到有意识的升华,在这种生命历程中歌德本人认知了自我,越到年老,他认知自我的需要与欲望就越强,所以歌德后来的《浮士德》成为名垂千古、流芳百世、屹立文坛的巨著征服着人心。可以这样说,在歌德创作《浮士德》时他的无意识动力已达到了一个生命力量积聚的高峰。

这种积聚的过程是一个人人生经验不断积累、总结的过程,作家直到创作之始心理上便一直为一种力所驱使着,这种力使作家总是时时回忆思索自己,对过去的那个自我进行再次甚或多次的欣赏,从中得出一种批判与赞赏观点的同时,作家也徘徊于一种对生命不可知的明天的幻想里,而要拥有一个新我,必须在保护"我"的同时才能去做,所以作家在创作之始心理上那种保护自我的意识被本能的我所驱使着,又被本能的我所唤醒着,作家希望其心力能够通过创作得到很好的表现,也就是在作家心里,无意识深层总是隐藏着被本我所唤醒的创作欲望,作家只有通过这种从本我到自我的追求才能达到心理的平衡,否则作家要么会感到苦闷,要么便自行堕落,走向自我毁灭的道路。而后者是唯心的,因此处于后者这一状态下的作家一旦投入无意识的创作，他的能量是巨大的，其作品也可能是优秀的。陀思妥耶夫斯基便是一个赌徒型的作家，他的创作可以说根本不是有意识地渲染，而是无意识地外泄，在这种无意识驱使下的作家在心理深层正隐藏着寻求平衡的需要，也许他是因行为破坏了自己的人格所致，也许是因心理本身的疾病所致，总之，作家是无意识地寻求了一种平静心态，这是人自身心理与生理的渴望与需要，符合人们对自由的追求。这里我们也需要对人格进行探讨。

作为一个正常人，每个人都是有人格的，这种人格是以心理与生理双层为基础而建构的，无论是哪一层遭到了破坏，人的头脑便会马上反映出这种不安，人作为一种力的综合体，除受外界力的作用外，自身也有作用于外界的力的需要，只有这两种力达到平衡，人才会平衡，这两种力产生反差，就会使人感到不安，而人心力的向前性又导致人总是处在与自然同步向前发展中。因而以人的生命为前提的生理本能便需要通过进食以获取能量从而维持生命的存在，而只求达到生理满足的不能叫人，是没有人格可言的。为了进一步达到心理平衡，人又必须通过生理能量的心理所支配下的思维、行为力的外泄追求一种新我，这里的力是无限的，是与生命同步的。行为上的无意识更多的是通过遮掩、低头、转身、打击等行为达到对自我身体的保护，而作为思维支配下的力的外泄是通过自言自语、随手写来、苦思冥想等外露的或隐藏的方式以求心理平衡的。这里无论是作为思维还是行为的表现，心理上都有一种潜在的力对"这个"生命体产生作用。而作家人格中具有非常强烈的知识人格、理想人格，即把一切入于耳目而又要诉诸笔头的东西都通过自我心理的内化以达到追求审美理想中"自我"的目的。这种对文字以及语言的特殊爱好便使作家找到了一种发泄自我无意识的途径，当然，只有当作家达到平静、真的开始创作之时，作家的意识才会上升，才会对无意识进行有意识的升华，这里作家的理性起了十分重要的作用。理性使作家把无意识与意识连接起来，从而在表现自我的过程中又创造了新我。作家的人格便是在创作文学作品的过程中趋于完善的。

由上我们可以对无意识做这样的认识：无意识是为了保护自我价

值实现的一种本能力的驱使。由于自身特定的环境、角色、身份、地位，作家产生了保护与维护自我的一种心理驱力，从而达到心理自由并实现欣赏与被欣赏的心理满足。作家正是在生活经验与创作经验的不断积累中达到无意识反复的，而此时只有被称为作家的这个人心理上才有不同于常人的创作欲望，因此作家的无意识与作家的人格紧密相连，除人皆有之的、保护生理我的需要外，作家心理中的无意识更多的是为了保护与维护作家的身份、地位，这样，作家的人格才能在不断的创作与创新中被打破并得到平衡，再被打破并实现再次平衡，循环递进，大有螺旋式上升的意思。在每一次创作活动完成后，作家的心理意识趋于平静，而作家心理上无意识的创作欲望总会紧紧跟着作家，直到其生命的完结。而每一次创作后的心理总是在以往的经验及作品的基础上更加迸发出一股无意识的心力。这种心力也随着作家生命的心力而步入下一次的欲望冲动中，作家便进入了下一个目标的创作，这种循环往复使得作家对人生的认识步步深入，作家自身的无意识动机便越强烈。因此无意识是一种作家不自觉的行为，这是作家特有的欲望，出于作家肯定自我、欣赏自我的心理需要，而创作正是作家这种无意识心理的最好表现。

二　一样浪漫　两样情致
——"湖畔派"诗人与中国山水诗人创作方法比较

从诗歌上说，中西诗人找到关于大自然的共同话题是从英国诗人出现后开始的，于是"湖畔派"诗人便被我们当成中国山水诗人的亲昵朋友而拉在一起进行创作方法上的比较。

（一）创作中介的不同——大自然

"湖畔派"诗人的代表人物柯勒律治曾说："我看自然界的事物，如视沾湿露水的玻璃窗外朦胧月亮，这时，我似乎在寻找，也好像月亮在要求，一种象征语言以表达我心中已有而且永远存在的某些东西。"这是不是有点像情景相会么？且慢，那"永远存在的某些东西"在现当代文学等社会科学研究里是什么呢？这不是作者主观内心的一种激情吗？因而诗人同时强调自然"受到主导的激情的制约""诗人从自己的精神中把一个有人情、有智慧的生命转移给它们"。这与诗人用想象力创造的幻想世界有关。柯勒律治断言：想象力的根源在于"理想的意志"，他认为这种意志等同于"神"的观念，所以他认为，诗人是圣者，是神人之间的媒介。因此在柯勒律治的美学中，想象力具有唯心主义的崇拜性，作家的作品呈现出极端的主观色彩，创作来自激情的制约，大自然不是诱导创作的原因，而是受命于主体的载体。而在中国山水诗人那里，大自然俨然是诱发创作的导体，在此我们并不否认艺术形象所意味的某种程度的抽象，否则它不能赋予心灵以形式。但中国山水诗人描写景物常常是"貌其本荣，如所存而显之"。在中国山水诗人的诗中很少出现"我"字，而在"湖畔派"诗人那里，诗行中常使自然"具有一种尊严和热情"，以月亮为例，在雪莱的眼中，它"仿佛一位苍白、瘦削、垂危的少妇，轻掩着朦胧的面纱，跟跟跄跄移步……在游移不定的神志引导下，踱出了闺房"。在杜甫笔下却是"四更山吐月，残夜水明楼"，二者都是表现，可前者诗人大有融自我于月中之感，在那一段描写月亮的诗行后我们仿佛看到一颗激动的心随月跟跄游移，而在后者杜甫的诗中，诗人的精神仿佛是自由的，那"四更山吐月，残夜水明楼"的景象不正是读者欣赏时进行再创造的有利空间吗！了解作者的人也许很快便领悟了作者的意图，不了解作者的人完全可以凭自身的体验去进行丰富的想象。这在那"苍白、瘦削、垂危的少妇"中是感受不出的。纵观中国山水诗人的创作，诗人们即目辄书、吟咏吐纳于山川花草之间，用以画入诗、诗中有画的创作手法把一个个物质的主体空间推入人们的脑海，从审美上达到物景引起情景的效果。而在"湖畔派"诗人那里主观的思维成为调动想象的积极因素，在华兹华斯那里，自然是静态的、稳定的，是平稳宁谧的象征，从而成为对风云万变的人类社会的一种生动谴责。所以我们可以这样说："湖畔派"诗人同中国山水诗人一样都把自然作为艺术的象征，双方在这一审美中介上，却赋予了自然以各自不同的因果关系。"湖畔派"诗人把自然这一审美中介当成了创作发生的载体,他们所强调的不在于自然本身,而在于主观情景的抒发,中国山水诗人把大自然当成即目辄书的导体,诗人们不仅要观照自身,而且要讲究"天人合一"。因此大自然在"湖畔派"诗人那里是一种主客遇合的媒介,而这一媒介是消极的、被动的;而在中国山水诗人那里,大自然则显示了她灵气的特点,因而大自然是非个体的、积极的、自由的。

(二) 想象力的不同

"湖畔派"诗人和中国山水诗人要从事艺术创作都离不开想象,而湖畔派诗人认为"想象"的力量好像能够创造世界和变革世界,乃是艺术创作的基本因素。现实在柯勒律治看来,乃是"黑暗的梦境",他在诗中写道,诗人用他的想象力所创造的幻想世界来对照这个"黑暗的梦境",柯勒律治断言,想象力的根源在于"理想的意志",他认为这种意志等同于"神"的观念。在中国古代文论里,刘勰写到想象力时是这样说的:"身在江海之上,心存魏阙之下,神思之谓也。"神思即想象,而这种"心"是如何"存"的呢?作者继续说道"窥意象而运斤"。这里道出了想象的途径:"目"对于中国古代文人们的创作具有十分重要的作用,目之所及即意象。看来在中国古代文人进行创作时,意象的作用才是导入想象的有利条件。因此这种现象的出现无疑带有随时随地性,有时简直是在欣赏,从而不同于西方"湖畔派"诗人的想象结果在于对照一个"黑暗的梦境",即诗人并不太在乎意象,只是为了表达内心的激情,诗人们找到了一种媒介。由于引起想象的原因不同,在"湖畔派"诗人那里,"情才是想象的动力"。正像谷鲁斯所说:"我们把自己内心同情所产生的那种心情移植到对象上去。"而在中国山水诗人那里,"物"才是想象的有机动力,"触物以起情",这也是中国山水诗人大多游历过名山大川或隐匿于其中自得其乐的原因吧。所以对想象力产生原因的分析,使我们更清楚地认识到,"湖畔派"诗人跟大自然的亲密程度远不及中国山水诗人。难怪中国山水诗人常常面对风光秀美的大自然"忘情"了。

（三）创作主体的不同

"湖畔派"诗人由于自我的激越，他们的创作手法常常是拟人的，而中国山水诗人因面对大自然常常"忘我"，所以他们的创作手法常常是拟物的。拟人主义的创作手法导源于西方"移情说"，拟物主义的创作手法则导源于中国古典文学创作中的"兴"。首先，"移情说"作为近代浪漫主义在文学上的体现，强调情感的主动外泄。而"兴"却强调感物，即主体的被动承受；中国诗人并不借助于"宁静中回忆而得到的情感"。其次，"移情说"由外泄而强调对象的人格化，它要求对象的变形，而不是自我的变形，要求"灌注生命给无生命的事物，把它们人格化"，按照我们自身发生的事件的类比，即按照我们切身经验的类比去看待在我们身外发生的事件。而倡导"兴"的中国诗学却以为这种"以己所偏的非分相推"的方式不足取：它强调"物有刚柔、缓急、得失之不齐，则诗人之情亦有所宇，非先辨乎物则不足以考志性情"。所以从创体主体来说，"湖畔派"诗人是主动地、封闭地摄取自然，强调一种对照，从而人与自然便对峙起来，人对自然应是统驭、主宰、优越的（这也是拟人主义崇高感的基础）。而中国古代山水诗的自我是开放地、被动地遇合自然，这与古代的"天人合一"的思维模式一脉相承，无论在儒家文化还是道家文化那里都表现出殊途同归的趋向，儒家思想的"天人合一"必然导致在创作上的和谐、统一倾向，而道家思想的消极无为真有似于叔本华的静观说，因而在大倡禅学的王维笔下自然会出现"行到水穷处，坐看云起时"这样面对大自然的一种消极乐观的释然。这不正是一种"车到山前必有路"的和谐吗？因而在中国山水诗人那里是没有崇高可言的。回看西方文化的两个来源，我们可以从中看到那种人性跳跃与点点的火花大有点燃大自然中一切的势头。希腊文化本质上以人为本，是拟人主义的，自然是人格化了的；希伯来文化是一元神宗教文化，其本质是超自然的。而这两种文化在关于人和自然的关系上，却强调了人和自然的不和谐。这种以人为主的异域文化大不同于在"人者，其天地之德"的中国文化土壤中生存下来的中国文化，因而在中国山水诗人那里，人在自然面前不会感到自卑和渺小，不会感到不愉快，自然不是作为激起恐惧的对象被表现着，在这个意义上，它不会产生康德美学中的崇高。当我们正被"湖畔派"诗人柯勒津治《老水手之歌》中的故事唤起了恐惧与痛苦的感情时，王维的一首"但去莫复问，白云无尽时"的诗，把对时间的精神恐惧转化成在大自然面前释然后的乐观，于是我们便有充分的理由和信心去再次完善自我。我们痛苦了，又平静了下来。难怪费尔巴哈说：东方人能够更多地见到统一，见到永恒的一致性，而忽略了差异，不是像西方人那样，更多地见到差异、多样性而忽略了统一。因此中国山水诗人的心灵始终是开放的、被动的，不像"湖畔派"诗人那样闭锁，以自我为中心。中国山水诗人的直觉，是一种钟嵘即目式的"直寻"或王夫之"现成一触"式的现量，而不同于"湖畔派"诗人那种诉诸心灵深层的直觉。从创作主体来讲，中国山水诗人纵然也是浪漫的，但浪漫得天真；而"湖畔派"诗人也是浪漫的，但浪漫得成熟。

三 关注人生 抨击痼疾
——乡土文学刍议

任何一种文学现象的出现，都与作家所处的时代有关。同时文学要反映现实，作家自然是一个不可忽视的主动因素。这样，社会现实不仅为他们提供了创作的对象和内容，也表现了作家对时代审美要求的积极反映，以及在作品中所形成的具有时代意义的审美特征。

中国现代文学发展史是一页崭新的历史，它的发展正如哲学上所说的呈现出一种螺旋式上升的形式，有它前进中的低级、中级以及高级阶段。从中国现代社会史来看，中国现代文学史基本上是与之吻合的。我们看文学的本身也是看社会，现在让我们把镜头推到现代文学史的初期，在这史中有史的阶段里，"乡土文学"成为一个流派向我们述说着那个时代作家与社会的关系。

我们知道五四时期是一个"人"的觉醒的时期，文学明白地有了为"人学"的目的，带着一种人的自觉的激情，郭沫若率先以他昂扬的激情与时代合拍，高呼摧毁一个旧世界的同时，为一个新世界的到来鸣锣开道，那种浪漫的追求是一种久已压制的人性的复活，是"五四"这一伟大时代所奏出的觉醒了的歌。诗歌是最易表达人们内心奔腾的感情的，然而小说则要塑造形象来告知人们一种现实或某种哲理，因而小说比诗歌更注重完整性和现实感。因为"五四"诗歌带着一种沉稳、小心的步伐一步步地来到这世上，面对一个新时代，为什么做起小说？鲁迅先生在《南腔北调·我怎么做起小说来》中说道："……意在揭出病苦，引起疗救的注意。"这说明"五四"时期小说现实主义成分的浓度很重，小说关注的是人与社会的关系。而"乡土文学"在受鲁迅及当时"问题小说"影响的同时，把人与社会的关系大大地拉近了一步，正像茅盾所说的那样："许多面目不同的作家在两三年中把文坛装点得颇为热闹了。"我们从这个窗口看去，不再是才子佳人相约相爱、卿卿我我的爱情游戏，也不是小知识分子卧居高楼，却在那悲叹人力车夫的小布尔乔亚的同情之作，而是一批青年人从自己家乡生活出发，热情地关注人生，用尖刻的笔揭露封建农村乡镇的黑暗，抨击痼疾弊端，深切地同情被压迫、被凌辱的下层劳动人民之作，它们就像一幅幅乡村生活的风俗画，使当时的文坛焕然一新，一股清新之风吹拂着文坛，人们清醒地看到新文学发展的方向和希望。

　　这是那个时代的产物，也是作家自我与社会结合的说明，倘若那些满身泥土气的人无视当时的匪祸兵灾，冷漠那农村原始性的丑恶，那么时代浪潮冲击下人的自我解放，又将解放到哪儿去呢？不关心围绕人物的客观环境，而是过分传达"我"的主观感受、内心体验，必将会走向"私"，这就从"鸳鸯蝴蝶派"由鼎盛到30年代销声匿迹中得到了说明。一切经得住考验的东西从它产生之日起就走上一条正确的道路是不可能的，而认定正确的目标是必须的，倘若问"乡土文学"是否选择了正确的目标，那么它自身的递嬗演进无不说明了它的价值，从"荷花淀"派到"山药蛋"派，从当代异军突起的"湘军"创作到"京派"小说所呈现的异彩无不隐藏着"乡土文学"的影子，这种文学现象自身的美以及出现的审美价值在不同时代注入了新的血液。

作为早期的"乡土文学",它的自身也是很复杂的,有些确实是为了揭露,但有些却也是为了自慰。这与作家自身的经历有关,正像鲁迅所说:

> 凡在北京写出他的胸臆来的人们,无论他自称为用主观或客观,其实往往是乡土文学,从北京这方面说,则是侨寓文学的作者,但又非如勃兰兑斯所说的"侨民文学",侨寓的只是作者自己,却不是作者所写的文章,因此也只隐现着乡愁,很难有异寓情调来开拓读者的心胸,或者炫耀他的眼界……也就是在不知不觉中,乡土文学的作者,不过在还未写乡土文学之前,他却已被故乡所放逐,生活驱逐他到异地去了,他只好回忆"父亲的花园",而且是已不存在的花园。因为回忆故乡已不存在的产物,是比明明存在,而且有自己不能接近的产物较为舒适,也更能自慰。

这就说明乡土文学的内容是关于脱离了土地的儿女们的情绪,也说明了乡土文学产生的原因。正是鉴于此,我们回过头来看乡土文学时,发现"乡土文学"的作家缺乏巨人意识,同时思维空间比较狭窄。而我们要强化主体意识,就应该在"神秘的外壳里包藏着哲理意识,民族生活里寄寓着现代观念"。所以初期的"乡土文学"作品中有许多因眼光不高而导致感觉良好之作。因此今天的"乡土文学"作者们要想生存,只有力求与时代相呼应,并着力采用新技巧。然而我们不能讳言,早期"乡土文学"也为我们描绘了一幅幅具有风土人情、地方风味的民俗画,"乡土文学"因作家所处的地理环境的影响,写自身是来得最快、得心应手的题材,从不同作家的乡土作品中,我们可以打开一扇扇观察封建乡镇的不同窗户:台静农来自安徽西部与河南接壤的霍邱,所以《地之子》表现了环境闭塞的乡镇人们的落后、无知和愚昧以及近乎原始的生活秩序;许钦文来自浙东,那里的文化相对发达一些,所以他笔下描绘了乡村小知识分子的生活,表达了他们的思想感情;王鲁彦敏锐地觉到了来自工业革命的波动,注重城市与乡村接合的那些地方,写出了在经济冲击下人的命运及心理状态;沈从文取材很有特色,给文坛带来了遥远而陌生的风土人情的自然景色;骞先艾来自"老远的贵州",他不能忘怀家乡独有的习俗和风光;许光发掘了"野蛮的习俗"。从这些方面看,"乡土文学"使我们在"乡愁"的笼罩下看到了20世纪20年代左右中国社会广大人民的民族心理及中国传统文化在人们心中的反映。我们应承认这样一个事实"作品是否文学,在于作品能否进入民族文化,不能进入民族文化的,再热闹,亦是一时,所依持的,只怕还是非文学因素"。"乡土文学"无言地诉说着关于民族命运的神秘可怖的寓言,确乎含有对中国农业社区国民性的痛苦批判。因此早期"乡土文学"是我们认识近代中国民情的不可缺少的一页。

四 大胆取材 率真抒情
——新时期散文的真情性

散文自古以来就以它的灵活多样、短小精悍而备受作家和读者的喜爱,新时期散文在摆脱了30多年来又大又重的枷锁后,从行文、思想、艺术、精神上都有所突破。

(一) 新时期散文具有行文上的率真品性

这里说的率真主要指散文在行文,也就是写什么上获得了自由,新时期以前的散文,从思想内容到艺术形式大都呈现出单一、定型化的样态,散文总是直露地宣传某一现成思想,或记述某些先进人物,充其量写一写江山的壮美、风景的秀丽,而到了新时期,散文首先在取材上大胆率真,巴金的《随想录》讲真话、写真事、抒真情、求真理,把历史的伪饰揭去,把"文化大革命"的荼毒无情地予以剖析。以此为契机,新时期散文进入了一个空前的开阔地带,张洁的《拣麦穗》通过一个小姑娘和一个卖灶糖的老头的故事真实地描写了一种只讲给予,不图索取的边缘情感,它将人们牵进对人性的冥冥思索中。冯英子的《真》直抒胸臆、呼唤真诚,他说:"倘说我的愿望，愿望我们多一点真，说真话，做真事，做得要像唱的，唱得都是做的……如此而已。"①看来写真、赞真、求真是历史的必然。

当我们的散文作家获得这一行文的自由后，名人往事、乡俗俚闻、历史追问、地域风情等都成为作家展示身手的领域。肖风的《萧红童年》向我们讲述了现代文学史上敏感、有才华而又不幸的女作家萧红的往事，让我们一起体会了伴随一代才女成长的两种世界：一个是祖父带给她的虚幻，但充满了光明、美丽、真实、善良的诗的世界；另一个是充满着冷酷、虚伪、嫉恨和罪恶的现实世界。对于我们分析、理解、研究萧红打开了一扇窗子。夏衍的《忆达夫》盛赞了"绝代风流绝代痴"的郁达夫正直、天真但又倔强、任性的品行，特别让我们感受到的是一个伟大的爱国主义者对祖国的一片痴情。《忆白石老人》是诗人艾青写于1983年12月的散文，他将一代国画宗师齐白石的风趣、幽默、老倔的脾气写得淋漓尽致，作家还写道，白石老人不仅画画得好，还会写诗，那首"家山杏子坞，闲行日将夕。勿忘还家路，依着牛蹄迹"诗，尽显一位智慧老人的通脱潇洒。在乡俗俚闻方面，李天芳的《打碗碗花》别有一番滋味，它借童年在外婆处听来的谁摘打碗碗花秃子花，谁就要打碗就要秃头，与60年代作者因写了点可怜的小文章而遭难相类比，真诚地呼喊了一个正常合理时代的到来，暗含着某种讽喻。铁凝的《草戒指》将草与女人相联系，表达了"草是可以代替真金，真金实在代替不了草"的哲思。王英琦《大唐的太阳，你沉沦了吗?》通过前面放着一本《井上靖西域小说选》发出"为什么西域在中国，而写西域历史小说的人却在日本，却是日本作家"②的兴叹，让人们觉醒"我国的作家、画家、艺术家和考古学家们，他们都在哪里啊"。韦野的《名楼赋》呼唤真正的警示后人的名楼出现，直谓"名楼为人增志才是真正的名楼"。贫莫贫于无志，贱莫贱于无才。愿徒有空名而无益于人的楼阁，能从岳阳、大观的络绎不绝的敬仰者中悟出些什么，谱一曲传世绝唱……新时期散

---

① 季羡林：《中华人民共和国五十年文学名著作文库》，《散文杂文卷（1949—1999）》，作家出版社1999年版，第198页。

② 同上书，第387页。

文的地域风情颇为浓郁。贾平凹的一曲《秦腔》尽显秦人生命之蓬勃,"普天之下人不同质,剧不同腔,京、豫、晋、越、黄梅、二黄、四川高腔,几十种品类,或问:历史最悠久者,文武最正经者,是非最汹汹者?曰:秦腔也。它是大喊大叫的交响乐,但却尽显了八百里秦川劳作民众的喜怒哀乐。"冯君莉的《青海湖,梦幻般的湖》将那湖水的蓝、草滩的绿、菜花的黄娓娓道来,让人如身临其境,写出了青海湖质朴的美、酣畅的美,呈现在我们面前的是经过"第四纪"地壳运动的罕见的,由东向西倒流的河,倒流的湖。这里还有叶文玲的《乌篷摇梦到春江》的富春江圆梦,作家将富春江的俏、富春江的娇、富春江的美、富春江的静错落有致地道来。还有刘成章的《安塞腰鼓》使人想起"落日照大旗,马鸣风萧萧"的雄健……

新时期散文正是由于获得了全身心的松绑、解放,它才能焕发出如此勃勃的生机。正如刘勰在《文心雕龙·物色》篇中所言:"写气图貌,既随物以宛转;属采附声,要与心而徘徊。"① 这里谈的是创作中主客观之间的关系,而我们的散文也只有到了新时期,才真正获得了承容主客观之间关系的平衡力,是真正获得了"阿基米德点"后的行文。

(二)新时期散文是作家内心情感的倾诉

"情动而气形,理发而文见。"② 这就是说"情"是决定文学形式的内在因素,新时期的散文远离了瞒、欺、骗,散文"向内转",抒发真实的内心情感成为作家们普遍的自觉。这里有感人念物之情,有母子之情、两岸亲情,有雅情、直情……还有许多对生命的追问,以及物质时期对精神质问的讽喻文章。

在倾吐真情方面。我们发现有几篇文章题旨相近,巴金的《怀念萧珊》、柯灵的《回看血泪相和流》、韦君宜的《蜡炬成灰——痛悼杨述》抒发的都是特定年代、特定年龄、特殊遭遇下的怀妻之情

---

① 王元化:《文心雕龙创作论》,上海古籍出版社 1984 年版,第 101 页。
② 同上书,第 221 页。

或怀夫之情，看后人无不动情。《怀念萧珊》的感动就在于它是我们新时期散文爱的祭坛、爱的贡果、爱的醇酒和爱的祈祷与箴言，是作家巴金对妻子真诚怀念的情感流泻。《回看血泪相和流》有着和《怀念萧珊》大致相同的抒写对象与内容，作者柯灵写的也是自己的妻子国蓉，情意之真之切令人回肠荡气。《蜡炬成灰》是老一代女作家韦君宜的怀夫之文，作家抒写了一位老牌中国知识分子倔强的革命情怀。尧山壁《母亲的河》写了一位普通的泥洋河母亲如何在孤立无助中坚强自立，把自己的儿子培养成人并把自己的爱一次又一次地分配给子孙，分配给他人，把爱撒向人间。新时期散文作家的创作虽说是主情的，但这些情总是依托在现实的和历史的底座之上。田野的《离合悲欢的三天》借失散重聚的亲情，抒发了两岸亲人的共同心声，愿"我们还会见面"，海峡两岸终将统一的美好愿望成为历史的必然。

如果说以上之情还是一些大情，有历史之感之情的话，新时期散文创作也关涉许多雅情、闲情。楚楚的《松花酿酒，春水煎茶》在题目上就透出了几份闲适的韵致。"折一身瘦骨，踩雨后的虹桥，进山""山中何事？""闲闲地餐风饮露，忙忙地耕云种月""写几行骈文骊名，用松针钉在篱笆上，花朵来读有花香，蝴蝶来读有蝶味，萤烛来读有烛光，山鬼来读有鬼意，仙人来读有仙气……"好一幅张可久《人月圆·山中书事》图，真乃是"数间茅舍，藏书万卷，投老村家。山中何事，松花酿酒，春水煎茶"，人、情、景怡然相融，其乐悠悠。还有一种雅也是尽显书香之气的，它虽不是因于大自然的，但却是因于内心的。李佩芝的《小屋》写出了一个特定时代知识女性闲雅、幽深的心灵追求。"也许，这小屋真算不得是个家，只能说是个小窝吧！对于这小小的，十二平方米的享有权，我如醉如痴。这是我的世界，我的乐园，我的港湾……"[①] 而"我这小屋里，就是个喧闹的世界，我把过去的老熟人都请来了呢，有人到中年的陆文婷、

[①] 季羡林：《中华人民共和国五十年文学名著作文库》，《散文杂文卷（1949—1999）》，作家出版社1999年版，第292页。

有受戒的小和尚、有'飘'来的极有魅力的女人、有痴心爱木木的盖拉新……"① 这是一幅独特的知识女性的心灵图画。这里还有一种很富联想的感情，唐敏的《女孩子的花》有对生儿育女独特的阐释："生女儿的，是因为有一个女的灵魂爱上了做父亲的男子，投入他的怀抱，化做了他的女儿；生儿子的，是因为有一个男的灵魂爱上了做母亲的女子，投入了她的怀抱，化做了她的儿子。"② 新时期散文还抒写了许多不可名状的边缘感情，如前面我们提到过的张洁《拣麦穗》中的灶糖老汉之于小姑娘和小姑娘之于灶糖老汉的情感。梅洁《童年旧事》对童伴阿三的回忆，季羡林《幽径悲剧》对被砍了根的紫藤萝幽深的憾感，还有黄秋耘《丁香花下》对一种既不是爱情，又和普通的寻常友谊不太一样的东西——革命情谊，一种患难与共、信守不渝的革命情谊的珍惜。

新时期散文里还有一种情，暂且将它命名为直情吧，这是早在陈白尘《忆眸子》中就有所涉猎的情感。一老友憎乌及乌，对"我"另眼相看：迎面相逢"既不相互注目，也不怒目而视，却用另一种手法——应称'眼法'，即使擦肩而过，并且身旁无人……"③ 作者愤愤地昭示了"我是宁愿受怒目斥责，而不愿受蔑视之苦"的人格宣言，还有在厄运时期遭人怒目的酸辛。这种直情更直接地表现在卞毓方的《仇家死了》中，仇家死了，"他"就像失去了平衡的竞争机制，许多人猜测"他"会回院工作，可是"噫！微斯人，吾谁与归！"他不是一个愿轻易失去由恶性终于转为良性的生命刺激的，一朵由血水浇大的玫瑰；更不愿这么快就失去一位不是知音，胜似知音的对手。④ 作家真实地直陈了人的奇怪、人的微妙和人的隐痛。

在这尘情尽显的新时期散文里，还有一种对于生命意义的追问及在物质时代中追问精神内涵的散文。史铁生的《我与地坛》《墙下短

---

① 季羡林：《中华人民共和国五十年文学名著作文库》，《散文杂文卷（1949—1999）》，作家出版社1999年版，第294页。
② 同上书，第410页。
③ 同上书，第367页。
④ 同上书，第640页。

记》实际上表达的是"要求意义就是要求生命重量"的执着。李国文的《大师太忙》把当今文坛上缺乏精神大师、缺乏培植新人的大师的局面如实讲来,令人感叹。总之,新时期散文从行文思想、传情达义方面都较以往 30 多年有了质的突破,这是只有在一个合乎情理的时代到来之后才能取得的卓然成就。

(三) 新时期散文显示了文体的自觉

我们这里所说的散文的性,就是散文的自性,也就是散文作家创作散文时所呈现出的对文体的自觉意识。

> 从文类发展史角度看,"散文"之于小说、诗、戏剧等,在中国古代的生成发展上,有着自身明显的特殊性,如果把民歌也看成一种别样的诗的存在,那么诗、小说、戏剧在其变异过程中都拥有"正宗"与"民间"两种资源系统。不仅如此,两种资源系统始终彼此独立却又互动整体地存在着,从文学史上看,后者往往又成为促进前者变化的异质性结构因素——这是文学史上反复说明了的。唯独散文不是这样,作为知识分子的主体言说方式、散文在资源拥有上的"匮乏"与接受状态的"孤独"又恰恰使她保有着自身的纯洁与卓然。

> 好散文里,感情一律流露出思索的表情。[①]

> 散文在语言上没有虚构的权利,它必然实话实说……它只能脚踏实地,循规蹈矩,沿着日常语言的逻辑,不想出一点花头。[②]

> 散文使感情呈现出裸露的状态,尤其是我们使用的是这么一种平铺直叙的语言的时候,一切掩饰都除去了,所以我说它(散文)是感情的试金石。[③]

[①] 王安忆:《我读我看》,上海人民出版社 2001 年版,第 307 页。
[②] 同上书,第 287 页。
[③] 同上书,第 307 页。

从大家对散文这种文体真诚的探索中，我们不难看到新时期散文也越来越走进散文的内核：真情和本真。从前面对新时期不少散文篇目的分析中，我们不难看出散文在"设情""酌事""撮辞"[①]上具有强烈的原生性、鲜活性。就连许多散文作者本身在写散文时也不自觉地流露出对散文文体追求的自觉意识。王充闾《千古兴亡，百年悲笑，一时登览》在谈自己的创作实践时说："散文中如能恰当地融入作家的人生感悟，投射进史家穿透力很强的冷峻眼光，便能把读者带进悠悠不尽的历史时空里，从较深层面上增强对现实风物和自然景观的鉴赏力与审美感，也会使单调的丛残史迹平添无限的情趣。"[②] 这说明散文是有所体悟的文体。作家还进一步说道："我以为散文应体现一种深度追求，以对社会人生的宇宙万物的深度关怀和深切体验，抒发内心的真实情感，表露充满个性色彩的人格风范……在美的观照与史的穿透中，寻求一种指向重大命题的意蕴深度，实现对审美视界的建构，对意味视界的探究。"[③] 的确，新时期散文在尚散、求真、讲美中不断地靠近或接近这种文体的本真，而且许多散文家正在以他们那种精细过人的感知、感悟和细致入微的区别来结构着精美绝伦的散文篇章。贾平凹《读书示小妹十八生日书》《散文就是散文》，杨绛《读书苦乐》等虽说写的是关于读书创作的事，但是作家对一些境界的品味，苦乐甘甜的感知似乎就只有通过散文这种独特的文体才能探知到。我不想说散文是什么，但是散文似乎就是与"品味""滋味""细腻""别致"相连的，在这里我们愿"散文成为读者和作者进行随意而真诚的交流方式"。在对散文文体的追问中，我们想引用散文家李广田在他的《谈散文》一文中的感悟，他说，散文的写作就好比一个人随意散步，"散步完了，于是回家去"。那么散文的阅读其实也像散步一样，没有成法的限制，假若我们能够读出一份坦诚的情怀，感悟一段真的人生，领悟一片美的风景，从中得到性情的陶

---

① 王元化：《文心雕龙创作论》，上海古籍出版社 1984 年版，第 239 页。
② 季羡林：《中华人民共和国五十年文学名著文库》，《散文杂文卷（1949—1999）》，作家出版社 1999 年版，第 644 页。
③ 同上书，第 645 页。

冶和趣味的提升，也就足够了。① 愿我们的散文创作者和散文阅读者越来越接近散文，在两种状态下保有散文文体的自觉。

五 注重过程性、偶然性、个体性、调侃性的现代性
——新时期现代主义文学人文精神的特点

20世纪80年代中期以来的中国现代主义文学是思想解放的产物。它在当代社会变革的历史语境中，以个体生存为根基和"自我"意义为基点，其创造的价值、理想以及指向人的主体层面的终极关怀，即人文精神，具有鲜明的特点。"现代主义文学所蕴涵的深刻内容是人类应当怎样求得个性和自我的发展，人类怎样才能求得自为的自由和幸福。"② 当代中国的现代主义文学作家们，或者是表达个体生存"别无选择"的惶惑，或者是表达个体生存的荒诞，或者是表达个体生存的无聊与无奈。刘索拉、徐星、余华、苏童、格非等人的作品都具有这样的共同特点，表现了对我们所置身于其中的世界事物之意义和关系的一种根本易变性的宽容。③ 他们不仅拆解了那些虚伪的权力意志的价值并使它显得尴尬，而且使那些普通寻常的事物变得非同凡响而妙趣横生。

（一）注重人物生存的过程性并展示人物的内心世界

在20世纪大部分时期里，现实主义是中国文学运动的主导性文艺思潮。尤其是在新中国成立后，逐步淡化现实主义自身的美学特征，并将"反映论""真实论"以及"功能论"这三个现实主义文学观的基本命题推到极致，最终聚焦到一点就是"理想化"。诚如周扬所强调的那样："进步作家要在历史的运动中去看现实，从现实中找

---

① 王耀辉：《文学文本解读》，华中师范大学出版社1999年版，第68页。
② 孙乃修：《不能轻易否定自我表现》，《文艺报》1982年6月22日。
③ [英] A.王尔德：《一致赞成的视野：现代主义与后现代主义的反讽现象》，陈晓明：《中国新写实小说精选》，甘肃人民出版社1993年版，第21页。

出时代的发展上具有积极意义的方面，而且要把那方面的未来的轮廓表现出来。他不仅要描写现实中已经存在的东西，而且他要描写现实中可能存在的东西。"① 周扬指出了我国现实主义文学必须表达事物发展的前景和理想的特点，也暗含了工具性文学观的基本点，亦即文学必须成为团结人民，教育人民，打击敌人，消灭敌人的有力武器。如前所述，这在革命战争年代完全是有积极意义的，但在革命胜利后，原来的生存群体演变为利益群体，再这样强调就容易使其社会积极意义的一面走向反面，甚至极大地压制了人们对自己生存样态的审视、对自己内心复杂奥妙现象的探索和人文精神的进一步探求。

随着市场经济的确立，消费社会已经抹去了各种文化的绝对价值，人们随机应变，见机行事。中国年轻一代的现代主义作家们面对繁杂多变的现实，试图超越前一时期文学集中在社会学层面的局限，力图在更广阔、更深远的文化背景上考察我们民族的生存状态和性格心理的"来踪"。他们把人物置于"前不见灯塔，后不见海岸"的茫茫人生旅途中，置于最平凡甚至平庸、琐碎的原生状态中活动，把中国乡村、城市、大学、机关，乃至军队的生存境况和盘托出，放在社会大背景下，提醒人们反观自身。他们不再对人物的生存样态进行"好"或"坏"的评判，而只是描述人物的生存过程和对这种过程的心理感受，把审查判断的权力交给读者。

刘索拉的《你别无选择》是20世纪80年代中期以来的现代主义文学的开山之作。它超越了当时的"伤痕文学""反思文学"的社会政治道德主题，而追问人的生存的终极价值和意义，并以它独有的方式表达了个体生存的状态、过程及荒诞感。小说以一种戏谑、夸张的方式，描画了几种精神类型，借以揭示年轻人骚动不安的内心世界。作品中的荒诞感主要来自于以贾教授为代表的僵化、保守力量窒息了创造活力这部分现实。由于金教授、森森、孟野等形象在这个精神世界中所处的中心地位，特别是李鸣在最后态度的转变，就使这种荒诞

---

① 周扬：《现实的与浪漫的》，《周扬文集》（第1卷），人民文学出版社1984年版，第127页。

感带有更为积极的挑战意味,于是构成了另一部分较为合理的现实。因此,如果说《第二十二条军规》是建立在主体彻底绝望的生存危机之中,那么《你别无选择》则体现为克服主体创造危机的精神反叛。前者在人的渺小和世界非理性力量的强大两者对比中体味荒诞感,后者则是充满了青春气息与创造活力的挑战和反抗。

刘索拉另两篇小说《蓝天绿海》《寻找歌王》也是属于对生存的荒诞感的表现。前者主要是孤独感的体验,后者则着重表现对所追求的目标的茫然和失落感。①

20世纪80年代中期出现的现代主义文学重视给出一种生活状态,一种"艰辛的尴尬"状态。人们为些微的希望所怂恿,也为莫名的绝望所困扰,当你企图摆脱一种命运时又总是为另一种命运所支配。刘震云的《塔铺》(1987)写出了"底层人"的实在生活。一群来自农村的高考补习生,为了考上大学而艰苦奋斗着。比较路遥的《人生》,就不难发现二者貌合神离。高加林作为年轻一代农民的代表,试图通过个人奋斗来改变自身的命运。这部关于摆脱土地的主题,又与受爱情婚姻煎熬之类的伦理道德主题相混淆。然而,它却契合了新时期关于"人"的解放与道德观的更新这类时代命题。它为历史及时提供了集体想象的模本,不可避免地被意识形态理论实践所放大。而刘震云的叙事已经明确了集体想象的"背景",把生活的意义全部交付给人物本身。生存意义是有限的,因为它只限于自身的那些微不足道的事实,那些恩恩怨怨,那些悲欢离合,那些沮丧和憧憬都不过是转瞬即逝的生活之流,它们并没有永久驻足领会其生存的要义。这就是生存本身,一种状态中的生活或生活中的一种状态。把人物置于一种生存过程中,等于回到了人的实践活动的本真形态。正如古希腊著名哲学家普泰戈拉所概括的:"人是万物的尺度,是存在的事物的尺度,也是不存在的事物的不存在的尺度。""运动是一切存在和变化的东西的源泉,而静止则是非存在和毁灭的源泉。"② 现代主义文

---

① 金汉等主编:《新编中国当代文学发展史》,杭州大学出版社1997年版,第577页。
② 北京大学哲学系外国哲学史教研室:《古希腊罗马哲学》,商务印书馆1961年版,第134—135页。

学重视人物生存的过程性描写，一下子就赋予人物以动态活力。人物必须对于现实的生存条件作出必要的反应，必须进取，必须创新，否则就是倒退和毁灭。这种追求恰恰显示出了人文精神！

（二）注重偶然性而忽视必然性

在现实主义文学的写作规范中，总是存在着提炼历史意义的永久压力。语言与世界、叙述与信仰严丝合缝。全部现实的合理性就存在于历史的必然性之中。这种必然性中所蕴涵的创造冲动和生命活力不言而喻，但我们不应忽视的是：这种必然性往往因为试图按意识形态的观念起规范作用而使人们忽略了许多珍贵的东西。事实上，生存实践活动的必然性始终是以偶然性来为自己开辟道路的，必然性始终寓于偶然性之中。量子力学提出必然性只表现为"概率"，而这个"概率"将落到哪一颗粒子身上，则是偶然的。就如同飞机的失事率是十万分之八一样，这是统计出来的"概率"，但谁碰上这十万分之八，则是极其偶然的。重视了偶然性，就增加了人物的多种生存可能性，迫使人物必须作出选择，从而在选择中体现那支撑人奋进的人文精神。

20世纪80年代中期以来，现代主义文学重视历史的偶然性对个体的伤害，并对人们习以为常的生活常识予以颠覆和反叛。余华的作品是这方面的典型代表。《十八岁出门远行》是他的成名之作。小说写一少年出门远行，搭的过路车中途抛锚。一群老乡上来抢苹果。"我"为保护苹果被打得满脸开花，而司机脸上则始终挂着微笑，并随之抢走了"我"的书包，抛掉东西，和老乡们一块扬长而去。司机与抢苹果的老乡的关系构成了一个谜团，具有多种可能性。正因为这里有多种可能性存在，也就消解了事件的意义，能够确定的只能是事件的过程。让人感受到一种悖谬的逻辑关系，从而向人们的生活常识发出挑战。《现实一种》则叙述了一场兄弟阋墙的血腥悲剧。山岗四岁的儿子某日"蓄意"摔死了堂弟。弟弟山峰的老婆要讨回人命，整死了小侄子。血腥的复仇这才刚刚开始。山峰甘愿代妻受过，被哥绑在树上，任由一只小狗舔舐他的脚掌。他搔痒难熬，狂笑40分钟暴毙。山岗逃走,终于落网被枪毙。他的尸体却阴差阳错地被弟媳"捐给国家",被解剖得四分五裂。我们最后看到的是,山岗的睾丸被重植在一个年轻人身上。年轻人不久结婚,"十个月后生下一个十分壮实的儿子"。山峰的妻子万万没有想到,她的复仇使山岗"后继有人"了。余华以最古怪的人物、最浅薄的叙事姿态,诉说了一则又一则既荒诞又荒凉的故事。虽然不可置信,但它像电击一样,刺激着我们既面对又回避的经验中不堪言说的部分。

余华说,他对常性常理的怀疑,使他急于探讨"世界自身的规律"。"眼前一切像是事先已经安排好的,在某种隐藏的力量指使下展开活动。""必然因素不再统治我,偶然的因素则异常地活跃起来。"于是有了像《偶然事件》《难逃劫数》《四月三日事件》《往事如烟》这类作品。余华一方面写出所有人事碰撞的随机偶然性,却又不禁凛于这样散漫无常的生命现象下的一种宿命的可能。《偶然事件》借一偶发的凶杀事件,来叙述一个并不偶然的案外案。全文以书信贯穿,最终使素不相识的写信人和收信人卷入血案。《难逃劫数》写的也是一桩偶发的人命案件,几经辗转,犯案的叙事者回到现场看到了"自己"被谋杀。《四月三日事件》夸大了叙事者偶然的感情邂逅及对即将到来的生日的恐惧。他最后在四月三日前夕疾疾出走。偶然与必然、疯狂与秩序相倚相生,注定氤氲播散以终。"余华以极大的温情描绘了磨难中的人生,以激烈的形式表达了人在面对厄运时求生的欲望"。

现代主义作家善于把人置于各种机遇之中,使人物必须动脑筋,运用大智慧来保全自己。余华的《活着》客观而冷静地塑造了福贵这个形象:他本可以从父亲手中接受一份家底颇丰的产业,但由于赌博输掉了全部家产,气死了父亲。从此以后,一家人相依为命,备尝艰辛。在经历了种种人生坎坷和政治动荡后,家人都先他而去,唯他独守着一头叫作"福贵"的老牛活着。如果说年轻时的福贵有钱有势,那么赌博使他失去财产,气死父亲,但从此以后他又变成了一个自立的人,被国民党抓去当兵,死里逃生,让他顿悟到生命的可贵,在侥幸生还使他准备守着妻儿老小过活时,不料亲人们却相继撒手尘寰。他只能一个人顽强地活着。福贵这个人物形象真实地告诉人们：一个在无所依傍的境地中的人最顽强最执着的东西是什么。正如余华在《活着》的序言中所写的那样，他要表现人面对苦难时"惊人的承受力"。这种普通人身上所拥有的顽强隐忍的精神不亚于任何一种崇高和伟大。因为人都是特定社会历史条件下的产物，小人物自有其独特的生命形式。与其让一个小人物斗胆反抗，徒留下一身浮躁，不如让小人物忍受煎熬，历经艰辛，默默承受着苦难，倒更能带给人们一种隽永的意味。

余华把福贵置于与龙二、春生的关系中，并通过这两个人的不同命运来表现福贵这种"活着"的优越。福贵赌博惨败，龙二接管了他的财产，然而不几年新中国成立了，龙二因有财产而被定为反动地主，随着一声枪响，命归西天。春生与福贵一同被国民党抓去当兵，在一次作战中几乎全军覆没，唯独他两人幸存下来。后来福贵解甲归田，春生随军转战且步步高升，最后还当上了福贵所在县的县长。然而好景不长，"文化大革命"开始了，春生因种种政治罪名而受到批判，境遇每况愈下，不得不上吊自杀。只有老年的福贵，既没有大福，也没有大贵，在远离了金钱、权力、亲人的道路上，含辛茹苦，如履薄冰地活着。这种命运的无常深深地植入读者的内心世界，并转化为一种如何保全自己的大智慧。

（三）注重个体性而隐藏群体性

新中国成立后的文学创作，如前所述，保持着革命战争年代工具性的文学观念，一直力图实现一种群体性，一方面唤起人们对英雄的感情认同，另一方面表达正义战胜邪恶的伟大信念。在主要人物的关联中，社会的阶级划分及其各阶级的本质被揭示出来。在主要人物的转变中，历史发展规律被呈现出来。文学总是合理而自然地为人们提供感性实践，它使思想升华，集体主义思想被一再放大。

20世纪80年代中期，随着社会的巨大转变，在时代的坼裂声中往往夹杂着文体的错动：现代主义文学应运而生。它挑战着此前的工具性文学观念，并试图改变它的独尊地位。面对社会学话语，当权者主观意图化了意识形态思维模式,现代主义文学放弃了工具性的文学观念和社会学的主题,进入了人类学的主题空间。

这里特别值得一提的是,人本来是鲜活的个体存在物,是历史的第一个前提。人当然也是群体的存在物、社会的存在物、文化的存在物,但是这种群体性、社会性和文化性是寓于个体活动之中的,并通过个体的生存活动而表现出来。文学艺术可以采取"外观"的典型化的方式,塑造出个性鲜明的艺术形象,并通过这种鲜明的个性显示出群体性、社会性和文化性,但文学艺术也可以采用"内省"的体验方式,通过个体的心理折射出对于社会性、群体性和文化性的感受,换言之,文学艺术可以将群体性隐藏在对个体心灵的刻画中。20世纪80年代中期以来的现代主义作家们正是采取这种视点来看待现实生活中的人物的。他们在时代风云变幻的历史大幕前,努力把握个体生命的俯仰沉浮,表达个人的心灵感受、情感历程和思想发展,提供了被重大历史风云所遮盖的个体生命最隐秘的内心世界,从而透射出强烈的人文精神和人文关怀。

现代主义文学以个体为本位,力图表现普通人、下层人的生存状态和生命意识。刘恒的《狗日的粮食》讲述了一个光棍汉用200斤谷子买回一个长着瘿袋脖子的丑女人。接下来,便是两口子过日子:性,吃,养孩子,活着,考虑"明天吃啥"。那丑女人也有着比众生更强的生存本能和欲望。这个刁蛮泼辣的母老虎,其率真性情全无遮盖,暴露无遗,在严酷的生存土壤上生成了粗鄙的灵性。池莉则创造了一个人们沉浸其间而又变得十分麻木的世俗世界。她的作品使人从理想的云端下降到现实的土壤,从个人自我情感超脱到人类普遍的生存状态和命运,并以新的眼光重新体察和观照世俗人生和琐屑生活。《烦恼人生》展示了一个普通的中国人一天的生活:吃饭,赶车,上班,带孩子,干家务,睡觉,做梦,乃至剔牙,上厕所。这是一个货真价实的生活流,但它的后边又隐藏着某种生活的内在结构。这样一来,一个普通中国人一天的生活就成为无数中国人生存状态的一种象征。《不谈爱情》则抹掉了爱情的玫瑰色彩,把实实在在的情和爱还给生活、还给家庭。爱,在整个人生和社会结构中是一种脆弱而虚无的东西，体现了一种近乎残酷的真实。出自青年女作家方方之手的《风景》展现了一个七男二女同居 13 平方米小屋的淤塞、困顿的家庭生活。在这个家庭里，原始的生存竞争法则支配着每个人，并且在生命延伸中本能地传递着。弱肉强食，野蛮愚昧，血缘人伦亲情荡然无存，显示了一种"恶"的生存本相。

这些现代主义作家们还以寻找自我为人生追求，表现人性发展受阻的痛苦、失落以及追求的执着。徐星的《无主题变奏》以第一人称揭示了一个从大学退了学并在饭店当服务员的年轻人的日常心态和对世事的嘲讽。他的独异之处在于他对一切世俗价值的蔑视和调侃，由此带来一种不为世人所理解的孤独感。他从一切中都看到了虚伪和庸俗，他发出这样的追问："我搞不清楚我现存的一切，我还应该要什么？我是什么？更要命的是我不等待什么！"他拒绝了社会对人的常规设定，离开了生活固有的轨道，在愤世嫉俗中固守着自己那种个性化的生存方式。他对一切想把他引向"正路"的企图都表示了回绝和逃避。洪峰的《极地之侧》讲述了七个关于死亡的故事，是一种对于死亡的立体观照。这种死亡意识所表现出的乃是一种理性的、抽象的和哲学的意义。它摆脱了所有情感的、现实的或经验的羁绊，而直接导向对生命存在的本体意识的探讨。马原的《虚构》一开头就是："我就是那个叫马原的汉人，我写小说。"苏童在《1934 年的逃亡》开头不久说："我是我父亲的儿子，我不叫苏童。"要在讲故事之前，无论是像马原那样强调马原就是马原，还是像苏童那样强调苏童不是苏童，目的都是一个，即强调讲述的主观性、个体性，讲述的背后是寻找自我。

现代主义文学以个体经验为基础的"私人化叙述"与现实主义文学以群体抽象为基础的"宏大叙述"，从理论上说并不必然相左。但是，由于"宏大叙述"居于强势地位，这使其成为唯一的历史记忆或历史叙述，结果必然会造成历史记忆的缺失。而现代主义文学注重个体性而忽略群体性的人文关怀，正是对现实主义文学历史记忆缺失的弥补。这种弥补有时显得顽强、过激。比如，活跃在世纪之交文坛上的女作家棉棉就公开宣称："我总觉得冥冥之中有神灵帮助我，作家的社会责任感,我不考虑,我只是把我想要展示的生活表达出来而已。"

(四) 以调侃来掩盖本真的精神家园追求

汹涌而来的经济全球化给人们的生活带来了深刻的影响。这是人类社会生产力新的跃进和经济增长方式的新的变革。然而更深刻的内在矛盾同时也在急剧地积累、孕育着社会的嬗变,"关系学"仍旧盛行,权势的魔力正加剧着社会的腐败,金钱拜物教日益侵蚀着世道人心,封建主义的残余还显得根深蒂固。面对生存的这些无奈,20世纪80年代以来的中国现代主义文学反对布道式的教诲和空洞道德的渲染,强化平民意识而淡化英雄意识。他们疏离英雄及其业绩,而将目光转向平凡世界中的芸芸众生,用一种非喜非忧的态度给予表现。人不再高大地俯瞰一切,而是常常对一切都无能为力、无可奈何。因此,他们常以调侃和嘲弄的态度面对人生,并且自嘲自谑。他们有意制造的荒诞和玩世不恭的语言表现着某种反讽的意向。"反讽"(Irony)是西方现代文学理论中的一个术语,它是指对于某一事件的陈述或描绘,包含着与感知的表面的(或字面的)意思正好相反的含义。现代主义的作家们正是借用反讽来刻画人们所处的"类喜剧式"的生活状态。

加缪说:"所谓荒诞,就是这种非理性同执意弄明白的渴望的冲突……荒诞既取决于人,也同样取决于世界。"[1]。刘震云、刘索拉、徐星、王朔的小说都有对生存荒诞感反映的事实。通过把"权力"与"反讽"捆绑在一起,多少解开了人类本性与制度化存在结合的秘密。那些习以为常的生活小事,那些凭着本能下意识地作出的反应行为,因为它们与权力构成暧昧关系而显得滑稽可笑。《新兵连》之所以能把军营生活写得如此真实而亲切,在很大程度上是因为反讽手法剔除了生活的虚假面具。年轻的士兵们为了追求"上进",争取成

---

[1] [法] 加缪:《西绪福斯神话——论荒诞》,李玉民译,漓江出版社2015年版,第19—20页。

为"骨干"而陷入窘境,使整个描写显得妙趣横生,褪去"灵光圈"的士兵们,露出各种尴尬面目却又显得可亲可爱。《一地鸡毛》则在写出日常生活的困窘以及琐碎的生活细节侵蚀了个人的意志和热情的同时,刻画了主人公是如何在世俗权力网络的运用中被任意摆布的状况。小说所呈现的是一种文化的尴尬,一种处于文化中的人的尴尬:一方面,人的言行不能与文化习俗相悖,另一方面,又要在文化的制约下有限度地表达自己的感情和意志。

"反讽"不仅仅创造了一种美学法则,它同时表达了一种文化态度和价值立场。"反讽"表示的是一种"中性化"的价值立场。在这一意义上,它的另一种说法就是"调侃",一种浅尝辄止的玩笑,适可而止的攻讦,轻松随便的漫骂,并不是认真的语言战斗。它使那些严肃的神圣的原则性对立顷刻之间在语言的快感中化为乌有。王朔的《顽主》《一点正经没有》《玩的就是心跳》《你不是一个俗人》等弥漫着一种玩世情绪,充满了对神圣的亵渎,对世俗的调侃以及玩世者的自得和逍遥。应该说,这种玩世者的谐谑和调侃包含着一定的社会内容,它体现着一种"疾虚妄"的精神,撕开了人的假面,让人看到了假象掩盖下的真实,这对于缓解消除一个处身于政治道德本位的人的极大的压抑感无疑是有益的。王朔的机智使他把这种调侃喜剧化了。比如《顽主》中于观对老是教育他要"走正道"的离休在家的父亲的说辞、对德育教师赵尧舜的戏弄、对青年作家宝康的挖苦,都使人哭笑不得,陷于窘境。《你不是一个俗人》则可以看作《玩主》的续篇。玩世者们的"公司"满足了厨师不当"俗人"的愿望,先是对他"严刑拷打",然后拉上街头"枪毙"。这个看似荒唐的情节却不失它的真实性,对于在理想主义、英雄主义传统熏陶下长大的一代人,存有这样的念头,不是奇怪的事情。"文化大革命"中的红卫兵不正是怀着悲壮的情怀,吟诵着"带镣长街行,告别众乡亲"的诗句投入那场似是而非的"文化大革命"中去的么?所以,王朔的文化解构不失其意义、价值的一面。

调侃与反讽既恰当地渲染了人们的"批判性",又维系了社会和谐统一的外表。它是社会稳定和快乐的佐料。在霍克海默和阿多诺看来，文化工业创造的所谓"美"，就是通过幽默，通过对一切不能实现的东西的讽刺而获得胜利的。"对没有什么东西可以引起人们欢笑的状态进行嘲笑，往往是恐惧消失时产生调节恐惧的欢笑。当卑贱者战胜了可怕的有权势的当局者时，调节的欢笑是摆脱权势的回声。"①然而，这种表面的潇洒的背后，却遮盖着内心沉重的责任感，一种在否定中寻找超越途径的人文精神。

总之，中国 20 世纪 80 年代中后期出现的现代主义文学，不断地发掘着现代人自身的生存窘境，表现出现代人的生存恐惧与焦虑，并努力去把握可能出现的新的人生价值，从而在现代人不确定的生存状态中获得一种确定性的人生价值，放射出具有现代意义的人文精神之光。

---

① ［德］M. 霍克海默、T. W. 阿多诺：《启蒙辩证法》，洪佩郁、蔺月峰译，重庆出版社 1990 年版，第 131—132 页。

第四章　陕南地域文化与文学创作论

一　资源丰富 品味高雅
——两汉三国文化与汉中旅游

汉中是中国历史文化名城之一，两千多年来，历史曾在这块土地上演出了一幕幕威武雄壮的活剧，也留下了众多举世瞩目的文化遗存，这成为现代旅游业的宝贵财富。在汉中众多的文化遗存中，最璀璨夺目的则是两汉三国文化遗存，它不仅资源丰富，而且品位高、影响大，因而令中外旅游者神往。笔者认为，两汉三国文化是汉中现代旅游的重要资源依托，以两汉三国文化为核心，充分开发旅游资源，是发展汉中旅游业、搞活汉中经济的关键。

（一）

"旅游是人们以游行游览、观赏风光、探险猎奇、宗教朝觐、考察研究等为目的的非定居性的暂时性移居，也是一种以各种不同方式分配空间和利用空间的现象。"① 就现代经济社会进步意义而言，它是促进区域发展的重要产业，被誉为"产业中的朝阳"。推进这一朝阳产业发展的基础便是旅游资源。

汉中地处陕西省西南部，位于蜀道中枢和中国南北气候分界线上，有着丰富的旅游资源。纵观历史上，两汉三国文化在汉中历史文

---

① 参见郭来喜《旅游地理学》，李旭旦主编：《人文地理学概说》，科学出版社1985年版，第187—192页。

化遗存和汉中旅游中有着极其重要的地位。

现代旅游学理论表明，旅游构成有三大要素，即旅游主体（旅游者）、旅游对象（风景名胜及其娱乐活动）和旅游手段（旅游宣传、组织运输和接待设施）。根据这一理论我们可以看出，两汉三国文化在汉中旅游中有着举足轻重的地位，这主要表现在：

第一，以两汉三国文化为核心的汉中历史文化遗存在海内外的知名度是引发旅游动机与促成旅游行为实现的基础。

值得一提的是，国家旅游局、文物局主办的"94中国文物古迹游"活动，开辟了14条旅游专线，其中一条就是"三国旅游线"，其市场侧重于日本及东南亚游客。而使长江黄河两大文明得以交汇的汉中，在这条旅游线中的地位举足轻重。在中国历史上，刘邦曾以汉中为基地建立了西汉王朝。三国时期，刘备又自称汉中王，为蜀汉政权的建立奠定了基础。诸葛亮更以汉中为基地，六出祁山，北伐曹魏，最终归葬汉中，一部《三国演义》所提到的事件、人物与汉中有关的，竟占全书的1/10。故此，说起两汉三国必提到汉中。

新闻界对汉中有这样的概括：张骞生地、蔡伦封地、诸葛亮墓地，朱鹮之乡、黑米之乡、古栈道之乡。冷静分析这些人物、事件、遗址及珍禽稀品，都可以称得上是世界级的。其知名度是开发汉中旅游不可估量的无形资产。

第二，以两汉三国文化为核心的汉中历史文化遗存的质量是促成旅游行为的决定性因素。

汉中是沟通中原、巴蜀天府之国的中枢。独特的地理位置注定会产生高质量的历史文化遗存。而在汉中的各个行政区划中尤以两汉三国文化遗存量多质高。

象征"汉家发祥地"的汉王刘邦的宫廷遗址——古汉台，韩信受命领兵的拜将坛及相传刘邦作为汉王驻军汉中时的饮马处——饮马池均在汉中城中心。城北有"魏延反、马岱斩"的虎头桥遗址。出汉中城往西约四五十公里便进入了三国历史文化重点旅游区勉县，这里有全国最早的武侯祠，有诸葛亮临终"遗命葬汉中定军山"的武侯墓，还有诸葛武侯读书台，诸葛亮制木牛流马处以及刘备初为汉中王的设坛处。每至风和日丽之季，这些地方的游人香客定是络绎不绝。在秦岭的紫柏山间还隐匿着人间仙境——张良留侯祠，庙外群山环绕，庙宇规模宏大。汩汩流水使风尘仆仆之人，于游目骋怀之中，生飘飘欲仙之感。"丝绸之路"的开拓者张骞，在这片土地上降生、安息。写下"峣峣者易折，皎皎者易污"名句的东汉太尉李固，从这片土地上获得了生命和灵性。纸的发明者蔡伦，封侯并长眠于此。还有西汉名将樊哙，三国名将马超、魏延等也葬于汉中。

另外，褒斜栈道、石门及其摩崖石刻为国务院重点保护文物。褒斜栈道，是中国历史上开凿最早、规模最大的一条栈道。开凿于公元63年的石门则是世界上最早的人工通车隧道，这是中华民族对世界文明的伟大贡献。石门故址的104种摩崖石刻，是研究历史及汉魏书法的实物标本，其代表"石门十三品"则被誉为"国之瑰宝"。日本书道联盟会长中谷扇舟先生亲临现场观摩"十三品"后，挥毫写下"汉中石门，日本之师"。尤其是"衮雪"二字，是曹操征战汉中，为褒谷壮美的风光所震撼而题，意境古雅，刚柔相济，为曹操留传后世的唯一手迹，堪称广陵绝响。

由此可见，汉中的旅游资源本身具有较高的科学价值、艺术价值、历史文化价值及趣味性、共赏性，这些都是促成旅游行为的重要因素。

第三，对以两汉三国文化为核心的汉中历史文化遗存的保护、开发及重视程度对旅游业的发展具有重大影响。

旅游资源的价值大小取决于如下两个方面：其一，旅游资源自身固有的条件对旅游行为和旅游需求的满足程度，是旅游开发的固有因素；其二，客观的、人为的种种制约因素对上述旅游行为的完成所产生的影响程度，是旅游开发的可变因素。相对于前者，后者随着人类社会的进步和科学技术的不断发展变化在一定程度上可以变不利为有利，变不可能为可能。

在相当长一个时期内，汉中宝贵的旅游资源基本上处于沉睡状态。随着改革开放的深入，人、财、物的大流动，客观旅游需要的拉动，汉中各级政府开始重视对旅游资源的保护、开发、启动、利用，尤其是以两汉三国文化景点为核心强化旅游手段,产业化的势头初见端倪。而确定把汉中建设成为集商贸旅游为主的区域中心城市,就是两汉三国文化与旅游发展相结合的最好例证。这一系列规划为汉中旅游的发展奠定了基础。

(二)

J. B. 杰克逊(John. B. Jackson)认为:"旅游主要是一种地理方面的感受。"[①] 同时,又是个人理想实现的表现。通过旅游对外界增加认识和了解,产生美感而获得精神与物质的享受。要达到上述目标,推动旅游产业化,旅游对象的开发利用,旅游手段的不断强化就显得十分关键。汉中人对此已有一定的认识,近年来,已开始把旅游业作为一项由人、资源、设施和信息四大要素组成的系统工程来运作。以整理和挖掘两汉三国文化遗产为切入点,在大力推动旅游发展方面进行了大胆、有益的实践。

在众多的文化遗存之中,汉中人突出三个最富代表性的东西:

一是古栈道文化。栈道是中国古代交通史上的一大奇迹。古代穿越秦岭巴山天险的栈道应该说是早于万里长城和运河的大规模的土木工程。途经汉中盆地的栈道有褒斜道、金牛道、陈仓道、傥骆道、子午道、米仓道和荔枝道,汉中堪称栈道之乡。对这一充分显示古代劳动人民智慧和象征,中华民族不畏艰险、谋求发展的人格精神的栈道文化采取三种方式进行宣传与开发。首先,发起成立了"蜀道及石门石刻国际学术研究会",创办了专业学术刊物《石门》。近十年来,在汉中先后举办国际学术研讨会,一批批国内外历史、考古、书法、古道研究专家学者来到汉中,数百篇学术论文和介绍汉中的文章在国内外发表。同时,先后投资30多万元,将栈道上珍贵的汉魏摩崖石刻拓印成书,并出版发行。近年来,日本在其国内成立了专门研究组织,英国大英博物馆也收藏了"石门十三品"拓片。此外,投资20

[①] 郭来喜:《旅游地理学》,李旭旦主编:《人文地理学概说》,科学出版社1985年版,第203页。

多万元拍摄了10集大型电视专题片《栈道》，系统而形象地介绍了栈道的出现、发展和消亡的全过程。该片在中央电视台播放后，引起强烈反响。后又投资10多万元在石门旧址翠云屏山麓修葺了一段全长360米的古栈道。1996年6月已正式对外开放。这不仅为汉中增加了一个内涵丰富、观赏价值高的旅游景点，而且带动了石门风景区的开发。

二是两汉三国文化。如前所述，两汉三国文化是汉中旅游业的核心，汉中的两汉三国文化遗存，不仅数量多，而且品位高，对于这些宝贵的财富，汉中人更是情有独钟。近年来，先后投资几千万元，对古汉台、拜将坛、张良庙、张骞墓、蔡伦墓、武侯墓、马公（马超）祠、魏延墓等进行了修葺，并通过举办张骞文化节、蔡伦祭奠活动、诸葛亮庙会和民间祭祀仪式等扩大这些人物及其遗迹在海内外的影响力。与此同时，还举行了一批以弘扬两汉三国文化为主的旅游宣传活动，增加了外界对汉中的了解。

三是独特的自然景观。汉江是长江最大的支流，它发源于汉中。汉江不仅浇灌出了汉中秀丽的自然景观，也孕育了汉中古老的文明，在其源头嶓冢山间，禹王碑显示了大禹治水的足迹。在长期的历史发展中，汉中又受到了秦文化、巴蜀文化、楚文化的影响，因而形成了有着自身特色的融合文化，这在人们的生活习俗、民居宅地、饮食习惯、宗教文化等方面都有突出特点，这些特点构成了不可多得的发展汉中旅游的项目，根据这些特点，汉中人在自然景观开发方面也做了大量的工作。

近年来，汉中先后开发了南湖风景区、兴元湖、莲湖公园、省级天台山森林公园，以及已经破土动工的滨江公园，着力体现汉中的水乡神韵。还通过保护、宣传世界珍稀动物朱鹮、大熊猫等，从广度与深度上扩大汉中在海内外的影响，汉中已逐渐为旅游者所认知。

以上的有效实践，使汉中先后推出的以褒斜栈道为主的蜀道考察之旅，三国遗迹追踪之旅，中国文物古迹游（汉中）三条国际旅游线路和多条国内旅游线路收到了良好效果。国内外旅游人数逐年增加，目前，每年来汉中的国外游客达2000多人次，国内游客120万人次。这为进一步发展汉中旅游业奠定了良好的基础。

（三）

旅游业是以资源为依托、服务为媒介、游客为中心的第三产业。既是产业，就必须向市场提供适销对路的产品，这个产品就是经营者出售的合理通畅的旅游线路。发展汉中旅游产业必须抓住两汉三国文化这个核心。在此基础上，把丰富的文化资源与独特的水乡风光及现代城市气息结合起来。为此，应重点建设好如下三条旅游线：

其一，两汉文化旅游线。

其二，三国历史文化旅游线。

其三，栈道文化旅游线。

笔者认为，为了建好这些旅游线，应从以下几方面入手。

第一，继续加大宣传力度。要依靠汉中两汉三国历史文化在国内外的突出影响，利用多种现代传媒，不断扩大汉中的知名度。

第二，加强旅游业的规划。汉中城以西汉遗址为主，建设以西汉仿古街及城区公园、天台山森林公园为主的景点建设。勉县以定军山、武侯墓等为主，建设三国历史文化中心、定军山风景区等，以古道及汉江为放射线，把宝鸡、襄樊、成都连成网络。城固以张骞纪念馆为主，洋县以蔡侯祠为主，建设历史文化与汉江文化观光区。留坝以栈道和张良庙为主，开发秦岭古栈道旅游。南郑以南湖风景区为主，开发自然风光旅游。

第三，加快旅游资源的开发与保护。开发旅游资源要采取先保护后开发利用的方针，对古遗址、古建筑、古墓葬按照文物保护法予以保护；对风景名胜资源也要加强植被和水面保护。对吸引力较大、交通方便、投资效益显著的要优先开发，骨干龙头景点要重点开发。

第四，加强旅游设施建设，要逐步使旅游者"进得来，住得好，散得开，出得去"。此外，在资源开发、利用外资方面，要更加开放、灵活，使旅游业积极参与国际国内市场。同时，要建立强有力的旅游行政管理系统。大力发展旅游公司或旅行社，参与市场竞争。大力培训旅游方面的各种专业人才，使各方面的工作走上正轨、具有一定的档次。

两汉三国文化已经成为汉中一笔珍贵的历史遗产。昔日之风云，实乃智谋才识勇武的较量，优存劣汰；当今经济竞争与发展亦如此。果如上述，全国历史文化名城汉中，定会如其古称"天汉"一样，以崭新风貌再度辉煌。

二 整合文化 更新教育
——汉水上游的文化传统与教育的更新发展

文化是教育的内容，教育是传递文化的工具，正是借助教育，文化才得以延续和发展。汉水上游地域仍属西部贫困地区，当然，汉王、汉朝、汉民族也曾使这一地区灿烂辉煌过，但是，随着现代科技、现代经济的发展，竞争也越来越依赖人为的资源形态，所以汉水上游教育在传递文化的过程中必须承认现实，改变观念，真正实现邓小平提出的关于教育的"三个面向"问题。

"文化与教育有着密切的关系。文化是教育的内容，教育是传递文化的工具，正是借助于教育，文化才得以延续和发展。"[1] 但两者也有相对的分隔，"文化与教育是相辅相成的……教育可以保存文化和改变文化……理想的文化与现实的文化之间总是存在着差距的"[2]。然而，时间总是有限的，特别是对不发达的贫困地区而言，通过教育反贫困是教育在整合文化中需要思考的问题。汉水上游的自然资源优越，自给自足，文化积淀深厚，有食品工业潜力，但地理环境封闭，贫困县多。在古典经济时代（农耕文明时代），此地常常成为估量古代华夏政局和平还是动荡的晴雨表；但在近现代（工业文明时代），这里也因为山险路崎而横绝了人们的想象，秦岭、巴山巍峨险峻，汉江、嘉陵江水流湍急，即使新中国成立后曾有"南下""西进"干部的影响，"三线"建设时期建设者的支援，但是由于制度层面计划经

---

[1] 金一鸣：《教育原理》，安徽教育出版社1995年版，第97页。
[2] 同上书，第97—103页。

济占了主导地位，这些移民常常被这里的自然山水环境同化，过上了西北"小江南"的"幸福生活"，而当今经济时代（科技、信息时代）竞争日益依赖人为的资源形态，这既对汉水上游教育提出了挑战，也为汉水上游教育提供了机遇。"在当代经济社会中，教育是对人口素质改造的最主要途径，这是由现代经济社会中劳动力的特点决定的。"① 而学校、家庭、社会在完成教育这一共同任务时的联系越来越紧密。汉水上游今天的教育情况既有其地域性，又有与全国其他地方的相似性，所以，汉水上游教育要在发扬优秀传统文化的基础上充分"整合"文化，"整合"知识，实现更新式发展。文化"知识的载体是人，这意味着新的21世纪知识经济发展的关键在于：是否有足够的拥有智力资源、具备人力资本的高素质人才或一代新人……谁在高新技术、高素质人才的拥有量和使用量这两个世界经济的制高点上赢得了优势，谁就拥有了作为知识经济的21世纪"②。所以，要"建构教育是生产力的新识……建构创造性教育新模式"③。汉水上游面对改革开放的大环境，同样也要构建社会大教育的理念。只有全面认识汉水上游的文化现状，充分挖掘汉水上游的"教育资源"，汉水上游的教育才能在新的一轮的博弈中取得战略性胜利。

（一）汉水上游的文化特征

关于汉水上游的文化特征，有学者认为是"南北兼济""雄山与秀水文化共存""阴柔与阳刚文化杂糅""开放与封闭文化交替""单一与多样文化共生"④。纵观汉水上游文化，它同华夏文明一样经历了一个漫长的历史变迁，并富有特定地域特征。汉水上游的历史、学术、文化、教育、文学艺术、民情风俗、交通水利等都以其悠久的历

---

① 赵茂林：《西部农村"教育贫困"与"教育反贫困"》，《汉中师范学院学报》2004年第5期。

② 席成孝、袁敬：《教育迎接知识经济挑战的对策》，《汉中师范学院学报》1999年第4期。

③ 同上。

④ 梁中效：《汉水文化的特色及影响》，《汉水文化研究：汉水文化暨武当文化国际学术讨论会论文集》，中国国际广播音像出版社2004年版。

史而源远流长。文化可以分为产品文化、制度文化、观念文化。产品构成受制度制约，制度受观念限制，而教育的目的就是传承文化，改变观念，培养技能，造就产品。很多学者也提到汉水上游的文化有许多积极因素，比如以民为本，关心民生疾苦，爱民、利民的仁政德治思想；也富有关心国家民族命运，天下兴亡、匹夫有责的使命感和责任心；还有尊师重教、以教育为本的思想以及追求人格独立完善和热情厚道的纯朴民风。根据以往汉水上游文化特征分析，再引进批判视角，笔者认为，汉水上游文化应在时代背景下进行辨析，而以下这些特征需要特别注意。

1. 儒释道文化互渗，但缺乏自主生命意识

有学者认为，汉水上游人民的审美意识是："当官时可以用儒的人生价值作准则，消闲时又可以按道的人生价值来行事，苦闷时还可以用佛的人生价值来抚慰。"[①] 表面上看起来什么文化都占有了，但是骨子里却缺乏"儒"的积极，"道"的潇洒，"佛"的智趣。有学者在谈到汉水上游儒学及儒学教育时说，它"铸造了一代又一代的陕南人格形象：纯朴厚道、谦让和睦、遵纪守法、诚实不欺……这些也是中华民族的美德；然而，儒学也铸造了陕南人格的另一面：崇拜官长、醉心权势、迷信保守、不思进取、目光狭隘……这种奴性人格，是陕南人走向现代化的巨大的心理负担"[②]。有位诗人说，"汉中不长大树"[③]，这是对汉水上游整体文化的质问。道教在汉水上游的存在，是与"这一地区卓特的地貌，较为封闭的心态，以及相对安定的社会政治、经济条件分不开……封闭心态是神奇怪诞传说滋生的最佳场所，由神奇怪诞传说统治的地区又是高人、方士隐居的难寻之处。神怪传说与高人、方士的结合，往往是某种宗教诞生的温床。早在《诗经》时代，陕南已有'有游女，不可求思'的神话。从《汉中府志·拾遗卷》来看，这种神话历代不衰，常说常新。又如虎生角、蛟化老妇、姑娘升天、枯树成精的故事，连篇累牍。相对于共工怒触不

---

① 黄宝生等：《陕南文化概览》，太白文艺出版社 1998 年版，第 214 页。
② 同上书，第 97 页。
③ 郭鹏：《汉中应长"大树"》，《汉中日报》2001 年 9 月 8 日周末版。

周山、蚩尤大战黄帝的神话来说，陕南的神话主要属于阴柔之类。阴柔的神话说明了这里民风的柔弱。这是一个防守型、被动型、缺乏领导汉民族大潮能力的地区……生于斯长于斯的陕南人更有许多奇行高蹈，让人惊讶……扬王孙的'裸葬'……唐公肪的'升仙'……它证明，陕南人对于飞升、仙去等怪异事物的无意识崇拜。面对现实，弱者无法与之对抗，但在幻想中却有逃避和胜利之法……诞生于蜀郡，成就于汉中的五斗米道，最初都是用来笼络民众，为政治目的服务的。在流传中，它与儒家、释家思想融合，对上层统治阶级的统治不但没有威胁，相反还有维护作用；特别是以'无为'为思想核心的教义和外丹、内丹修炼以求长生的做法，对于麻痹下层民众，让其离开现实生活的困苦而走向虚无，无形中更有无法言传的'敲边鼓'价值"[1]。"作为学术、思想，佛教在陕南并没有出现十分系统的理论"[2]，更多的是"作为信仰，它却化为一种民俗，一种亘古不变的仪式，融进陕南独特的总体文化之中"[3]。"禅宗所宣扬的佛，实际上是要人们做自由自在，无拘无束，享受闲福的封建地主和士大夫"[4]。所以在汉水上游文化中，儒释道互渗，但不是为了发现生命，而是为了逃避生命，缺乏自主生命意识。

2. 有顿悟而无所作为，缺乏实践理性精神

金州怀让可谓是汉水上游顿悟之高人，他"从身边的各种现象中感悟到佛性的存在……顿悟到真如……参悟佛我同一、物己双忘、宇宙与心灵和为一体的奇妙、美丽、愉悦、神秘的生命实相"[5]，但是汉水上游的人们在接受时只重在用"其"充实内心，而不是同时充实行动。所以汉水上游人的思想行动缺乏完整、连贯和一致性，于是就造成内心与行动的脱节，因为人们顿悟的目的是填补感伤情怀，而不是关注现实，关注生命。汉水上游山清水秀，"物华天宝"，但

---

[1] 黄宝生等：《陕南文化概览》，太白文艺出版社1998年版，第119页。
[2] 同上书，第125页。
[3] 同上。
[4] 同上书，第286页。
[5] 同上书，第211页。

"地灵"并不见"人杰"。虽说这里曾出现第一个走出国门,放眼看世界的汉朝使者张骞,另一个是被称为"北斗喉舌"的东汉太尉李固,但人才并不辈出。就拿汉水上游较富裕一点的汉中来说,"历朝历代虽然先后出过百多名进士,二三百名举人,出过一些八品、七品、六品、五品的官员,少数几个巡抚、总督、京官,但大都没有留下多少彪炳青史的政绩……"①"大概这些士子大多只做个小官,官职对政局不可能有什么大影响"②,"盖'因思乡恋土吃不了苦而干不成什么大事'吧,盖'因地域人文条件的限制而没能具备干大事的雄才大略和开阔胸襟'吧"③。"另外,我们发现,陕南忽视实际运用和进行实业教育。这也是陕南在整个科举制度期间学校教育的一个不足之处……历朝历代官吏重教兴学,目的主要是服务于科考和教化当地民众,为发展经济而办的职业教育学校一所也没有"④。这也影响到了汉水上游文化的整体特色。的确,汉水上游的实用人才极少,这些无不与汉水上游文化缺乏实践理性传统有关。

3. 温柔敦厚,重农轻商,不富有冒险精神

尽管历史上汉水上游有过"宁折不弯,刚正直言,即使流血杀身也坚毅向前"的本地人李固父子,也有人格迥异的外地人对本地文化的影响,如雄心勃勃的曹操、足智多谋的诸葛亮、仁德的刘备、英勇的张飞,但是一般的汉水上游大众追求的是和平安宁的生存环境,富足悠闲的生活样态,特别是在"天下平定时,陕南便冷僻,人们的思想趋于停滞"⑤。《召南·羔羊》就由远及近地展示了一位身着绣花羔羊皮的男子,饭饱酒足,优哉游哉地走在回家的路上,表达了对悠闲安逸、耽于享乐生活的赞美。⑥《诗经·周南·汉广》通过一男性抒情主人公思慕追求汉江上泛舟遨游的一个少女,表达了汉水上游人

---

① 郭鹏:《汉中应长"大树"》,《汉中日报》2001年9月8日周末版。
② 黄宝生等:《陕南文化概览》,太白文艺出版社1998年版,第152页。
③ 同上书,第153页。
④ 同上。
⑤ 同上书,第198页。
⑥ 同上书,第224页。

"与肉体生存和延续相关的回归自然人本身的人生境界和审美境界……这种审美意识实质上是对血与火的野蛮战争的回避,很有一点把头藏进沙子的鸵鸟意味,也很有一点明明周围布满了凶残的狼群但闭上眼睛依然在青草地上做着安详梦的羔羊的意味"[1]。《华阳国志》云:此地"其民质直好义,士风朴厚,有先民之遗"。《隋书·地理志》记载:陕南民众"质朴无文,不甚趋利,性嗜口腹,多事渔畋,虽蓬室柴门,食必兼肉"。从以上各个时期汉水上游大众生存情态来看,汉水上游民风朴实淳厚,喜欢安宁、悠闲,状态超然,有时甚至成为一种逃避,"这也许还是作为东西南北各种势力瓯脱之地而自己又没有力量去抗衡的陕南人特有的"[2]。然而历史的演进总不以个人的意志为改变,此地传统文化的特色在全球一体化的背景下终于显得有些力不从心,捉襟见肘。重农轻商、重义轻利的区域模式和人文特色使这一地区显得积淀过重,"剪不断,理还乱",而曾经的好传统又有走向自己的反面之嫌,而缺乏冒险精神也使这一地区在全球经济一体化背景下愁眉不展、出师乏力。这里所谓冒险精神在今天这样的时代背景下意味着有知识和自信心,敢于承担责任,勇于实践。而需要申明的一点是这种冒险不是市场经济催生的副产品"唯利是图"。今天的市场经济给所有人的一个最大启示是:竞争与冲突;而最大的好处是:平等,并"用事实说话"。汉水上游地区也将被时代引领进这一机制中前行。

(二) 汉水上游教育的更新发展

以上我们主要站在时代背景下略谈了汉水上游的文化特征。我们知道教育是传递文化的工具,现代教育对文化具有传递、保存功能;现代教育对文化具有传播、交流功能;现代教育对文化具有创造、更新功能。[3] 针对现代教育的文化功能,汉水上游的教育也要面对现实,辩证施治。

---

[1] 黄宝生等:《陕南文化概览》,太白文艺出版社1998年版,第253页。
[2] 同上书,第203页。
[3] 石忠仁:《教育原理》,人民教育出版社2002年版,第100—103页。

1. 改变观念是汉水上游教育更新发展的关键

汉水上游也属于西部欠发达地区。长期的贫困和封建、宗教文化的影响使得这一地区和西部其他贫困地区有着相似性：（1）等、靠、要的懒汉思想；（2）重男轻女的性别歧视；（3）市场经济观念淡漠；（4）生态平衡观念淡漠。所以，需要建构相应的文化观念：（1）依靠技能脱贫的观念；（2）依靠劳动力转移致富的观念；（3）探索市场规律的观念；（4）发掘历史文化资源的观念；（5）发挥女性优势的观念；（6）保持生态平衡的观念。[①]"文化的本质取决于隐示文化，而不是显示文化。"[②] 而汉水上游"隐示文化"中的"低层次文化"现象仍很突出，"其显在的表征与现象诸如：闭塞、迂腐、自私、官本位、安贫守旧、精神胜利法、缺乏同情心等等。……但同时显然可见的主流因素则是未受污染的诸如纯真、善良、安详、和谐、诚实、守信等等"[③]。教育的一项重要功能就是整合、创造、更新文化，"其目标并不完全在技术方面，更主要的还是立足于改变人们的观念、态度和价值观"[④]。"教育从来都是有目的的、自觉的，培养人就是教育的专门职能。"[⑤] "汉水中上游地区虽然有历史形成的交汇与包容的文化特性，但是由于长期受计划经济僵硬体制文化的阻滞，某些先进文化元素被销蚀，而某些封建性腐朽文化元素得以存活，因而各阶层人群中的低层次文化现象至今仍十分突出。"[⑥] 因此，汉水上游的教育思路必然将是在时代背景下不断地解构旧的文化原型，激活凝固了的生命力，确立新的文化精神和新的文化模式，实现"人自身的现代化"。面对汉水上游贫困、多山地、文化积淀厚重的情况，要把改变

---

① 董文军：《西部农村贫困之源——思想的贫困》，《汉中师范学院学报》2004 年第 5 期。
② 陈桂生：《教育原理》，华东师范大学出版社 2000 年版，第 21 页。
③ 朱飞：《汉水中上游文化特征及其现代转型》，《汉中师范学院学报》2003 年第 5 期。
④ 金一鸣：《教育原理》，安徽教育出版社 1995 年版，第 99 页。
⑤ 石忠仁：《教育原理》，人民教育出版社 2002 年版，第 157 页。
⑥ 朱飞：《汉水中上游文化特征及其现代转型》，《汉中师范学院学报》2003 年第 5 期。

汉水上游文化教育现状纳入一个系统工程中，既要研究社会主义市场经济所需要的微观基础，又要研究社会主义市场经济所需要的宏观调控体系，以及如何完善这一宏观体系，还要研究社会主义市场经济所要求的观念以及如何转换观念。汉水上游的教育应注重整合、更新各种文化现象和各种文化观念。

2. 在传统与现代之间找到教育突破口

"教育是使包含在'文化材'中的普遍妥当（具有普遍适用意义）的文化价值在受教育者人格中实现的活动。然而有价值的文化未必都有陶冶（教育）价值，有陶冶价值的'文化材'称为'陶冶材'。"[1] 所以汉水上游的教育要在找、选传统与现代之间的"陶冶材"上下功夫。首先，要在汉水上游确定以市场为导向的新的文化精神和文化模式。比如要认识到"社会主义条件下的商品货币关系，不是旧社会遗留下来的东西，而是社会主义本身所固有的、内在的东西，具有社会主义的属性"[2]，因为汉水上游长期的小农经济和计划经济模式使人们重农轻商，人穷志短，没有远大的抱负，"小得即惑"，谈钱色变。其次，要确立"物尽其用""人尽其才"的物质观念和人才观念，反对铺张浪费。要在"生态经济学"理论的指导下，找到资源与科技的平衡点，实现区域的可持续发展。最后，要注意转化区域传统资源。比如将传统纯朴的民风转化为市场机制中的诚信，将古朴原始的自然崇拜转换成保护环境、保护生态平衡的当代意识。教育是艺术，教育是创造，教育是生产力，站在这样一个高度，我们必须在汉水上游的教育资源选择中注意"有教育价值的文化"的三度筛选："（1）从一般文化中选择'有文化价值的文化'……（2）从有文化价值的文化中选择'合乎一定社会需求的文化'……（3）从适合特定社会需要的有价值的文化中挑选'适合教育过程的文化'。"[3] 汉水上游教育要面对现实，去伪存真，去粗取精。

---

[1] 陈桂生：《教育原理》，华东师范大学出版社2000年版，第8页。

[2] 白永秀、任保平：《社会主义市场经济理论研究的任务、现状及对策》，《汉中师范学院学报》1995年第1期。

[3] 陈桂生：《教育原理》，华东师范大学出版社2000年版，第28—31页。

另外，地方教育要在"知"与"行"上实现统一。本区域的传统文化与中华传统文化一致，有"重理论、轻实践""尚清谈、不动手"之嫌。陶行知先生要求教育与生活相联系，提出"教学做合一"的生活教育方法论是很有见地的，他写过一首有名的歌："人生两个宝，双手与大脑。用手不用脑，饭也吃不饱；用脑不用手，快要被打倒。手脑都会用，才算是开天辟地的好大佬。"① 这是对传统教育有力的批判。汉水上游教育脱离实践现象很严重，我们"应当记取的经验是：要发展地方经济、文化和其他事业，必须首先重视发展教育；而要发展教育，必须要有安定的社会环境、切实可行的教育制度和一定的经济基础"②。汉水上游要针对地域特色，大力兴办为地方经济服务的职业教育，并制定出一系列教育方针应对地方经济发展。要树立发展的、多样化的、适应性的、整体的、特色化的教育质量观。有识之士早就指出："知识经济时代，能否在市场竞争中立足，不是你的专业，而是你在专业知识转换为市场行为的过程中，是否有创新能力和产生社会经济效益的综合素质。"俗话说得好："一语不能践，万卷徒空虚""力学而得之，必充广而行之""博学而不穷，笃行而不倦"。要培养学生的动手能力，引导他们解决实际问题。比如鼓励学生的小发明、小创造，把综合能力培养作为地方教育的一项首要任务。"实践出真知""理论联系实际"，这是永不过时的教育真理。

3. 实现家庭、学校、社会教育的广义教育

汉水上游的教育一直是以学校教育为主的核心教育。学校教育的好处是知识性、理论性、系统性强，但是仅仅依靠学校教育，无疑也有许多被动之处，因为现代广义教育还包括无目的的学习、自学、家庭与社会的辅导等。现代教育的目的还要与"预示某些新的社会状态"的社会发展目标相协调，"社会发展中最引人注目的目标集中在几个方面，即科学技术的发展、民主的发展、人的发展"③。这些要

---

① 雷克啸：《中国教育史话》，江苏人民出版社1982年版，第131页。
② 黄宝生等：《陕南文化概览》，太白文艺出版社1998年版，第157页。
③ 陈桂生：《教育原理》，华东师范大学出版社2000年版，第214页。

求需要实施以"终身教育"为原则的教育,所以家庭、社会也成为现代教育重要的"陶冶场",甚至可以把它们转化为重要的"教育资源"。"家庭教育对新生一代的健康成长有着学校教育和社会教育根本无法比拟的特殊作用。……家庭教育在个体成长中具有奠基作用,家庭教育可以弥补和消除学校教育、社会教育所产生的缺陷和负面影响。"[1] 汉水上游的家庭教育中还存在着诸如"重男轻女""有钱不会用""内孙外孙区别对待"等现象,这些都值得我们研究和注意。"社会教育的区域性、群众性、开放性、综合性、多样性"[2] 必将促进系统教育的发展。随着汉水上游居民小区的蓬勃发展,社区文化教育也将被纳入汉水上游教育日程中来。"学校教育的专门性、系统性、稳定性……决定了学校教育在整个教育体系中占据着主导地位。"[3] 汉水上游各个层次的学校教育应有自己的教育目标培育方案和区域目标培养计划。"'三教'结合,有利于实现教育在时空上的紧密衔接;'三教'结合,有利于教育培养目标的高度一致;'三教'结合,有利于各种教育的互补。"[4] 汉水上游在改革开放的大形势下也要顺应潮流,做到教育的"三个面向",努力在先进教育理念的指导下跟上"教育社会化,社会教育化"的现代步伐。为此汉水上游的教师和教育学家任重而道远。

三　两情相悦　潇洒自由
——《中国民间歌曲集成·陕西卷》所见陕南情歌的情感价值倾向

陕南地处文化的交叉带,受秦陇文化、中原文化、荆楚文化、巴蜀文化的影响都很深,特殊的地域环境造就了陕南情歌特殊的地域风格,从大量的陕南情歌中我们发现:陕南人特别注重爱情生活中两情

---

[1] 石忠仁:《教育原理》,人民教育出版社2002年版,第310—312页。
[2] 同上书,第329—330页。
[3] 同上书,第338页。
[4] 同上书,第339—340页。

相悦的过程性,且女性的生命自主意识强;陕南受楚文化影响较大,宗法观念淡薄,情歌中处处透露出女性地位颇为优越的倾向;同时,陕南情歌表现出陕南人潇洒自由的爱情观。

《中国民间歌曲集成·陕西卷》是在国家文化部、中国音乐家协会于 1979 年 7 月联合发出"关于收集整理民族音乐遗产规划"通知而进行的辛勤工作的基础上,以及后来被作为艺术学科国家重点科研项目而得以编辑完成的。入卷曲目包括了自 1937 年以来老一辈音乐工作者在各个历史时期所收集的民歌,可以说是半个多世纪众多音乐工作者长期共同努力的成果。该巨著共收集了陕西各地方民歌达 1308 首,其中陕北地区收录 594 首,关中地区收录 256 首,陕南地区收录 458 首。如果给它们一个数量比例的话,在这部著作里三个地区所收录的民歌数量比例约为 2.32∶1∶1.79。这里选取的陕西的 1308 首民歌在一定意义上讲是一个相对量,但是从这个相对量中,我们也可以"定量地了解其在社会总体系中的相对地位"[①]。

如果我们将这 1308 首陕西民歌加以分类的话,大体可以分为劳动生产类、社会活动类、爱情婚姻类、世情风物类、故事传闻类、儿童生活类、革命斗争类七大类。通过对这七大类民歌的地域数量考察,我们在一定程度上可以了解陕北、关中、陕南民歌的艺术倾向,并进一步认知陕南民歌的特点。从七个大类所占比例看,陕南民歌比例偏重的是关于"爱慕相交""生活情趣""诙谐扯闲""丧葬"等主题。总体上讲,陕南人特别注重与肉体生存和延续相关的回归自然人的人生境界和审美境界的追求。在《中国民间歌曲集成·陕西卷》关于爱情婚姻类民歌中,陕南民歌在数量上占绝对优势的是"爱慕相交""探望相会"等。如果从量上考察的话,这两类主题的民歌在陕北、关中、陕南三个地域上的数量之比分别是 79∶24∶91 和 7∶5∶15,从中可以看出陕南情歌在特定的地域文化背景下所透出的情感价值倾向。

[①] 欧阳康、张明仓:《社会科学研究方法》,高等教育出版社 2001 年版,第 224 页。

（一）陕南人特别注重爱情生活中两情相悦的过程性，且女性的生命自主意识强

这也许和陕南的地域特色有关，正如汉中作家王蓬所说："虽居大山，婚姻却相对显得自由，男男女女日常上坡劳作、下坝赶集、冬日火塘、婚丧聚会，多有互相中意机会，且大山丛林不乏约会沟通去处，竟如某些少数民族那样富于浪漫情调。"① 如宁强民歌《薅秧歌》："大田薅秧秧又黄，薅到薅到无心肠，手里又在抽稗子，眼睛又在望小郎。大田薅秧水又深，捡个鸭蛋有半斤，郎吃黄嘞姐吃清，你看合心不合心。"又如宁强民歌《郎骑白马过高桥》唱道："郎骑白马过高桥，风吹马尾乱扰扰，扰着扰着桥断了，断了冤家路一条。郎骑白马上高山，姐骑细驴下陡滩，走在滩中扰来了，桂花园中戏牡丹。"而在《中国民间歌曲集成·陕西卷》中我们看出陕北情歌更多的是注重对"相思情誓""离情别怨""不幸婚姻""单身苦"等的揭示，这反映出陕北情歌更多关注的是爱情的结果，如表现相思情誓的吴堡民歌《赶牲灵》："走头头骡子三盏盏灯，戴上铃子哇哇声。白脖子哈巴，朝南咬，赶牲灵人儿过来了。你若是我的哥哥，招一招手，你不是我的哥哥走你的路。"又如表达离情别怨的《一对子花眼看哥哥》，歌中唱道："一对对野鸭一对对鹅，一对子花眼看哥哥。哥哥骑马妹妹照，照着照着走远了。"另外，即使是表现不幸婚姻的民歌，陕北、关中与陕南的风格也有所不同。陕北、关中民歌对不幸婚姻的揭示重在对姻族的考察上，而对周围人态度的描写反映出女性地位的被动，如陕北延安信天游《十三上定亲十四上引》唱道："十三岁上定亲十四岁上引，十五岁守寡到了如今。奴家的男人一十六，一十七岁偷走西口。上了西口交了朋友，卖了你的良心不往回走。公公安上卖儿媳妇心，还说是儿媳不孝顺。若说是媳妇不孝顺，娘家门上死断根。"关中铜川民歌《摘豆角》唱道："日头出来红似火，小媳妇房中受折磨。十七八姐儿上南塬，上了南塬摘豆角。豆角连摘三

---

① 王蓬：《品读汉中》，陕西旅游出版社2004年版，第271页。

五把，抬头望见娘家哥哥。手搬胡墼靠前坐，你妹子有话对哥学。人家的公婆是公婆，你妹子的公婆赛阎罗。人家的哥嫂是哥嫂，你妹子的哥嫂打骂我。人家的兄妹是兄妹，你妹子的兄妹是非多。白昼间担水不上算，黑了推磨实可怜。石板炕来冷被窝，一晚上睡得难展脚。朦朦胧胧刚睡着，忽听得公婆来唤我。手扳住窗户往外看，天上的星星未曾落。忙抓柴草去搭火，锅里没水等着我。"而陕南民歌重在对女性个人体验的揭示，如柞水民歌《石榴娃烧火》："风箱拉几拉，我想起娘家妈，想起的妈咋不看看你石榴娃。只有我石榴苦命人，骂声木匠不是人，做个风箱这样沉，直拉的我石榴腰酸胳膊疼。"言语中颇有点自嘲的口吻。

（二）陕南受楚文化影响较大，宗法观念淡薄，情歌透露出女性地位优越的倾向

《汉书·地理志》说"楚地'信巫鬼，重淫祀'"，古代楚人宗法观念较为薄弱，此俗对陕南人有着深刻影响。另外，陕南的民风民俗还有一些受古代少数民族习俗影响的孑遗。这一点从陕南许多习俗中就可以看到。如"招夫养夫"的习俗就带有一妻多夫的遗痕；"嫁儿留女，娶婿养老"的婚姻习俗显然就带有母系氏族婚姻制的印痕。陕南的一些山歌就反映出女性地位的优越。如旬阳通山歌《拣柴烧》："这山望见那山高，望见乖姐拣柴烧。你没柴来我来拣，莫把乖姐累坏了。"又如洋县通山歌《拣柴烧》："这山望见小姐拣柴烧，没有柴烧我来给你拣，没有水吃我来给你挑，莫把你那人儿晒黑了。"歌中反映出陕南男性对女性的百般爱慕和呵护。而陕北情歌多表现女惜男，如榆林耍丝弦《供月亮》："八月十五供月亮，手捧上金镜泪汪汪，想起了有情的郎，想起了有情的郎。去年有你同赏月，今年无你月无光，不知郎君流浪何方。玉腕推开纱窗，月儿明明朗，一阵阵秋风渗凉，一阵阵秋风渗凉。郎去未带棉衣裳，奴这里冷就知你凉，奴冷你冷同一样，你冷疼断奴的肝肠。"另外，从大量陕北情歌的命名上也可以看到女性对男性的无限追慕与依赖，如靖边信天游《慢慢寻个可心汉》，佳县信天游《妹妹迟早是哥哥的人》，定边信天游《一对对毛眼瞧哥哥》，又如府谷山曲《出门哥哥不要忘了我》《小妹妹想你由不得哭》《难活不过人想人》，等等。关中情歌也多表现女随男及传统的婚姻观念，如宝鸡花儿《你走把尕妹子带上》："吃粮当兵保皇帝，你走把尕妹子带上。"又如凤县情歌《十里亭》："……送情人送在二里长亭，头上金簪抹一根。三两三钱又三分，宁舍金簪不舍人。有一辈古人对你讲，情人耐烦听心上。昔日有个包文正，日断阳来夜断阴。堂前断明琵琶计，你莫学陈世美不认前妻。送情人送在三里长亭，黄金白银送情人。黄金不重人意重，还要自己拿老诚。有一辈古人对你讲，情人耐烦听心上。不怕虎长三只眼，单怕人成两条心。虎长三眼还罢了，人成两心丧黄泉。"

在陕南情歌中，紫阳的《十打戒指》可以说是最轻视封建礼法的，歌中唱道："我和乖姐门对门，看到乖姐长成人，花花轿子抬着走，你看那怄人不怄人。"但事情并未到此结束，事情继续朝着情的方向发展："叫声哥哥你莫呕，再等那三天要回门，一来回去看爹妈，二来回去看情人。看到乖姐要嫁人，拿个啥子表人情，没得啥子顺她心，打个戒指送情人。……"这反映了陕南人重情的特性。陕南地区毕竟也受传统文化的影响，也许乖姐正是封建婚姻的受害者，而乖姐和哥哥并未因此泯灭心中的真情，这从另一面透出的是陕南人追求爱情自由、张扬个性的特点。

（三）陕南情歌表现出陕南人潇洒自由的爱情观

陕南地区北邻关中，南毗四川，东接鄂豫，西通陇南，处于几大文化板块或地域文化的边缘交接地带。这种特殊的地理位置形成了陕南东西交融、南北荟萃的地域文化特色，它与巴蜀文化、楚文化、华夏古文化及中州文化有着"剪不断，理还乱"的错综复杂的关系。也许正是这种看似没有显著特色的文化恰恰孕育着陕南文化蓬勃发展的生机，俗话说得好："没有特色也许就是最大的特色。"因为这种文化受到的束缚最少，所以潜藏的活力就最大。陕南"真正五方杂居，绝少户族约束，加之创业生存成为第一要素，表现在婚姻上的明显特色便是讲求实际，风气开通，并不把婚姻看成是'终身大事'，不可更改。……"① 如南郑通山歌《唱贤妹》："妹十七来哥十九，二人商量去挖藕，哥说藕断丝不断，妹说明丢暗不丢。我和贤妹门对门，眼看贤妹长成人，花花轿子抬起走，你看怄人不怄人。"从这首情歌里我们看到，即使婚姻不成，痛心的程度也只是一个"怄"字，远不至于拔刀相向，反目成仇。又如宁强通山歌《我跟贤妹同过桥》："我跟贤妹同过桥，花花扇子手中摇，摇到摇到桥断了，摇断冤家路一条。"这首歌虽然是表现离情别怨的，但是主人公的态度很实际，是承认现实的。在《中国民间歌曲集成·陕西卷》中陕北、关中、陕南反映"离情别怨"主题的情歌之比是 40：8：5，反映"相思情誓"主题的情歌之比是 66：7：38，反映"不幸婚姻"的是 18：10：4，反映"单身苦"的是 17：3：8，从中可见陕北情歌多写失意的爱情，与陕南有明显区别。

　　陕南人的生活习俗远比传统文化核心区关中自由开放，"巴山妇女性格开朗，泼辣大方，'三纲五常'、'三从四德'在这些地方不起什么作用，'男尊女卑'、'男女授受不亲'的观念在一些地方是看不到的，情歌似海，'自由相爱'的婚俗盛行，妇女多是家庭的'主管'，男女平等，互敬互爱"②。从旬阳、安康等地的《拜年》歌中也可看到女性不一般的地位："正月是新年，郎给姐拜年，双膝扎跪姐面前，给姐拜新年。"从数量比上来看，关中民歌主题侧重于"生活常识"和"历史故事"，正如文化学者刘师培所说："大抵北方之地，土厚水深，民生其间，多尚实际。南方之地，水势浩洋，民生其际，多尚虚无。民尚实际，故所著之文，不外记事、析理二端。民尚虚无，故所做之文，或为言志、抒情之体。"③ 的确，陕南独特的地域环境使得陕南民歌偏重于情的抒发，志的表达，从数量比上来看，陕南民歌在"生活情趣""诙谐扯闲"主题上所占的比例也是较大的，更为突出的表现是在对待爱情态度上的爱憎分明，凛然大气。如安康情歌《十二月相思》唱道：

---

① 王蓬：《品读汉中》，陕西旅游出版社 2004 年版，第 273 页。
② 梁中效：《试论汉水流域的历史文化特征》，《汉中师范学院学报》2003 年第 2 期。
③ 戴伟华：《地域文化与唐代诗歌》，中华书局 2006 年版，第 15—16 页。

正月里来是新春，喜相欢，万象更新乐丰年。低头难得见，相思对谁言，咬银牙空发恨诉说一番。可恨月老心太偏，受熬煎，辜负美少年，菱花照容颜，可怜奴身瘦腰细罗裙带儿宽。无心赏月玩，元宵难得餐，为才郎百花灯无心去观。……四月里来立夏时，轻风起，忘恩的冤家你在哪里。待奴也无义，撇奴受孤凄，可恨奴酒醉了昏昏迷迷。人说奴夫性子疲，赛主魁，果是无义贼，一去永不回，有一日回家来任奴所为。挖破脸上皮，扯烂身上衣，那时节人劝奴奴还不依。……冬月里来雪花飘，朔风刮，窗外西风冷透纱。思想小冤家，终日睡不下，可恨我郎出外游总不回家。本当不想那冤家，丢了罢，使奴旧病发，红绣鞋打一百，一下不饶他。

从这些歌词中我们看到了一个痴心但不懦弱的女子，一个敢爱敢恨的陕南妹子。歌词到此笔锋一转：

腊月里来心正焦，归期到，耳听门外有人敲。丫鬟一声叫，我郎回来了，喜的奴面朝里假装睡着了。我郎进门把奴摇，偷眼笑翻身坐起来，双手搂郎腰，从今后把相思一笔勾销。恭喜你回来了，二人好相交，从今后好夫妻要白头偕老。

这样的歌词反映的是陕南女子身上所具有的鲜活、顽强的生命力和率真、执着的品性。她们的爱情观显得潇洒自由。

的确，不少陕南女子"外表纤弱，内心刚毅，遇惊不乱，遇事果敢，也尊人伦，也守古训，甚至目光比男子更显长远"[①]。"受环境遗风影响，即使当今男女，并不把离异看成危及身家性命般严重。女人遇着负心汉，不哭不闹，愈加顽强地摆摊设点，操持子女，自谋生路；有女人跟人跑了，男人也只叹息：'没那个心，留下也枉然！'大

[①] 王蓬：《品读汉中》，陕西旅游出版社2004年版，第170页。

度坦然，绝不反目为仇，更不互相攻讦。"① 但若说陕南人没有真挚的爱情，也属偏见。"山地许多劳动，挖坡点豆、割草盖屋、耕耘收获，皆需男女互帮，相濡以沫。以至许多夫妻爱得粗犷热烈，矢志不渝。真正少是夫妻老是伴。竟有一人先去，另一人也抑郁成疾紧紧相随，其情谊深厚，让人叹为观止。"② 风俗知识可得之于书本，但较浅泛，较深切者则是久处其地，那么就让每个身处其境的陕南人通过我们的实践去感受陕南民歌，感受地方文化，为共同构建先进的陕南文化而努力吧！

四 陕南乡土 阴柔温婉
——王蓬短篇小说的艺术特色

王蓬，1948 年 11 月 11 日生，原籍西安，原为陕西省汉中市文联主席、作协主席，汉中文学期刊《衮雪》主编。1973 年开始文学创作，至今发表出版 400 余万字作品，出版个人专集 10 余种，作品入选50 余种选本，多次获中央级省级奖励并有作品翻译至国外。1984 年加入中国作家协会。1993 年当选陕西省作家协会副主席，同年被国务院授予享受政府津贴专家，并获国家一级作家职称。王蓬的作品正如陈忠实评价所说："这些在中国乡村和城市发生过的影响到所有人生活的重大事件，无一遗漏地进入王蓬严峻的视镜，纳入秦岭或巴山某个村寨，淋漓尽致地演绎出来，正可当作生活的教科书和历史的备忘录，留给这个民族的子孙，以为鉴戒和警示。"贾平凹也说："他是感觉颇好的作家……作为一个陕西南方的作家，已经在为陕西作家在全国文坛产生影响做出了他的贡献。"王蓬的创作应该说是从写短篇开始的，那么我们就从他的短篇展开，分析一下王蓬短篇小说的艺术特色。

（一）善于描写女性身上所具有的真善美

贾平凹说："王蓬原籍西安。也便是说，他在关中地面上诞生和

---

① 王蓬：《品读汉中》，陕西旅游出版社 2004 年版，第 274 页。
② 同上。

度过了童年。因社会的原因,家庭的遭遇,他来到了陕南。在陕南他不是一个匆匆的过客,而是一呆几十年的耕作农民。……陕南青山秀水,属长江流域。他因此具备了关中黄土的淳厚、朴拙和陕南山水的清秀、钟秀。"王蓬的短篇小说越发具有阴柔灵性之美。特别是他善于抒写陕南女子的灵秀、温润的个性,捕捉她们身上所具有的人性之美。

王蓬笔下的女性是多情的,《油菜花开的夜晚》写了珍儿来到表嫂家"相亲认门"的故事,作家把一个未婚待嫁的姑娘择婿时的微妙、羞涩而又骄傲的心理活动淋漓尽致地表现了出来。初来乍到地翻来覆去、合不上眼,禾场上实地考察时的地域担心,以及作为农村姑娘对婚姻大事的实际思考尽现文中。《别了,山溪小路》中,女主人公玉蓉从两个姐姐玉兰、玉萍的婚姻遭际中渺茫而又朦胧地希冀着自己未来能有一个美好的归宿,而当农技员小罗闯进她的生活中后,她既憧憬着未来玫瑰色般的生活,同时又感念故乡的灵山秀水,感念生活。王蓬笔下的女性是能干的,《银秀嫂》和《桂芳婆婆》描写了婆媳两代人对守寡再嫁的不同理解和不同心理期待,婆婆作为村里的妇联干部虽说守寡却坚持着孤清,在农村大量的基层工作中充实着人生;银秀嫂是农村那种能够吃苦耐劳,宁可自己吃亏,也不愿落闲话的女人。但她们都共同遭遇了婚姻新生的机会,桂芳婆婆之于冷德庆,银秀嫂之于大师傅老莫,虽然都未能成眷属,但她们都没有失去对美好未来的信心和向往。王蓬笔下的女性是聪慧的,《车行古栈道》中的"野山鹿"有一双热情的眼睛,婀娜的身段,结实匀称的手脚和两根又黑又粗的辫子,她的浑身洋溢着一种青春的活力和山野的气息,而最令人尊崇之处是她的清醒机灵,倔强自信。当司机老曹怀着一种不可告人的目的企图乘人之危时,"野山鹿"以她少女圣洁的、凛然不可侵犯的姿态和智慧战胜了邪恶,摆脱了困境。正如作家所说:"就是野山鹿这种外形美和精神美交融……它能让人们对生活中一切邪念和恶意产生憎恨,也能唤起人们不畏逆境、不惧险恶,永远对生活,对美好的事物充满热爱,并努力去创造、去追求……"王蓬笔下的女性是敏感的,所谓"知人知面不知心",《山林的困惑》

中"那鬼"以貌似稳重、客气、凛然正气，处处给"她"留下好感，而当他借搞旅游摊场需要个账项管事的人为理由，表面是雪中送炭，给她指条活路，而当她回头，"鬼使神差，要下半山屏最后一个楞坎，她偶一回头，天，她看见了什么？早先在她面前抑郁谨慎的眼神哪还有半点，贪婪邪荡的目光箭般射着她的腰部臀部，像要剜进肉里。轰，似有雷在头上炸响，顿时挑起她惨的记忆"。王蓬笔下的女性是宽厚的，《杨嫂》默默无闻地为村上的小学校刷锅洗碗、操持伙食，可是面对小陈老师的抱怨、不满，她总是心地善良，宽以待人。当小陈老师被运动所整，寻短见时，是杨嫂勇敢地站出来，捍卫了小陈老师的尊严。"老天才晓得，那年头，杨嫂曾多少次给关进黑屋的老师送去饭菜、衣物和宽心的话语，带走他们捎给家人的嘱托、信札和申述材料。她从没想到让人感恩报答。她干这些事就像在大街上随手扶起谁家的孩子一般寻常。"

（二）善于捕捉流走社会中人物升降浮沉的命运轨迹

我们知道："一个好的作家，他首先一定是一位有社会良知的人、有社会责任感的人。在天灾人祸的时候，在特殊的历史时期，作家扛着笔杆挺身而出，这是作家的社会良知。"王蓬不因短篇其短而抛却历史内容。在他的短篇小说中，常常能看到掩盖在短篇文本背后的宏大历史容载。《复员军人》以几近荒诞的笔调写出了农村复员军人陈福祥的命运遭际，他由替富农老子义务扫地变成了名副其实的专政"分子"，直到粉碎"四人帮"后，在几经周折之后，陈福祥把各类诸如"复员证""选民证""立功证"等一系列证明摆在村干部面前时，干部们傻眼了："谁整的这事，这不是阶级敌人，这是复员军人呀！"《牛绳大爷》以幽默的笔致写了牛绳大爷因会割牛皮而被当作走资本主义道路的典型加以批判，有趣的是批斗牛绳大爷的大会开成了黑色幽默大会，大家与其说是在批斗牛绳大爷，不如说是在表扬牛绳大爷，倒是对召开批斗大会的工作队员"雷神爷"大家充满讥笑、嘲弄和讽刺，作品妙趣横生，当"雷同志拍着桌子大发脾气'不行，你得彻底交代'，'啥？车子胶带……我没有车子呀,要有,别说带,我连圈都交……'"当"发言的人越来越多,批斗会开得越来越激烈了。牛大爷呢,心里慢慢安静下来了,不再感到不安、惶恐。甚至,他突然觉得:此刻的心情就和那年从县委刘书记手里接过那个玻璃框子镶着的奖状时的心情差不多"。《秋雨如丝》中,插队女青年林叶叶因父亲把"万寿无疆"误写成了"无寿无疆",从此命运改变,"她简直判若两人了:洋溢在她身上的那种热情、开朗和欢乐都像被魔鬼摄去了,残留下的只是凄楚、苦痛和悲哀"。当"我"无意中在一次救火中拾得了她的日记本,才发现父亲被打成反革命后,母亲被剥夺教师资格,重病在身,她为了支付母亲高额的医疗费不得不羞辱地活着,透过作品,人生的悲辛尽现纸上,从而也表现了扭曲时代对个体生命的伤害。《喜凤姐和龙德哥》写出了变革时代夫妻俩思想的差距和观念的冲突,面对村里贫困的现状,妻子对日渐官僚、胆小怕事的丈夫发难,"对龙德哥,她简直有些痛恨了:怎么干部当得越久,心就离社员越远呢!这小杨村要烂到啥时去呢?这么想着,喜凤姐再也忍不住了,她一下站起来,冲着龙德哥说:'咋办,报纸广播天天宣传,你为啥不办?人家别村外队早就办了,你为啥不办?未必就真这样穷下去,烂下去么?"在《老楸树下》中,长生这条"野马"顽皮甚至无赖,可真下起狠来,也有一股子牛劲,当他真干起来,竟大胆包了队里的乌药地,没想到收获下来,送进药材公司,除了交队的利润、成本,扣下全年的油粮钱款,长生竟净到手了四百块。而更新奇的是他竟用这四百块钱买回台电视机,令十里八乡刮目相看。正是这股子"过了初一还有半月!咱往后看"的劲,他不仅赢得了大家伙的羡慕,而且赢得了蒲青姑娘的爱。正如蒲青姑娘所说:"他一双手都能买电视,往后两双手还置不起副家业么?!"《文庙纪事》几乎以自己的家庭遭遇写出了全家下放农村后的所见所闻。

(三) 写出了陕南农村的乡俚乡俗

每个作家的创作都是与特定的地域联系在一起的,贾平凹说:

陕西为三块地形组成，北是陕北高原，中是关中八百里秦川，南是陕南群山重林。大凡文学艺术的产生和形成，虽是时代、社会的产物，其风格、流源又要受地理环境所影响。陕北，山原为黄土堆积，大块结构，起伏连绵，给人以粗犷、古拙之感觉。这一点，单从山川河流所致而产生的风土人情，又以此折射反映出的山曲民歌来看，陕北民歌的旋律起伏不大而舒缓悠远。相反，陕南山岭拔地而起，湾湾有奇崖，崖崖有清流，春夏秋冬之分明，朝夕阴晴之变化，使其山歌便忽起忽落，委婉变幻。而关中呢，一马平川，褐黄凝重，地间划一的渭河，亘于天边的地平线，其产生的秦腔必是慷慨激昂之律了。于是，势必产生了以路遥为代表的陕北作家特色，以陈忠实为代表的关中作家特色，以王蓬为代表的陕南作家特色……汉江流域，是楚文化的产生地。楚文化遗风对他（王蓬）产生过巨大影响……

的确，这里的人都会几句山歌子，失意的狗剩（《大山深处的星星》）坐在对面的山崖上，酸溜溜地唱道："我跟贤妹门对门，眼看贤妹长成人。花花轿子抬起走，你看怄人不怄人。"同时山歌里也浸透着纯朴的情谊："太阳出来红似火，晒得贤妹没处躲。我把草帽让给她，好叫太阳来晒我。"同时，王蓬也看到了许多乡村姑娘婚姻的不幸，《别了，山溪小路》中玉蓉的两个姐姐都因为贫穷而草草出嫁，"大姐玉兰在'瓜菜代'的年月，仅为几斗苞谷、荞麦的聘礼，就含泪委屈地嫁给大山深处那个又傻又聋的黑男人……二姐玉萍仅为了逃离乡村，就马马虎虎在乌乡集车铺找了个年岁过大、离过婚，还有三个孩子的师傅。"落后的乡俗和观念被作家批判地写出。另外乡下人结婚的一些旧俗，诸如娘家要彩礼，要"离娘肉"也尽现纸上。而发生在农村的新风气也层出不穷，《庄稼院轶事》中的新嫂李青枝带头穿天蓝色的光脚拖鞋，带头用人力拉车；当选支书后，活跃青年团员的生活，一切都显示出农村青年的新品质。王蓬也看到了陕南民俗的复杂性，"这一带山清水秀、风柔雨嫩，自古就出美女。'一笑千金'的褒姒女便出生在这条古栈道上，加上这里的居民多是四方流落而来，没有什么世袭户族的束缚……也就少了许多舆论的压力"。总之，王蓬的作品"无不观事观物富于想象，构思谋篇注重意境，用笔清细，色彩却绚丽，行文舒缓，引人而入胜。他是很有才力，善述哀，长言情，文能续断之，断续之，飞跃升腾，在陕西作家中，是有阴柔灵性之美的"。我们从他的短篇小说作品中，无疑能管窥到陕南的山山水水，陕南的人情世态。

第五章 文化教育论

一 激发兴趣 创新思维
——中国当代文学教学改革探讨

当代文学是中文系学生的一门专业基础课,它与社会生活联系紧密。在教学过程中不断摸索经验,针对授课对象——大学生求知进取的特点,因材施教,从事教改活动。大学生是一群非常活跃的接受源。他们敏感、多思,对事物具有主动求知的欲望,我们应把他们当成是基础知识之上的活的载体,而不能视其为静止的存在。当代文学自身具有的特性极大地吸引了大学生的视线,那么挖掘接受主体——大学生学习本课程的潜力,利用本课程所特有的优势达到教学相长的目的是我们应该思考的问题。在每年的教学中不断地注入新的元素,增加营养,是提高学生学习该课程兴趣、发挥想象力和创造力的有效途径。这里有几种方法对了解学生的思维现状、促进教学颇有益处。

(一)续写小说方案
——考查学生对重点作品的把握、理解和思考能力

具体过程:让每个学生担任当代名著或重点小说的续写作者,以考察他们的创新能力。如出这样一个题目:"假如《创业史》的故事发展到今天,请你续写几种故事方案。"

抽样结果:其中一个班完成情况是:

(1)当今下堡村,梁宝生的后代们办经济实体的较多,像"苹

果罐头厂""竹器加工厂""竹笋加工厂""药材加工场""化肥厂""水泥厂"等。

（2）上一代人的感情故事继续在下一代人身上演绎，但青年一代的择偶标准和判断事业成功的态度早已改变。

（3）在几十年的风风雨雨之后，下堡村早年出国的华侨回来了，他出资与乡亲们共建家园，办起了希望工程小学。

（4）淡化主题。即用平实的眼光看取下堡村的今昔变化，既不大喜，也不大悲。

……

另一个班完成情况是：

（1）20世纪70年代末期，在新的经济形势下，梁生宝由办乡镇企业，逐渐将自己的事业壮大，引进了外资，在西部大开发的形势下，努力开创业绩，成为国内外著名的企业家。

（2）20世纪70年代末到80年代初，梁生宝顺应"土地包产到户"的潮流承包了土地，进入80年代，梁生宝自办小型企业，后来转入苹果和西瓜的技术开发，并与西北农林科技大学联手开发新产品。

（3）改革开放以来，梁生宝已英雄无用武之地，在市场经济的冲击下，走向市场。

学生设计的方案很多，有些设计较单纯，直线化，有的设计呈放射状。但通过学生的思考，我们感到这种续写方法很有好处。

第一，激起了学生读原著的兴趣。

让学生带着问题去读小说，远比随意地翻翻看看理解提高得快。这种方法特别适合于学生对一些长篇小说的阅读。

第二，引起学生对当今各种社会问题的思考。

学生在设计中大都注意了原著与当代社会政治生活的联系，人物的出路具有科学性。

第三，触发了学生的想象力和创造力。

学生的设计方案显示出了独特的创新意识。比如有的学生在续写中虽让某一个人物做主角，但必要时能借助其他的人物做媒介，甚至大胆想象人物关系。

续写小说方案的训练有效地提高了学生的学习兴趣,锻炼了他们联系现实、主动思考问题的能力。

(二)小说接力赛
——考察学生的发散思维能力

具体过程:由老师提供一段情节,然后由学生根据自身独到的体验继续发挥。如提供这样一段情节:"叶倩这时甩甩头发,很是得意。她很清楚地听到身后紧跟着几个小伙子你推我搡地起哄:"你能耐,敢上去和她说几句话,我就服了你,"/"哎哟,脸都红了。"/"呕!敢情你也是个孬种呀!"……

经过学生的发挥,许多设计出人意料,却合情合理。例如:

(1) 小伙子起哄的对象并非叶倩,而是她前面的一个姑娘。

(2) 叶倩是这几个小伙子的新班主任,可小伙子们都不知道。

(3) 这头发是假的,但正是这头发鼓起了叶倩对生活的勇气。

(4) 叶倩因一头飘逸的长发,被洗发水广告商看中,拍电视刚回来。

这种训练的好处是:

第一,培养了学生观察生活的能力。

第二,锻炼了学生的发散思维。

第三,增加了学生对事物的预测力。

(三)自拟论文题目并简述拟题原因
——考查学生发现问题的能力及对事物的直感

具体过程:在教学中具体运用,如让学生完成这个题目时就发现了许多有价值的论题:

(1) 自然流出美质
——汪曾祺小说风格浅析

(2) "丙崽""幺姑"的生存价值
——论韩少功小说的得与失

（3）一滴水折射出太阳的光辉

——谈陆文夫小说创作中的以小见大

（4）梁晓声小说的情感世界

——由北大荒系列谈起

……

从学生的拟题情况看，学生涉猎的范围越来越新，越来越广，有的问题出现了截然对立的两种观点，这就提醒我们有必要让学生回到文学史中去寻找答案。

进行定期的拟题训练，是教师培养学生提出问题和思考问题能力的有效方式。学生这样做，能及时挖掘那些有价值的命题，有助于他们有意识地捕捉灵感，把握信息，融汇知识。总之，我们应该多想方法，打开思路，提高教学质量。

二 开动脑筋 教学相长
——当代文学教学中所想到的一些问题

当代文学教学应该找寻与当下语言环境相统一的教学方法。分析认为：在当下的语言环境中，必须采取切实可行的措施去解决教学中所遇到的一些问题，从而达到以科研促教学，用教学带科研的目的。

（一）当下的语言环境必须推出双语教学

当下的语言环境，亟须采取切实可行的应对措施。我们知道，我国的外语教学已推行许多年了，而且从小学三年级的学生抓起，可事到如今我们仍感效果不佳，这是为什么？尤其是在加入世贸组织后，对人才又有了一个全新的要求，这不仅意味着某门专业知识要过关，而且需要提高各种综合素质。因而高校课堂应站在一个战略选择的制高点去思考问题。所谓"战略选择实质上是一个对各种方案比较和权衡，从而决定较满意方案的过程"[1]。针对目前的高校课堂，改变传

---

[1] 金占明：《战略管理——超竞争环境下的选择》，清华大学出版社1999年版，第17页。

统思维模式是当务之急。前几年有人谈到母语教育的失语问题，经过这么多年的实践与思索，我们发现，不是母语或外来语出了什么问题，而是中西文化到了应该相互融合、相互补充、相互借鉴的时候了，大学课堂也应该与时俱进，不断改革，扭转大学文科课堂"一主题二分段三写作特点"①的传统教学方法。笔者认为，在当下的人文环境下，改变我们大学文科课堂面貌的关键是从双语教学开始。因为"我们已处于一个中西文化极具悖论的时代……"你无论用哪种语言规范都无法建构一套之于两种文化背景都信服的规则，于是抓住"共时性"，选择具有适用性、可行性和可接受性的方案，才是当代文学及其他人文学科教学应探寻的出路。

　　双语教学要求我们应该用开放和宽容的心态，在大学课堂上从说词（vocabulary）开始。如果再说细一点，《现代汉语词典》对"词"的其中一个解释是：词儿，语言中最小的，可以自由运用的单位。既然如此，那么在当前中西文化极具碰撞的时刻，我们为什么不从词汇开始，将外来词汇引进母语课堂。这样也许我们既重视了外语，同时又保证了母语切实可行的教学途径。苏珊·桑塔格在《写作本身：论罗兰·巴尔特》中引用瓦勒斯·斯蒂文斯的话说："最佳诗作将是修辞学的批评……"那么，目前情况下最佳的大学课堂教学也许是双语教学。

　　具体做法是在每次课堂教学中，准确地抓住几个关键词，中西释义，比较体味，从中感悟修辞学意义上中西词汇的韵味。再联系专业特点，深化教学，使文科专业课的讲授，既有史的比较，又有修辞学上的审美体验。让文化深入人心，让专业知识依托一个大的文化背景尽显其意，从修辞角度开始中西文化的点滴渗透。

（二）专业课教学的贯通与教学着眼点的把握

　　在当代文学教学过程中，我们发现文学史的线性教学已经远远不能适应今天的知识传播和研究需要了。当代文学本科教学一年只有

---

① 钱理群：《中国现当代文学名著导读》，北京大学出版社2002年版，第1页。

60学时，在这短短的学时内，如何教好、教满、多教，同时又启发思维，是我们应该好好思索的问题。这里我们再次提到传统的"一主题二分段三写作特点"式的机械、冷漠的教学或阅读方法是进入不了真正的文学世界的。

首先，我们必须大规模压缩与剪裁以史为主的传统教学方法。比如将中国当代文学教学从传统的史的教学中解放出来，形成思潮、诗歌、散文、戏剧、小说板块，并将"十七年""文化大革命"时期与新时期并列压缩在各种体裁中予以贯通，在大量引进充实知识的基础上形成条块、板块式的教学构思，兼容各种教材以形成我们自己的教材范式。

其次，要在很短的时间内迅速进入各种文本（或本文）的教材分析，推出作家作品。大学生的生理心理特点决定了他们还是喜欢感性东西的，特别是大一大二年级，只有大量的感性知识积累才可以为他们进入高年级大三大四进行理性、抽象思维做好准备。在传统的教学中，我们把大量的时间用在"概论"与"史"上面，这是必须的，但缺乏生动有趣的案例分析，课堂教学显得冗长、拖沓。大学生的特点决定其喜欢具体的个案分析，那么寻找与解析并比较同类或相关作品应是我们课堂教学的一个关键。这里的案例既可有的放矢地推出，也可在近似体裁中找到可比较的例子。比如，闻捷的爱情诗，案例完全可以放在中外、古今、新旧的坐标系中展开比较。其目的是扩大知识面，贯通与积累案例数量，开阔学生的眼界。

另外，加强理论与实践、教学与科研相结合的环节是教学中应注意的问题。"西方国家把科研实践始终贯穿于教育的过程之中。"[①] 大学生一入校，我们就应该把他们看成一个活的载体，把他们当成一个可以继续和延展知识的"媒介"，使他们成为催生知识的催化剂。到了大学四年级才想起培养学生的写作论文能力，这种教育是很失当的。这种思维是理论与实践、教学与科研严重脱节的该淘汰的教学认

---

① 叶山土：《创新人才的培养与高等教育改革》，《汉中师范学院学报》2002年第2期。

识。学生学得累，教师教得累的结果无不与我们落后的教学观念有关，而"把学生带到科学发展的前沿，使学生直接了解知识创新的过程"①，才是行之有效的教学。如在当代文学作品的分析中，找到各种作家语言表达的精辟之处、障碍之处、阻塞之处的原因和纠由，这也是今天抓住当代文学作家作品教学的关键。以当代诗歌为例，如分析闻捷爱情诗的阻塞之处是什么？舒婷朦胧诗的贡献之处是什么？顾城朦胧诗晦涩的原因何在？其实将科研融入教学就是要找到教学的"眼"。文有"文眼"，教学也有"着眼点"，找到当代文学每节课的着眼点，是我们能真正提高专业课教学质量的关键。

（三）写作实践与作品研读结合，共商毕业论文论题设计

作为老师，从上课第一天起就必须制定自己的大学本科生四年培养目标和计划。常言道：教学相长。必须从学生进入大学的第一天起就告知他们我们经验以内的方法，比如大学笔记的记法，思维"火力点"的捕捉，经常的小论文写作尝试，等等。诺贝尔奖获得者贝尔纳也说："创造力是没法教的，所谓创造力教学，指的是学生要真正被鼓励展开并发表他们想法的机会……"② 对于大学生而言，不断的写作（主要指以小论文训练开始的文学批评）只会在更短的时间里提高他们的写作能力和水平。

内地教学存在着视野不够开阔的问题，有把教学当成单独知识传授的倾向。应该形成以知识为大背景，重在语言突破的人文能力培养教学，把学生分析和评价作品能力的教学作为教学活动的一个侧重点，而作为学生，只有不断地写出小论文，才可能写出大论文。当然，对学生写作的终极目的要求不能太过苛刻，正像广告所说的那样：没有最好，只有更好。从教育普及的情况来看，大一学生已经具备了写作论文的一些能力，要提高，只有不断练笔。"文学批评不宜十年磨一剑，它是运动中的美学，要对当下的创作表示态度、作出判

---

① 叶山土：《创新人才的培养与高等教育改革》，《汉中师范学院学报》2002 年第 2 期。
② 同上。

断、发生影响。所有的各种体式、各种类别的文学批评，都应具有的突出品格，就是它的及时性……"① 从所看到的学生习作及一些小文章中，我们发现学生是有感觉的，只是他们过多地注意一些小火花的感悟，还缺乏大的思悟气派，比如意象组织的永恒意味不够，思维的辩证统一不够，有言与无言的处理欠缺。大学文科教学必须本着为创建出大气派的毕业文章，能在全国或相关领域打响为目标，而不断地写作（指写文学批评），这是有助于培养和养成学生敏锐的思想反应和审美反应能力的。

现在还必须提到一个问题，即学生阅读问题。可以说，现在有好多学生还不擅阅读，这主要还是由于不能充分安排时间，不能带着问题阅读造成的。这也是大学入学教育必须解决的一个问题。这些问题产生的基本原因还是阅读量太小。多次对大二的学生进行文学作品阅读检查，效果不佳。许多学生没有把阅读文学作品当成文学专业必须解决的事情，临时开设某门专业课时，显得基础知识欠缺、文学作品阅读量不足，上课时无法跟老师产生共鸣，这是今天提高素质教育恰恰遗漏了的一个教学相长的环节，许多学生把作品阅读看成是可有可无的事情，这是很错误的。说得深刻一点，学生必须在上学期间就加大对时间的有效占有率，阅读不是一件枯燥的事情，应上升到哲学意义上来认识，萨特在《存在与虚无》中说道：时间具有三维现象学意义，而瞬间才是拉通过去与未来的关键，只有瞬间才是走向未来的通路，这样，时间就必须在被考查的三维背景上（过去、现在、将来）出现，我们只有把这种现象学的描述看作一种预备性的工作，才能达到对时间的整体直觉。"我们必须使被考查的每一维都在时间整体的背景上出现同时又不忘这一维的非自立性（Unselbsts tandigreit）。"②《现代汉语词典》对"阅"的第一解释是：看（文字）③。这就表明

---

① 王先霈：《文学批评原理》，华中师范大学出版社1999年版，第257页。
② ［法］萨特：《存在与虚无》，陈宣良等译，杜小真校，生活·读书·新知三联书店1987年版，第154页。
③ 中国社会科学院语言研究所词典编辑室：《现代汉语词典》，商务印书馆1996年版，第1557页。

了阅读是一种什么样的状态。那么，文科大学生如果不经常处在阅读的状态中，是不可能有敏捷、智慧的思维的。王安忆说："养育精神的最好途径是文学艺术。"因为语言是有意义的。索绪尔也认为："……语言具有物理性、生物性、心理性、个人性和社会性。"[①] 只有当我的语言在我的时间中时，我的存在才有意义，而时间的动力学原理有一个绵延的问题，因此"一个新的自然会从虚无中涌现出来变成过去的现在"[②]。大学生正处在长知识、长身体、长修养的时期，文学阅读既可以绵延时间，又可以治疗心情。必须告诉学生时间的紧迫性，同时又告诉他们文科学生也许只有在大量阅读的基础上整合、绵延知识才是有效的。在这样的基础上，方可谈及毕业时大的论文议题及建构。

在中西文化猛烈碰撞之时，对文学的专业课教学及文科教学中一些问题及解决方法的探索是我们无法回避的现实问题。

三 直面现实 学以致用
——高职学生能力素质目标培养定位思考

高职教育是一种以就业为导向，以实践、技能为主导地位的大众教育，它最主要的功能是为区域经济服务。这就要求办学者在办学过程中以满足职业岗位的知识、能力、素质的需要为学生培养的主要目标。2003年12月，中共中央、国务院在北京召开全国人才工作会议，此次会议对人才的概念进行了一个全新、明确的界定，即"一是有知识、有能力；二是能够进行创造性劳动；三是在政治、精神、物质三个文明建设中作出贡献"的人。高职教育作为高等教育的一个类型和职业教育的一个重要组成部分，有着自己独特的培养目标和教育模式。有关专家认为"高等性"是其培养目标定位的基准，"职业

---

① [法]罗兰·巴尔特：《符号学原理》，李幼蒸译，生活·读书·新知三联书店1985年版，第116页。

② [法]萨特：《存在与虚无》，陈宣良等译，杜小真校，生活·读书·新知三联书店1987年版，第202页。

性"是其培养目标定位的内涵，而"区域性"是其培养目标定位的地方特色，"社会性"是其培养目标定位的价值取向。概括地说，在探讨高等职业课程教育改革时，应考虑人才层次的高等性、知识能力的职业性、人才类型的技术性、毕业生去向的基层性。

（一）"高等性"要求大学生应加强文化基础知识的学习

专业素养与学科能力一直被看成是高职高专学生素质结构中的重要组成部分。这使得高职高专办学者从课程设置上必须提供不同层次、不同侧重的课程。例如，应提供继续深造的课程、职业技术培训课程、闲暇教育课程甚至部分启蒙式教育课程，等等。需要注意的是，每一层次的课程都应体现基础性，为学生的未来发展奠定基础，为终身学习、终身教育奠定基础。高职课程目标的基本来源包括三个方面，即学习者的需要、当代社会经济生活的需要和学科的发展。高职课程如何满足学生的需要，一条可能的途径就是吸纳学生进入课程开发，使学生本身成为课程的有机组成部分。对学生的生活史、文化背景、知识经验、发展需要等予以充分的关注，甚至把学生看成是知识与文化的创造者。在主体性高扬的时代，高职课程的个性化与人性化的呼声越来越高。而学习者本身应主动好学，注重知识积累，俗话说："巧妇难为无米之炊""不积跬步，无以至千里，不积小流，无以成江海"，没有知识积累犹如沙滩地里建楼房，根基不牢靠。就拿高职中文学生来说，大学期间应会背上百首古诗，百段经典段落篇章，写上百篇习作，写出20篇的正规论文。高职高专生要珍惜时间，勤学贵学，"真积力久则入，学至乎没而后止""人一能之，己百之；人十能之，己千之""九流触手绪纵横，极动当筵炳烛情。若使鲁戈真在手，斜阳只乞照书城。"也许读高职高专不是这些学生的理想，那么他们更应该"博学而不穷，笃行而不倦"。积薄聚少，为厚为多。

（二）"职业性"和"区域性"要求大学生应学以致用

潘懋元认为："必须把传统的知识质量观以及一度流行的能力质

量观转变为包括知识、能力在内的全面素质质量观。素质的含义应当是人文与科学相结合的全面素质。这种质量观无论对于精英型教育还是大众型教育都是适用的",要树立发展的、多样化的、适应性的、整体的、特色化的质量观。"一语不能践,万卷徒空虚""力学而得之,必充广而行之",高职高专教育因立足于地方区域性经济发展而决定它对人才的特殊要求,上海第二工业大学高教研究所的吕鑫祥说:"技术性人才的知能结构应具有应变、综合、创新的特征……要在迅速变化的环境中具有应变、生存和发展的基础;要具有解决问题的综合技术能力;要加强创新精神和开拓能力的培养。"他还说:"技术型人才理论知识的学习上,一方面要加强形成技术应用能力所必需的基础理论知识和专业知识的学习,特别是核心能力基础理论知识的掌握;另一方面要掌握一定相关领域的新知识,形成较宽的专业知识面;同时还要了解有关的法律法规,特别是对国际通用惯例的研究,有一定的经营管理知识,有贯穿始终的经济效益意识以及成本核算的知识。"

从高职学生就业的角度来讲,要及早确立以实践为导向的角色定位观。许多企事业单位用人越来越理智,人才高消费的情况越来越少,眼高手低的所谓高学历高学位学生不受市场欢迎,高职高专生恰好应在这里找到自己的定位,市场需要的是一大批从基层做起的实践型人才。注重实践、操作性的高职高专生应把握自己的优势,在实践中立稳脚跟。"实践出真知。"今天是一个知识爆炸的时代,什么都可能落后或被淘汰,唯有实践是检验真理的唯一标准,永不脱离实践、脱离生活,恰恰是高职高专学生确立自己竞争优势之人才观的基点。而这其中养成"学以致用"的良好思维品质是高职高专学生接受高等教育的关键所在,有识之士早就指出:"知识经济时代,能否在市场竞争中立足,不是你的专业,而是你在专业知识转换为市场行为的过程中,是否有创新能力和产生社会效益与经济效益的综合素质。"大公司招聘问的更多的不是你要从事的与专业相关的问题,而是看你的思维方式是否独特。如微软看中员工的创新能力,思维敏捷性。学校教育教给你的是一些有形的知识,而注重实践、操作技能工作的高职高专毕业生应主动将所学到的有形知识转化为无形知识。比如大学语文中有一篇课文叫《谏逐客书》，也许这篇课文你已经背得滚瓜烂熟，字词句段全会释义，但这并不说明你已真正掌握了这篇文章，学习这篇文章，你要培养的主要能力目标是：从李斯劝谏秦王留下诸国客卿的行为过程中，学会怎样以物喻人、以小喻大的说理方法，并掌握说服别人的要领；站在别人的角度为别人着想（李斯表现的是处处为秦谋）。这才是你学习这一课所要培养的目标能力，掌握这一说服别人的关键之处，有可能对你将来进入社会，从事市场营销，进行产品开发有所帮助。而这种知识是无形的，是需要学生主动去琢磨、去锻炼、去思考的，所以，培养"学以致用"的思维品质是高职高专学生早日成功的关键所在。

高职学生应主动思考和探索一些可再生的无形知识，有意识地加强思维技巧的培养。对于一些思维方法要积极去学习掌握，常见的思维方法有：（1）比较分类法：分清事物的现象和特征及相互联系的方法；（2）归纳演绎法：由特殊的事例推导出一般规律及特征的思维方法，称为归纳法，由一般性的前提推导出个别性的结论的思维方法，称为演绎法；（3）逆向思维法：从解决中心问题的目标状态出发，追溯推理，经中间状态回到初始状态，从而最终解决中心问题的思维方法；（4）综合分析法：把复杂事物的整体分解为各部分来研究和认识，再把分层剖析过的对象的各个部分特征结合为一个整体概念的思维方法；（5）类比推导法：将已知或新给出的原理、知识或方法横向类推到类似的新情境中去，以解决新问题或得出新知识，即已知（或新知A）→新知（或新知B），运用这种方法的关键在于找好横向类比迁移的"参照点"；（6）发散性思维法：难以从常规方向或模式解决的问题，须突破常规思维，换一个角度或方向（逆向、横向、侧向等）思考问题，对于解决问题有关的信息进行试探性分析与比较，此法具有分散性（多向性），有助于发现新颖、独特的解决问题的"突破点"。思维方法和技巧的训练应成为高职高专生素质培养的重点。

高职生还应根据地域特征联系实际，培养为地方经济服务的专长。沈剑光、张建君认为："职业教育特色指数应涵盖教育模式的特色，专业设置的特色，学生培养质量的特色（学生成长的主体化）及实践教学的特色等等。"所以高职教育要在以地方经济为主导的就业方针指导下在教育模式、专业设置、学生主体培养质量、实践教学上下功夫。沈剑光、张建君进一步说道："职业教育理念的先进性与合法化，职业学校布局结构的合理化，专业结构（即专业设置覆盖区域产业结构的程度）和课程结构的合理化都是职业教育结构所要讨论的内容……但是，职业教育最主要功能是为区域经济服务。区域产业结构、区域产业布局及技术结构的调整对职业教育的结构和理念的发展均会产生不可忽视的影响。"所以"职业性"和"区域性"要求高职高专学生学以致用，树立适应性的质量观。

（三）"社会性"要求大学生确立"终身教育"的学习观

素质品格包括道德素质、文化素质、业务素质和心理素质，归根结底是一种世界观、人生观、价值观和审美观的教育。高职高专学生因其特殊的身份和处境容易产生"高不成，低不就"的落寞想法，而要改变处境就要站在时代的角度来认识自身，找到差距，尽快适应社会，迎头赶上。也许由于这样或那样的原因，高职高专学生没有进入较理想的学校或专业，但是高职高专生应清醒地认识现实、认识社会。某大学高等教育研究所研究员郭为芳说："专业好不好，一看市场需求，二看是否适合自己的性情。特别是第二点，撇开自己的性情去追赶所谓的热门，会成为时尚的牺牲品。"另外，专业与高薪没有必然联系，在工作中边干边学是高职高专生尽早走入社会、适应社会的可行之路。成功是依赖于人们的价值的，真正的成功是自己的满足感、掌握感。知识经济不是单单地说用知识去赚钱，还包括用知识去引领、促进社会和个人的健康发展。这里我们特别强调高职高专学生要加强人文修养，要注重心理素质、职业道德、服务意识、诚信意识教育。要强调人文精神培养，弘扬传统文化。因为人文科学所教的沟通、分析、思考等技巧原理是长期不变的。高职高专学生一定要加强人生观培育，提高人文素质。人文素质的提高就意味着我们拥有更多地掌握生活和艺术的智慧，弄清生活的目的，了解生活的意义。懂得什么是真正的自由，什么是生活的智慧。思考人生的目的、意义、价值，设立一种理想的人格，并愿意为之奋斗终生。高远的理想，宽阔的胸怀，智者的机智，仁人的儒雅，人生的意义和价值应包括在他们的视域之内，成为他们经常思考的内容和问题。这也要求他们掌握更多的哲学、历史学、文学、美学、伦理学、逻辑学、宗教学、人类学、社会学、政治学、心理学、教育学、法律学、经济学等相关知识。人文学科知识的储备将对发展人性、完善人格，形成正确的价值观起到积极良好的作用。

现代教育体系已为许多为了改变和提高自己生存境遇的学习者提供了平台，因此高职生应及早确立接受"终身教育"的学习观。"衡量现代人的标准将不再是会不会电脑、开车、外语等几种较为显性的硬性指标，而在于是否在不断学习，不断充电，知识结构和观念是否在随时更新，是不是任何时候都站在时代的最前列，在新一轮生存竞争中成为赢家。"而"学习型社会赋予终身教育的内涵是：一个人可以在他一生的任何时刻和任何地方接受教育"。而"终身教育"之于高职高专生来说，养成诚信、躬行、慎思品质是使他们更健全地服务于社会，进而立于不败之地的关键所在。学习是一项终身的工程，只有不断学习才能挑起时代赋予我们的重任。"一个人终身不断学习的过程，不但是知识技能日益精进的过程，更是道德修养日益磨炼并日趋完善的过程。"

综上所述，面对职业特点和社会需求，高职学生应加强理论基础知识的学习；能够学以致用，树立适应性的质量观；培养正确的人生观，确立接受终身教育的学习观，这样高职高专学生才能在汹涌澎湃的时代浪潮下直面现实，永立潮头。

四 以情育人 以美化人
——科学发展观与高校美育实施创新问题研究

美育是由德国古典美学家席勒提出的，康德在《批判力批判》中说："不夹杂着任何利害关系的审美判断力，是沟通对自然规律必然性认识的'知'和获得道德与意志的自由的'意'之间的一座必不可少的桥梁。"席勒在此基础上，具体发挥了康德的美学思想，提出了美育问题。席勒认为："从感觉的受动状态到思维和意志的能动状态的改变，只有通过审美自由的中间状态才能完成。总之，要使感性的人成为理性的人，除了首先使他成为审美的人，没有其它途径。"席勒甚至认为，要实现政治的自由，也必须通过美育的道路。因为，只有把握美，人们才能够达到自由。在席勒看来，美育活动不仅是促使人性获得完善的手段，还是实现政治自由的手段。席勒的美育观虽说具有离开具体的物质基础的不切实际的幻想的唯心史观，但对马克思后来提出关于人的个性的全面发展思想显然有一定的影响。马克思认为，人的全面发展就是人的本质的发展，"每个人的自由发展是一切人自由发展的条件"。实际上，所谓人的自由发展就是人的社会关系的发展，就是人的社会交往的普遍性和人对社会关系的控制程度的发展。在人与自然、社会的统一上表现为在社会实践基础上人的自然素质、社会素质和心理素质的发展，就是在人的各种素质基础上个性的发展。

人的全面发展并不是指单个人的发展，而是指全社会每个人的全面发展。胡锦涛2004年3月10日《在中央人口资源环境工作座谈会上的讲话》中指出，要树立和落实科学发展观，就是要牢固树立和认真落实"以人为本，全面、协调、可持续的发展观"。

> 以人为本，就是要以实现人的全面发展为目标，从人民群众的根本利益出发谋发展、促发展，不断满足人民群众日益增长的物质文化需要，切实保障人民群众的经济、政治和文化权益，让发展的成果惠及全体人民。全面发展，就是要以经济建设为中心，全面推进经济、政治、文化建设，实现经济发展和社会全面进步。协调发展，就是要统筹城乡发展、统筹区域发展、统筹经济社会发展、统筹人与自然和谐发展、统筹国内发展和对外开放，推进生产力和生产关系、经济基础和上层建筑相协调，推进经济、政治、文化建设的各个环节、各个方面相协调。可持续发

展，就是要促进人与自然的和谐，实现经济发展和人口、资源、环境相协调，坚持走生产发展、生活富裕、生态良好的文明发展道路，保证一代接一代地永续发展。

由上来看，要实现科学的社会发展，人们的物质、精神生活必须得到全面的提高。高校是培养现代化人才的摇篮，从高校美育与当前党中央提出的科学发展观的关系来看，高校美育实施要注意以下创新性问题的研究。

（一）高校美育要以情育人，建构完整自由的审美空间

1999年《政府工作报告》再次提出要加强美育教育，《中共中央、国务院关于深化教育改革　全面推进素质教育的决定》指出："要尽快改变学校美育工作薄弱的状况，将美育融入学校教育全过程。高等学校应要求学生选修一定学时的包括艺术在内的人文学科课程。"1906年，王国维在《论教育之宗旨》中就指出："万全之人物不可不具备真善美之三德，欲达此理想，于是教育之事起。教育之事亦分三部：智育、德育（即意志）、美育（即情育）是也。""情感教育"规定着美育的实质及其特殊性，审美活动与认识、实用伦理活动的区别在于此，美育与智育、德育的区别也在于此。审美活动从感性（包括感性直观和人的意欲）出发，始终不脱离感性，但感性和理性又时时处在交融统一之中。审美情感作为自由的愉悦，使感官的生理愉悦经内省转为精神愉悦而得以深化，经形式化，摆脱功利羁绊而得以净化。更重要的是，它受审美理想的范导，能进入对宇宙人生价值意义的体验中，升华为超越感，即得到"心游神越"的最高悟悦。感性与理性、情与理和谐统一，彼此渗透，审美活动发挥着深化、净化和升华情感的独特功能，也给予美育不可替代的地位。美育是以情动人，所以美育过程便不能有外在的强制，一切耳提面命、抽象说教的做法，不但多余，而且有害。情是知与意的中介，审美心理结构的完善，能避免智力结构与伦理结构的片面发展，使人不致沦为工具理性的奴隶，成为冷酷无情的理智主义者，乃至堕落为智力犯罪的罪人；

不致沦为一味高蹈的道德主义者，乃至伪善的君子。正是审美的超越性质可以使人忘怀现实的利害得失，宠辱不惊，"以出世的精神，做入世的事业"，并由此焕发出大无畏的精神，勇猛精进，不断为人生开拓新的境界，做一个高尚的人。由此我们说"审美心理的建构，人性的完整与自由的实现，就是审美的实质，亦即终极目的"。

美育作为动态过程，包含施教者、媒介、受教者三个环节。施教者按照特定的审美趣味和审美理想，选择适当的审美媒介（包括美的艺术在内的美的事物和美的创造活动），向受教者施加审美影响，从而陶冶其性情，塑造其人格。美育的特殊性表现在美育是自由自觉的过程上，美育是意识与无意识交互作用的过程，美育的心理效应是一种远期效应，所以美育必须"通过自由去给予自由""通过意识深入无意识"，通过熏染、浸润而产生的内在心理能力的优化和结构的合理调整，渐而深、微而妙地导引性情的变迁。高校美育实施创新必须尊重美育的特性，在精心选择媒介，设计施教程序，创设情境，诱发审美态度上使受教者主动去感受、鉴赏、创造。充分尊重受教者的个性自由，切实保证审美中感知、想象、情感、领悟等心理功能和谐自由活动，使美感始终不失其自由愉快的本色。

（二）将审美感受力、鉴赏力、创造力的培养贯穿于课程教学的全过程

审美感受力主要包括感知力和想象力，它的发展和提高，突出地表现为感性之中有理性、情感之中有判断的直觉体悟能力的形成和强化，它可以极大地帮助受教育者从感性形式中直探其中的底蕴。这便能促使智力结构的完善，使抽象的理性返回于感性，使知识不致成为枯燥的结论或僵死的教条。这就要求高校教师在授课过程中选择良好的审美对象，把好备课、授课、课后三环节。备课时要选择好"陶冶材"，充分掌握课程的知识重点与难点，有的放矢；授课过程中要寓形象于抽象、寓感性于理性、寓教于乐；课后要及时总结、整理、反思教学过程，多方听取意见，兼听则明。审美鉴赏力的培养，能使受教育者养成纯正的审美趣味和高尚的审美理想，通过情感的升华和净化，对现实和艺术品的美丑作公允判断。这种价值判断的形成，能不断提升人的精神境界，树立审美的人生态度。这种态度无疑能使道德他律转化为道德自律，由美化心灵而善在其中。所以高校在各门课程的讲授中要注意培养大学生敏锐的感觉、直觉、领悟、灵气，给他们一定的自我思考、自我想象、自我判断的时间和空间，努力调整和提升他们的心理状态、审美境界、意志程度、人生态度。在改造客观世界的同时不断改造主观世界，牢固树立正确的世界观、人生观、价值观。审美是超越性、综合性的教育，审美的教育也许是沟通各门课程之间距离的最好中介地带，许多伟大的科学家就是高水平的审美鉴赏家，爱因斯坦是小提琴高手，杨振宁是绘画高手。审美教育是协调理性与感性、思想与情感、理智与身体的教育，让美育成为素质教育。审美创造力的形成，更能增长人在实际操作中支配外部物质材料的才干和自由地将自己的想象、灵感转化为外在形式的艺术才能，会丰富、提高智力的操作能力，即我们通常所说的"动手能力"。

　　创造力是一个人综合素质的表现，它是检验大学生理论结合实践能力的重要环节，创造力在人类不同的活动中虽然形式内容有所不同，而本质却是相同的，人类在审美活动中的创造力对人类整体的创造力培养起着一定的作用。美育通过培养人的想象力达到培养人的创造力的目的，牛顿从苹果落地激发想象得出了万有引力定律，吴冠中从生物细胞结构图中看到了抽象艺术……美籍奥地利经济学家熊彼特是现代创新理论的奠基人，他说，"新的或重新组合的或再次发现的知识被引入经济系统的过程"即为"创新"，所以有论者指出"创新＝创造＋开发"。高等学校教育要特别注意摸索各门课程之间的共性特征，所谓"条条大路通罗马"，这个"罗马"就是指高等教育要培养具有追求真善美的、能认识和掌握事物发展规律的高素质人才。而美育作为连接各门课程中间地带的素质教育无疑对认识事物的本质及开发直觉、启发想象起着至关重要的作用。

（三）高校要培养大美育观念

　　有论者指出：美育对现代人自身的关照有三种途径，通过关心自然关照自身；通过关注社会关照自身；通过对作为个体的人的情感关爱来关照自身。审美是人类爱心培养的主要方式，通过美育的教育让人们爱人类、爱自然、爱自己、爱生活、拥有健全的人格，美育能使人们正确处理人与自然、人与社会、人与人之间的关系。"通过审美，人与自然的关系和谐了，不只出于生态保护的愿望，还出于审美的愿望，人自觉地去爱护大自然，珍惜大自然。通过审美，人与社会、人与人的关系和谐了，个体自发地调动心理的潜能，去调节好与对象的关系，多存一份厚道，多存一份同情，多存一份宽容，多存一份理解。"一个充满爱心的人必然是美的人，一个充满爱的社会必然是美的社会。高等学校教育要充分认识美育的远期心理效应，正如维戈茨基所说："艺术主要是组织我们未来的行为，是前进的方向，是一种要求，它也许永远不会实现但却迫使我们去追求生活表面以外的东西。"其实，每个大学生在学校所学知识只占一生的1/9，我们大部分知识是靠走向社会后获得的，而一个具有良好审美素质的人一定能够客观而又辩证地对待现实和人生，他具有自我美育的能力，他能在坎坷漫长的人生道路上树立正确的世界观、人生观和价值观，他能把自己的自由发展变成别人自由发展的条件，他会"在任何处境中都坚持对美尤其是人格美的追求，以超越现实利害的态度对待人生，即使身处逆境也会从理想境界获取征服逆境的力量，实现人生的价值"。在党中央所提出的树立和落实科学发展观，构建和谐社会的理论指导下，高校应通过提高各门课程教师的美育意识、美育理论知识，使美育教育自由自觉地进入课堂，从而使师生共建健康、高尚的审美趣味，不断提升审美理想，终身受益。

五 回归家庭 终身学习
——现代家庭教育应该注意的几个问题

家庭是一个人成长的起点，家庭教育伴随着人的一生，良好的家庭教育可以使孩子成功一半。面对社会的迅猛发展，学校和社会一道培养智慧型的、能动型的、创新型的、终身学习型的人才是家庭教育应该着重关注和思考的问题。家庭作为社会最小的细胞单位在一个人成长的过程中起着举足轻重的作用。研究表明，家庭环境以及家庭教育对孩子的一生所起的重要作用远远超过孩子的中学以及大学教育，所以父母被称为是孩子的终身教师。家庭教育的早期性、连续性、感染性、权威性和及时性特点使其具有极大的教育资源空间，那么如何利用好这个空间资源应成为教育者和家长们努力学习和思考的问题。

（一）注意开发和保护孩子对外界事物的好奇心和敏感力，为其进一步学习奠定基础

现代科学证明，人的智力50%已在4岁时形成，而在这之前，对孩子身心影响最大的环境是家庭，孩子在这段时间里基本上是与父母、祖父母、外祖父母以及亲戚朋友生活在一起的，因此作为孩子第一监护人的父母要力争在双方及双方的亲友圈内形成一套幼儿教育发展的良好运行机制。父母与孩子在一起，除了让孩子感到极大的安全感外，还能有效地刺激孩子的听觉、视觉、味觉、嗅觉、触觉，孩子接受的刺激越丰富，大脑的功能就越强，而老年人对孩子的全面关照是有限的。法国哲学家爱尔维修早就指出：人类才能的增长和年龄是成反比的。当然，我们这里所说的孩子4岁以前所形成的50%的智力并不是单纯指智商，不是指家长教孩子背了多少诗词，做了多少数学题，完成了多少学习任务，而是指家长通过与孩子肌肤相亲、耳濡目染如何恰当地刺激了孩子的五觉，保护了孩子的好奇心，引发了孩子对周围世界的积极反应情绪。当他（她）们对语言、音乐、色彩、数字……表现出敏感时，家长是如何启发和诱导的？德国大诗人、剧作家歌德二三岁时，父亲就常抱他到郊外野游，观察自然，培养了歌德的观察能力；三四岁时，父亲教他唱歌、背歌谣、讲童话故事，并有意让他在众人面前讲演，培养他的口语能力。王献之从小聪明好学，书画皆善，但有时沾沾自喜、有骄傲情绪，王羲之夫妇见微补漏、循循善诱，在不断纠正和引导王献之的正确心态后，让他写完院子中的十八缸水方成大家，王羲之夫妇善于观察孩子一天一天的变化，注重对孩子意志力和耐挫力的培养。研究也表明，超早超强的学习并不能保证孩子日后的智力发展水平，而注意保护孩子的好奇心、保护孩子对外界事物积极的反应情绪，才能进一步调动他（她）们的其他能力，所以早期的家庭教育要更多地关注和开发孩子的"可能性"，而不是"已然性"。生活中有的家长急功近利，拔苗助长，扼杀了孩子的想象力、好奇心、求知欲，这也就等于扼杀了孩子多种的"可能性"，我们的家庭教育不能把孩子培养成智而不慧、聪而不趣、学而不雅的人，与其单纯培养孩子的智力，不如全面培养孩子的智慧。少用社会上的负面因素去影响孩子，要注意培养孩子积极应对社会的能力。社会在影响人，人也在影响社会，许多家长在对孩子的教育中往往忽视后者，常常夸大社会对人的负面影响力，很少关心和思考人对社会的积极能动性。大人们经常拿自己不如意的人生经验和价值观念来"修正"和"规范"孩子的价值观念和社会观念，当然有些提醒是必要的，但我们更多的时候要把孩子当成一个有独立意识和能动意识的个体去看待，动辄拿社会上的负面素材去消极地影响孩子，更多地扼杀的是孩子面对社会、面向未来积极进取的精神。在生活中，我们会听到一些家长训导孩子说："孩子，这个世界上你只能相信你爸你妈，其他什么人的话都不要信。"殊不知未来社会是需要团队合作精神的，这样教育孩子让他怎样融入社会、与人合作呢？"世风日下"是一些父母常常挂在嘴边的一句话，其实说这话时，他（她）就已经推开了自己对这个社会所应尽的责任，他（她）等于在孩子面前宣布自己和孩子应放弃对这个社会的积极能动的促进作用。当大人们错误地以为是在保护孩子时，其实是阻隔了孩子对社会敏锐的观察力和感知力，阻碍了孩子促进未来社会进步和发展的能动力。有不少父母把精力用在教孩子一些处世哲学或防人术和赚钱术上，根本不去思考如何让孩子成为一个在德智体美劳上有全面人格发展的人，父母的舐犊之心往往成为孩子在社会中前进的隐形阻力，造成社会两代人的悲哀。还有的父母认为，我们的日子好过了，有钱了，孩子不用吃苦了，殊不知钱财有尽，创造无价。创新力来源于发散思维，它以无定向、无约束地由已知探索未知，父母要积极保护孩子不懈追求的欲望。

（二）父亲形象在孩子成长教育中不能隐性缺失

现实生活中一个很严重的问题是，在孩子的生活照顾、情感发展、心理形成方面，许多家庭存在着父亲隐性缺失的问题，"父亲"往往只是一个符号，对孩子的生理感受和心理品质的形成没有尽到责任。生活中许多父亲早出晚归，把家务和孩子的教育一味地甩给妻子，父亲的一个"忙"字荒芜了孩子的一切，更重要的是父亲形象的缺位荒废了对孩子心理品质和个性成长的形成教育，他们对孩子有爱但没有教育。研究证明，取得成就的名人往往跟父亲的关系非常密切。反之，成就低的人与父亲的关系则比较疏远。为人之父，就要及时了解你的孩子，包括他（她）的兴趣、爱好以至理想，从而因势利导、因材施教。专家说，了解孩子最好的办法是去看看他（她）的作业，特别是孩子的作文，在那里面你可以迅速地感知你的孩子在想什么，做什么以及他（她）想成为一个什么样的人。当然"父亲"与"母亲"形象在孩子成长的心理过程中还扮演着不同的角色。如果说母亲是感性的代名词，那么父亲就是理性的代名词，这是由两性的人格特点决定的。精神分析学家认为，儿童是通过父亲形象的认同和模仿来认识周围世界的。在孩子成长的过程中，父亲常常通过玩耍和游戏强化孩子对外界事物的感知和掌控能力，让孩子有安全感和自信心。父亲的言行往往成为孩子确立自己作为社会人的典范，父亲与孩子交往中的人格理性培养了孩子的逻辑性，父亲在对待外界事物上的开阔心胸和重实践性的特点在通过与孩子及时交流，让孩子生动地感知后进而使其脚踏实地地面对未来。父亲的教育绝不是简单的说教，而是要耳濡目染、身体力行、言传身教的。母爱如水，父爱如山，作为父亲在教育孩子时应该当严则严，该宽则宽。父亲的威严代表的是一种秩序、一种严肃做人的态度，可是在现实生活中，父亲溺爱子女的情形也常会出现，如滥用表扬，让孩子对他所表扬的事情没有成就感，赏识教育告诉我们，要赏识我们的孩子，但不要一味地赏识；有些家长喜欢赞美孩子聪明，殊不知任何所谓天才或成功者无不是经过认真踏实、勤奋努力而获得成功的，所以赞美孩子勤奋比赞美孩子聪明有用得多。总之，孩子是父母两个人的，要想让孩子成为什么样的人，父母双方都是责无旁贷的。无论社会怎样发展，生存的理想境界永远是人们追求的目标，一个理想的家庭结构是由父亲和母亲共同营建的，而今天的现状督促父亲们应该主动扬起家庭教育之风帆……

（三）终身学习应该成为现代家庭每个成员的共识

面对家庭生活、职业生活和社会生活日新月异的变化，终身学习成为人们不断认识自然、人生、社会，不断完善和发展自我的前提。一个家庭的所有成员组成的应是一个多元的、互动的、立体的学习环境。社会的突飞猛进使得人们为适应不断发展变化的世界，就必须把学习当成一种生存的技能，一种改变生活质量和提高生活意义的方法。过去我们说过一句话叫"活到老学到老"，把这句话对应到一个家庭里来说，它就成为对每个人的要求了，无论我们每个人在一个家庭里是处于幼年、少年、青年、中年甚至老年，终身学习都将使其素质和生活质量得到改善和提高。不断发展变化的客观世界对人们提出了新的要求，对于一个家庭来说，相互学习可以增趣，可以添智，可以使大家变得聪慧美好，高雅文明。一个人一生 2/3 的时间是在家庭中度过的，营造一种良好的家风可以说成就了大半个美好的人生。家庭生活是职业生活和社会生活的延续，为了孩子，我们应该把家庭营造成宁静的港湾，为他们助推加油，对老人，我们应该多给他们排忧解难，使其舒心惬意。当终身学习被提到每个人的意识中来时，我们都应该开动脑筋，全面发展，正是有了终身学习的理念，我们才会逐渐成为教育家、心理师、养生师……我们在使自己变得美好的时候也要让周围的世界变得美丽起来。终身学习给了我们向上的理念，让每个人对未来都充满信心，使我们无论在什么年龄和什么情况下都会充实地生活，只要愿意学习，一生都会活力十足。

六　理念先导　与时俱进
——卓越教师培养模式问题与探索

"卓越教师培养计划"是贯彻落实《国家中长期教育改革和发展规划纲要（2010—2020年）》和《国家中长期人才发展规划纲要（2010—2020年）》的重点改革项目，也是促进我国由教育大国迈向教育强国的重要举措。通过进一步明确"卓越教师培养计划"的本质，厘清卓越教师的内涵，全面深化教师培养体系和培养模式改革，优化课程结构、创新培养模式、建立教师教育协作共同体等。以顶层设计与基层首创相结合，实现卓越教师培养的系统化与科学化，着力培养满足基础教育需求的高素质教师。

明确"卓越教师培养计划"实施的目标任务，突出改革的关键环节，注重顶层设计与基层首创结合。进一步明确"卓越教师培养计划"的本质要求。选拔热爱教育事业，有志于长期从教，特长突出，发展潜力大的优秀师范生，独立编班，实施个性化培养，动态管理，着力培养具有复合型知识结构的卓越教师。坚持以"夯实专业功底，强化实践能力，突出师范特色"为指导思想，确保人才培养模式改革的科学性和有效性。

（一）理念先导："卓越教师"的内涵与特征

唐代思想家韩愈将教师的功能定位为"师者，传道、授业、解惑也"。教师是人类灵魂的工程师，教师最重要的任务是育人。理学家认为，"欲"是人邪恶的根源，教育应该将这种恶去除。王夫之认为"理在欲中"，合理的欲望是人的自然属性，但不可过度放纵。"理"与"欲"应该是统一的，天理就在人欲之中，人欲是人对自然世界的要求，这种要求客观存在且合理。明清时期王船山指出："性者，生理也，日生则日成也。"①"习与性成""日生日成"，他反对生而知

---

① 《尚书引义·太甲二》。

之，主张学而知之。把人性分为先天之性和后天之性，耳、目、口、鼻、心等感官功能，属于人的自然属性，即先天之性；通过人的后天学习获得的知识、才能与道德观念属于人的后天之性。人性应该是先天与后天的结合，人生长、发展全依赖于后天的学习，学善即为善，学恶即为恶，要继承儒家重义轻利、以仁安人的情怀与超越精神。如果说孔子的心灵是"诗的心灵"，更多的是因为中国文化心灵的特点"兴于诗，立于礼，成于乐"，是艺术而抒情的。朱熹《论语集注》说："曾点之学，盖有以见夫人欲尽处，天理流行，随处充满，无少欠阙。故其动静之际，从容如此。"作为教师心灵发育的核心当是"体仁""情理合一""顶天立地"，体现出拥有天下情怀，承传道统的责任，对从教信仰的无限眷恋与挚爱。

百年大计，教育为本；教育大计，教师为本。教育的根本在于"育"，"育"的本质在于"化"，"化"的主要表现为"变"，教育的本质乃是引起受教者人格及心性灵魂等方面朝着更为完善的方向转变。从人格结构角度分，有研究认为，卓越教师应具有"责任意识、创新能力、国际视野、审美情怀与实践能力"五种人格素养的基本特征。评价教师要从规范的层次、艺术的层次、超越的层次三个方面来分析。① 从素养能力结构分，有研究认为，"卓越教师"应具备的素养和能力结构为"师德师风高尚、教育信念坚定、文化底蕴深厚、知识结构合理、教育思想先进、教学技能娴熟、实践反思敏锐、专业发展自主、创新能力较强"九个方面。② 在人才培养内涵上，以创新人才培养模式为中心，以提高师范技能为着力点，构建并完善开放式人才培养模式，注重卓越教师气质养成，培养师德高尚、专业基础扎实、教育教学能力和自我发展能力突出的语文教师，引导师范生树立终身学习、长期从教信念。

致力于培养优秀教师和未来教育家，不断创新未来教育家的培养模式，是中国师范类大学必须承担的社会职责。《大学》更是明确倡导：

---

① 张桂：《卓越教师培养的目标取向与价值内涵》，《教师教育学报》2015年第3期。
② 毕景刚、韩颖：《"卓越教师"计划的背景、内涵及实施策略》，《教育探索》2013年第12期。

"自天子以至于庶人，一是皆以修身为本。"正因为此，通过"学"而塑造君子人格，培养"大体"（existential commitment）。卓越教师的主要特质表现在风范、境界与功夫上，具体表现如下：（1）博雅的师范气质：从德性论角度，蕴含士志于道、崇尚气节、敬业爱生，富有团队合作的精神。（2）通贯的文化视野：知识结构合理，敦本善俗，立足于中国传统文化，领略世界先进文化，吐故纳新，不断提高自身的文化素养。除了优异的实践技能外，还具有不断超越自我、追求卓越的内在动力和教育智慧，具有更高的教师专业发展潜能。（3）宽厚的学科基础：具有较高的专业素质和综合素养，对语言、文学诸方面理论有较丰厚的知识储备，了解学科研究的最新进展，初步掌握语文研究的基本方法，教材创生能力和教学创新能力，增广学识，厚积薄发。入职后，能迅速进入教师角色且站稳讲台，在教材解读、教学设计、教学实施和教学评价等方面，优于普通班毕业生，表现出更强的教师职业能力。（4）娴熟的教学技能：从学科能力上，其专业知识丰富，熟悉教育心理，掌握课程解读理论，能有效组织课堂教学。具有较强的口头和书面表达能力，教学基本功过硬，具备较强的协作精神和创新能力。

（二）入题与破题：卓越教师培养的问题

长期以来，教师培养体制单一，师范生培养周期长，专业知识与人才培养目标之间存在错位。以"师德为先、理念与行动为重、树立终身学习"为教师教育指导思想，遵循教师教育的规律。在卓越教师培养过程中，还要推进实践取向的教师教育课程，推进教师教育网络媒介、信息技术的深度融合，推进教师教育师资队伍建设和管理制度改革，推进质量至上的教育评估体系建设方面的改革。

1. 准出与淘汰机制

采用过程性考核与结果性考核相结合的方式。坚持"个人自荐、双向选择、综合评价、择优录取、适时分流、末位淘汰"的选拔与运行机制，但在实际操作中仍有许多问题，怎样选拔专业认知鲜明、后续潜力大的学生，这是值得不断探索的问题。

在计划实施过程中，学校灵活机动地管理实验班学生的学籍，建立实验班准出机制，对不适宜在实验班学习的学生，可在第一学年结束后，劝其退出，回到原来的班级继续学习，未能入围的学生也可以通过选拔而进入实验班。

2. 遴选组建时机

我们理所当然地认为，被师范院校录取的学生都具有强烈的教师职业志趣，都可以成为卓越教师培养实验班学员的来源，其实，这是不符合客观实际的。在实验中，选拔学生的时间往往是在第一学年就开始的，组成卓越教师实验班，进行相应的课程学习。但在几年的培养过程中，某些学生存在学力不济、动能不足的困惑。

刚入大学的大一新生，对自己的未来、人生目标并不一定有着明确的认识，即使客观上因为教师职业的稳定而选择了师范专业，但未来是否从事师范教育还未知。很多学生是抱着凑热闹的心理前来的。学校花了大力气设置卓越教师培养方案，并开设相应的课程，组织素质拓展活动及创新项目，配备导师，结果学生到了大三、大四，发现自己似乎并不适合教师这一职业，那不是一种浪费吗？提供大量优秀的教育讲座，提升学员们的教育素养；保证足够的教育实践，锻炼学生的教育技能，这才是培养"卓越教师"。①

3. 选拔中性别因素的考量

师范专业男女比例不均衡，女生数量远超男生，尤其在文科专业上，男生尤其"奇货可居"。在师范生入学一两年内，由相应老师通过长时间的接触，发掘拥有完善教师人格特征，具有发展潜力的学生，采取教师推荐加上学生自愿参与的原则，适当考虑男女比例，在第三学年组成卓越教师培养实验班。②

4. 功利主义的专业分科教育

儒家文化最根本的是学习如何成为人，《论语》曰："古之学者为己，今之学者为人。"通过修身为己，进而弘道成人止于至善。

---

① 杜晓梅：《卓越教师培养质量的保障体系研究：关于学生的选拔》，《学理论》2014年第9期。

② 同上。

"仁"当是以人为本，不断追求创造卓越的大学精神的原动力。功利主义的教育导致学生素质严重下降，天人两隔，群己有分。钱穆先生说，近代科学只穷物理，却忽略了人道。古往今来，全世界人类生命，乃是此生命之大全体。一人之短暂生命，乃是此生命之最小体。

经师易得，人师难求，人必先自己懂得了实践为人之道，乃能来指导人。教师必先自己能尽性成德，乃能教人尽性成德。德性一科为孔门最高科，可见，道义远胜于职业。教育是人与人之间传道的过程，庄子说"道术将为天下裂"，职业为上，德性为下，德性亦随职业而分裂。师范生应拥有专业技能训练知识之外的教育精神与教育家理想，高等院校培养师范生不仅为功利，因为教育不是培养"精致的利己主义者"，更在于审美超越和天下情怀，教人为雅人不为俗人，发展人的人文后天之性。

（三）他者镜像：人才培养质量工程聚焦

1. 借鉴欧美教师教育成功经验，创新教师教育实践培养平台

研究教育教学改革，创新人才培养模式，努力提高人才培养质量；在人才培养方案制定过程中，要打破同质化本科教学培养体系，努力构建多元化本科学习平台，让学生有更多的学习途径和选择机会，从而能够更好地实现自己的梦想。

在人才培养上，打破传统的封闭式人才培养模式，走出去、请进来，将高等教育与基础教育、人才培养单位与人才使用单位有机结合起来，创新实践教学模式，共同培养高素质应用型人才。建设大学和中小学一体化平台，开发教师教育课程，构建实践取向的教师教育模式。设立专业成长理论创新平台、实践创新平台，在教育质量较强的区域建立教育教学实践基地。按"实习前—实习中—实习后"三段设计实践教学内容，"高校+地方政府+中小学"三位一体，简称 UGS 模式（University Government and School），"国内实习+国外实习"两种实践教学双向发展，"中小学骨干教师+大学专业教师"开展实践教学指导。

围绕卓越教师培养目标，美国在 1986 年发表《国家为培养 21 世

纪的教师做准备》《明日之教师》两个重要报告，提出要建立国家高级证书体系，为符合标准的教师颁发证书的方式促进教师专业化。澳大利亚1999年出台了《21世纪教师》计划，2000年启动了"政府优秀教师计划"，通过提高教师的地位、专业发展水平等措施，推动本国教育质量的总体提升。英国2011年出台《培训下一代卓越教师》的教育咨询意见稿，重视师范生教师素质培养。[1] 以欧美国家为参照系，美国的专业教学实践规定职前教师必须具有"包括进行教学设计的能力，教学演作的能力，教学策略、技巧方法，与学习者沟通交流的能力"[2] 等基本教学技能；同时，在确定教学技能目标的基础上，不再局限于传统的、单纯的"掌握教学知识"和"课堂教学技能"目标，从更加宽泛的专业理想和信念角度出发重构准教师的专业知识和能力结构，形成以反思、批判能力为重心的教学技能。2005年德国出台并实施大学"卓越计划"，完善师范生培养体制，"从学制结构方面出发，修业阶段在教师教育中是一个非常重要的环节，不仅其入口环节的要求比较高，而且也是决定师范生是否能够进入见习阶段开始见习服务的重要前提条件。"[3] 可以看出，德国同样注重教育理论与实践，强化师范生教学实践能力，并不断完善本国的教师教育标准体系，通过提高教师地位与待遇、设立教师教育标准、健全资格证制度来保证本国教师教育质量整体层次的提升。

建立卓越教师培养网络平台，共享优质教师教育资源，拓宽教学实践能力培养途径；开发中学名师教学公开课视频资源库，增进学生教学实训的情境体验。加强说课、案例分析、片段模拟教学等实训教学，强化教师教育实践能力培养，提高师范生综合实践能力。

2. 建立合作共同体，构建协同培养教师机制

"卓越教师培养计划"的实施以2014年《教育部关于实施卓越教师培养计划的意见》等文件精神为依据，重点解决好"培养什么与怎样培养""教什么与怎样教"的问题。构建校内校外协同机制，

---

[1] 朱晟利：《论卓越教师培养的价值取向》，《黑龙江高教研究》2015年第12期。
[2] 刘静：《20世纪美国教师教育思想的历史分析》，北京师范大学出版社2009年版。
[3] 覃丽君：《德国教师教育研究》，博士学位论文，西南大学，2014年。

建立职前职后一体化全程培养机制，建立高校与地方政府、中小学校"三位一体"协同培养教师的新机制。

树立正确的施教观与育人观，聘请国内外教育界的知名专家学者参与"卓越教师"培养，作为智库参与培养方案制定及专业建设，介绍引进国内外教师教育的最新研究成果，将先进的教师教育理念、方法、手段和成果运用于"卓越教师"培养全过程。

设立"双导师"制。即每位学生均配备一位校内本专业高级职称教师担任指导教师，一名校外教育专家导师。选聘教育教学经验丰富的优秀中学教师或教研员，担任部分课程讲授或参与实践指导。遴选基础教育教学名师或学科带头人参与指导学生开展教学实践活动，通过名师示范课与教育专题报告，引导学生关注基础教育传授职业道德、教育理念和教学技艺现状。

3. 优化人才培养模式，构建教师教育课程体系

针对师范生学习目标不明确、学习动力不足、师范意识不强、核心技能不精、从事基础教育兴趣不浓的现状，进行人才培养模式改革。以通识课程与师范课程融合，专业素质与实践能力相衔接，主张本科层次学科专业教育和教育硕士层次教师教育有序结合。

教育的本质在于人生命的解放，教师教学模式具有多元化的特点，但人才培养模式应该是相对稳定的。探索师范生能力倾向标准测试，完善教师准出标准。以师范素养和职业精神为指向，构建新的课程体系；优化教学内容，融师范教育人文性、工具性和审美性于一体；根据社会需求和专业定位，健全师范技能训练体系与评价体系。注重基础知识、基本理论传授，着力强化师范生素质与能力培养。二、三年级的教育见习与四年级顶岗置换实习结合，与普通7周教育实习时间相较，将顶岗置换实习时间放在第7学期，时间为一学期，意味着更能长时间地获得职业体验，这样更有利于师范生的个性化发展，为其以后从教奠定坚实的基础。

牵头组建区域教师教育联盟，促进地域高等院校教师教育资源共建和共享。建设教师教育精品资源共享课，制定教师教育课程标准，推进教师教育教学改革。细化课程建设方案，开发发展性教师教育精

品课程体系。组织编写出版课程与教学论方向规划教材，形成教师教育课程教材体系。

（四）教育哲学向度："卓越教师"培养突破点

一所大学没有振奋的精神和高尚的品格，是不可能自立于世界大学之林的。① 大学崇尚"士"大夫精神，以"士人"培养为己任，使其具有独立思考、独立判断及独立人格。顾炎武非常重视创新精神，痛恨时下臆改、模仿的风气，在《日知录》卷 18 中他不但从理论上强调创新，还身体力行。② 我国卓越教师的培养计划出台时间不久，卓越教师培养与选拔贵在个性化，突出精英化，使优秀的教师成为启蒙者和社会良知的承传者，正心诚意以身任天下，当为民族、国家之福祉。

1. 建立"卓越教师"研究工作坊

工作坊由基础领域的教育家和高校教师共同组成，开展"卓越教师"专业能力发展培养和研究工作。重视教育哲学、心理学等基础学科的研究，以着眼于人类幸福、民族复兴，从招生选拔、培养模式、课程体系、师资队伍建设等环节入手，重点研究在培养过程中如何通过提升教育学科课程教学，强化教育教学能力培养，提高师范生从事教师职业的竞争能力。研究"卓越教师"的实施及培养、发展过程中的困难与问题，制定培养目标、专业标准、培养方案和教学计划，保证"卓越教师"各项工作能落到实处。

激发师范生教师职业的认同感和永恒的道德精神，培养学生追求卓越的精神和终身学习能力，培植教育教学智慧和创新教学能力，使之具有更大的专业发展潜能。努力培养一大批"为天地立心，为生民立道，为往圣继绝学，为万世开太平"，怀有天下情怀的优秀教师。

---

① 刘尧：《大学精神与大学科学发展》，《浙江师范大学学报》（社会科学版）2009 年第 2 期。

② 孙国权：《我国当代大学精神的儒学底蕴》，《西北民族大学学报》（哲学社会科学版）2012 年第 4 期。

2. 增设师范生素质拓展基金，增加教育实践拓展学分

"导师"访谈，听取导师对学习、选课、学习方法、人生规划和就业等方面的指导，请教专业学习、科学研究中所遇到的问题，并提交访谈记录。设置专项基金，鼓励师范生申报、参与课题研究，进一步提升教育教学反思能力，将知识、技能与素养统一起来，推动教师专业化成长。鼓励参加大学生科研训练项目，学院自设选题，划拨经费，予以课题立项，旨在科研训练及能力提高。资助公开发表论文、作品；增加专业拓展课程，鼓励学生参加海外学习、实习、游学等项目。举办教育知识大赛、学科竞赛及师范生技能大赛，传播教育知识，更新传统观念，拓展教师素养。

3. 夯实师范生听说读写思研一体的核心能力

从重知识型的教学转变为重能力型的教学，开展启发式、探究式、讨论式、参与式教学，改进教学手段，将传统讲授与多媒体技术相结合，有效提高课堂教学信息量。对读、说、写、练常抓不懈，建立实践教学长效训练机制。

韩愈把"传道"视作教育的第一要义，师范生应用能力主要表现在五个方面：文本解读能力、文体写作能力、口头表达能力、语文教学能力及基础教育调研能力。通过专业阅读、口语表达训练、写作能力训练、师范技能训练、学术论文写作训练等途径，扩大学生的阅读面和知识储备量，提高学生教育实践调查能力和从事基础教育教学、研究的能力。尤其要解决师范生自我发展动力不足的问题，提高其发现问题和解决问题的思辨能力和探索能力，在教育教学中不断反思，推动教师专业化成长。

4. 教育资源交流与专业师资建设

鼓励师范生及教师的境内外交流互动，加强与本省及周边外省高校的联系，密切人才培养单位与人才使用单位之间的合作。加强与重点师范高校的交流，提升办学层次，拓展专业建设内涵，扩大人才培养的视野与格局。选拔担任"卓越教师"培养的骨干教师出国培训或兼职、参加高水平的国内外学术会议。举办教师教育论坛，交流教师教育研究成果。

以科研推动教学，专业任课教师通过科研获取了丰富的学科前沿知识，掌握了学科最新发展动态和趋势，了解了专业发展前景与最新成果，在教学中逐渐健全本专业的知识体系，及时将科学研究迁移为教学能力，将科研成果不断转化为教育实践。教师把知识教给学生，通过科学研究进而逼近事物的本质，获得更宽更广的教育体悟。

突出师范教育"夯实基础、强化实践、守正创新"的特色，通过开展校内外互补的校际合作形式，创新教师教育专业人才培养模式，构建适应新型师资需要的课程体系和实践能力培养体系，最终造就一批师德高尚、业务精湛、锐意创新、拥有质疑精神的高素质、专业化教师队伍。

第六章 审美批判论

一 剔除平庸 提升人性
——审美现代性的学科反思

作为现代性以来大众审美文化所呈现的与传统艺术迥然不同的审美特征，在消费社会语境下，18世纪以来的经典美学遭遇了前所未有的挑战。随着审美的泛化，艺术与技术、审美与资本、美感与眩惑之间的矛盾日益深化，艺术的膜拜价值正转向展示价值。面对审美超越性的消退，自鲍姆加登以感性认识的完善为美学命名以来，如何超越日常生活的世俗性，反思当代泛审美化现象日益深化的事实，回归以原始审美天性为基础的超越美学，用以审美意象（叶朗）为核心的艺术母体来应对人类价值的选择危机正是题中之意。

（一）大众审美文化的崛起

伴随大众文化民粹主义生存图景的弥散，传统经典美学进入美学研究的理论整合期，黑格尔之后艺术哲学的边界明显扩大并形成与生活世界的双向互动和深度沟通，现代主义艺术从审美走向审丑，崇高让位于畸趣。一个不置可否的现状是，从身体雕刻术到化妆美容市场的突飞猛进，从拟态化的视觉镜像到设计理念的装饰包裹，艺术的观念化或怪异化正成为城市弥漫开来的主旋律并成为一种社会历史语境，个体感官触角的放大已深刻影响到美学的学科建设。

科技与经济的不断进步，使得人们的日常生活可以从粗鄙状态走向体验经济（即一种对生活方式，包括环境和物品的感官体验，从五官的快适到产品的符号意义、精神内涵，在满足物质必需品的同时更多着眼的是一种审美愉悦，商品的使用价值被淡化，其文化价值被无限放大)①。大众文化涤荡了经典艺术所具有的深刻性与庄严感，广场文艺、购物中心、美女经济，形象成为控制主体生命形态的基本方式。审美化生存幻境所带来的快感体验在不经意间让人陷入快乐主义的官能陷阱而浑然不觉，影像的数字化表征引发人们对真理本质的深刻怀疑，传统的理性主义美学转变为一种强调纯粹快感满足的美学，艺术深度感的消失，"光晕"（aura）隐退，图像复制的艺术拼贴技法将歇斯底里的"死灰感"传递给民众。仪式意义的缺失，片面的全民性广场狂欢化论调导致审美救赎功能的失落，进而导致人们难以通过艺术对现实世界进行批判与反抗的可能。

日益显豁的文化研究不能不对感性的日常生活熟视无睹，作为一种哲学话语的构成部分，在后现代主义文化崛起的过程中，文化审美作为当代审美表达机制的合理性与必然性日益凸显。"日常生活审美化所暗含的商品拜物教倾向，本质上是和审美精神及其无功利性背道而驰的……追求高档的、奢华的甚至超越了社会发展和生态环境所容许的限度，因而隐含了不少潜在的危机。"② 英国当代著名的马克思主义文艺理论家特里·伊格尔顿（Terry Eagleton）认为，资本主义日常生活中的幻觉性审美主义，尤其是日常生活的感觉层面应进入美学研究的范围。商品社会里消费一度被视为刺激经济增长的永动机，在满足个体的自然欲望之后，大工业所带来的标准化观念，消费所夹杂的功利性在今天变得越来越复杂，都市日常生活所构筑的符号编码混合着以美学的脱身术为中心的话语实践，美成为商品招徕顾客的那层奶油薄膜。关于传统艺术的定义愈加难以确指，大众审美文化在给人感官快适的基础上，颂扬身体感性导致了心灵的迷狂，审美的平面化在感性客体的冲击下导致人性力量的迅速萎缩。随着传统道德世界的

---

① 叶朗：《从中国美学的眼光看当代西方美学的若干热点问题》，《文艺研究》2009年第11期。
② 周宪：《"后革命时代"的日常生活审美化》，《北京大学学报》（哲学社会科学版）2007年第4期。

秩序重建，生命家园荒原化的时代，带给现代人的是"乱花渐欲迷人眼"之后的恐惧与战栗，还是孤注一掷的商品拜物教的感性狂欢？马尔库塞指出，美学形式是以歌颂普遍人性来对应孤立的个体意义；以提升灵魂之美来回应物质的剥夺；以提高内在自由的价值来回应外在的奴役。① 世俗生活是否具有一种超越有限性的可能，日常生活中被圈定在体制中的人们，如何冲破一度苦闷的时间牢笼，成为现代性以来人生最大的哲学问题。

在艺术与生活边界消失的同时，现代艺术的审美价值形态发生了很大变化，人们在感受艺术的社会化表征中，欣赏的趣味也正发生着挪移，审美经验从无利害感的静观形态中脱离，渗透进缤纷杂陈的日常生活中来。康德用审美活动中的静默观审，高扬审美鉴赏的超功利性，将美学对日常生活层面的功利欲求进行剔除。审美趣味是一种不凭任何利害计较的愉悦与否而对一个对象或一个表象做判断的能力，康德美学更多地从纯形式方面的鉴赏，摒弃对质料层面的占有，鉴赏判断无目的的合目的性，无功利的快感体验将视知觉提升到一个很高的位置上来。美是在审美关系中生成的，在强调人体工程学设计理念、装饰性符号表意的产品制造中，现代艺术对美的本质的追寻已有所淡化，但审美经验的重视则成为当代美学的主流。艺术设计与鉴赏经验之间到底有无通约性，美学应真正从人自身生命的底层去汲取生命的泉水，超越日常生活的肉身性，拯救处于理性与感性双重奴化中的现代人，推进人性深化，捍卫人的尊严与文化伦理。杨春时主张应该超越身体美学与意识美学的对立，既承认审美的精神性，也承认审美的身体性，并且肯定精神性的主导地位，建立身心一体的现代美学是很有价值的。②

（二）审美自律原则的捍卫

美在物还是在心，伴随审美自律功能和新感性的重建，当代美学

---

① Herbert Marcuse, *The Aesthetic Dimension*, Boston: Beacon Press, 1979.
② 杨春时：《超越意识美学与身体美学的对立》，《文艺研究》2008 年第 5 期。

吸纳新的文化资源,从大众审美文化这样一个身心与文质的话语整体观中拓展自己的发展空间。挖掘生存的哲学内涵,使美学回到本源性的生活世界,审美文化以其对个体生存的高度敏感,关注传统美学虚实相生的生命向度,呼唤一种具有人类学本体论意味的风神韵致。超越美学关注美的超越性在于超越自己有限的生活旨趣,特别是对与身体相关的世俗功利的超越,既是对整个经验世界的超越,更是对迟钝的审美判断能力的提升。

现代社会把商品世界的交换运作原则用来审视人与世界之间的一体化关系,日常生活审美化的命题其实在更大程度上是以一个物化概念混淆了生活世界的意义与价值。世界精神寓所的虚无化格局带来了现代人普遍存在的紧张与陌生感。自我本真感(authenticity)的钝化导致的直接后果就是一种对欲望的偏执与想象,在戏谑和反抗一切存在性的价值(如康德"物自体"、禅宗真如世界)中滑入无底的道德疏离与个体孤独感的深渊之中。生活成为物的消费与占有,艺术性感官形式的消隐使人的精神信仰无法超越肉身,形成一个曾经在神的监督下,民众在"上帝死了"之后道德世界面临着深度瓦解的现实。康德以"人的理性为自然界立法",将人的悟性进行高贵化处理,但在人学判断中,人性的目的论与个体实践行为往往存在着二律背反,人如何能自由自在地思考,在现代性社会中这一问题显得愈加紧迫与焦灼。

批判工具理性对人的异化,重建人类的精神王国,身心合一历来被视为人类情感与器官高度融合的一种生存理想。西方马克思主义研究的代表人物阿尔都塞、列斐伏尔(Henri Lefebvre)等对潜在审美态势的颠覆具有现代审美意识的人文品格,他们发掘艺术的审美自律性,分析在光怪陆离的现代艺术下所掩藏的人类忧思。西方一度贬低感性的重要性,肉体是堕落的,灵魂才是永恒的,对人感性(感官结构)的解放是建构主体生命形式的重要途径。视觉霸权延展了看的功能而使人们少有机会聆听发自内心深处的声音,拒绝消费主义拜物教的平庸趣味,当代审美文化礼赞田园牧歌,呼唤更为高级的心理需要。在生命美学看来,只有在审美活动中,人类才能创设出一个自在的理想世界。要把人从机器的重压、语言的牢笼这种异化的坚冰处境中解救出来，生命美学把建立在客观性、必然性基础之上自由的主观性、超越性作为自己的研究对象。

审美价值只有在与伦理、社会等人类其他文化价值的统一中才能实现，海德格尔所提出的"诗意的栖居"，就是将日常生活中的个体生存放在一个审美的平台上进行思考。尤其在消费时代，追求视觉所带来的感官愉悦，审美判断力的缺乏，以媒介所构筑的虚拟世界呈现出平面化和伪个性化的特点。席勒力主调和人身上存在的感性冲动和理性冲动，"产生于人的自然存在或感性本性"使人成为物质性的存在，人受自然的感性欲求的强迫，人是不自由的。"产生于人的绝对存在或理性本性"的冲动，在个别的有限东西内见出永恒性。完全被"感性冲动"支配的人是粗野状态的人，存在是有限的，但文明与规训的"理性功能"却是无限的。不逃避感性与精神性，从粗糙到人文，只有两者统一融合才能获得高度个体自由。

（三）对传统美学的汲取

梳理西方的话语逻辑，我们不难发现中国传统美学的思想资源应该成为日常生活审美化反思浪潮中不可或缺的话语构成部分，而审美超越性正是以艺术为核心的。激活中国传统美学的思想资源，在言意之间洞悉艺术的情感本体，设身处地的体悟是一种重要的取径方式。

对艺术的感性直观如果只停留在事物的感性因素中，那就不能切入对象的意蕴层面，固然后现代艺术激发能暂时给人以快感，但作为艺术的美感内核被放逐虚无化了。艺术作为人的生命情感的象征性形式，它对彼岸世界的超越一旦祛魅，人的自由而全面的发展无疑将面临灭顶之灾。美作为对个体生命有限性的超越，中国传统美学用"兴"作为美感获得的取径方式，审美意象成为艺术境界本体的表意之象，王船山在《俟解》中说"能兴即谓之豪杰，兴者，性之生乎气者也"，它的生成与体验能够使人产生舒畅与满足。在日常生活审美化之论争中，人们都不约而同地将视野转向波普艺术、达达主义、超现实主义之类的西方后现代艺术，现成的工业产品都能进入博物馆，人人都是艺术家的奢望在今天俯拾皆是。在艺术与非艺术之间，艺术品"韵味"的弥散，消解了不可复制更不可以拼贴、挪用手法为能事的艺术信条。工业标准化的时尚产品不能替代精神性产品的独立空间，后现代艺术对丑的审视超过了以往对美的专注，更多的是一种震惊和"触目惊心"。但是，不论其手法多么新奇、前卫，若不能涌现情意，凸显意蕴，即使这个作品是供下个世纪的人所理解的也毫无价值，只不过是一些茶余饭后的谈资而已。也就是说，当一种可欲的形式占据统治地位时，心灵对艺术的需求就会更加急迫，物质与功利所占据的心灵的空间愈多。可见，能拯救现代人的正是那种成为审美意象并诱发兴会的艺术形态，它才是一种民族智慧的最高形式。

艺术使用审美意象构筑一个澄澈的精神世界，董仲舒"诗无达诂"，逻辑判断在艺术的意蕴世界中不具有普遍有效性，艺术世界中所氤氲的因意象而来的无限性、不确定性给人带来无尽的审美享受。中国古典美学主张以形态为线索，寻求它所暗示、所借助神会而能洞察的东西，鸿爪雪泥，迁想妙得，了然无痕，借吉光片羽而传达万种风神。对于艺术作品而言，它可以让不同的欣赏者通过各自的想象力与知性的协调来达到精神的自足，这说明艺术美的价值是以人为目的的。人们以艺术来兴寄或自况，其中内含着个体与世界相通的意义，这种淡然无极的审美品格有一种无言之美。近年来，文学创作涌现出了视觉化写作的群体，他们在故事的情节性、画面造型上苦心营构，文学的剧本化一改文本的深度叙事，借影视媒介为文学造势的现状已引起一些学者的忧思，如赵勇就认为："视觉文化在摧毁了传统文化等级秩序的同时，也消解着艺术对意义的深度追求，其实质是审美韵味的消失。"[1] 所以，当情感愉悦体现为自由性的生存体验的超越性活动时，审美是生存体验的理想化诉求。

如果立足于中国美学思想史，我们不难发现构成中国美学精神内核的，就是人们一直思考的，在一个物欲横流、德性丧失的世界中如

---

[1] 赵勇：《视觉文化时代的文学状况——2008年文化研究学术前沿报告》，《贵州社会科学》2009年第3期。

何建立一个艺术化的生命至境。儒家美学"兴于诗、立于礼、成于乐",指出了艺术(美)在整个社会生活中的地位和作用。孔子的仁是一种人性的理想状态,也是理性冲动的内在表述。强调个体追求的超越性,正直无私,与艺术同行,而不是娱乐至死。日常生活有欢悦亦有痛苦,远距离的凝神静观成为审美经验"去距离"的过程。儒学使这种内在要求能在更高的目标(天人同构)中得到体现,从而使人性在有害真美的艺术形式外不断丰赡,个体的存在有了超越性,灵肉冲突在秩序感中不断整合从而抵达审美化境。

庄子道论,由技而道(以天合天),其艺术精神体现着"道"的特征。对现实世界的超越和对本真世界的澄明,是一切艺术和美追求的极致。在静观玄鉴中,静在观前,静是成为生存体验的预备状态;在对自然天地的俯仰观审中,审美直观开启着一个澄明的艺术世界。

在饱含智慧的启悟中,"手挥五弦,目送归鸿,游心太虚,俯仰自得"(嵇康),"神圣在我,技不得轻"(李贽),"禅艺合流"(石涛)。在"技道合一"中努力守护着一片宁静自适之心。艺术作为通道连接着人与宇宙的关系,海德格尔在《艺术作品的本源》中指出,艺术即真理的生成和发生,在凡·高油画《农鞋》里,"从鞋具磨损的内部那黑洞洞的敞口中",存在者的真理被设置于其中。在诗与思里,面对道德秩序的倾颓,艺术将最大的诗意与理想显现开来,构成了人们对那个彼岸世界的遥想,也就是说,艺术成为人诗意栖居的生存性本源判断方式。面对灵性世界的启悟与艺术救赎,娱乐工业、视觉影像不应隔离与大地(Erde)的联系,而应在其中畅饮智慧甘泉,重获新生。

对于生活的泛艺术化所引发的对"浪漫型艺术"创作观念的思考,黑格尔提出的"艺术的终结"论调在今天正连接着历史与现实的语意绵延,面对声色喧哗的大众生活,提倡回归艺术母体,发扬艺术对现实的否定与审美本性的自我批判功能,或许在头绪繁杂的理论分析下,生命才会更加敞开、澄明,对概念的判断可能会愈加清晰。

二 歌谣文理 丹霞满天
——审美功利性的现代反思

犹如艺术之道被置于技艺之下一样，功利主义的审美观成为中西美学价值取向的主流。中国艺术中功利的美学观占据着支配地位，在艺术世界里，文学被赋予了"载道言志""经国大业、安邦定国"的人生责任和政治情怀，诗歌中言情雅玩、娱性自适的成分被关注艺术于人生现实作用的教化功能所悬置，非功利性的审美观始终处于边缘化的地位。由于文学艺术承担着"经夫妇，成孝敬，后人伦，美教化，移风俗"的重要任务，善的内容就被视为品鉴艺术优劣的重要元素，审美经验中洋溢着充盈的政治道德意识，并成为一种长久的文化积淀，使中国美学从发轫之初就散发出浓郁的伦理气息。

在中国传统社会的历史文化语境下，一方面，对社会人生的强烈关注始终是中国知识分子的下意识使命；另一方面，现实政治在从外在规范文学行为的同时被有效地内化为一种自觉意识。虽然意识形态对作家创作心理的规范在很大程度上束缚了个体的理性探索和求真意志，然"道之充焉，行乎天地，入于渊泉，无不之也"①。自19世纪末的文论启蒙话语强调对社会人生的直接干预以来，梁启超倡导"文学革命论"，认为艺术具有熏、浸、刺、提四种作用，寄希望于文学的"新民"，从而达到社会改良之目的。而深受康德、叔本华审美非功利影响的王国维虽反对文艺的教化作用，但是仍创立了以"慰藉"为中心的诗学命题。当意识形态占据生活主流的时候，艺术上升为革命旗手，爱美沦落为修正主义。正如周扬在第一次文代会上所指出的："毛主席的《在延安文艺座谈会上的讲话》规定了新中国的文艺方向，并以解放区文艺工作者的自觉实践证明了这个方向的完全正确，深信除此之外再没有第二个方向了，如果有，那

---

① 郭绍虞主编：《中国历代文论选》（第2册），上海古籍出版社1979年版，第256页。

就是错误的方向。"① 如此便导致"近百年来现代文论在文学价值上始终存在着功利与审美的纠缠,文学的审美价值和功利价值被分开了:政治功利是目的,而审美不过是实现政治功利目的的手段"②。

自古希腊以来,对美的功利性进行讨论的风气就很浓郁了,人们常将美学归为伦理学范畴。毕达哥拉斯和贺拉斯都承认诗可以给人以快感。就艺术的起源而言,雄霸西方诗学 800 年的亚里士多德的"模仿说",如何逼肖地模仿自然、如何密切地关注形式成为艺术的根本任务。亚氏关于悲剧效果的"Katharsis"理论,本质却是功利主义的,并在《形而上学》《政治学》中将美与善等同而论。无独有偶,17 世纪法国的新古典主义被称为文艺上的规范主义,戏曲理论倾向于艺术的教育功能,高乃伊、拉辛认为,文艺可以净化观众的心灵,提高人的道德品质。英国经验主义和大陆理性主义美学家们也常将美善混同起来,前者认为美是"完善",后者认为"美在愉悦"。这种情况一直延续到 18 世纪的康德时代,康德非功利审美观、席勒"游戏说"成为压倒以往一切审美理论的经典话语,"能否以无利害的态度去静观一件事物是人和动物性欲望的分水岭"③。然而功利性的审美观依然是一个不可忽视的维度。

(一) 康德美学的立场

现代性是一个充满矛盾的复合体,文化系统之间的相互冲突尤其体现在审美活动中。现代美学研究逐渐摆脱了传统学院派狭隘的审美范式研究路径,而转向一种对社会政治和意识形态干预的鲜明立场。"在现代性的冲突中,审美承担了极其重要的角色。"④ 审美的现代性使其力图置身于一种深广的社会文化视域,体现出政治或道德的价值

---

① 北京大学、北京师范大学、北京师范学院中文系中国现代文学教研室主编:《文学运动史料选》(第 5 册),上海教育出版社 1979 年版,第 684 页。
② 姜文振:《百年文论"功利与审美纠缠"的理论启示》,《南都学刊》2005 年第 1 期。
③ 朱狄:《当代西方美学》,人民出版社 1984 年版,第 267 页。
④ 周宪:《审美现代性批判》,商务印书馆 2005 年版,第 6 页。

论倾向。伴随着社会现代化进程中工具理性和世俗主义的泛滥,在社会和文化观念逐渐丧失赋予生活以意义的能力而成为碎片时,美学研究、文化研究的兴起进而促进了人们对现代性问题的反思,社会理论所具有的批判性价值和反思功能被进一步强化。

当美学作为一门学问最初被确定时,鲍姆加登给美学命名就是为了纠正被大陆理性主义所强化的理性从而赋予审美以感性和直观,因为它是获得真理的唯一途径。自德国古典美学以来,康德美学以审美的无功利性彰显了一种审美鉴赏的乌托邦性质。席勒以"游戏说"关注于审美弥合现代人性分裂的功能,审美可使感性的人成为理性的人,个人只有在审美状态中才能将世界与个人分开。黑格尔进而认为审美具有令人解放的性质。

康德认为,"快适"和"善"都是由客观事物在其中起着主导作用,主体是被动或从属的,鉴赏判断中愉悦的普遍性却表现为主观的。他认为,美应该从认识和道德中分离,成为一个特殊的领域。康德区分了快适、善和美存在与发生的文化心理基础,认为"快适带有以病理学上刺激为条件的愉悦,善不只是通过对象的表象,而且是同时通过主体和对象的实存之间被设想的联结来确定的,带有纯粹实践性的愉悦。而美则是静观的"[①]。在哲学层面,快适使一切生物体产生快乐(如痛感、痒感),是建立在个体感受之上的判断。善具有被尊敬、被赞成的东西,存有对一种客观价值的评判,它对一切有理性的存在物都适用。而美则摆脱了客观存在的左右,是一种不同于官能快感和理性愉悦的状态,"既没有感观的利害也没有理性的利害来对赞许加以强迫"[②],并不以概念为目的,所以是自由的。

然而,艺术在超越生理快感的愉悦时并不否认包含生理快感的因素,美感和快感并不是泾渭分明、水火难容的。在对客观对象的欣赏中,不同的主体有不同的选择和偏嗜,中国古人认为,外物能否成为现实的审美对象,取决于它能否涵盖主体的道德观念,并发展出先秦

[①] [德]康德:《判断力批判》,邓晓芒译,人民出版社2004年版,第44页。
[②] 同上书,第45页。

以来的"比德"原理。在审美对象的选择性上，主体选择那些有助于激发人的美感的因素或原则，"物沿耳目""触景契心""心物交感"，通过耳目等感觉器官感应外物，进而兴发美感。在这里，并不意味着快适的感觉是审美快感的基础，而是表明美感和快感之间乃是一种龃龉磨合的纽结状态。感观快感和道德上的善，对于快适和善的愉悦又往往与利害相关联，"在满足审美欲求得到时，生理的快感同样可能浸透在情感心理的审美愉悦之中，但前者处于附属的地位"①。康德说："一切快乐即使是由那些唤醒审美理念的概念引起的，都是动物性的，即都是肉体上的感觉。"②精神的自由引起了肉体上的松弛，这样"诸感觉（它们没有任何意图作根据）的一切交替着的自由游戏都使人快乐，因为它促进着对健康的情感"③，从而达到"善摄生者不蹈死地"④ 的境界。同时，康德还考察了音乐和笑料两种带有审美理念的游戏，发现艺术乃是一种超越生理的愉快之情，"是那肉体中被促进的生命活动，即推动内脏和横膈膜的那种激情"⑤ 的和谐运动而加强精神上的愉快，从而并不否认包含生理快感的因素，相反，它是健康和无害的，使"心灵掌握肉体"。

依康德和叔本华的观点，我们从客观对象中获得的是一种没有利害感的观照和愉悦。在美的领域中排斥了利己、色情的东西。在美的理想中"它不允许任何感观刺激混杂进它对客体的愉悦之中，但却可以对这客体抱有巨大的兴趣"⑥。虽然康德的兴趣不在于论证美与善的关系，出于建构哲学体系的需要，他还是以专章论述了"美作为德性的象征"。伊格尔顿认为："康德与要使道德审美化的狂热的浪漫主义冲动毫无关联：道德法则是被提升为纯粹的美的魅力的最高法庭。即便那种美在某种意义上是道德法则的一种象征。"⑦ 康德将美

---

① 刘纲纪编：《当代美学评论》，湖北人民出版社2003年版，第181页。
② ［德］康德：《判断力批判》，邓晓芒译，人民出版社2004年版，第181页。
③ 同上。
④ 冯达甫：《老子译注》，上海古籍出版社1991年版，第116页。
⑤ ［德］康德：《判断力批判》，邓晓芒译，人民出版社2004年版，第181页。
⑥ 同上。
⑦ ［英］伊格尔顿：《美学意识形态》，广西师范大学出版社1997年版，第71页。

区分为纯粹美和依存美,后者以对象所要表现的概念为前提。对纯粹美的鉴赏主要是一种"静穆观照"的态度,它意味着自我与对象之间存有一定的距离。康德的审美心理距离是纯粹精神上的,它使我们拥有对物质世界的"抚慰性幻想"。"在这里,自我与各种欲望相分离,事物本身当成目的,作为一种观照价值,审美所提供的镜像中,审美主体面对美的客体时进而在自身发现统一和和谐。"①

(二) 诸种学说的交汇

同样与康德审美非功利论调保持对话的居约(J. M. Guyan)认为,康德美学将美和实用分开而贬低实用性,人为地分离了工业与艺术的联系。审美愉悦同样也具有社会性,美与合乎需要是不可分割的。桑塔耶那是对"审美无利害观念"概念抨击最为猛烈的现代美学家,他指出,某种审美的鉴赏就像其他物质享受一样,是有关利害的,正如对音乐的演奏,对它的鉴赏就是消耗性的。在中国,鲁迅以警顽之语告诉当代人:

> 在一切人类所以为美的东西,就是与他有用——于为了生存而和自然以及别的社会人生的斗争上有着意义的东西。功用由理性而被认识,但美则凭直感底能力而被认识。享乐着美的时候,虽然几乎并不想到功用,但可由科学底分析而被发现。所以美底

---

① [英] 李斯托威尔:《近代美学史述评》,蒋孔阳译,上海译文出版社1980年版,第86—91页。审美观照的理论在18世纪末康德在《判断力批判》中提出"静穆观照"学说之后大量涌现,19世纪以来先后出现了费希纳"自下而上"的实验方法、维塔泽克(Witasek)原子心理学研究方法的心理学美学,出现了立足于主观主义的表现论、快乐论、游戏论、外观论和幻觉论、移情论、折中论等流派。英国剑桥的 C. K. 奥格登、I. A. 理查兹、詹姆斯·伍德合著的《美学的基础》认为,美感经验是"非个人的""没有利害感的";C. 赛艾列阐发了美与欲望的分野,美亦如宗教一样是一种精神需要;E. 布洛赫认为审美态度的特点是纯粹精神上的距离,美感经验不同于愉快,更不同于效用;O. 屈尔佩溯源至叔本华,认为审美态度区别于其他态度的核心是其关照性,在于它把事物的本身当成目的,从而具有了"观照价值";R. 缪勒—弗莱恩费尔斯区分了一般艺术观赏者的两种极端的心理类型,即阿波罗型和狄俄尼索斯型,"旁观者"(Zushauer)的类型与"扮演者"(Mitspieler)的类型,将叔本华派"纯粹观照"和里普斯派"纯粹感情"的观点进行调和,在审美过程中这两种心理态度是共生的。

享乐的特殊性,即在那直接性,然而美底愉快的根柢里,倘不伏着功用,那事物也就不见得美了。①

审美活动作为一种心物的交流过程,常游离于意识形态左右之外,当身体作为一个现代性审美事件时,人的身体以审美活动物质载体的形式成为西方美学众多理论和讨论的中心。即关注人的身体状态,复归濒临异化的人性。在科学世界中,"无论我们是激烈地肯定还是否定技术,我们仍是受制于技术,是不自由的"②。我们甚至对技术的本质茫然无知。尼采宣告"上帝已死",我们"现代人"是一群"无家可归者",在"重估一切价值"的呼声下,面对西方世界面对日益理性化的科学进程,他提出审美的"酒神精神"的方案来填补宗教衰落的现实。正如韦伯所说的那样,审美在现代性社会中提供了某种世俗的"救赎"意义。

韦伯的现代性理论从文化层面揭示了现代社会的工具理性对社会生活的彻底颠覆,宗教的缺失造成了人们的生存困境,生命的意义成为诘难现代人的首要命题,而文学艺术则作为一种召唤性结构进入人们的期待视野,"审美与性爱成为一种'救赎'之途"③。赫勒概括了马克思的现代性观念,认为它包含着理性化与功能主义,现代世界变得不可思议,人的存在也成为一个偶然性的问题。基于席勒以审美教育培养审美力,张扬人的天性的角度,自马克思以来的激进主义者如马尔库塞、卢卡契、葛兰西抨击工业资本主义所带来的将人的总体性予以机械、呆板、削平、抽空的本质,传达出救民于水火、挽大厦于将倾的努力。审美既浇灌着鲜花又产生着毒草。审美一方面为人类主体提供了丰富的意识形态模式,另一方面又为人类感性的重塑提供了某种幻象。在文艺战线上,马克思的文艺思想更多地突出的是文艺的革命性、阶级性、政治性、工具性等方面的内容,文学的自律性、娱

---

① 《鲁迅全集》(第4卷),人民文学出版社1981年版,第263页。
② Martin Heidegger, *The Question Concerning Technology*, New York: Harper & Row Publishers, Inc., 1977, p.4.
③ 周宪:《审美现代性批判》,商务印书馆2005年版,第25页。

乐性、消遣性等方面的东西却被有意无意地忽视和排除了。"审美反映就是审美创造,文学艺术介入平庸世俗生活而肩负起自我否定、自我批判、自我暴露的功能,克服日常生活的琐碎单调,使生活更加人道化和完善化。——作为乌托邦或梦幻共同体的文学艺术在提供人们虚构世界的同时,根本上是作为不完满的现实或异化现实的不相容的对立物而存在的,超越性成为艺术的深层本质。"① 马克思认为是私有制导致了现代人的异化,只有彻底废除私有制才能解放一切属人的感觉和特性。

(三) 审美现代性的学科主场

"审美现代性是一个蕴含了深刻人道主义内涵的概念。"② 西方马克思主义学者对人的日常生活被消费主义全面控制,人沉溺于物欲和情欲中全面异化的惨象充满忧郁。20世纪30年代以来在德国逐渐形成的法兰克福学派,可谓当代西方马克思主义最重要、影响最大的一个学派,该学派通过对现代派艺术的深刻阐释和对审美自律原则的反驳,进而把握审美形式与现代生活的紧密关联。以"马克思主义的现代化者"自居的马尔库塞对发达工业社会进行批判,对资本主义文化进行着无情"革命"。马尔库塞把现代知识领域的冲突理解为逻各斯和爱洛斯的对抗,呼唤对爱欲(eros)或新感性的解放,从而阻止人陷入"单向度"的泥潭。法兰克福学派社会批判理论的倡导者霍克海默、弗洛姆、阿多诺还把批判的锋芒指向大众文化,阿多诺认为,垄断资本主义下艺术已经商业化了,甚至音乐也充斥着拜物教的性质,艺术的本质遭到冲击,失去了超越和救赎的功能,艺术的乌托邦彼岸被污染。艺术以其自身的审美特性必须负载起抵制工具理性及其物化的现实,从而保留对现存社会深刻反思和批判的功能。在西方文学的现代经典中,从卡夫卡的《变形记》到约瑟夫·海勒的《第二十二条军规》,从爱略特的《荒原》到乔伊斯的《尤利西斯》,莫不

---

① 代迅:《文学理论与批评实践》,重庆出版社2004年版,第48页。
② 周宪:《审美现代性批判》,商务印书馆2005年版,第71页。

表明一种身份和立场,就是文学要抵制一种日常生活自动化的庸俗倾向,对人的生存境况作出种种审美化的假定性悬设。现代艺术在市场实用价值的挤压下恪守自身的自律性的同时,又面临着商业化大众艺术的威胁,由此而引申出一个审美的现代性矛盾。

美感发生的过程乃是一个摆脱了粗野本能和强烈情欲的过程。艺术的发生断然不是一种自然主义的朴素表征,也不是刺激—反应式的机械模拟,而是融入了复杂的人生体验、联想和虚构、情感天赋、时代背景等复杂因素。达尔文视性为艺术发生的本源,斯宾塞、费尔优恩(Verworn)则着眼于游戏、巫术。在原始民族的艺术里,模仿和记忆服从于艺术家自由的创造性想象,艺术家把他受到外界刺激所产生的主观观念表现出来。原始艺术更多地以实用为目的,膜拜与禁忌相结合、巫术仪式与日常劳作相渗透,与残酷的生存竞争相较量,其艺术未能完全从生物的利害关系中解脱出来。

现代艺术审美以其非实在的虚幻性表现为一种现实功利的超越,审美对象只存在于"虚幻的时间与空间之中",它以幻象的形式唤起主体的审美态度。在康德美学中,审美有着巨大的功能,"审美使人类主体集中于对易受影响的、有目的的现实的想象关系上,使主体愉悦地意识到自身内在的统一,并且把主体确认为伦理的代言人"[①]。审美保证了主体之间自发的而非强制性的一致,提供了预防日常社会生活自动化乃至异化的情感纽带。艺术作为一种价值形象的体现乃是为了激发观赏者内心的感情,这种目的本身是有功利意味的。同时,艺术作品又进一步激发生活或文化的诸种价值判断,如宗教感、道德超越情怀等。从整个审美活动来考察就不难发现:在审美之前,审美主体受到审美趣味的制约,在审美感兴阶段包含着主体的价值观念和道德意识,在审美过程中其利害感以无意识的形式渗透在审美感受中,带有强烈的功利色彩。正如实证主义美学家杜威所言:"审美决不是没有欲望的,而是它完全渗透在知觉经验中。面对审美的结果,同样也是具有功利性的,审美主体对审美对

---

① [英]伊格尔顿:《美学意识形态》,广西师范大学出版社1997年版,第89页。

象进行审美判断时，满足了个体生命的精神需要，是一种心理上的愉悦感。"① 除了审美的瞬间无利害关系外，整个审美活动都具有利害的因素和性质。

在一个永不终结的无限过程中，人的身体、感性和欲望等非工具理性概念抗拒着日常生活的暴力恐怖。面对当今日常生活审美化的论调，超级女声、韩流、新浪潮等作为一种与传统言志载道相对峙的诗心厄言，随着传媒影像的普及，正日益渗透到日常消费的角落并改变着人们的思维方式和审美原则。"歌谣文理，于世推移"，审美功利主义在一个生成又扬弃的过程中不断激起回响，精英主义和先锋派以其话语权利超越日常生活并臆造出乌托邦的现实。在艺术的灵性世界里，缪斯正开启着一扇面向未来的窗户，窗外，阳光普照、丹霞满天。

三 互通有无 等量齐观
——对法兰克福学派大众文化批判理论的批判

在文艺美学研究中，对美学原理和审美经验的研究常与意识形态问题联系在一起。19世纪法国哲学家特拉西在《意识形态概论》中最早提出"意识形态"一词，将其定义为"考察观念的普遍原则和发生、发展规律的学说"。20世纪30年代的法兰克福学派承袭了马克思《德意志意识形态》中的批判性理论和《1844年经济学哲学手稿》中的异化理论，意识形态被提升为科学、文化、技术理性等层面的一个历史唯心主义的范畴，旨在强调意识形态批判资本主义现存文化秩序的使命。

霍克海默和阿多诺在《启蒙辩证法》中尖锐地指出现代大众被工业化奴役宰割的惨象，并对之加以"无情的敌视"。"文化工业的产品到处都被使用，甚至在娱乐消遣的状况下，也会被灵活地消费。但是文化工业的每一个产品，都是经济上巨大机器的一个标本，所有的

---

① 刘纲纪编：《当代美学评论》，湖北人民出版社2003年版，第187页。

人从一开始，只要他还进行呼吸，他就离不开这些产品。……社会上所有的人都接受文化工业品的影响。"① 大众文化凭借现代传媒客观上把持着文化主流，使大众丧失自由选择的空间和自我决断的能力，审美原则和艺术理想屈从于交换原则和利益标准。"他们看不起下里巴人式的大众文化，并对大众阶级乐趣中的直率和真诚缺乏同情。"②大众文化的盛行包含着对历史人文理性的摧毁，以貌似温和的形式对现存意识形态加以顺从，它的出现是西方文化自我变异与现代工具理性肆意膨胀的结果。

大众文化以反启蒙的姿态消解了传统文化对人类终极命运的关注，以一种祛魅态度使审美与艺术伴随着现代理性社会的发展而获得了独立的现代性意义。作为法兰克福学派的代表，阿多诺、马尔库塞等所提倡的审美主义的精神救赎成为在尼采"上帝死了"之后的信仰皈依。

（一）法兰克福学派大众审美化的基本理论

对当代大众审美文化的意识形态批判是法兰克福学派的"文化工业"批判理论进行的主要武器。按照法兰克福学派的看法，"文化工业反映了商品拜物教的强化、交换价值的统治和国家垄断资本主义的优势。它塑造了大众的鉴赏力和偏好，由此通过反复灌输对于各种虚假需求的欲望而塑造了他们的幻觉。因此，它所起的作用是：排斥现实需求或真实需求，排斥可选择的和激进的概念或理论，排斥政治上对立的思维方式和行动方式。它在这样做时是那么有效，以至于民众并未认识到发生了什么事"③。

依阿多诺的看法，工业化制造的艺术产品以虚伪的个性化掩饰了工业生产的标准化，大众的审美理想遭庸俗价值观念的戕害。一方

---

① 霍克海默、阿多诺：《启蒙辩证法》，重庆出版社1990年版，第118页。
② ［英］迈克·费瑟斯通：《消费文化与后现代主义》，刘精明译，译林出版社2000年版，第2页。
③ ［英］约翰·斯道雷：《文化理论与通俗文化导论》，杨竹山等译，南京大学出版社2001年版，第71页。

面，大众的审美感知和鉴赏判断的能力被无情解构；另一方面被意识形态的阴谋所俘获，大众丧失了理性的家园而在神话般的镜像世界得到虚幻的满足。知性顺从于被美学和艺术所包装的视觉话语，个体与其"生存的真实条件"间的关系被再现为一种想象的关系，使主体在产生虚幻感的同时却不能认识到这种意识的梦幻性。阿多诺认为，在谎言和神话包裹下的大众文化意识形态具有极强的操纵性，大众文化通过制造幻象、提供声色之乐使大众在物质消费与感观同化中放弃反抗。通过这种隐性的方式来操纵大众的意识，从而起到维护现有政治、经济权利结构的作用。如马尔库塞所声援的，大众文化所蕴涵的拜物教性质颠倒了文化商品与人的关系，人的"第一天性"泯灭了，消费社会通过报纸、电视、广告创造了人的"第二天性"，人成为物的奴隶，彻底被商品化了。于是乎，大众在快感中忘却了现实的失意和痛苦，成为消极待宰的羔羊。艺术的欣赏成为商品的消费，审美的愉悦成为感观的享乐。艺术的唯一性被大众文化的机械复制所解构，正如本雅明所言，艺术的"韵味"缺失了，艺术的膜拜价值和审美距离被消解，艺术的否定和救赎功能遭到了世俗化的堕落。文艺作品从仪式的崇高殿台上坠落，沦为意识形态的囚徒。无独有偶，哈贝马斯也认为，资本主义的大众文化通过消磨人们的业余时间，从而让一种支离破碎的日常意识成为意识形态的统治形式，达到预防阶级意识形成的目的。文化工业取消了文学所具有的叛逆与反思，艺术的自足性颓然消逝。于是，艺术内在的丰富性消逝了，个性成为幻象，人性濒临失却。

通俗音乐和其他诸种流行艺术的生产和消费构成了法兰克福学派关注的当代大众审美文化的基本内容。阿多诺站在精英文化的立场上反对商业文化的世俗性和平民性的审美趣味。作为虚伪个性化文化工业的化身，阿多诺之所以痛恨通俗音乐，是因为这种平民艺术冲垮了高尚艺术的闸门，败坏了整个社会的审美趣味和价值观念。他对通俗音乐的这种解剖基于古典音乐和先锋音乐的对比。据他的看法，"严肃音乐每一细节都从乐曲的整体以及它在那个整体中的地位获得了意义，而通俗音乐中的任何部分都可以被任意替换。"① 标准化的生产模式阻断了个体意志的审美想象能力，使艺术丧失了应有的难度，欣赏的张力也随之消逝，从而导致大众趣味的标准化和主体创造能力的消亡。据此，阿多诺的观点可表述为：通俗音乐是标准化和商品化的象征，已被意识形态化了，而严肃音乐却义无反顾地抵制着机械复制。血统纯正、充分个性化、卓尔不群是其固有的品格，惊世骇俗的先锋艺术可以唤醒人的主体意识，把人从习见的盲从中解放出来。

作为对法兰克福学派大众文化理论的学术理解，晚年的卢卡契认为，文化工业表面上"告诉消费者最好的冰箱或最好的剃刀是什么"，而实质上是一个"意识的控制问题"②。与"文化工业"理论同声相应，作为伯明翰学派领袖的斯图亚特·霍尔的意识形态编码理论就是这方面的成果。如霍尔所言，大众媒介造就了当代资本主义主要意识形态的体制，它凭借凝聚社会霸权代码的生产而发挥作用。大众文化文本常作为封闭性结构而获得"优先阅读"。霍尔认为，电视文本有三种优先阅读方式，即三种解码立场。从葛兰西霸权理论生发的第一种立场即"主导霸权"立场最接近法兰克福学派的观点，即必须通过编码来优先指示社会生活、经济、政治权利以及意识形态之上的秩序。这意味着电视等媒体作为阿多诺所批判的文化工业的一部分，是一种向大众灌输虚假需求的意识形态共体。

（二）大众文化与精英文化的对话

在阿多诺看来，艺术生产的标准化所带来的抑郁状态表征了发达资本主义社会大众日益败坏的口味。其实，阿多诺所说的通俗音乐的标准化，并非商业性的艺术独有的特征。伯尔纳·吉安德隆认为："他忽视了文体性产品与功能性产品的内在差别，错误解释了音

---

① ［英］约翰·斯道雷：《文化理论与通俗文化导论》，杨竹山等译，南京大学出版社2001年版，第75页。
② ［匈］卢卡契：《卢卡契谈话录》，龙育群、陈刚译，湖南文艺出版社1990年版，第46—48页。

乐生产对工业标准化的偏好。"[1] 作为普遍性的文体性产品（文本）必须在功能性产品（物质媒介）上实现销售或占有。阿多诺没有区分文本生产标准化与功能性产品标准化的内在差别，从而影响了他的批判理论在政治上的有效性。在历时性水平上，口耳相沿的固定模式、狂欢化话语、非理性情绪等常被作为民间艺术所具有的典型特征被沉淀下来。亦言，所谓"标准化"现象不一定是商业的要求，而同样可能是民间或平民艺术所拥有的。阿多诺断言，传统的西方音乐是落后的，因为其和弦与乐调体系比西欧古典音乐更为简单原始。然而，必须注意到一个事实：传统音乐在流行音乐的某些范围内一直发挥着作用，在节奏、韵律和口语表达上还出现了部分叠加，而这并不表明后者是前者程序符码的平面化雷同。难道说对某种音乐形式规程的借鉴就表明该种音乐本身落后于前者吗？中国流行音乐文化的发生始于 20 世纪 80 年代初，作为大众文化的重要组成部分，由外来文化引发的流行音乐在中国的盛极一时非如精英文化所抨击的那样一无是处。相反，大众对流行音乐自由意志的强烈认同，足以证明当代中国流行音乐文化在创始阶段固然受到西方商品拜物教的影响，但并没有从一开始就完全堕落到知识精英们所指责的人生意义虚无、作品平庸媚俗的罪恶深渊里。作为文化精神的代言人，崔健的歌曲即是极好的例证。而将其视为商业文化的替身，岂不障碍重重？

  当人们对 20 世纪 80 年代以来的文化现象报以高雅艺术"滑坡"、大众审美趣味降低的诘难时，我们不禁要问，就像直面由于"人文精神"的坍圮而出现的价值真空、价值错位一样，对该命题的考察也同样令人哑然，"人文精神"既不是新中国成立以来饥馑年代的产物，更不是革命红色浪潮所臆造的乌托邦。那么，它是什么呢？中国普通民众的文化素质、艺术修养和审美趣味有比这时更高的吗？80 年代以前之所以不存在"滑坡"的问题，是因为在审美趣味上人们尚不能获得自由选择的环境与权利。因此，所谓"滑坡"不过是将个体

---

[1] 陆扬、王毅编选：《大众文化研究》，上海三联书店 2001 年版，第 219—221 页。

审美需要的差异和层次凸显出来而已。

"大众文化通过大众潜在地扩张自己的话语权力,从而成为一种时尚。"① 与所有的工业产品一样,大众文化以一种时尚的姿态挺进大众日常生活的一切方面。在作为德国"完美牙医"的现代资本主义理论思想家西美尔眼中,时尚不是社会地位的来源而只是社会地位的表现,而且具有同化和分化社会秩序结构的功能。"时尚一方面意味着相同阶层的联合,意味着一个以它为特征的社会圈子的共同性,但另一方面在这样的行为中,不同阶层、群体之间的界限不断地被突破。"② 被夸示性消费文化包裹的大众审美关心的是身份认同所带来的快感,即使这种快感是个人的事。以文学为例,严肃文学正在失去它对知识阶层读者的"笼络",失去对社会精英的影响,"所有电影观众中,约1/3是不到20岁的少年,另外1/3是二十几岁的青年,而30岁以上观众的总和仅占观众总数的1/3。在英国和德国,青少年的比例更高;而在民族文化意识很强的法国,成年人略多,30岁以上者占40%"③。耐人寻味的是,2005年初央视《读书时间》栏目由于收视率低而遭"末位淘汰"。显然,文学传统功能中相当多的一部分被大众文化取代了。

"从某种意义上讲,大众并不是被文化工业的意识形态阴谋所俘获,而是文化工业放大了大众的审美需要并使之合法化,也就是说把大众的趣味推到了社会文化生活的前台。"④ 依阿多诺的逻辑推论,文化工业产品的劣根性是否会成为大众审美理想实现的挡路石,而使大众陷入万劫不复的平庸状态永世不得超生?其实,大众与精英的基本分野在于受教育程度的高低所导致的鉴赏趣味的高下。如果我们以奥尔特加所理解的社会是由少数精英和大众所构成的一种动态平衡来看的话,"少数精英是指那些具有特殊资质的个人或群体,而大众则

---

① 詹艾斌:《论法兰克福学派的大众文化批判》,《学术论坛》2004年第5期。
② [德] 齐奥尔格·西美尔:《时尚的哲学》,费勇等译,文化艺术出版社2001年版,第73页。
③ 周黎明:《好莱坞启示录》,复旦大学出版社2005年版,第146页。
④ 高小康:《中国语境中的审美文化与意识形态》,《西北大学学报》2005年第4期。

是指没有特殊资质的个人之集合体"①。精英在文化创新上或许以"文化人高贵"的姿态对大众不以为然，不对文化传统进行学习，势必会导致精英与大众的隔膜与失语，出现反文化、反审美的现象，如20世纪初期的先锋艺术就是佐证。他们的口号是"我创作，我理解我自己；如果有谁不理解我，那只有怪他自己"。正如理查德·凯勒·西蒙所言："20世纪初期的伟大先锋艺术家们已经把过去的艺术肢解成了碎片，更有后来的后现代主义信徒向我们进行经验的片断本质说教。"② 精英文化应一改冰冷面孔而视大众文化为最后的守门人，在文化整体的高度上互通有无，等量齐观。

（三）艺术边界的挪动

从人类学的角度看，文化的历史是积淀在大众文化中自发地存在着的，从寻求沟通到语言的产生，从生理快感到审美快感的转化。文化哲学家卡西尔指出，文化是人创造的符号，美之所以无须任何复杂而难以琢磨的形而上学理论来解释，乃是因为美和艺术产生于模仿。作为产为审美快感的源泉，模仿是人类儿提时代的天性。文化以普遍性为前提，在康德看来，审美判断的普遍有效性与必然有效性基于先验的人类共通感，"凡是那没有概念的普遍令人喜欢的东西就是美的"③。列夫·托尔斯泰同样认为，"反常的艺术可能是人民所不理解的，但是好的艺术永远是所有的人都能理解的。"④ 艺术的感染力能使读者意识到他与艺术家之间的界限泯灭了。

受卢梭思想的影响，法兰克福学派悲壮地树起对现代西方文化进行批判的祭旗，由对现代科技文明的抵触转向对中世纪田园牧歌式的浪漫回想，不禁流露出情绪的惶恐和理论本身的捉襟见肘。对意识形

---

① ［西班牙］奥尔特加·加塞特：《大众的反叛》，刘训练、佟德志译，吉林人民出版社2004年版，第6页。
② ［美］理查德·凯勒·西蒙：《垃圾文化：通俗文化与伟大传统》，关山译，社会科学文献出版社2001年版，第2页。
③ ［德］康德：《判断力批判》，邓晓芒译，人民出版社2002年版，第54页。
④ 伍蠡甫主编：《西方文论选》，上海译文出版社1979年版，第437页。

态的批判应从整体文化的立场出发，而不应只局限于高雅文化的范围，似乎在更深层面上缺乏艺术反抗和解放力量的恰是精英主义文化。任何文化样态都是历史性的生成概念，阿多诺没有看到大众文化的兴盛乃是一种历史的必然。"纯而又纯的高雅文化，其实从来都没有存在过，高雅文化从它诞生的第一天起，自身内部就蕴含着大众文化的因素了。"① 文艺复兴时期的意大利、明代晚期中国南方市民文化的兴起都是这样的范例。列夫·托尔斯泰在《艺术论》中指出，与知识、思想不同，艺术天生就属于所有人，"艺术和理性活动的区别在于：艺术能在任何人身上产生作用，不管他的文明程度和受教育程度如何，而且图画、声音和形象能感染每一个人，不管他处在何种进化的阶段上"。基于普适性的考察，大众文化存在的深广并非只局限于"愚民"，同样也蔓延于知识界。阅读经典名著之余，消遣侦探小说、言情故事也是并行不悖的选择。传统意义上所谓的严肃文化和通俗文化的界限并非冰火难容，文学的边界向其他学科领域挪动，变得更加模糊和不确定。获恶谥之名的《金瓶梅》在问世之时却又获"奇书""外典"的头衔；连今天英国皇家也喜欢的"辣妹"音乐应归何类？是严肃音乐还是流行音乐？学者们至今没有一致的结论。就像人的审美欲求是多样化的一样，"对那些看够了合规则的美的人来说，换换口味，才是令人喜欢的。""只消让他试一试一整天待在他的胡椒园里，便领悟到：当知性通过合规则性而置身于它到处都需要的对秩序的兴致中，这对象就不再使他快乐，反倒使想象力遭受了某种讨厌的强制。"②

（四）法兰克福学派的意义

霍克海默在《批判理论》中指出，"反抗的要素内在于最超然的艺术中"。什么是"最超然的艺术"？艺术的自律和反抗是相悖的吗？对于大众文化缺乏自律性和反抗性的指控，舒斯特曼反驳道：艺术的

---

① 陆扬、王毅：《大众文化与传媒》，上海三联书店2000年版，第24页。
② ［德］康德：《判断力批判》，邓晓芒译，人民出版社2002年版，第80页。

自律性和反抗性都不是艺术的本质,而是一种特别的意识形态,是一定历史阶段的产物。① 艺术就是乌托邦,作为梦幻共同体的文学艺术在提供意义世界的同时,根本上是作为对不完满现实所不相容的对立物而存在的。面对日常生活审美化的时代变迁,经典美学的文化立场和理论视域已经转换,美学已经逐渐突破过去那种就美论美的狭隘窠臼,而渗入各种人生实践中。如伽达默尔开创的体验论美学,在对当代人生存活动的解读中强调美学介入现实的力量。传统文学关注的重心是人的精神价值和心灵世界,它排斥精神性审美愉悦之外的各种生理快感和功利诉求,以一种悲悯的情怀不断探寻人德性的超越性升华。喜剧在传统文化视域里是等而下之的,而相声、小品、下半身写作等则是庸俗不堪、不屑一顾的。所以,在文化的权利附属关系上,依特定的文化阐释模式,则存有一种主体/客体、支配/被支配的关系,它是文化本体内部的歧视和霸权。然而,大众文化由于将市场原则作为导向,以被消费为目的。迎合大众便具有了一定的时尚性和扩张性,它以商品交换的等价原则置换道德理性的大义危言,以压抑意识的无害释放缓和人与社会的二元对立,以优胜劣汰的自然选择不断推动文化产品的扬弃更新。于是,大众文化在现代社会具有其不可替代的功能和作用。

　　大众文化不是消费主义和享乐主义的代名词。法兰克福恪守艺术的自律性,追求康德超功利美学观,认为艺术不能屈从于时代,而应该保持自身的自律和目的。其实,审美经验中何尝不潜伏着功利的成分呢?艺术一方面对现存社会给以定性的否定,另一方面形成理想与现实之间的张力,对异质化世界进行超越,使得艺术不仅是一种自由创造,同时也成为一种变革社会秩序的力量。大众不是沉默的缺场者,他们固然不可直接左右文化的生产,然而却可以左右它的消费。费斯克主张发扬大众文化的政治功能,他要求通过理解大众文化来"指出大众文化的政治潜能"。不过,与法兰克福学派相反,他认为

---

① [美]理查德·舒斯特曼:《实用主义美学》,彭锋译,商务印书馆2002年版,第259页。

"大众文化是围绕着大众与权力集团之间各种形式的对立关系加以组织的",因此极力强调大众文化所蕴含的大众的对抗性和差异感。与宏伟激进的变革目标相比,大众变革的目标是"温和与直接"的。①虽然,大众文化关注的是日常生活领域的琐屑杂务,但千万不可忽视这种微观力量,毕竟为宏观政治的种子保留了一片肥沃的土壤。

  法兰克福学派在大众文化的全盘否定中忽视了蕴涵于日常生活当中的审美特质,否定了文化价值的人类有效性。他们倡导的精英文化流露出与大众文化相类似的单一化倾向,这使得其建构的理论大厦在逻辑理路上是矛盾的。总之,旧的文化秩序崩溃,雅俗之分被填平后,艺术的消费趣味实际上处于一种和平流动的状态。文化形式和文化活动的领域并非变动不居,应该重视在接受雅俗文化过程中因对审美想象、审美理解的不同而存在的个体差异。虽然我们在评价具体的文艺作品时还可以指出其品味的高低,但是这种品味的高下已经不同于精英与大众对立时代的雅俗之分,因为这种品味只是一种个人趣味,不再象征文化等级和秩序。T. S. 艾略特认为,甚至包括睡梦在内,文化已涵盖了一个民族的全部生活方式。立足于文化整体的高度,倡导文化民主,这对建立多元文化共存的和谐生态是有积极意义的。俄国文艺理论家 K. 拉兹洛戈夫说:"理想的情况应该是这样的,即每一作品都能找到它的所有读者、听众和观众,而每一读者、听众和观众也能得到他所感兴趣的艺术作品。"②重视文化现象内在的普适性与差异性,对法兰克福学派的大众文化理论作出科学理解,对当下的文化建设将有所裨益。

四 精巧移植 有效衔接
——王国维建构现代诗学的话语逻辑

  "五四"新文化运动是中国古典诗学与现代诗学的分水岭,作

---

① [美]约翰·费斯克:《理解大众文化》,王晓珏、宋伟杰译,中央编译出版社 2001 年版,第 188、226 页。
② [俄] K. 拉兹洛戈夫:《人与艺术》,章杉译,《世界电影》1999 年第 4 期。

为"五四"文学革命的倡导者极力倡导"赶紧多多翻译西洋的文学名著作为我们的模范"[①]。在《五十年中国进化概论》（1923年2月）中，梁启超指出："社会变迁，旧条件自然不能适用；不能适用的条件，自然对于社会失去了拘束力，成了一种僵死的装饰品。"[②] 但中西文学批评思维方式却有着明显的不同，王国维在1905年《论新学语之输入》一文中，关于中西学术及思维方式的差异指出："言语者，思想之代表也，故新思想之输入，即新言语输入之意味也。"面对西洋学术的东渐史，日本"造译西语之汉文，以混混之势，侵入我国之文学界"，讲学治艺不一定非增新语，"日本之学者既先我而定之矣，则沿而用之何不可有，故非甚不妥者，吾人固无以创造为也"[③]。以利学术之交流，并极力反对"粗漏佶屈"的语言。在《论近年之学术界》中他就明确提出外来思想的刺激将是推动中国学术的重要动力，"学术之争，只有是非真伪之别耳。——吾国今日之学术界，一面当破中外之见，而一面毋以为政论之手段，则庶可有发达之日欤？"[④] 他甚至把西学东渐比作历史上的佛学东渐，预想中国在西方学术的影响下将发生重大变化，并亲自尝试借用西方文论解释《红楼梦》的悲剧主题，开一代风气之先，具有相当的先锋色彩。

现在看来，中国现代诗学所具有的学理模式、理性色彩，是在西方人文思想的冲击和影响下，在深刻反思西方基础之上形成的。梁启超的诗学话语观念的转变以及王国维有意识地借用西方哲学、美学理论来评论中国古代文学经典的尝试，其批评意识已粗具现代性的端倪。

（一）儒家诗教传统的转换

自从严复对赫胥黎的《天演论》加以有意误读以来，在中国现代社会占统治地位的是何种历史哲学观呢？可以说，中国的史学、哲学

[①] 陈独秀：《文学的革命论》，《新青年》1917年2月1日第2版。
[②] 李华兴等编：《梁启超选集》，上海人民出版社1984年版，第728页。
[③] 周锡山编校：《王国维文学美学论著集》，北岳文艺出版社1987年版，第112页。
[④] 同上书，第110页。

观念至此发生了质的转折。亦言进化论思想的引进，形成了中国人崭新的历史哲学观。达尔文原创的进化论意在揭示物种的进化奥秘，但事实上，当中国人从现世感性的需要来理解进化论时，往往根据自己的需要对其进行改造。导致的直接结果就是他的生物学成果很快被人们演绎为诸种形上思想，并从哲学层面对文学艺术的演进规律进行讨论。

而中国文学由古典向现代的转换，是以20世纪初梁启超所倡导的诗、文、小说三界革命为先导的。在声势浩大的文学革命运动中，以"五四"为标志的中国传统诗学话语的现代转换，表现为中国古代文论、美学能动地接受西方，并在其刺激之下内化为自身解构并建构的逻辑理路。"五四"新文学运动的突出成果就是确立了白话文在文学语言中的正宗地位，并最终取代了文言文，桐城派"言有序、言有义"的散文在鲁迅、梁实秋等人的笔下更加易为时人所接受。"虽然严复翻译的赫胥黎等西方思想家的著作被广泛阅读，但对青年的影响力不如梁，因为他的文风太古雅了。"[1] 严复译书"理深文奥，读之不易"，而梁启超的文章却明白畅达，对人有特殊的吸引力。"其文条理明晰，笔锋常带感情，对于读者，别有一种魔力焉。"[2]

以西方的知识系统作为参照，西方文学的冲击与示范是文学革命的关键性因素，面对中西在社会制度、学术研究方法上的根本差异，中国文化中高扬奋发有为精神的儒家诗教传统被迅速激活，并使这种选择变得非常迅猛。语言是一个由符号系统构成的意义综合体，负载着人的情感和理性，当社会语境发生变化时，它在遵循固有的语法规则时又超越既定规范，在新环境中创建独立自足的表述方法与语法体系。杜夫海纳指出："意指的暧昧性来自这种情况：一个能指可以认为无意义，也可以根据完全不同的陈述加以解释""艺术确实有代

---

[1] [美]约瑟夫·阿·勒文森：《梁启超与中国近代思想》，刘伟、刘丽、姜铁军译，四川人民出版社1986年版，第104页。

[2] [日]狭间直树：《梁启超·明治日本·西方——日本京都大学人文科学研究所共同研究报告》，社会科学文献出版社2001年版，第1—2页。

码，但这种代码是不确定的"①。语言本是与民族的文化心理、表意特征相符合的，从本质上讲，言与意是能做到对应的。但艺术的美感往往融汇于一种由想象裹挟的情感所沉淀的意象里，这种审美经验并不以逻辑推理的方式表现出来。正因如此，文学语言也就必然出现高度的含混性和间离性。如刘勰所言："方其搦翰，气倍辞前；暨乎篇成，半折心始，何则？意翻空而易奇，言征实而难巧也。"② 言、意之间的分离与矛盾是写作意义实现的最大障碍，中国思维方式印象性、约简化的特点，又造成了语言表述清晰性的艰难。《庄子·天道》说"意不可以言传"，德国语言学家雷格林把物、意、言用三角形表示以凸显三者之间的距离，这些认识都向人们展示了言、意之间的分裂与矛盾。但东方智慧与西方文明在历史上多次撞击与混融，汉语写作在言、意上必然吸收分析思维与语言的长处，使汉语写作在表意时能融汇传统语言与西方语言的两大优势。

（二）现代语言哲学的立场

在《国学丛刊序》中，王国维认为"学无新旧，无中西，无有用无用之说""中国今日，实无学之患，而非中学西学偏重之患"。可见，王国维已清晰洞见了晚清以来中国学术巨变的进程并有意识地投身其中。他不仅观察到西学对中国发生的巨大冲击和影响的现实，而且对西学的这种影响是如何发生的进行了细致入微的剖析。撇开西方科技力量强大的表面现象，把视角深入思维方式和构成思维方式的更为深层的语言学基础上探讨问题，这是异常超前的。直到今天，当我们站在现代语言哲学的最新成果的高度上，对其深刻性才看得比较清楚。

当人们发掘西方学的意义时，西学真正对中国构成冲击的不是它的器物及实际知识，而是它的思想以及深层的思维机制。在《论新学语之输入》（1905 年）一文中，他说"十年以来，西洋学术之输入，

---

① ［法］杜夫海纳：《美学与哲学》，孙菲译，中国社会科学出版社 1985 年版，第 15 页。
② 周振甫：《文心雕龙选译》，中华书局 1980 年版，第 132 页。

限于形而下学之方面,故虽有新字新语,于文学上尚未有显著之影响也。数年以来,形上之学渐入于中国,而又有一日本焉,为之中间之驿骑,于是日本所造译西语之汉文,以混混之势,而侵入我国之文学界"。所谓"形而下学",指的是科技新词语这样的具体知识名词,而"形而上学"则是指社会学说方面的思想名词。在《论近年之学术界》一文中,对西学在中国的传播过程进行了考察后,他认为,从元朝到清朝咸丰、同治年间,学习西方的主要是"术学""于我国思想上无丝毫之关系也"。严复所译《天演论》及达尔文、斯宾塞等人的理论,不能称为哲学,而只能说是"科学""不能感动吾国之思想界"。而"蒙西洋学说之影响,而改造古代之学说,于吾国思想界上占一时之势力者,则有南海之《孔子改制考》、《春秋董氏学》,浏阳之《仁学》"。① 由此得知,他显然是把从术学到科学再到哲学的递变看作一个逐渐深化的过程,他提出新言语之输入即新思想之输入这种观点,给我们以很大的启发。

> 近年文学上有一最著之现象,则新语之输入是已。夫言语者,代表国民之思想者也,思想之精粗广狭,视言语之精粗广狭以为准,观其言语,而其国民之思想可知矣。周、秦之言语,至翻译佛典之时代而苦其不足;近世之言语,至翻译西籍时而又苦其不足,是非独两国民之言语间有广狭精粗之异焉而已,国民之性质各有所特长,其思想所造之处各异故。②

这里,王国维表述的是一种非常重要的语言学观点:言语即思想,新思想之输入即新言语之输入。在语言经过了20世纪"哥白尼式"的革命之后,这种深刻性愈为明晰。卡西尔指出"人是创造符号的动物"③,符号成为人从自然步入文明的标志。古人说"修辞以立其诚"(《周易·乾·文言》),叶圣陶解释为"修就是调整,辞就

---

① 周锡山编校:《王国维文学美学论著集》,北岳文艺出版社1987年版,第107页。
② 同上书,第111页。
③ [德]恩斯特·卡西尔:《人论》,甘阳译,上海译文出版社1985年版,第35页。

是语言，修辞就是调整语言，使它恰好传达我们的意思"。① 这也从一个侧面表征了语言使人避免物化，趋于人文的作用。索绪尔区分了语言和言语两个范畴，语言符号具有能指（signifer）和所指（signified）的功能。结构主义符号学家罗兰·巴尔特从文学阅读和评论的角度出发，发展了一套独特的符号学理论。作为消费文化理论研究代表的鲍德里亚从符号学的形式强调符号的能指特性，漠视符号的能指，否定符号的所指特性，指出现代社会消费及人的活动成为一种符号能指的游戏活动。然而，这些近世的语言哲学思想更多的是从符号学意义角度探究人的进化问题的，与王国维的认识还是有所区别的。

其实，王国维强调语言之于思想的重要性是非常深刻的，这也成为其早年思想中非常闪光的地方。现代哲学的转向表明语言已不再是一种外在于意义的符号与单纯的交际工具，而是"在无声地记载着这个民族的物质与精神的历史"② "是一个民族看待世界的样式，是对一个民族具有根本意义的价值系统和意义系统"③。"言"的本身即含有表意的功能与人化的内涵，而不再是思考完成的臆想，这正与王国维的思考相契合。后来的胡适和冯友兰对现代中国哲学的创建，应当说与王国维一样都运用了西方的思维方法。

（三）王国维诗学批评观念的确立

作为西方文论话语学术运作的产物，《〈红楼梦〉评论》成为中国第一篇完全应用西方现代哲学和文学理论来评论中国文学作品的文学批评论著。在这尝试的背后，包含着深刻的现代诗学批评观念的觉醒，他对语言问题的反省以及在文学评论中所表现出来的革命性，比胡适等更显自觉。

"从学术话语表述方式而言，中西差异巨大，中国古人惯于以名

---

① 夏丏尊、叶圣陶：《文心》，开明出版社1996年版。
② ［美］雅可布·布鲁诺：《符号语言的进化和力量》，《国外语言学》1983年第4期。
③ 郑敏：《语言观念必须更新》，《文学评论》1996年第6期。

言隽语、比喻例证的形式来表达自己的思想。"① 这种诗话表述的文体在大胆引入叔本华等人的哲学、美学、伦理学等理论基础上，运用西方文学批评的概念、术语和范畴，注重理论逻辑的严密与精确，从根本上改变了中国文论与批评的基本样式。对古典诗学倚重政治功利主义文学研究，流于伦理功用的文艺观产生了前所未有的影响。不可否认，《〈红楼梦〉评论》虽然具有现代意识，但它的现代性是不彻底的。从《论新学语之输入》和《论近年之学术界》这两篇论文来看，王国维在语言思想上的革命性是明确的，但在具体问题的分析上却又表现出一种矛盾。当时处于语言革命爆发的前期，文本的话语方式还是古汉语。但不可否认，王国维已经初步掌握了现代诗学的批评方法，《〈红楼梦〉评论》已经粗具中国现代诗学的理论品格。

作为一个深谙中国传统的文论家，王国维企图使外来文论与中国传统文论实现有效衔接，从而避免对西方文论和话语作生吞活剥的解释，使得在整理这种经学传统与经验的基础上建构了符合本土特点的言说方式与思维机制，从而使传统能对中国现代文艺美学的发展提供精神资源和义理根据。《人间词话》的理论体系在中国传统文论话语框架内建立和展开，采用中国传统的词话体，在貌似散漫随意之间实际上"已经注入了以西方文论话语言说方式为代表的现代文论的理论内核，有着自己较为严密的内在逻辑系统性"②。王国维将西方理论涵盖于中国文论话语的传统表述方式之中，不露痕迹地化用了西方的某些概念，如对"有我之境、无我之境"的阐发，对"理想""优美""壮美""写实"等术语的挪移，成为一个极具涵盖性的美学范畴。在经过自觉的选择和阐释后，王国维从根本上放弃了把中国文学实践作为西方文论注脚的思维模式，使新的文学理论话语建构于已有的思想传统和学术运作规则基础上。在中西文论会通的现代观念上，《人间词话》克服了《〈红楼梦〉评论》话语生涩的弊病，已经成功地形成了一套较为成熟的言说话语，具有独

---

① 代迅：《断裂与延续：中国古代文论现代转换的历史回顾》，重庆出版社2002年版，第74页。

② 同上书，第84页。

特的个性。作为中西方古今文论对话融通实践的成功范式，使后世诗学思想的绵延发展辉光四射。

五 感性之外 重建自我
——现代音乐美学救赎的逻辑理路论略

自18世纪开始，音乐逐渐被当作独特的类型从一般技艺中摆脱出来，"美的艺术"①（fine arts）从一般工艺艺术中剥离，在经历了一个合理化与自律性的过程后，逐渐将传统的宗教戒律和政治形态的道德法令祛魅，转向艺术审美的救赎之门。

由于音乐有着其他艺术形态无可比拟的个性精神，在一个泛伦理化的感观社会里愈来愈扮演着重要的角色。在英国经验主义美学家夏夫兹博里看来，为了使自己愉快才去听音乐，而非为了道德或宗教的美德。虽然此人有贬低艺术的倾向，但也认为，一个有着美德的人，几乎就是一个爱好艺术的人。由于审美知觉中对审美无利害关系的描述，斯托尔尼兹认为，在夏夫兹博里那里，美学第一次进入它的领域。1790年《判断力批判》一书确立了艺术审美和艺术的自主性原则，康德将审美自主性看作普遍人类共通感的结果。"如果它以愉快的情感作为直接的意图，那么它就叫作审美的［感性的］艺术。审美的［感性的］艺术要么是快适的艺术，要么是美的艺术。"快适的艺术是单纯以享受为目的的艺术，而审美的艺术作为美的艺术，乃是超越了出于感觉的享受的愉快，一种把反思判断力作为准绳的艺术。艺术目的是使愉快伴随作为认识方式的那些表象。② 他说，"美的艺术必然要作为天才的艺术来考察"，自然通过天才把规律赋予艺术，而不是赋予科学。康德以天才为艺术立法，确立了艺术的合法化地位，他所提出的以无功利为核心的美学原则确立了艺术的自律性精神，能否静穆地审美观照成为人与动物性欲望的分水岭。

---

① 此概念最早由1746年法国哲学家巴托在《简化为单一原则的美的艺术》一文中提出，宣称艺术的目的就是给人以愉悦。

② ［德］康德：《判断力批判》，邓晓芒译，人民出版社2002年版，第148—149页。

第六章　审美批判论 | 215

被视为仅次于卢卡契的当代美学大师阿多诺看来,"在那所谓艺术哲学中,通常总有一个方面被忽略,不是哲学,就是艺术"①。他和黑格尔一样,都认为艺术具有反思和批判的力量,近代资本主义文明销蚀了人的感性张力,理性主义思维威胁着人类理想的精神生活。所以,应该对艺术本身作出分析:黑格尔由艺术的死亡反证了理性对社会的威胁;从对启蒙的批判入手,阿多诺倡导艺术精神的审美救赎,指向了现代人的生存危机与艺术解放的深刻思考。面临现代社会所导致的人的精神破碎和社会异化,科学与宗教在解决问题上的失败,马克斯·韦伯对19世纪以来价值领域的分化以及审美的独特价值领域进行了审视,认为艺术对"世俗化"和"合理化"思路具有去蔽功能,负载了启蒙以来现代社会宗教生活的救赎功能。人类活动不再以外在的他律性价值为依据,艺术与审美凭借感性愉悦所表现出的价值理性逐渐成为颠覆固有价值体系的重要力量。音乐艺术自身的社会化发展,逐渐凸显出形式所具有的美学价值。

(一) 音乐审美功能的发生逻辑

中西艺术的起源体现了人的超越性与创生性的本质,以及与天地自然并生的审美化境。艺术以审美的超功利性使个体从被欲望包裹的痛苦中得到解脱。自卢梭以来,启蒙以来的工业文明历史就是技术理性对整体社会的戕害,是一段对人类既牟利又加害的辩证法。因为启蒙压抑了由它自身孕育出来的艺术的自由精神,这正是艺术走向终结的必然。席勒认为,机械性的劳动分工阻碍了人的完整天性与和谐人性的实现,而艺术的自律就在于把人撕碎的自我重新统一。贝多芬的交响乐把音乐从宗教的束缚下解放出来,成为资产阶级寻求解放的思想表达形式。对贝多芬的晚期作品,阿多诺认为,除了《第九交响乐》外,客观地展示了19世纪前期作家对现实不可和解的主观精神,影射了不可避免的凋敝、破损的社会生活景致。

---

① 这是施莱格尔 (A. W. Von Schlegel) 的名言,阿多诺本欲将此话作为卷首语置于《美学原理》一书之首,然未能如愿。参见马丁·伊杰《阿多诺》,英文版,第142页;转引自冯宪光《"西方马克思主义"美学研究》,重庆出版社1997年版,第278页。

十七八世纪以来，对剧院、艺术馆、音乐厅中所形成的资产阶级鉴赏趣味遭遇商品属性挑战的境况，丹尼尔·贝尔描述说："以前，艺术家依靠一个赞助庇护系统，如王室、教会或政府，由它们经办艺术品产销。因而，这些机构的文化需要……便能决定当时主导的艺术风格。可自从艺术家变为自由买卖物件，市场就变成了文化与社会的交汇场所。"① 商品服从利益交换原则，使得艺术非功利性的观念被彻底瓦解。那些曾被教会和宫廷垄断的艺术走向市场化，"当艺术成为一种商品的时候，它从教堂、法庭、国家等传统的社会功能中解放出来，从而进入市场并获得一种自主性的自由。现在艺术不再服务于特定的观众，而是服务于一切有欣赏趣味并且有钱买它的人。"② 西美尔认为，艺术的商品化扩大了交换的空间，而货币化的恶果则是艺术精神的丧失。艺术服从交换原则和消费者趣味选择的压力，它被制度化了。经典作品被流行音乐技法所翻唱，现代艺术的审美价值被同票房收入粗暴地联结起来，艺术的野性作为膜拜的仪式遭到消解。

法兰克福学派指出，商品交换原则与艺术自律的尖锐对立，在使艺术的机械复制"韵味"缺失的同时，已经拜物教化了。阿多诺指出，艺术日益独立于社会的特性，乃是资产阶级自由意识的一种功能，它因而依赖于一定的社会结构。艺术的社会性主要是它被放在社会的对立面，艺术凭借其存在本身对社会展开批判，确切地说，就是偏离社会文化意识掌控的目的性乃是社会批判的挣扎。法兰克福学派揭示了商品交换与艺术品不可交换特性的对立，主张通过捍卫艺术的"自恋性"（自律性）来坚持艺术的独特品性，把艺术从仪式的实用关系中解放出来，以批判现代社会的商品交换逻辑。面对人生单面化的治疗，阿多诺坚信艺术应当具有否定性的品格，他从美学上对现代艺术的合理化作出辩护。哈贝马斯则称，艺术既有可能堕落为宣传性的大众艺术和商业艺术，也有可能成为反文化的颠覆力量。

---

① ［美］丹尼尔·贝尔：《资本主义文化矛盾》，赵一凡等译，三联书店1989年版，第33页。
② ［英］特里·伊格尔顿：《美学意识形态》，王杰等译，广西师范大学出版社1997年版，第367页。

(二) 电影媒介时代的音乐

当我们深陷图像视觉,消费理性横扫一切,身体图腾凌驾于一切艺术形态之上时,象征着性感客体的身体被置于宏大叙事的中心,身体取代了思考的时代。大众在镜像世界催眠术般的幻象中感觉逐渐碎片化,身心沦为幻象的囚徒而无力自拔。艾尔雅维茨在《图像的时代》一文中说:"我从不阅读,只是看看图画而已。"丹尼尔·贝尔指出:"目前居统治地位的是视觉观念、声音和景象,尤其是后者,组织了关系,统率着观众。"[1] 巴赫金发现,过度的身体快感,正是狂欢式反转与规避的一个要素。我们愈来愈沉浸在感观的享乐中,而与神性越来越远。

高雅的庙堂音乐被放逐,世俗肆意削平着崇高,传统的价值观念和意义表达方式遭无情解构。以宣扬猪式生活的《猪之歌》一夜走红,以动物界爱情模式为神往的《老鼠爱大米》迅速占领排行榜。现代性导致的偶然、瞬间性意义被放大了,人们可以尽情地诋毁神圣,因抗拒生活紧张而生产的音乐充斥着暴力美学的阴云。在超市、量贩市场,音乐成为商品推销的润滑剂,在餐馆、地铁,音乐成为货币消费的廉价品。音乐表演被演绎为兜售性感,在即兴而来的快感体验中宣泄着欲望。音乐生产成为工业流水线上的复制品,拼接与反叛成为这个时代的主旋律。周杰伦以张扬而显个性的身体语言述说着与整体世界的不合拍,引发了千万歌迷的追捧,这正是阿多诺尖锐地批判的自由竞争资本主义的"伪个体主义"特征,它只是消费时代大众"白日梦"假想的满足,人性的真实被掩盖。斯托尔尼兹讲过:"有相当巨大的社会和文化力量把艺术家进一步孤立起来,艺术家被工业社会的丑陋所排斥,因为它强迫人们先顺从集团社会的生活方式和价值观念,单调的生活几乎窒息了艺术家的个性。……艺术就被排斥在社会的主流之外。"艺术家成了与社会相脱离的孤独者。所谓的

---

[1] [美] 丹尼尔·贝尔:《资本主义文化矛盾》,赵一凡等译,三联书店1989年版,第154页。

创造在很大程度上相当于对"新奇"的追求。①

在波德莱尔看来,现代性就是"短暂、过渡和偶然",一切都是不确定的,一切都处在激烈的变动和发展过程之中。"艺术的另一半",亦即"永恒与不变"便不复存在了。一种创新一旦创造,便被新的创新所取代,经典不再存在,艺术由先锋转为时尚。对感性愉悦的强调是艺术功能分化的主要体现,艺术不再为非艺术的功利用途,或社会用途服务。在广场音乐、大众参与的演出活动中,观众主动地参与到整个表演过程中,在一个场域中,二者间的心理距离缩小,审美与现实的关系被填平了,审美与功利正紧密地纽结在一起。广场音乐演出中表演者与观众的双向互动使得康德建立的审美无功利概念遭到了普遍怀疑,受众在狂欢中感受到世俗的幸福和享乐,而享乐进一步促进了"看破红尘和听天由命的思想"②。它生产着物质的、感官的、逃避社会秩序的快感。

当电子传媒可以随心所欲地"打造"音乐时,音乐不再是生命、情感的升华,不再是天才独享的宠儿。艺术的唯一性、不可替代的天条遭到无情谐谑,音乐沦为一种物理学,事实上模拟着生命经验的滑稽叙事,虚拟可以堂而皇之地窃取真实的谎言。历史的边界模糊、融合了,电子与网络混淆着大众真实性与虚拟性空间。新的音乐生产技法,音乐感受的方式在大众知觉深处被无意识建构起来,音乐不再是来自民间的歌谣,鲜活的艺术灵感沦丧为录音棚、音乐作坊的技巧加剪辑的加工物。于是乎,个体在一种被恶意虚构的历史感中丧失了自我判断、自我感知的能力,也就是说,大众的心灵钝化了,成为需要被唤醒的大多数。

面临生命意义的稀薄和情感生活的迷乱,艺术与"超感性的使命"无涉,个体在无可摆脱的工具理性面前又面临着生物性种族记忆的胁迫,人无法自由地推进到无限的超验中去。艺术工业无力达到宗教陨落后的人类拯救,相反,只能加剧人的沉沦。而文化工业的语义

---

① 参见斯托尔尼兹《艺术批评的美学和哲学》,第31—32页。转引自朱狄《当代西方美学》,人民出版社1984年版,第331页。
② [德]霍克海默、阿多诺:《启蒙辩证法》,重庆出版社1990年版,第133页。

学内容就是激发大众消费的欲望,使大众陷入感性欲望的满足,增进人们的世俗幸福而丧失自我。文化生产的系统化将消费视为一种控制个体、社会的锐利武器,掩隐着意识形态的符码。艺术的深度模式消解了,艺术成为一种可资消费、炫耀身份的时尚,沃尔冈·韦尔施指出:"今天,我们生活在一个前所未闻的被美化的真实世界里,装饰与时尚随处可见。"①

电子媒介的音乐制作模式势必会对艺术思维产生重要的影响,"计算机通过混淆认识者与认识对象,混淆内与外,否定了这种要求纯粹客观性的幻想"②。个体的审美需要、鉴赏趣味是丰富的、无边界的,一种趣味的满足很快就会有另外的需要,文化工业的炼金术具有一种消费价值的商业品质,伴随着工业技术与政治生态的合谋,日益精密的仪器计算合于大众心理接受阈限的音节,衡测情感体验的标准,制作出同样感人或引人惊异的音乐。波普艺术、仿像艺术、仿真艺术大行其道,艺术不过是批量生产的工业产品。审美和艺术对符号的过滤已经远低于其指涉意义的深度,审美自律与艺术的自足性命题被无情解构,社会交往、个体生活领域成为人性合于控制的隐喻。标准化、一体化的工业生产模式,艺术作品作为精神产品在美学逻辑上同其他事物间的根本区别丧失了,平庸生活披上了美学的外衣,日常生活面临着重新界定。韦伯认为,艺术正越来越成为一个掌握了独立价值的世界,并赋予艺术审美救赎的合法性地位。他同时还认为,艺术通过感性形式表现出来的,是一种与宗教同样不可证明的无条件的固有价值的纯粹信仰。如沃林所言,艺术超越宗教而成为生活之终极意义和价值的某个独一无二的领域。

(三) 视觉文化向听觉文化的转身

海德格尔指出,自柏拉图以降,人们视为存在着的,就是超感性

---

① [德] 沃尔冈·韦尔施:《重构美学》,陆扬、张岩冰译,上海译文出版社2002年版,第109页。
② [英] 汤因比等:《艺术的未来》,王治河译,北京大学出版社1991年版,第98页。

之物，它消除、摆脱了变化无常的感性之物的媚诱。尼采认为，音乐不同于所有其他艺术，音乐代表所有现象的物自体，唯有音乐让我们了解个体消灭时所感到的快乐。① 艺术应给予那些苦于生命贫乏的痛苦者以自我解脱，使其归于平静，乃至麻痹或疯狂。酒神唤醒整个现象世界进入人生，显现为永恒本原的艺术力量。尼采认为，艺术比真理更具价值，尼采说："我们拥有艺术，是为了我们不因真理而导致毁灭。"尼采认为，日神阿波罗是观照的象征，酒神达奥尼苏斯是行动的象征，在希腊悲剧中，酒神的力量超然于日神，显现为永恒的本原的艺术力量。在酒神的召唤下，个体解冻，迈向存在之母、万物核心的道路敞开了。

法兰克福学派理论家站在当时社会文化精英的立场上对西方启蒙理性给予了否定性的批判，使哲学领域的批判带来审美艺术对全人类的解放。阿多诺认为，成功的现代音乐必须对传统与现实进行双重的否定性超越，依循传统，以内在组织的不和谐音响与外部异化世界对抗，是否定的辩证法的体现。拯救人类的唯一希望在于否定的辩证法，在于与现实社会对抗的现代艺术。

在前现代艺术中，艺术技巧的独立发展永远依附于宗教伦理和救赎的目的。而现代艺术的审美祛魅，则是继启蒙以来科学理性祛魅的新立场，它要求以价值理性的分化重新审视人类的终极目的。所以，现代艺术的合理性经历了理性祛魅的审美超越。艺术的价值理性以其明显的感性愉悦而表现出更加强烈的颠覆性和反叛性，将人从工具理性的规训世界中拯救出来。

现代艺术扬弃了现实主义艺术的刚性模仿，而现代主义艺术在与社会抗衡时，导源于彼岸现实的一种超越。"审美现代性的超感性形式是精英审美文化"，② 基于对现代性的反叛，精英审美文化正日益成为现代人价值丧失、精神沦落而要救赎的文化力量，它既避免了贵族艺术偏离现实生活的倾向，也有利于恢复人的精神自由，使这个破

---

① ［德］尼采：《悲剧的诞生》，刘琦译，作家出版社1986年版，第89—90页。
② 谭好哲等：《现代性与民族性：中国文学理论建设的双重追求》，社会科学文献出版社2005年版，第233页。

碎的社会整体重新走上和谐的道路。阿多诺始终认为，拯救惶恐人类的唯一道路就是与现实社会相对抗的现代艺术，而这种艺术精神就是否定的辩证法。现代艺术反叛现实主义艺术的形式传统，而同现实生活构筑了一道审美距离的堤坝，传达出人与社会、存在与本质的深层矛盾。杨春时曾著文指出，大众审美文化与现代性的契合及对现代性的升华，有利于促进现代人的幸福感，而精英审美文化与现代性的抗争有利于恢复精神的自由。大众审美文化可以弥补精英审美文化的贵族化，远离现实生活的偏向；而精英审美文化则可以弥补大众审美文化的感性化、低俗化倾向。① 这样的分析是很中肯的。

康德将音乐归为"感觉的美的游戏的艺术"，而游戏在席勒那里正是艺术的起源，是"无功利的"。康德说，游戏必须使人快乐，而无须人们把利益的考虑作为它的基础而使人快乐。在音乐中，这种游戏从肉体感觉走向审美理念，然后又从审美理念那里以结合起来的力量返回到肉体，从而使心灵掌握肉体，达到心灵与肉体的健康。一切快乐即便是由那些唤醒审美理念的概念引起的，也都是动物性的，即都是肉体的感觉。② 理想的状态应是不损害对道德理念的敬重。它是一种精神性的快感，是一种提升到对快乐的需要之上的对人性的自我尊重。

音乐以听觉为感受途径，从人类自身的心理活动功能来看，正在于听觉阻抗着同化而保持了距离。"人的耳朵不像眼睛那样容易适应资产阶级的合理秩序，极端地高度工业化秩序，眼睛已经习惯于那种想象的现实，它是由单个的事物、商品和可以通过实践活动改变的对象组成的。人们会说，用耳朵来反映，与反应迅速的、有积极选择能力的眼睛比较，人的耳朵基本属于消极的器官，而且在某种意义上它和当前先进的工业时代和文化人类学不协调。"③ 对阿多诺而言，救赎之途只能是音乐，其根本原因就是耳朵这一特定感官的构造对明确理念的过滤。耳听觉正是与身体保持天然距离的感官，它对抗着道

---

① 杨春时：《论审美现代性》，《学术月刊》2001年第5期。
② ［德］康德：《判断力批判》，邓晓芒译，人民出版社2002年版，第181页。
③ 参见马丁·伊杰《阿多诺》，英文版，第193页。转引自冯宪光《"西方马克思主义"美学研究》，重庆出版社1997年版，第287页。

德、规训与社会的控制。

作为脱离了沉重肉体束缚的艺术关照着人类理想的精神生活，表达了对人类命运的终极关怀。苦痛命运与沉重肉体的个体如何超越，音乐赋予芸芸众生以心灵交契的共通感资源，杜甫说，"文章憎命达"，苦难正是人类命运普遍寻求高蹈的始基。当代一法国文学家问一位大音乐师："君于音乐所常感受者为何事？"对曰："乡思。欧洲音乐巨作莫非忆恋失去之乐园而歌也。"[①] 中国古典艺术重在追求人与自然如何和谐统一而达到"天人合一"的境界，生命合于音乐的韵律与节奏。"流连万象之际，沉吟视听之区"，"乐"代表了一种人类本真状态的审美存在，象征着超自然、超道德的生存图式。

虽然托马斯·阿奎那早在《神学大全》中就指出："美在本质上是非关欲念的，除非美同时分得善的本质。"对康德来说，知觉是自然的，因而是低俗的，身体以及身体的感觉是令人"恶心"的，身体一直就是一个逃避、威胁"纯正"趣味的体验场所。身体的感觉（如舌、颚与喉的感觉）不是纯趣味的场地，必须加以拒绝。与身体保持距离，审美才有可能。如何超越有限的个体存在而达到无限的虚境？孔子讲"孔颜乐处"，乃是一种活脱脱的，摒弃了技艺与模拟的生存理想。海德格尔在《林中路》里展开了一幅诗意的图画，开敞的林中空隙，阳光洒落光明，辉照万物。摆脱图像对人内在心灵的搅扰，从抽象的概念所界定的永恒形式中获得解脱，涵泳味道，融入兴象无涯的空间结构中与万物化而为一，实现心理与意象澄明之境。"独步六合""经虚涉旷"，让肉身凌虚，真正抵达"据于道，合于乐，成于天"的生命化境。

六 形态嬗变 审美创生
——中国传统诗学技法理论的演进轨迹

作为中国诗学的重要范畴，法凝缩着厚重的文化哲学精神和审

---

① 钱锺书：《管锥编》（卷5），中华书局1986年版，第208页。

美意识。汪婉在《吴公绅芙江唱和诗序》中云："凡物细大莫不有法，而况诗乎？善学诗者，必先以法为主。"此乃自古之恒言。诗法作为学诗入门的启蒙之术，是我国古代诗学著作形态中极为重要的一种，其发端于宋末元初，兴盛于元，承传于明代，衰落于清代。其所涉论题，既涉及诗歌创作与品鉴的法则，也包括艺术品的形式美感。法的兴起对于文艺的影响深远，它在一定程度上决定了文艺创作的基本规律和手段，涉及文艺创作的诸层次与维度。诗法是法则和技巧的统一，其本于语言，又超越语言质料的限制。作为语言的艺术，诗歌必然会受语言介质内在规律的制约，要求有某种先在的法则作为诗歌语言内在规律的体现。元代揭傒斯《诗法正宗》云："学问有渊源，文章有法度。文有文法，诗有诗法，字有字法，凡世间一能一艺，无不有法。"它指的是文艺的内在规律、基本原则，指涉文艺创作的合法性。同时，法可以指文体形态，清代方薰《山静居诗话》云："余尝谓诗盛于唐，至宋、元以来，格法始备。"这里的格法指的就是艺术结构、形式规则，即一般意义上的章法。甚至可以是文艺创作技巧的总结，如大规模的蒙诗法训的出现及宋人"活法""死法""定法"等范畴的提出，进而成为指导文学创作的纲领性原则。

（一）作为文化哲学范畴的"诗法"

艺术品作为物质性的存在，在艺术创造的过程中若无相应的技巧来表现，任何艺术品都无法实现。虽然古代诗文理论往往不用"技巧"这一术语，而常用"法"这一概念，正是指诗文创作所依据的法则、程式，也就是艺术创造技巧。王世贞云："首尾开合，繁简奇正，各极其度，篇法也。抑扬顿挫，长短节奏，各极其致，句法也。点缀关键，金石绮彩，各极其造，字法也。"[1] "早在《诗经》中，赋、比、兴等艺术手法的广泛运用，说明在当时已经存在以艺术审美

---

[1] 王世贞：《艺苑卮言》卷1，《历代诗话续编》（中），中华书局1983年版，第963页。

为本质的规范化形式。屈原楚辞采取与前者迥然不同的句式，用方言楚语，以七字一句，间以兮字，其创作意识中已流露较明确的诗法观念。"①

作为文化哲学范畴的法的理论品格和特征同样深刻地影响了后来的文艺理论。汉代统治者独尊儒术，作为经学附属成分的诗学，诗歌法度也无非圣人法度在诗歌体裁中的体现。魏晋六朝以来，对形式技巧的重视在诗人心中的地位有了明显的改变，虽产生了"文章者，经国之大业，不朽之圣事"这样视文学为教化工具的理性主义文学思想，但仍产生了如永明声律论、绘画"六法"理论等精细的法度研究。

道是中华传统文化的核心，也是万物之规律与物质统一的核心。"天地有大美而不言，四时有明法而不议，万物有成理而不说。"美就在自然的普遍生命之中，其无所不在，博大精微。艺术本源于对世界万物的体察，如书法内在秩序的形成建立在对宇宙法则的领悟和总结之上。书法从根本上来说是宇宙终极力量"太上之道"的形下体现，是天地精神的外化。反映在文艺美学上，道是艺术活动一切技法形式的内在依据。钱锺书说："诗者，神之事，非心之事，故落笔神来之际，有我在而无我执，皮毛落尽，洞见真实，与学道者寂而有感，感而遂通之境界无以异。神秘诗秘，其揆一也。艺之极致，必归道原，上诉真宰，而与造物者游。"②清代刘熙载《艺概·书概》也说："艺者，道之形也。"只有达到与自然、与道的契合，方可深谙艺术之精神。刘勰《文心雕龙·原道》云："人文之元，肇自太极，幽赞神明，意象为先。"无非说明自然之文是人之文的模范，文学创作的原则来自于对自然之文的体认。凡此种种，均可说明自然的秩序（道本体）成为文艺创作乃至天下万事的法度。

道在中国传统哲学特有概念的表达中，是事物的内在规定性（即本质特征），指导并体现着万物运动发展的一般规律。人们为了实现

---

① 谢群：《中国诗学理论中的"法"范畴》，博士学位论文，复旦大学，2005年。
② 钱锺书：《谈艺录》，中华书局1984年版，第269页。

事物之理所采取的手段、途径则叫作法。法生于道，法是具体的，道是抽象的；法是相对固定的，道是无限变化的。《原道》说："道沿圣以垂文，圣因文而明道。"《征圣》也说："论文必征于圣，窥圣必宗于经。"法不参道，法是死法；法道相参，其法自活。关于技艺与道、技艺与理的论述，《庄子·养生主》所记"庖丁解牛"是最好的注脚。庖丁解牛之法（技艺），必依乎解牛之理——根据牛的肌肉骨骼、解剖结构、顺其纹理，"以无厚入有间"，正因如此，解牛之法实质上进入了道的境界。因此，法通过理，归根结底仍进于道。

俄国形式主义认为，对技巧的重视是文学强大的动力，也是文学流派发生变革的源泉。在中国诗学中，文体的自觉离不开体法的成熟与稳定，体法的产生必来自文体的形成。魏晋以来流行的辞赋创作对诗歌形式理论的出现有重大影响，诗体新变虽然在创作实践中体现了法度的要求，但在理论阐述中却很少提及。诗歌的好坏不仅取决于内容、情采、风格，与词藻声色、格调法式亦有关联。同时政治权威对文艺风气的影响也使得对技法理论的重视不断加强，裴子野在《雕虫论·序》中说："宋明帝博好文章，才思朗捷。常读书奏，号称七行俱下。每国有祯祥，及行幸宴集，辄陈诗展义，且以命朝臣，其戎士武夫则请托不暇，困于课限，或买以应诏焉。于是天下向风，人自藻饰，雕虫之艺，盛于时矣。"对形式美的高度自觉带来了诗歌创作方式的变化，魏晋以来以才性为高的创作不再引领风骚，苦心诣旨以严谨的法度取胜也成为创作的一条较好的途径，从而赋予秉持儒家经典、师法先哲以义理上的合法性。

（二）"诗法"理论的历史演进

虽然永明声律论未明确提出诗法的概念，但实际上已对诗歌形式做出了十分严格的规定，《诗品》明确指出："至平上去入，则余病未能，蜂腰鹤膝，闾里已具。"刘勰在"总术"一章中，强调术的重要；司空图列《二十四诗品》，是对24种诗歌写作技巧的讨论；南宋严羽《沧浪诗话》专辟一章为"诗法"。可以说，文艺之法的勃兴和密致乃是文人求美意识与社会文化因袭变革的结果，在涵盖体法和技法的法范畴之下，集合了"格律""体式"等体法范畴以及"势""活法""定法"等技法范畴。

六朝时期，人们始有独立的诗学意识。为了指导诗坛写出具有强大感染力的诗歌，钟嵘尤为强调诗之技法，因为"动天地，感鬼神，莫近乎诗"。他认为，写诗是有技巧方法的，而且这种技法也容易领会，《诗品·序》即云："诗之为技，较尔可知，以类推之，殆均博弈。"但又认为诗之法不同于写作其他文体所用的技巧，故又说："夫属词比事，乃为通谈。若乃经国文符，应资博古；撰德驳奏，宜穷往烈。至于吟咏情性，亦何贵于用事？观古今胜语，多非补假，皆由直寻。"在具体诗法上，他提出了"兴比赋酌而用之"的意见。在正面论述诗法的同时，还严厉批评了那些欲驰骋诗坛而又不遵循诗法的诗人。他特别指出，由于不遵循诗法，当时诗坛出现了"庸音杂体，人各为容"的状况。"容"，何意？《老子》言"孔德之容"，《释文》引钟（会）注："容，法也"，这里所说的"人各为容"之"容"就是诗法。

钟嵘认为，陆机诗"尚规矩""有伤直致之奇"，张华诗虽"巧用文字"，但"风云气少"，当列入中品。"尚规矩""巧用文字"均指诗人在形式上努力的表现，但在钟嵘这里却因有伤"真美"而诟为诗病。由此看来，齐梁人发明的格律并不被认为是合乎自然天道的艺术形式，形式美的地位虽已有很大程度的上升，但因缺乏正统理论的强劲支持而无法正名。

初唐诗人对形式的态度比较自觉，他们编写了许多以阐述诗歌形式特征为主的诗格，为唐人以诗赋取士，用科举名义将格律法度化提供了思想上的准备。以诗赋为试的唐代科举，检验士子对声律、对偶等法度的掌握的，主要就是"考文者以声病为是非"。宋代姜夔曾总结说："不知诗病，何由能诗？不观诗法，何由知病？"其实也是由于技法极为重视形式感而造成的。

尽管诗格、诗式的出现宣告人们开始把目光投向诗法，但此时诗法在诗学中的地位依然是边缘的。诗人在创作中对句法、字法、章法的使用有很多心得，其最终目的并非更好地表现内容，而是要在形式上出人意表。《御制词谱·词律序》云:"有韵之文,肇自赓歌,降而曰诗,曰骚,曰赋,莫不以音节铿锵为美……诗之变古而律,其法犹宽,至诗变而为词,其法不得不加密矣,何者,词为曲所滥觞,寄情歌咏,既取丰神之蕴藉,尤贵音调之协和。"这些都是因审美而追求诗法的生动写照,不仅如此,词法、曲法等文艺法度也是由此而来的。尽管唐代诗人以法度、规则胜者寥寥,但以法度写诗的人却不在少数。

盛唐文人的近体诗既有声律精工之美,亦有意象浑融、状物丰腴之生机,具有不同于汉魏诗的高古。到中唐以后,随着形象思维理性化的倾向日益明显,诗歌意象趋于碎裂,诗则处于下坡路了。生活于盛中唐之交的杜甫既是盛唐前诗歌的集大成者,又是中唐以后诗歌发展变化的开山宗师,后世诗歌理性化、技巧化、破碎化、琐细化倾向均导源于斯。除擅长讲声律的近体外,还兼工古体诗,因此,他的诗法也包容了关于古体诗的写作技法。胡应麟《诗薮》内编卷4云:"盛唐一味秀丽雄浑,杜则精粗、巨细、巧拙、新陈、险易、浅深、浓淡、肥瘦,靡不毕具。参其格调,实与盛唐大别。其能荟萃前人在此,滥觞后人亦在此。"虽元白倡俗化;韩愈以文为诗,大讲理性化与技巧化;孟贾诗歌技巧化意味更浓,然杜甫论诗之法无所不包、无体不工,"尽得古今之体势,而兼人人之所独专",自谓"老去渐于诗律细",故宋人有"自李杜以来,古人诗法尽废"[1]"学诗当以子美为师,有规矩故可学"[2]之说。尽管杜甫对法的范畴并没有进行理论的阐述,但他以极为严谨的法度意识,建构了一个初步的诗法理论基础,甚至是一个诗法体系。他奠定了具有独立形态的诗法学,对诗法的重视体现了一个诗人对形式的高度自觉,是近体诗成熟的一个标志。[3]

---

[1] 魏庆之:《诗人玉屑》下册卷15《韦苏州》,上海古籍出版社1978年版,第317页。

[2] 陈师道:《后山诗话》,参见何文焕辑《历代诗话》上册,中华书局1981年版,第304页。

[3] 谢群:《中国诗学理论中的"法"范畴》,博士学位论文,复旦大学,2005年。

杜甫以后，写诗最讲法度的是宋人，李东阳《怀麓堂诗话》云："唐人不言诗法，诗法多出宋"，宋诗讲法度，首先从王安石《字说》为诗正名开始。吕本中《童蒙训》卷下载："《字说》，诗字从言从寺，诗者，法度之言也。"李之仪《姑溪居士后集》卷15《杂题跋》也说："诗，从言从寺。寺者，法度之所在也。"宋人把法看成是诗歌固有的质的规定性，他们对形式、规则自觉的认识，对法度的心理认同，至此法度才羞羞答答地从形式主义的阴霾里迈足，进而逾越到诗学舞台的前沿。

入宋以后，诗人们更加喜好论理，词的兴盛又分担了诗歌倾诉私情的重任，于是诗歌在理性化、技巧化、议论化的坡道上愈滑愈远。江西诗派大力倡导形式上的"点铁成金"和内容上的"脱胎换骨"等法，加之一些理学家也引诗说理，使诗陷入非诗的恶劣境地。其结果是使诗失去了盛唐诗"透彻玲珑，不可凑泊"的流风遗韵，而成为"涉理路、落言筌"的"凑泊"之诗。黄庭坚对诗歌语言的高度敏感和对诗歌本质的深刻理解，其诗法论的基础是体法之论，这一点与杜甫强调诗律、文律的文体之法有相似之处。他主张师法古人，遵循文学创作规律。"作文字须摹古人，百工之技，亦无有不法而成者也"，文学创作和"百工之技"一样，无法不成。从"铁"到"金"需要"陶冶"的工夫，表面上看是要求作文有独创性，杜绝单纯摹仿和沿袭，其目的乃在于"以俗为雅、以故为新"，化腐朽为神奇。虽"文章各有体"，却又不局限于格律与成法，而更在于法度的变化，这样就避免了将法度沦为简单语言法则或艺术技巧的工具理性。进而吕本中活法论立足于作者本体而抛却模拟、点化，张扬诗意而及圆活，他不抛弃法，而是要在自由地驾驭法的基础上超越法，既要"规矩备"，又要能"出于规矩之外"，从心所欲，游刃有余，进入艺术世界的通达境界里。他以为"近世人学老杜多矣，左规右矩，不能稍出新意，终成屋下架屋，无所取长"。法度之外若再套法度，则诗歌活力完全被法度窒息。因此，他并不反对以法为诗，反对的只是将诗歌完全限定在法度之内的倾向。

无论是对从宽宏视角而言的虚化意义上的法度，还是对具体的字法、句法、章法以及各种技巧之法，宋人都进行了详尽的讨论，尤其"流转圆美"的法度之美将诗歌的人工之美提升到比较高的层次。其活法之说，由于认识到法度和自由之间的深刻矛盾，试图在变化中发展诗歌法度，在禁锢中寻找相对的自由又避免法度走向琐细化的极端，成为汉魏六朝以来论诗作文者的共同心声。

（三）钱锺书诗学技法思想

"法度在宋人那里成为诗歌的一种内在规定性，法范畴已经进入了中国诗学的中心并得以确立。"① 由于细密诗法的极致发展，宋代诗论普遍具有浓郁的法度意识，诗论家热衷于建构一种精微的技巧理论来指导诗歌创作，为诗坛提供了新的表现方法与创作技巧，为后世创作实践提供了"创造性模仿"的蓝本。于是，法开始超越具体作家作品、时代的限制而成为中国诗学乃至整个中国文艺美学体系的重要因素。这种风气还浸染到文学评点的方法与话语方式，明末清初文学批评家金圣叹是小说评点的大师，也是小说技法学的大家。在《读第五才子书法》中，他说："《水浒传》有许多文法，非他书所曾有，略点几则于后。"开列烘云托月法、草蛇灰线法、绵针泥刺法、鸾胶续弦法、背面铺粉法等15种技法。他还自负地声称："此本虽是点阅得粗略，子弟读了，便晓得许多文法；不惟晓得《水浒传》中许多文法，他便将《国策》、《史记》等书，中间但有若干文法，也都看得出来。"此外，还有毛宗岗提出的"不于有处写"以虚衬实之法，脂砚斋提出的"画家三染法"，哈斯宝提出的"十画九遮"之法等，繁复备至，不一而足。

明代大规模的诗法汇编系统承袭元代钻研诗法的风气，将前代诗格、诗式与诗法加以汇集刊行。对诗歌声律法度等创作规律的诗学汇考，如朱绂编《名家诗法汇编十卷》，其不论在局部具体的字、词、句的创作上，还是从全局着眼对创作机制的考察，析解明了。这种风气影响到清代，顾龙振《诗学指南》和许印芳《诗法萃编》两书非

---

① 谢群：《中国诗学理论中的"法"范畴》，博士学位论文，复旦大学，2005年。

常流行，《诗法萃编》是我国古代以诗法汇编之名而行收罗之实的诗法丛编著作，它的出现进一步标示着我国古典诗学发展到其成熟期和深化期，诗法著作已逐渐与诗评、诗话、诗论著作相融不分了。直至民国时期，如刘铁冷的《作诗百法》、蒋兆燮的《诗范》、谢无量的《诗学指南》诸书仍在讨论这种具体而微的作诗之法。

  中国民间传统热衷于诗歌技法的研究，一系列作为标志的诗格、诗法、诗话成为其诗学理论的主要形态。陈元赟在《升庵诗话》中说："《诗式》自皎然始，乃千万世诗家病源""说诗多而诗亡"，然诗论家又视其为浅陋、无益。20 世纪 40 年代以来技法思想在我国文学、美学研究领域中受到较多关注，其经王力、钱志熙、蒋寅、张伯伟等先生的努力，取得了一系列可喜的成绩。如王力对诗学格律的剖析；钱志熙对宋江西派活法的阐发；蒋寅对传统诗学技法观、八股文与明清诗学关系的梳理；张伯伟对诗格文献的汇辑、考订等令人耳目一新。

  20 世纪 80 年代以来，理论界对钱学的研究日渐增温，赫然已成显学，然多重于对钱锺书文学美论、艺术成就的评判，对其技法思想的研究尚未触及。其实，钱氏诗学思想里孕育着深刻而辩证的技法理论主张。

  《谈艺录》《管锥编》以传统札记形式写就，是"诗话的顶峰"。由技而进乎道，脱却模拟因袭之死法，钱氏在艺术技巧理论上持"出位之思"①，将不同的文学载体、艺术形态加以总结，结合不同时代的艺术理想指出，技巧这一来自创作经验的研究和总结，是对恒定法则的突破和改善。技巧一方面超越法则，但同时又可能积淀为新的法则，所以艺术规范不是一种先验的设定，而是来自创作实践的积淀。同时，艺术是有规律可循的，"文生于情，然情非文也。性情可以为诗，而非诗也。诗者，艺也。艺有规则禁忌，故曰持也。大匠之巧，

---

  ① 按：出位之思（Anders-streben），原指一种艺术载体欲超越其本身的表现性能而进入另一种媒体表现状态的美学。钱氏将其译为"出位之思"，意指"诗或画各自欲跳出本位而成为另一种艺术的企图"，如诗画一律、书画同文。

焉能不出于规矩哉"①，然而过分地强调规矩禁忌，也会导致诗歌创作生机的泯灭。姜夔重视诗法，又不夸大形式技巧的作用，他认为懂诗法，知诗病，仅仅是"不能诗者"迈出的第一步。重形式技法，由悟及妙，在遵守法度的基础上熟练掌握诗歌艺术的表现规律，才能做到诗工，进而至神妙的境界。《金刚经》云："如来所说法，皆不可取，不可说，非法，非非法。"强调的是内在的心传，而不是外在的法授，认为心即法，法即心。无上菩提就是心的大觉大悟，其本不须援法，但非有实宜之法，所以是"非法"。为了达到菩提的觉悟，又须借法入悟，不可无法，所以又是"非非法"。钱氏说"才气雄豪，不局趣于律度，迈越规矩，无法有法"，假如"规矩拘缚，不得尽才逞意，乃纵心放笔，及其至也，纵放即成规矩"②。通过对法的颖悟，融合禅宗悟法，才能最终抵达圆美而神韵自足的境界。要技进于道，由烦琐的法入于无法，"子美夔州已后，乐天香山已后，东坡南海已后，皆不烦绳削而自合，非技进于道者能之乎？""不烦绳削而自合"即主观的技、法，"自合"即合于文章之理。对法的破蔽在援悟而入，经由法的逾越而达莫逆于心、无法为法，迁思妙得而妙契同尘。

钱氏指出"人事之法天，人定之胜天，人心之通天"为艺术的三境界，无法至法、圆而能神为文艺美学之精神。"人法地，地法天，天法道，道法自然"，在诗歌创作中，诗人既要师法自然，又要按照自己的审美理想对大自然有所选择和润饰，以营造出神韵之境。康德认为艺术美高于自然美，但艺术美也要追求自然美那样自然而然的特性。美的艺术品看起来就像一个自然产品，但它又不是自然物，而是艺术。康德为此提示人们："美的艺术作品里的合目的性，尽管它也是有意图的，却须像似无意图的，这就是说，美的艺术须被看作自然，尽管人们知道它是艺术。"③ 他认为，艺术的美就在于它无目的

---

① 钱锺书：《谈艺录》，中华书局1984年版，第40页。
② 钱锺书：《管锥编》，中华书局1986年版，第1193页。
③ 康德：《判断力批判》上卷，宗白华译，安徽教育出版社2000年版，第151—152页。

又合乎人的主观目的。所谓无目的，是指艺术美并非为了人的感官娱乐，也不是为了完成某项既定任务而令人满意。合乎主观目的性即指美的艺术先天就符合人类普遍的审美机能，它能令每个人产生美感。艺术是有法而又无法的，艺术表现恰如自然那样自如，艺术美的表现是人的创造，是依法而行，似乎有规律，但在表现中又感觉不到规律，美的艺术必须看起来像是自然，不露出规则悬于艺术家内心的痕迹。无法之法，法在其中；有法无法，自由显现。这种必然与自由，想象力与知性的巧妙结合，就是艺术美的所在。

"东海西海，心理攸同，南学北学，道术未裂"，博引中心典籍对诗法源流因袭、变革的鉴别，钱氏在对传统技法理论嬗变形态的分辨中，"法道、法自然"包含着向宇宙生命具象之美及终极本体的认同与回归。他说："盖人共此心，心均此理，用心之处万殊，而用心之途则一。名法道德，致知造艺，以至于天人感会，无不须施此心，即无不能同此理，无不得证此境。"[1] 在实际创作中，"师天"与"师心"二者"若相反而实相成，貌异而心则同"。那么，为何在"师天"的同时还要"师心"呢？那时因为"造化虽备众美，但不能全善全美"，故在描写自然时要加以选择和矫改。"师天"与"师心"二者不可偏废，方能在艺术表现阶段使艺术品"合于天造，厌于人意"。对于方法和技巧上如何实现"人艺"与"天工"的合一与融会，钱氏说："愈能使不类为类，愈见诗人心手之妙。"他引莎士比亚的话"人艺足补天工，然而人艺即天工也"[2]，当然，这个过程就内隐着艺术家甄别取舍的审美判断。润饰自然也非随心所欲，无中生有，而是要依顺大自然的本性来增删修补，再熔铸主体的气骨、风神。艺术不是依葫芦画瓢，也非全在人心，而是"心物交媾后所产生的婴儿"，正如好文章是"蚌病成珠"[3]，怨尤积重所成。中西诗学，作家创作总要诗法自然，这是"法天"；而师法自然，必定要对自然有所选择与矫改，这是"胜天"；无论"师天写实"还是"师心造

---

[1] 钱锺书：《谈艺录》，中华书局1984年版，第286页。
[2] 同上书，第61页。
[3] 同上。

境"，都不能背离大自然的本性，这就是"通天"。唯其如此，才能达到从心所欲不逾矩的境地。

七　瓦解壁障　有效表达
——中国诗法知识谱系考论

法，从文字学的角度来说，它体现为一种秩序和规范。法本义为刑罚，按照胡适的说法，古代有两个法字。"一个作'仐'，从仐从正，是模范之法。一个作'灋'……是刑罚之法。这两个意义都很古，比较看来，似乎模范的'仐'更古。"[①] 在创作理论中，人们从形式上规范文人的创作，并把它确定为从事文艺创作的基本条件。在诗学理论中，法常常和格律连在一起。从文体的角度，尤其是在唐代，在指诗文基本的结构、语言要求和规则时，格、法的意义有时是相通的，在一些典籍中，对格、法在使用上并没有作区别。格，《说文解字》释为"木长貌，从木各声"，树枝的延长交错可以产生枝格，因此又引申为法式和标准。在进入文艺美学领域中，"格"仍不脱原义，主要指体式规范，也包括诗歌精神、志气在作品风貌上的体现。尽管诗格、诗式中所列规范和制式过于细碎，人们也只把它当成一种后学者入门须掌握的规则、形式，但它代表了中国诗法理论发展的一种潮流，也是诗法理论向更高层次发展的基础。

诗法是法则和技巧的统一，其本于语言，又超越语言质料的限制。作为语言的艺术，诗歌必然受语言介质内在规律的制约，要求有某种先在的法则作为诗歌语言内在规律的体现。清代方薰《山静居诗话》云："余尝谓诗盛于唐，至宋、元以来，格法始备。"这里的格法指的就是艺术结构、形式规则，即一般意义上的章法。甚至可以是文艺创作技巧的总结，如大规模的蒙诗法训的出现及宋人活法、死法、定法等范畴的提出，进而成为指导文学创作的纲领性原则。

中国古典美学讲究法，以中国画为例，就有所谓笔法、章法、勾

[①] 胡适：《中国哲学史大纲》，东方出版社1996年版，第282页。

法、点法、墨法、描法、染法等。画法是绘画的技艺法则，即图式语言的表现手段。老子云："道常无名，朴""朴散则为器"。画法相对于道，为形而下，因为它是具体的、可摹的东西。画虽一艺，其中有道，其中有法，法偏于技义，而鲜论及道。为让物性保持本真、充分自我呈现的诗性直观，诗法在人与自然的关系上是原始诗性思维生发而成为充满诗性智慧的天人合一。在处理人间秩序方面，诗法表现为以天道糅合艺道，以人道顺应天道的诗性伦理。"古人之诗，天也；后世之诗，人焉而已矣。"[1] 所谓"道艺不二"亦即得心应手。传统绘画用客观的形、神写意而产生出美妙境界，画家是法（技艺）的创造者、运用者和主宰，理为自然之反映，画家通过自然事物的体悟而进入道的境界。同时，道的境界通过画面所呈现的自然形象而显示画家的心意，一切图式只不过是以意运斤、以意使法的外在表现。创作不是制作，技法固然重要，但神韵、意境不能单靠精细的技法而生成。如何以有效的审美形式表现情志与性灵，如何让作品合目的性，是历代诗人努力追求的目标。

（一）技法理论：寻根与考释

艺术品在创造的过程中都由相应的技巧来表现。虽然古代诗文理论中往往并不用"技巧"这一术语，但其"法"这一概念，就是指诗文创作所依据的法则、程式，也就是艺术创造技巧。"早在《诗经》中，赋、比、兴等艺术手法的广泛运用，表明当时已经存在以艺术审美为本质的规范化形式。屈原《楚辞》采取与前者迥然不同的句式，以七字一句，间以兮字，已具有较明确的诗法观念。"[2]

汉代作为经学附属成分的诗学，诗歌法度也无非圣人法度在诗歌体裁中的体现。魏晋六朝以来，对形式技巧的重视在诗人心中的地位有了明显的改变，作为文化哲学范畴的法的理论品格和特征同样深刻地影响了后来的文艺理论。虽永明声律论未明确提出诗法的概念，但

---

[1] 罗大经：《鹤林玉露》乙编卷之三引杨万里语，中华书局1983年版，第163页。
[2] 谢群：《中国诗学理论中的"法"范畴》，博士学位论文，复旦大学，2005年。

实际上已对诗歌形式做出了十分严格的规定,《诗品》明确指出:"至平上去入,则余病未能,蜂腰鹤膝,闾里已具。"刘勰在"总术"一章中强调了术的重要;司空图列《二十四诗品》,是对24种诗歌写作技巧的讨论;南宋严羽《沧浪诗话》专辟一章为"诗法"。可以说,文艺之法的勃兴和密致乃是文人求美意识与社会文化因袭变革的结果,在涵盖体法和技法的法范畴之下,集合了格律、体式等体法范畴以及势、活法、定法等技法范畴。

六朝钟嵘对诗之技法尤为重视,因为"动天地,感鬼神,莫近乎诗"。他认为,写诗是有技巧方法的,而且这种技法也容易领会,《诗品·序》即云:"诗之为技,较尔可知,以类推之,殆均博弈。"他特别指出,由于不遵循诗法,当时诗坛出现了"庸音杂体,人各为容"的状况。"容",何意?《老子》言"孔德之容",《释文》引钟(会)注:"容,法也",这里所说的"人各为容"之"容"就是诗法。钟嵘认为,陆机诗"尚规矩""有伤直致之奇",张华诗虽"巧用文字",但"风云气少",当列入中品。"尚规矩""巧用文字"均指诗人在形式上努力的表现,但在钟嵘这里却因有伤真美而诟为诗病。

初唐诗人对形式的态度比较自觉,大量以阐述诗歌形式特征为主的诗格为唐人以诗赋取士,用科举名义将格律法度化提供了思想上的准备。以诗赋为试的唐代科举,检验士子对声律、对偶等法度掌握的,主要就是"考文者以声病为是非"。宋人姜夔曾云:"不知诗病,何由能诗?不观诗法,何由知病?"其实也是由于技法极为重视形式感而造成的。尽管诗格、诗式的出现宣告人们开始把目光投向诗法,但此时诗法在诗学中的地位依然是边缘的。诗人在创作中对句法、字法、章法的使用有很多心得,其最终目的并非更好地表现内容,而是要在形式上出人意表。

盛唐文人的近体诗既有声律精工之美,亦有意象浑融、状物丰腴之生机,具有不同于汉魏诗的高古。而到中唐以后,随着形象思维理性化的倾向日益明显,诗歌意象趋于碎裂。杜甫作为盛唐前诗歌的集大成者,又开中唐以后诗歌发展变化的宗师门径,后世诗歌理性化、技巧化、破碎化、琐细化倾向均导源于斯。除擅长讲声律的近体外，还兼工古体诗，因此，他的诗法也包容了对古体诗的写作技法。虽元白倡俗化；韩愈以文为诗，大讲理性化与技巧化；孟贾诗歌技巧化意味更浓，然杜甫论诗之法无所不包、无体不工，"尽得古今之体势，而兼人人之所独专"，自谓"老去渐于诗律细"，故宋人有"自李杜以来，古人诗法尽废"①"学诗当以子美为师，有规矩故可学"②之说。尽管杜甫对法的范畴并没有进行理论的阐述，但他以极为严谨的法度意识，建构了一个初步的诗法理论的基础，甚至是一个诗法体系。他奠定了具有独立形态的诗法学，对诗法的重视体现了一个诗人对形式的高度自觉，是近体诗成熟的一个标志。③

由于细密诗法的极致发展，宋代诗论普遍具有浓郁的法度意识，诗论家热衷于建构一种精微的技巧理论来指导诗歌创作，为诗坛提供了新的表现方法与创作技巧，为后世创作实践提供了创造性模仿的蓝本。于是，法开始超越具体作家作品、时代的限制而成为古典美学体系的重要因素。江西诗派大力倡导形式上的"点铁成金"和内容上的"脱胎换骨"等法，加之一些理学家也引诗说理，使诗陷入非诗的境地。其结果是使诗失去了盛唐诗"透彻玲珑，不可凑泊"的流风遗韵，而成为"涉理路、落言筌"的"凑泊"之诗。无论是对从宽宏视角而言的虚化意义上的法度，还是对具体的字法、句法、章法以及各种技巧之法，宋人都进行了详尽的讨论，尤其"流转圆美"的法度之美将诗歌人工之美提升到比较高的层次。其活法之说，由于认识到法度和自由之间的深刻矛盾，试图在变化中发展诗歌法度，在禁锢中寻找相对的自由又避免法度走向琐细化的极端，成为汉魏六朝以来论诗作文者的共同心声。

---

① 魏庆之：《诗人玉屑》下册卷15《韦苏州》，上海古籍出版社1978年版。
② 陈师道：《后山诗话》，参见何文焕辑《历代诗话》上册，中华书局1981年版，第304页。
③ 谢群：《中国诗学理论中的"法"范畴》，博士学位论文，复旦大学，2005年。

(二) 取法经典：尚活求变的过去性

经典与师法的关系在长期的创作实践中，使古体诗形成了自己的一套语言系统，虽然不像律诗那样严格按照声韵、病犯、句式来执行，但是作为约定俗成的一种形式，也暗含了法度的意义。由于儒家思想在秦以后逐渐占据统治地位，法古也渐成为后世文学法度产生的最主要途径。无论文学如何发展，其基本的语言法则、修辞方式乃至体式特征和古代经典总有着千丝万缕的联系。

传统以经典为法，刘熙载在《艺概·书概》中说："与天为徒，与古为徒，皆学书者所有事也。"与天为徒，言其应取法自然，从自然法则中寻找创作的灵感和方法，而与古为徒，则是对传统的学习。古，也就是经典，这里指的是那些业已产生并具有较高价值而为后人所称道和模仿的作品，尚法或变法，都是对经典的态度。传统美学的种种观点和论建，无非在前人的基础之上，或在经典的基础之上进行批判与继承。而在文艺创作实践中，历代诗人偏谙于拟古与尊古之中。在众体文章中，魏晋以前，辞赋摹拟最为兴盛，一般具有一定的制式，所谓"九"，屈原以"九"为题创造了经典，"九"的制式其实就是一种楚辞创作的法度，而后人的摹拟皆是对这种法度的继承和遵守。王夫之认为，九为乐章之数，凡乐之数，至九而盈，舜作韶而九成，乃候于天。① 东汉王逸在刘向的基础上编撰《楚辞章句》，并在《九辩序》中指出："至于汉兴，刘向、王褒之徒，咸悲其文，依而作词，故号为楚辞，亦承其九以立义也。""楚辞"体已不限于屈、宋之作，而是将此概念延伸到所有形式相类的作品上，显示出经典绵延、因袭的法度意识。

可以说经典是文艺创作之法的重要来源，罗马时代的诗学理论家贺拉斯为了纠正当时文学创作"过于放肆和猖狂"的倾向，主张以摹仿希腊经典来"加以制裁"和节制。② 《诗艺》制定了许多写作规

---

① 王夫之：《楚辞通释》，上海人民出版社1975年版，第121页。
② 贺拉斯：《诗艺》，人民文学出版社1962年版，第152页。

则，以理性来约束、节制创作。清人包世臣所说的法度，从根本上就是指经典。精而严，指语言形式的完备、技法的细密；博而通，则指法度本质的普适性，这样的要求只有公认的经典才可能达到。尚法或变法，只有对这些经典的成式加以广泛吸收，才能称得上真正掌握了法度。

皎然认为，"诗人皆以征古为用事"，刘勰说："事类者，盖文章之外，据事以类义，援古以征今者也。"据此可知，用事，是以引用经典、古语婉转地表达自己的思想感情，作为佐证自己观点的手段。随着诗歌的发展，诗在继续承担言志、抒情功用的同时，也渐渐成为特定社会群体交际游戏的必需品。中国古典诗学诗贵含蓄的美学原则要求诗歌表情达意，尤重比兴传统。古诗发展到宋代，被王夫之斥为"画地为牢"的唐代诗格、诗式均是讨论诗歌法度与规则的"金针"，实际上也就是传授写诗技巧的要诀达到了登峰造极的地步。刘大櫆说："古人文章可告人者惟法耳。"《沧浪诗话》专列《诗法》19 条，晚清许印芳《诗法萃编》对此全文著录并加按语云："全书皆讲诗法，此又摘其切要者，示人法门耳。"然而"会在技巧和语言方面精益求精；同时，有了这个好榜样，他们也偷起懒来，放纵了摹仿和依赖的惰性"[①]。江西诗派诗歌理论创作讲求法度，从章法结构到语言风貌，都希图确立一整套有章可循、有法可依的经典范式，在千年诗坛上立法规示于后人。严羽也重视法古，但是其范围不限定在儒家经典，而是以汉魏盛唐为师，通过熟参、熟读，然后酝酿胸中，久之而自然悟入，这正是突破文字训诂的局限而作出富有创造性原则的美学揭示。

用典的过程也是以价值诉求为终极目的的，后代诗文希图争夺话语权，因为经典意味着权威。古人用语典，往往不指明出处，讲究剪裁融化。诗歌用事，既可以"拘挛补衲，蠹文已甚"，也可以有助于情性的表达，使之成为胜语。典故用得多，但并不表示诗就写得好。钱锺书嘲弄那些"把古典来'挪用'……总不免把借债来代替生产。

---

① 钱锺书：《宋诗选注·前序》，人民文学出版社 1987 年版，第 13 页。

结果是跟读者捉迷藏，也替笺注家拉买卖"①。胡适有"八事"倡议，用事是为表达情意服务的，用事太多则反客为主，"语既雕刻，用事实繁"而忘其"所欲譬喻之原意"②，且"多有难明"③。诗用故实，尚"融化不涩"，不"拘泥古事"，以"水中着盐，不露痕迹"为高。游离在自由与规律之间的古事，在于其"有而若无"，让人读来"浑然不觉"，经典的归宿彰显着在具体历史语境与文化语境中，文学传播观念与接受者美学趣味的双向建构。

所以，经典应该是规范的，经大众公认的，如果诗所用的典故并非见诸典籍文献，它只为一个狭小的文化圈子所熟悉。钱锺书在《中国诗与中国画》里说："一个社会、一个时代各有语言天地，各行各业以至一家一户也都有它的语言田地，所谓'此中人语'。……在这种谈话里，不仅有术语、私房话以至'黑话'，而且由于同伙们相知深切，还隐伏着许多中世纪经院哲学所谓彼此不言而喻的'假定'，旁人难于意会。"④所以，经典的传播与消费，有一个文学体制规定的问题。作为文化乌托邦的历史想象，文学经典具有稳态性及权威性，它所传达的人类共通的"人性心理结构"体现着人们相同的审美趣味标准。宋代诗学中的美学风向标，成为诗歌审美创作所普遍遵循的原则。钱氏进而说："文人而有出位之思，依傍门户，不敢从心所欲，势必至于进退失据。"⑤活法作为作者审美情感与艺术理想集中化的表现形式，打破了日常语言的机械自动化模式，破除了常式思维惯性与话语结构以凸显情感。以黄庭坚为代表的江西诗派为自己选择了一条更为艰难的道路，就是从学习经典开始，而脱离传统诗法、规矩的樊篱。因此，宋代诗学活法论从最初诗作创新的具体技巧立论，其内涵上升为具有相当影响力的普泛性原则。

---

① 钱锺书：《宋诗选注》，人民文学出版社1987年版，第51页。
② 胡适：《文学改良刍议》，《新青年》1917年第2卷第5号。
③ 许学夷著，杜维沫校点：《校点诗源辩体》卷7，人民文学出版社1987年版，第114页。
④ 钱锺书：《七缀集》，上海古籍出版社1985年版，第3页。
⑤ 钱锺书：《谈艺录》，中华书局1984年版，第88页。

（三）技法规则：形式感的确立

钱锺书指出："诗学（poetics）亦须取资于修辞学（rhetoric）耳。"[①] 形式批评不能仅停留于形式，而应该由形式上升到对诗学问题的思考。俄国形式主义主张研究文学必须从文学本身去寻找构成文学的内在依据，而只有文艺的特有规律才能说明艺术的形式和结构。无论是俄国形式主义还是新批评，都认为诗是对普通语言的一种强制和偏离，诗就是受阻的、扭曲的言语，诗的语言则是对日常语言的陌生化。形式批评关心作为手法的艺术、叙事技巧、符号体系等，艺术形式是能独立自足、没有任何相关物的某种完整的东西，既指其所包孕的内容，又指其由一系列手法、技巧所构成的自身。文艺作品有着一切构成要素，包括情节、题材和主题，但主要是指文学的构成形式，诸如风格、体裁、韵律、结构等被视为内容的因素都被纳入形式概念里。因此，形式就成了以文学作品为审美对象的目的之所在。朱光潜认为，形式就是诗的灵魂，做一首诗实在就是赋予一个形式与情趣。"没有形式的诗"实在是一个自相矛盾的名词。许多新诗人的失败都在不能创造形式，换句话说，不能把握住他所想表现的情趣所应有的声音节奏，这就不啻说他不能作诗。[②] 对于新批评派来说，文学语言不同于一般的艺术媒介物，它深深植根于其历史结构和特定的文化传统中，因而具有多歧义性、暗示性，富于高度的内涵和含蕴。

文学性和陌生化的相互运动，促进了文学形式和布局的变化，使文学史长期保持在不断自我革新、自我改造、自我生产的状态中。宋诗作为一种与唐诗相对的诗学范式，是"一种有意味的形式"。俄国形式主义认为，每一个时代都有多种文学流派并存，文学的变革往往是非主流传统取代了主流传统，于是就有了主流的与非主流的两种文学传统。由此，俄国形式主义的宗旨之一就是探寻这种形式嬗变的基本规律。至近体诗成立之后，律诗法度森严，规格严密，这种形式的要求

---

① 钱锺书：《谈艺录》，中华书局1984年版，第243页。
② 朱光潜：《朱光潜美学文集》（第2卷），上海文艺出版社1982年版，第229页。

和礼的仪式一样，在所象征的意义缺失的同时，法就推动着文艺向着审美、独立的方向发展。当然，仪式可以重复举行，文艺创作之法也可以模仿和习得，因为仅从形式的角度来看，它们都是可以被复制的。

当文学性出现停滞不前的状况时，文学的陌生化原则会自动发挥作用，对传统形式加以反叛和否定。宋诗话批评家主张引用日常的方言俗语进入诗歌的语言范围。这对于习惯了唐诗语言的读者来说，方言俗语的大量运用是陌生的。在语词方面，摆脱前人的影响，打破六朝以来声律论的束缚。钱氏论述了文学创作出于规矩而又不背于规矩的辩证规律，指出学诗当识活法，即"规矩备具，而出于规矩之外；变化不测，而不背于规矩"。这是文学创作中自由与束缚、文学性与陌生化的互动关系。如俄国形式主义所论，如果说法则对应于语言客观性，那么诗歌技巧正指向这种超越。

技巧生奇，则感觉生新。钱氏指出，陌生化是"古今修辞同条共贯之理"，对于诗词中由此而来的险仄乖巧之句，那些不了解词章之学的传统经生往往墨守"文字之本"而大加贬斥。[①] 其实，从陌生化原则来看，突破"文字之本"恰恰正是创造全新审美效果的有效方式，普通语言中不通欠顺之处，往往正是诗文奇妙妥适之处。通过变更甚至扭曲语言形式，设置种种语言障碍，以增加阅读和理解的难度，从而获得一种新鲜感和奇异感，最终使得作品的个性、风格和特色发生变化。形式主义诗歌语言的陌生化是作品文学性的真正源泉，作者应该善于感受普通事物的特殊性，发现可能具有审美效果的艺术材料。对它们进行选择和加工，使其由现实材料变形为真正的艺术成分，从而通过艺术成分的组合安排与布局配置，使之构成艺术品。作品全新的艺术构成可以使读者摆脱原有的感知定式，唤起全新的审美愉悦与艺术享受。[②] 宋诗中有许多地方都运用了方言和俗语，特别是在宋诗代表人物，如苏轼、黄庭坚和王安石等人的诗作中。钱氏认为，"西洋诗歌理论和技巧可以贯通于中国旧诗的研究"，在论及梅

---

① 钱锺书：《管锥编》，中华书局1986年版，第149—151页；季进：《钱锺书与现代西学》，上海三联书店2002年版，第132—139页。
② 方珊：《形式主义文论》，山东教育出版社1999年版，第34—71页。

圣俞的"以故为新,以俗为雅"时,他就直接将它与俄国形式主义理论相阐发,认为陌生化理论其实并不陌生,早已成为中外诗家的秘宗陈言。事实上,竭力搜索的所谓"新词"会在因袭中变为"陈语",而竭力回避的某些"常谈",亦会在新的语境下别具新的面目。

(四)技法解构:回归与突围

法作为诗的基本规则,前人的成功范例,即所谓"成法",被赋予一种超越具体法则的意义。春秋战国时代提到的"无法"和"有法"的问题,以讲求诗的规则与修辞为内容的诗学勃兴,在中国艺术领域作为一个主流现象而绵延生息。刘勰把自然之道作为文学作品的内在法则,修辞技巧是自然的华美,文学的本质乃是艺术家性情的自然流露。

艺术必须以道体为根本,如庄子所说的技进乎道,即由技巧的纯熟达到忘乎所以的地步。反对机械地拘泥于法,强调用法的能动性和灵活性,即由有法至于无法,成为中国诗学关于技法的基本观念。面对法度与自由、诗学既定规范与创作个性的矛盾,苏轼认为,对于诗歌这一艺术形式,要"冲口出常言,法度去前轨",这就为后来活法,乃至无法开辟了先河。黄庭坚的诗论中潜含着不拘泥于法度的内蕴,以期从有法可循入手到摆脱前人束缚,从而最终进入"不烦绳削而自合"的境界。但是由于他取法过繁,过于注重句法用典,加之其一味追求诗歌的生硬奇险,造成重规范而轻自得的表象,使得许多江西后学仅在律度法式与炼字斫句上下功夫,而未能认识到黄氏诗论主体层面的变革精神,从而形成了南宋诗坛诗风争险斗奇的恶性循环。吕本中活法之说主要着眼于点化前人语句,但它的意义却表明具体法则是固定的,是谓定法,即死法;法的原理是灵活的,是谓活法。对法的原理把握的同时也就是对法的超越,所以说"有法而无定法"。如果说吕本中之活法为活用定法,其本质是"观前人之法而自为之,而自立其法",它求活于字句,欲以雕琢之工巧去涩硬瘦险而臻于流转圆美,通过活用前人法度来取得创作的成功。那么,定法则被认为是技巧之法的末端。

受禅宗影响，《画语录》首章即论"一画"。"一画"之"一"，即来自《易经》乾卦中最基本的符号——阳爻—。阳爻—和由其发展而出的另一基本符号阴爻，皆代表宇宙万物及其变化之根本。在石涛看来，无心处就是有心，无画处就是有画，无法处就是至法。他要通过对先行法则的解构，建立一种无所拘束的绘画方法。一画是绘画的最高法则，即无尚之法。他说："以法法无法，以无法法法"，无法就是法本身，一切法度都由这个法本身生出，一切法度都必须以法本身为最高典范。法度是艺术家创造精神的桎梏，因此，艺术家要通过至法来消解具体的法度，超越一切成法，包括古法和一切具体的法则，克服理障和物障，进入一片自由的创造境界中。艺术的方法完全消融在艺术的表现之中，如果能感觉得到，法就成了障碍，也就无所谓艺术的存在。其实，杨诚斋无法之本质就是心无定法，不主故常，"兴到漫成诗"，灵性地表达真切感受，抒发自己的真情实感。

在石涛看来，画家的创造精神不可避免地会遇到来自技法方面的滞碍，艺术的生成为规矩所左右，主体自性障蔽不显，笔墨施为主张。他强调绘画是心的艺术，绘画要表达心灵的独特体验，而不是简单地逞才斗技，技巧乃为表达人的精神所用。清人张扬变法，以为"变者，法之至者也"。变法是在熟练中生巧变，变与不变在于主体的态度，执着于法度显然是诗艺营构的大忌。在精通古今各种画法的前提之下，再以意使法，忘其为法，官知止而神欲行，不期然而然地符合法度，粉碎权威的绊脚石，解衣盘礴，从容地表达内在的心胸。艺术作为精神主体高度自由自在的表现，是独立自在的精神主体与本然自在的宇宙本体圆融契合的自由境界。钱氏指出，"人事之法天，人定之胜天，人心之通天"为艺术的三境界。人与现象界有巨大的"壅塞""障壁"，此时人与世界的关系只能是"隔""滞"，不可通。人满足于对对象的解释，这样必然造成对对象真性的忽略。所以，石涛秉持禅家思想，强调要从世界的对面回到世界之中，超越主客二分的模式，物我同视，自在显现，恢复在这个世界中的真实位置。石涛潜在地依照南宗禅的思路，以为性觉才为本觉，技巧的获得、画法的具备只能是一种末识。他的一画就是要解除心与物、手与笔之间相互冲突的关系，从世界的对面回到世界之中。

　　凡臻上乘境界的学问技艺总是无迹可寻。中国诗论家对技法的根本态度是反对执着于固定的法，而追求对法的超越，最终达到无法的境地。至法无法作为艺术家对待规则和技巧的根本态度，可以说是艺术观念发展到成熟境地的一个标志，它意味着艺术创作中独创性概念的终极确认。① 杜甫的诗法观就从创作机制的角度消解了先验的、外在的法度对创作的束缚，对即目即景的直接感知和形象空间意识的重视，使创作从客体回归到主体本身，实现了对法度的消解。无法的历史观念是通变意识与创新精神，刘勰曰："文律运周，日新其业。变则其久，通则不乏。"将通变提到了关乎文学发展命运的理论高度。杨万里的《易外传序》中说："易之为言变也。《易》者，圣人之通变之书也。何谓变？盖阴阳，太极之变也。"终于在其自身创作实践中获得圆美。就诗学而言，有法即是技，神而明之的无法就是道。艺术创造的源头在于作者的匠心变化，学诗不可忽略古人，亦不可附会古人。预先设定的成法只是对自性的戕害，陷人于牢笼之中而丧失了诗人丰富的感性，诗情诗兴就已经被先决性的规矩所束缚。一切诗法蒙学只能让人故步自封，丧失天真，而真正的诗人应根据自己的兴会感受自发地选择表达的形式和方式。故所谓无法，并不是随心所欲，混乱无章，而是与自然之道合，达到通神的境界。

八　颠覆传统　重构自身
——艺术经典化与文学解释

　　解释学（hermeneutics）作为一门学科后被译作释义学、诠释学或阐释学，导源于对《圣经》的解释，词源为希腊动词 hermeneuein，即神的使者赫尔墨斯。德国哲学家施莱尔马赫使解释学脱离单纯的圣经解经学而成为一门关于理解和解释的一般学说，成为西方古典解释学的创始人。德国康茨坦斯大学文艺学教授尧斯 1967 年提出接受美

---

① 蒋寅：《至法无法——中国诗学的技巧观》，《文艺研究》2000 年第 6 期。

学（Receptional Aesthetic）这一概念，认为一切的研究、评论与阅读活动只有一个目的，即如何认识、理解和诠释作品。伽达默尔关于解释学语言性和历史性的思想使其最终成为一种实践哲学。文本是一个开放的世界，诠释者可以发现无穷无尽的相互联系。英美新批评探究作品的内在审美构成，将作者创作意图、作品反映的世界与读者的反应悬置起来。罗兰·巴尔特在1968年宣称"作者已死"，意味着读者诞生，改变了以往俄国形式主义、英美新批评的文本中心主义传统。

文学史就是文学作品的接受史和效应史，解释学自20世纪以来逐渐成为一门西方显学。文学史的书写从来只关注作家与作品二维展开的历史，在文学史传统中，读者有意或无意地隐退、失语，造成了文学运动只存在于文学创作和形态表现的封闭圈子中。作家和文学作品是文学进程的核心，作为超越时间和空间的文本形态，不管是思想性还是艺术性，其价值是一种给定性的客观存在。

（一）读者的发现：文学史重构对经验传统的颠覆

导源于海德格尔、伽达默尔的现代诠释学理论和英迦登的现象学理论，接受美学瓦解了文本批评学派完全脱离现实、脱离社会的理论缺陷，重视读者的地位，丰富了文学作品的内涵。文学接受理论以海德格尔现象学和伽达默尔解释学为理论基础，重视文学接受实践，开创了文学理论的新局面。需要指出的是，任何文本都不是作为独立的封闭体系而存在的，打破英美新批评把文学作品视为独立自足体的认识论格局，将读者纳入文学进程之中而强调文学文本的未定性，视其为多层面、开放性的图式结构。1967年，德国H. R. 姚斯发表《文学史作为文学科学的挑战》一文，成为文学接受理论的宣言书。接受美学与接受理论作为20世纪七八十年代盛行于世的主要美学思潮，诞生在联邦德国南部博登湖畔的康士坦茨，被人们称为"康士坦茨学派"，逐渐成为世界上文学方法论研究中被讨论最多、影响最大的理论流派之一。

《易经·系辞》言："仁者见之谓之仁，智者见之谓之智。"一件艺术品，如乐谱被演奏为交响乐之前只不过是一堆冰冷的客体性符号，而表演本身就是意义生成的过程，融入指挥与演奏者的思考，转化为曼妙的音乐。读者就是一部作品的解释者和知音，把文字质料转为鲜活的艺术形象和意象，把诗与思、宇宙与人心连接起来，构筑成一幅幅氤氲富丽的交响篇章。接受理论奠定了由对作者、作品的研究而走向对读者研究的坚定道路，文学接受的过程亦即文学解释的过程，积极的理解过程是创造意义的审美体验活动。文学阐释是对文学作品释义和理解的艺术，从读者立场，通观整个文学世界，对文学与宇宙、文学功能与影响效果问题作出系统的判断。文本只有在被阅读时才会被唤醒生命，文学作品的意义需要读者通过已有的审美阅读经验获得新的意义，从而唤回与以往不同的生命感悟。

文学解释学认为一部文学作品自其完成之时，就已经不再是一件僵化之物，而是一个鲜活的开放性结构，它面向不同的时代，每一位读者都可以从中汲取养料，获得不同的审美价值。因此，作品本身超越了自身有限的格局，而展现出形而上学的力量。在历时性的对话之中，文本从文字、词语的物质媒介中解脱，成为再创造、再补充的存在之物。一千个读者就有一千个哈姆雷特，不同的读者对蒙娜丽莎微笑的解释和理解也是不同的，因为读者，作品从阅读中挺秀超脱。这就是说，文学接受具有对话性特点，作品离不开读者主观的参与、评价与创造。所以，文学接受是以文本解读为中心，经由读者加工，融入个体的审美体验与感悟，把握文学作品哲学意蕴、敞开真理世界的一种能动的意义融会过程，是读者在审美经验基础上对文学作品的价值、属性进行主动选择、接纳或扬弃的过程。

刘勰在《文心雕龙》里谈道："知音其难哉！音实难知，知实难逢，逢其知音，千载其一乎！"在这里，古来文学批评存在着贵古贱今、崇己抑人、信伪迷真等不良倾向，优秀的文学评论者是很难遇见的。因为从主观上看，评论家见识有限而各有偏好，难于恰切。

德国美学家伊瑟尔认为："在文学作品的写作过程中，作者头脑里始终有一个'隐在的读者'，写作过程便是向这个隐在的读者叙述故事并与其对话的过程。因此，读者的作用已经蕴含在文本的结构之中。"① 可见，作为文学活动场域的构成因素，读者是一种能动的存在，对作品的价值和地位起着直接的、决定性的影响。比如，杜诗对晚唐及宋人的影响巨大，超过了杜甫的物理生命本身。自欧阳修《六一诗话》始为创体以来，诗话著作一时蔚为大观。宋代处于杜诗学的兴盛期，宋人基本上没有不受杜诗影响的。宋濂强调"识见有精粗"，读者的识见非常关键。可以说，读者的接受史参与了文学史的建构，作品能否流传，可否成为经典，正来源于读者的阅读，甚至在很大程度上依赖读者的肯定性评判。刘勰说："缀文者情动而辞发，观文者披文以入情。"正确地理解作者之思，读者要含英咀华，将深文隐蔚、余味曲包的文字符号的微妙之处进行解密，识见与细读必不可少。

（二）文本开敞与间离性：文学解释的要素

文学接受不是对文学文本简单地还原与复现，而是一种积极能动的建构过程。读者以自己的期待视野为基础，将文学作品由"第一文本"转化为"第二文本"，填空与对话、解读与阐释是其必要性环节。以此为据，读者的阅读既是文学作品不同历史阶段接受的历史，更是评价和重构的历史。

1. 视野融合与阐释的循环

文本从属于绵延的历史，文学作品通过它自身的现实意义去克服时间的距离。文本虽然处于开放中，所有的历史理解都不是纯粹摹仿或者重复，而是新的理解，各种视野不是彼此无关的，新旧视野总是不断地错综杂糅在一起，借此沟通往昔的文学想象与当今读者的审美经验之间的关联。海德格尔认为，阐释不只是一种阐释技巧，而是从事情本身出发处理前有前见和前把握，任何存在都是在一定时间空间条件下的存在，超越历史环境而存在是不可能的。同时，与不同的艺术类型或科学著作相比，文学作品以文字符号为媒介，具有抽象性和时间性意味，读者的想象与主动性参与是视域融合的内因。

---

① 郭宏安：《二十世纪西方文论研究》，中国社会科学出版社1997年版，第331页。

阐释需要把文本产生时的历史视野同读者的历史视野相融合，在某些历史时期，读者由于审美情趣与审美标准的差异而对作品评价不一，但并不能改变作家应有的历史地位与作品的客观价值。陶渊明的诗歌地位在南朝并不高，《宋书·谢灵运论》《文心雕龙》均忽视陶渊明，在钟嵘《诗品》中被列为"中品"，在宋人那里却得到了极大的歆羡，视为自然平淡的正宗。至于曹操则被列为下品，这在今天来看都是不可思议的。在文学史上经常出现这样的情况，作家在某时昙花一现之后很快就被遗忘；或者素来不名一文，但数年以后其作被奉为经典。

新旧视野总是不断结合在一起的，阐释的循环意味着部分和整体的循环是所有理解的基础，文学作品的接受须置于文本的整体语境中来理解。对文学作品陌生对象的把握，理解的运动就这样不断地从整体到部分，又从部分到整体。在伽达默尔看来，部分和整体的循环是所有理解的基础。单个因素不应凭借个人的经验来品味，必须置于文本的整体语境来理解。从根本上说，理解总是处于这样一种循环中的自我运动，这就是从整体到部分，再从部分到整体的不断循环往复。①从文学接受的要素到过程，阐释的无限性是针对语境的无限性而言的，是历时与共时语境共同作用下的产物，海德格尔指出，这大都是在前理解作用下对当下语境所做的一种"合乎情理"的解释。历史语境不仅拥有种种意义的生产能力，它还保留了特有的答辩制度和否决权。阐释是受语境制约的，不等同于历史语境的无限宽容，并非可从文本之中任意招来各种意义，因此也是有限的。

2. 间离与意义的显现

文学作品是供读者阅读认知的，如果没有一定的可解性，不能符合阅读者的欣赏习惯或趣味，往往会被束之高阁。作品是敞开的文本，存在着召唤结构，因而读者在作品意义的构成中起着重要作用。优秀的文学作品常常立意不大，关注人类情感和人性，同时隐含着作者同读者对话的愿望，因而审美价值较高。经典作品留下的意义空白

---

① ［德］伽达默尔：《真理与方法》，洪汉鼎译，商务印书馆2007年版，第263页。

给阅读实践开辟了道路，这种间离感让读者参与作品意义的生成。

作为文学接受的客体，文学作品则具有召唤结构。魏晋时期著名玄学家王弼认为，经典包含了"言、象、意"三重关系。"夫象者，出意者也；言者，明象者也。尽意莫若象，尽象莫若言。言生于象，故可以寻言以观象；象生于意，故可以寻象以观意。意以象尽，象以言著。故言者所以明象，得象而忘言；象者所以存意，得意而忘象。"[1] 文学解释学指出，文学文本布满了对未定点的确定和对空白的填补，读者要在作品的不确定性和空白处寻找意义，参与文学意义的构成。读者把自己的经验与对世界的感受联系起来，有限文本展示出意义的无限可能性。文学作品的不定点或空白越多，读者沉潜作品审美世界进行艺术再创造的空间就越大。文学文本作为客体召唤性是最根本的结构特征。期待视野构成作品生产和接受的框架，是阅读作品过程中读者以往的文学阅读经验所构成的思维定向或先在结构。文学作品并不具有超时代的固定含义，文学作品的接受史也就是无数的前见反复叠加的过程。读者究竟怎样看待和理解某部作品的接受史，折射出对一部作品最初的理解和当今的理解之间的差异。伽达默尔认为，读者的期待视野会同作品的期待视野发生碰撞，文学研究要探究其跨越历史的、超越原来交流语境的意义，是过去的和当前的审美经验的融合。一部作品的接受往往带有修正甚至推翻的过程，只要人类存在，这一过程便会无限延续下去，永远不会终结。读者的期待视野以及文学的下属概念、判断原则和标准在这一过程中将会不断地变迁和更新。

期待视野脱离不了读者的性别、年龄、气质、兴趣等心理特征，尤其是读者的世界观与人生观、审美趣味、情感倾向、人生追求、政治态度，以及对不同文学形式和技巧的掌握程度等制约着读者对文本的选择。期待视野表现为一种潜在的审美期待，可以具体分为文学表现形式的期待、审美意象的期待与哲学意蕴的期待三个层次。文学表现形式的期待是指对作品艺术形式的印象、唯美主义的期待，包括作

---

[1] 楼宇烈校释：《王弼集校释》卷2，中华书局1980年版，第609页。

品的文学性、文体观、表现手法、语言魅力、艺术感染力等；审美意象的期待是指对生存世界与人物意义方面的期待，包括作品的题材、主题、情节、作家意图等；哲学意蕴的期待是指读者从接受动机与需求中所产生的对作品价值的整体期待，这种对智慧的追问使读者可重新塑造生命的历史。

文学经典具有超时代性，作品的历时性特点以其永久的艺术魅力而为历代读者所共享。文学作品有教化的功能，孔子有"不学诗，无以言""兴于诗，立于礼，成于乐""诵诗三百，授之以政，不达；使之四方，不能专对；虽多，亦奚以为"的说法，认为不管是出入应对，《诗经》都是教人为温柔敦厚的君子，以寻求或建构自己的文化价值，诗意的栖居。比如读道家文学，不管是《老子》还是《庄子》，其中老子、庄子和我心有灵犀，合而为一。"朝彻而后能见独，见独而后能无古今"，这不是孤立的自我，读者把老子的生命融入了自己的世界中。

3. 文本敞开与诗学秩序的重构

文学消费既是一般商品消费，又是特殊的精神产品消费。文学接受反对以新批评、结构主义为代表的文本中心论，一部作品在不同历史时期的接受史就是文学作品的消费史和对话史。犹如一个产品，强调文学作为商品的属性，通过精心的策划设计，在流水线上复制、生产，文学生产的资本化使得文学不再成其为文学，大量的文学写作正在按照文化工业的逻辑推进，消费写作模式已经使得文学创作成为一种产业。发端于20世纪初叶上海的"鸳鸯蝴蝶派"这一通俗文学等把文学生产的使用价值转换成交换价值进入消费领域。随着影视、图像等现代媒体在中国的崛起，文学形成新的商业操纵力量，抹平日常生活与艺术虚构之间的界限。

现代性以来，"先锋性""后现代""实验写作"日渐萎缩，欲望化展示与狂欢化诗学成为消费社会文艺的总体风格特征，娱乐至死的观念深刻地影响着文学创作，"宏大叙事"被"日常摹写"所取代，日常生活的审美化正在消解艺术与生活之间的距离。消费时代的到来冲垮了许多古老的观念，泛滥时尚，对人文精神、严肃文学的怀疑使文学原有的生存方式被否定，迫使文学调整自身的节奏和表达。

与同化、顺应的相互容纳、转化不同，读者审美经验与作品间的距离决定着文学作品的艺术审美特征和魅力，在阅读活动中，读者由于认知能力超越了文本结构，阅读会转向索然寡淡，导致文学消费遇挫而无法进行下去。还有一种情况，文学作品的表现形式、内涵涌现、创作手法等因素过于晦暗滞涩，读者接受能力或审美水平的局限，会使读者放弃文学阅读行为。当期待视野与文学内容产生巨大差异时，读者会严重受挫，阻隔其进一步的阅读愿望。即使有的作品具有很高的审美价值，但因无法建立阅读关系，艺术欣赏与感悟无从发生，艺术魅力亦不可生成。经典文本往往会打破日常写作的机械化模式，以其陌生化的手法增加艺术感悟的时间和难度，出其不意的突转、山重水复之后的惊现，文本内涵或意向性结构在短暂遇挫之后继而给读者带来豁达澄澈的艺术境界。歌德指出，艺术精神的探索在于"谁要伟大，必须聚精会神，在闲置中才能显出来身手，只有法则能给我们自由"。文学接受就是在同化与顺应、遇挫与震惊交替出现的精神历险活动中，不断提高和充实读者的审美水平。

（三）经典化进程：人类整体与生命同情

解释学认为，个人从属于传统，解释活动是读者通过解释文本去探究对象的本源，进而重构自身的过程。作为具有历史语境的读者，是带着自己的主观前见与文本展开对话的，读者在解释活动之前拥有的前见是其解释得以进行的基础。作为解释对象的文本符号、语言结构与作者、宇宙有着必然的关系，文本的意义在于其现实性，是在与解释者的对话中形成的。解释者与作者因为精神生活与生命意识的同质性而打破时空距离，相通的生命底蕴基础成了理解历史整体的可能。随着解释者的改变，文本的意义也会随之发生改变。通过体验、表达与理解，个体之人融化于人类整体。

1. 阅读行为与君子盛德

从文学经典的形式与内容关系来看，"质胜文则野，文胜质则史。文质彬彬，然后君子"。出于对艺术创作手法、技艺的领悟，文学阅读有借鉴模仿的动机。从教化与求知角度来看，通过阅读可以增进对自然人文、人生事相的把握，《诗·周南·关雎序》言"美教化，移风俗"，《礼记·经解》云"故礼之教化也微，其止邪也于未形，使人日徙善远罪而不自知也"。文学阅读给读者以风化陶冶，获得精神的熏染澡雪。同时，读者出于审美与鉴赏的需要，对文学性的审美愉悦感有着更多的偏好，理性分析判断也会融入其中。

由于阅读行为具有一定的自娱性和个体性，他们的接受动机便具有更多的主观性或随意性，一般读者在阅读《红楼梦》的过程中经常从个人生活体验、兴趣爱好和道德立场作出评价。不同读者的接受动机也是不同的，《红楼梦》是一部诗性的文学作品，对其主题思想的解释没有统一的认识。袁枚称《红楼梦》"备记风月繁华之盛"；晚清"中兴名臣"胡林翼视《红楼梦》为洪水猛兽，给予更多的道德批评；清人鸳湖月痴子在评点《红楼梦》时说其"使天下后世直视《红楼梦》为有功名教之书，有裨学问之书，有关世道人心之书，而不敢以无稽小说薄之"①。

2. 阅读心境与生命感怀

不同的阅读心境会影响阅读的效果，受一定的情绪状态的影响，文学感悟与体验的境况会发生深浅不一的变化。中国美学一直强调情感是艺术的内在生命，"情者文之经，辞者理之纬"，清代刘熙载把审美风格分为"花鸟缠绵、云雷奋发、弦泉幽咽、雪月空明"为诗之四境。诗境就是心境，一般来说，接受心境可分为欢愉、抑郁和虚静三类。面对"花鸟缠绵、云雷奋发"的欢愉之境，给人以振奋乐观的情绪；"寒塘渡鹤影，冷月葬诗魂""弦泉幽咽"的抑郁之境带来感伤落寞、郁闷难平的情绪；"雪月空明""澄怀观道"的和平静穆之美则空灵虚无、超以象外，朱光潜将"雪月空明"列为最高的美的境界。

接受心境与接受效果相互影响，庄子讲心斋、坐忘、朝彻而见独，刘勰《文心雕龙·神思》"陶钧文思、贵在虚静"，读者的接受

---

① 一栗：《古典文学研究资料》，中华书局1963年版，第377页。

心境随环境、文学内涵等因素的影响而发生变化，虚静通向精神自由，遨游天地太玄，妙悟而充分唤起感知、情感、想象、理解等心理机制，融入自己的审美经验，形成新的艺术形象，从而完成审美创造活动。

3. 涵泳自得与味道天然

中国古典美学往往并不满足于对感性形式的追求，而更多地心仪于终极的价值关怀和对意境的追寻。文学阅读的意义应该是作品的审美意义，而非对作品文字的训释和考证。司空图《二十四品》载："不著一字，尽得风流。"皎然《诗式》曰："但见性情，不睹文字""不顾词采，而风流自然"。将与人共处的自然宇宙、人性心理都纳入"对话—体悟—理解"的框架中。

形象大于思维，伊瑟尔指出，艺术存在于读者与文本的对话中，文学文本只是一个不确定的"召唤结构""未定的无人区"。孔子删订六经，并没有进行文字的考订，而是对文章大义的阐幽发微，用以教化世人。阐释要沟通古人与今人，融合过去与现在，联系自己与他者，会通主体与客体，要"丢弃自己"，以便设想古人之处境，把自身一起带到历史的视域中去，以避免古今隔离。英伽登认为，文学作品最终完成依靠读者去"填空"，解释就是让语言文字瓦解，将意义释放出来。伽达默尔认为，文本是一种吁请、呼唤结构，它渴求被理解，文学意义在读者与文本的"对话"中生成，文学作品的意义是开放、不确定的，处于无限的对话中。刘勰在《物色》篇中提出"物色尽而情有余"，中国古代文论所强调的"兴味"，实际上也包含着与英伽登的"填空"，与伽达默尔的"对话"相近的见解。钟嵘《诗品序》倡"滋味说"，使味之者无极，闻之者动心。诗歌激发起人们丰富的想象和联想，进而感悟体味诗中的意蕴。

一般人们会将文学作品的图式结构区分为"文学语言符码层—意象图式层—哲学境界层"三个层面，文学作品在每一个层面均具有张力与弹性空间，正是这种艺术手法或人格美学意义的隐秀，深文隐蔚、余味曲包的陌生化原则造就了解释困境。由词组到段落，由文辞到意象，由形象到意蕴，文学作品的感性与不确定性特点使文本形成了带有虚构的纯粹意向性特征。宋人严羽《沧浪诗话·诗辨》云："盛唐诸人，唯在兴趣，羚羊挂角，无迹可求。故其妙处，透澈玲珑，不可凑泊。"作品的思想观念及其本旨更是混沌朦胧。关于《红楼梦》的主题思想，读者提出了如"爱情说""色空说""正反说""封建家族衰亡说""双重悲剧说""痛苦解脱说"及"多重主题说"等，进入21世纪，又有"市民说""农民说""传统思想说""晚明思想说"等多种不同看法。对于贾宝玉形象的叛逆性问题，今天也看法不一，甚至结论截然相反。正如同柏拉图吊诡之言"美是难的"，文学作品的最终完成，必须依靠读者自己去体验、去填空，在理解的历史性基础上不断建立新的阐释，逼近真理本身。

阐释以读者"先有""先见""先理解"为基础，这种意识的"先结构"使理解和解释总带有解释者自己的历史环境所决定的成分，所以不可避免地形成阐释的循环。与科学论著严密、重视逻辑与理性的样貌不同，文学作品带有明显的朦胧性和含蓄性特点，填空与对话成为意义解密的孔道。中国古代诗学重视直觉体验的积极意义，从整体上把握作品的意旨，始终将对作品意味的品鉴看得高于对作品意义的理解，而兴味、涵泳是中国古代诗学解释学提出的独特的文本理解途径，弥补了西方阐释学重理性分析的缺憾。

4. 生命之喻：兴会与同情

《论语》云："诗可以兴，可以观，可以群，可以怨。"朱熹将"兴"解释为"感发志意"，"兴"可以"感"，强调了主体的审美体验，正所谓"感同身受"。《知音》云："夫缀文者情动而辞发，观文者披文以入情，沿波讨源，虽幽必显。"外物触动了作者的感情，引起无穷联想。钟嵘《诗品》释"兴"为"文已尽而意有余"，他评张华"兴托下奇"，就因其诗"体华艳""务为妍冶"。诗的审美本质在于抒情，诗的妙处就在于"味"，文艺作品中的"味"指超越生理上的感觉，在语言上具有难以穷尽、无限妙处的精神感通。刘勰《文心雕龙》谈"味"，他说："始正而末奇，内明而外润，使玩之者无穷，味之者不厌矣。"只有使赏玩者余味无穷、永不厌倦的作品才是好作品。兴味更多地带有欣赏论的色彩，注重欣赏者的个体情感、审美享受与趣味。钟嵘认为,"滋味"为"诗之至",司空图以"韵味"辨诗,诗的审美特征见著于"味外之旨""韵外之致"。

中国古代文论以生命之喻为特色,涵泳有优游从容、自在自得之意,深入体会,沉潜其中,以反复玩索和推敲的体认方式去接近对象。"涵"指潜入水中,有沉潜之义,朱子讲"虚心涵泳,切己体察",清人王夫之《姜斋诗话》卷2云"熟绎上下文,涵泳以求其立言之指,则差别毕见矣",朱熹《论读书诗》云"读书切忌在慌忙,涵泳工夫兴味长。未晓不妨权放过,切身须要细思量"。虚心则客观而无成见,切己则设身处地,视物如己,以己体物,用理智的同情去理会省察。所谓"涵泳工夫兴味长",通过字斟句酌,反复玩味,才能悟出其中的意趣。

读者还原文学作品的过程是一个在特定语词序列的导引下,还原作家心目中的理想形象、情感体验和思想世界的过程。《孟子·万章上》云:"故说《诗》者,不以文害辞,不以辞害志;以意逆志,是为得之。"文,指文采修饰;辞,指词语含义;意,指作品思想主旨。文学接受要切己体察,不能拘泥于文采修辞而误解对词句含义的理解,也不能拘泥于辞句而误解诗人之志(作者本意),明晰古人的致思方向在于通过主旨联结作者本意。艾柯认为,如果诠释者的权利受到过分的夸大,种种离奇又无聊的诠释可能会毫无节制地一拥而上,这即是他所指出的"过度诠释",他们抛弃了"文本的原义"概念,竭尽全力地在文本的帷幕后面搜索那个并不存在的终极答案。刘勰主张"无私于轻重,不偏于憎爱"地从事文学批评,"然后能平理若衡,照辞如镜矣",以获得客观性解释。

人同此心,心同此理,杨春时认为:"理解使自我主体与他我主体在认识论上得到沟通,同情使自我主体与他我主体在价值论上得到沟通。"[①] 亚里士多德认为,陶冶是"无害的快感",弥合审美与道德、艺术与认识、自由与遵循之间的鸿沟。审美同情和审美理解都是

---

① 杨春时:《审美理解与审美同情:审美主体间性的构成》,《厦门大学学报》2006年第5期。

对人生意义的把握方式，它们殊途同归，正是由于审美理解与审美同情的充分融合，才有物我一体、主客同一。狄尔泰认为，"只有同情才使真正的理解成为可能"，同情意味着消除自我与他者的距离，换位体验克服了现实存在的个体价值的狭隘性，使自我与他者接近融合，从而克服了自我中心主义。中国古代美学追求审美意境，"我看青山多妩媚，料青山见我亦如是"，同情使人的生命与自然生命开始融化为一体，物我不分、物我两忘。同时，文学接受虽有明显的个体差异性，又存在着广泛的社会共通性。黑格尔认为，古典艺术"有生气的灵魂"的遗失在很大程度上是因为世界的变迁而丧失了原生的动态关系，作品不能让概念、判断成为审美的注脚，艺术的内在情感意蕴处于流动不居的状态，并随着读者的境况差异、时间变化而有所不同，超越语言外在的形式束缚而进入深广的内心世界。艺术作品的生命灌注般的共鸣能够激起观众内心的快感和痛感，从而使观众的情感达到极致的状态。托尔斯泰就说过："在自己心里唤起曾经一度体验过的感情，在唤起这种感情之后，用动作、线条、色彩、声音，以及言词所表达的形象来传达这种感情，使别人也能体验到这同样的感情，这就是艺术活动。"[1]

在文学接受活动中，读者在文本含义生成时融入其间，主动扮演角色，并对作品的历史生命具有决定性影响。文学的理想状态应该是在共鸣的基础上实现超越的宏图，超越与共鸣共生共荣。[2] 中国文论历来重视人情人性，"情动于中，故形于言""人禀七情，感物吟志，莫非自然"，情感的共鸣性是文学的正宗。林黛玉因为听了《牡丹亭》戏文而"心动神摇""如醉如痴，站立不住，便一蹲身坐在一块山子石上""心痛神痴、眼中落泪"。又如歌德《少年维特之烦恼》中少年维特的形象，维特爱上已与人订婚的少女绿蒂，最终以悲剧结束。作品引发了大量读者的共鸣，据说，许多青年不仅模

---

[1] 托尔斯泰：《艺术论》，伍蠡甫：《西方文艺理论名著选编》（中册），北京大学出版社1986年版，第412页。

[2] 寇鹏程：《共鸣：一个更需重视的悲剧生成审美机制》，《云南师范大学学报》2014年第1期。

仿维特的服饰，甚至还模仿其因情自杀的行为，在欧洲掀起了一股强劲的"维特热"。

文学的历史是作家、作品和读者三者之间的关系史，接受过程与读者的文化教养、期待视野、个性趣味密切相关。对一部过去的作品的理解就是今昔对话，以达到今昔审美经验的融合。接受美学以读者为中心，反思语言与存在的关系问题，诗与思成为话语的核心。在伽达默尔看来，作品并没有固定的含义和意义，作品的含义和意义是在与读者的对话中形成的。误读（misunderstanding）在于摆脱前人解释的巨大阴影，通过有意误读而达到某种创新的境地。例如对儒家经典的解释，注、疏、传、笺、解、章句等形成了对原典的阐发与会通。欲知人先知言，孟子将语言分为"诐辞、淫辞、邪辞和遁辞"，对语言遮蔽真理的显现，因文明道，体现为对道的体悟。道为文之体，文为道之用，美如何超越有限而抵达无限，正是古今艺术致思的核心。

参考文献

［保］基里尔·瓦西列夫：《情爱论》，赵永穆、范国恩、陈行慧译，生活·读书·新知三联书店1984年版。

［德］M. 霍克海默、T. W. 阿多诺：《启蒙辩证法》，洪佩郁、蔺月峰译，重庆出版社1990年版。

［德］恩斯特·卡西尔：《人论》，甘阳译，上海译文出版社1985年版。

［德］伽达默尔：《真理与方法》，洪汉鼎译，商务印书馆2007年版。

［德］康德：《判断力批判》，邓晓芒译，人民出版社2002年版。

［德］马克思：《〈资本论〉第一卷第二版跋》，《马克思恩格斯选集》（第2卷），人民出版社1972年版。

［德］弗里德里希·尼采：《悲剧的诞生》，刘琦译，作家出版社1986年版。

［德］弗里德里希·尼采：《瞧！这个人》，刘琦译，中国和平出版社1986年版。

［德］齐奥尔格·西美尔：《时尚的哲学》，费勇等译，文化艺术出版社2001年版。

［德］沃尔冈·韦尔施：《重构美学》，陆扬、张岩冰译，上海译文出版社2006年版。

［俄］K. 拉兹洛戈夫：《人与艺术》，章杉译，《世界电影》1999年第4期。

［法］加缪：《西绪福斯神话——论荒诞》，李玉民译，漓江出版社2015年版。

［法］罗丹：《罗丹艺术论》，人民美术出版社1978年版。

［法］罗兰·巴尔特：《符号学原理》，李幼蒸译，生活·读书·新知三联书店1985年版。

［法］萨特：《存在与虚无》，陈宣良等译，杜小真校，生活·读书·新知三联书店2014年版。

［法］让·华尔：《存在哲学》，翁绍军译，赵鑫珊校，生活·读书·新知三联书店1987年版。

［法］西蒙娜·德·波伏娃：《第二性》，陶铁柱译，中国书籍出版社1992年版。

［美］埃·弗洛姆：《爱的艺术》，刘福堂译，安徽文艺出版社1986年版。

［美］丹尼尔·贝尔：《资本主义文化矛盾》，赵一凡等译，生活·读书·新知三联书店1989年版。

［美］弗兰克·戈希尔：《第三思潮：马斯洛心理学》，吕明、陈红雯译，上海译文出版社1987年版。

［美］约翰·费斯克：《理解大众文化》，王晓珏、宋伟杰译，中央编译出版社2001年版。

［美］理查德·凯勒·西蒙：《垃圾文化：通俗文化与伟大传统》，关山译，社会科学文献出版社2001年版。

［美］理查德·舒斯特曼：《实用主义美学》，彭锋译，商务印书馆2002年版。

［美］雅可布·布鲁诺：《符号语言的进化和力量》，《国外语言学》1983年第4期。

［美］约瑟夫·阿·勒文森：《梁启超与中国近代思想》，刘伟、刘丽、姜铁军译，四川人民出版社1986年版。

［日］狭间直树：《梁启超·明治日本·西方》，社会科学文献出版社2001年版。

［西］奥尔特加·加塞特：《大众的反叛》，刘训练、佟德志译，吉林人民出版社2004年版。

陈晓明：《中国新写实小说精选》，甘肃人民出版社1993年版。

［英］李斯托威尔：《近代美学史述评》，蒋孔阳译，上海译文出版社1980年版。

［英］迈克·费瑟斯通：《消费文化与后现代主义》，刘精明译，译林出版社2000年版。

［英］约翰·斯道雷：《文化理论与通俗文化导论》，杨竹山等译，南京大学出版社2002年版。

［英］汤因比等：《艺术的未来》，王治河译，北京大学出版社1991年版。

［英］特里·伊格尔顿：《美学意识形态》，王杰等译，广西师范大学出版社1997年版。

李华兴等编：《梁启超选集》，上海人民出版社1984年版。

［匈］卢卡契：《卢卡契谈话录》，龙育群、陈刚译，湖南文艺出版社1990年版。

《鲁迅全集》，人民文学出版社1981年版。

白永秀、任保平：《社会主义市场经济理论研究的任务、现状及对策》，《汉中师范学院学报》1995年第1期。

北京大学等编：《文学运动史料选》，上海教育出版社1979年版。

北京大学哲学系：《古希腊罗马哲学》，商务印书馆1961年版。

毕景刚、韩颖：《"卓越教师"计划的背景、内涵及实施策略》，《教育探索》2013年第12期。

畅广元等编：《文艺学导论》，陕西人民教育出版社1991年版。

畅广元主编：《中国文学的人文精神》，陕西人民出版社1994年版。

陈独秀：《文学的革命论》，《新青年》1917年2月1日第2版。

陈桂生：《教育原理》，华东师范大学出版社2000年版。

何文焕辑：《历代诗话》，中华书局1981年版。

陈思和：《短篇小说——一道不应忽略的风景》，《文汇报》2003年2月16日第6版。

陈思和、李平：《中国当代文学》，中央广播电视大学出版社2001年版。

陈晓明选编：《中国女性小说精选》，甘肃人民出版社1994年版。

人民文学出版社编辑部编：《〈白鹿原〉评论集》，人民文学出版社 2000 年版。

陈忠实：《白鹿原》，人民文学出版社 1993 年版。

程鑫：《直面与超越苦难的努力——迟子建小说的苦难书写》，硕士学位论文，东北师范大学，2009 年。

池莉：《池莉精品文集》，北方文艺出版社 2000 年版。

《迟子建文集》，江苏文艺出版社 1997 年版。

迟子建：《逆行精灵》，中国文联出版社 2003 年版。

次旺俊美：《西藏宗教与社会发展关系研究》，西藏人民出版社 2001 年版。

崔志远：《解读大浴女》，《河北师范大学学报》（社会科学版）2001 年第 2 期。

代迅：《断裂与延续：中国古代文论现代转换的历史回顾》，重庆出版社 2002 年版。

代迅：《文学理论与批评实践》，重庆出版社 2004 年版。

戴伟华：《地域文化与唐代诗歌》，中华书局 2006 年版。

董文军：《西部农村贫困之源——思想的贫困》，《汉中师范学院学报》2004 年第 5 期。

［法］杜夫海纳：《美学与哲学》，孙菲译，中国社会科学出版社 1985 年版。

杜晓梅：《卓越教师培养质量的保障体系研究：关于学生的选拔》，《学理论》2014 年第 9 期。

恩格斯：《恩格斯致玛·哈克奈斯》，《马克思恩格斯选集》（第 4 卷），人民出版社 1972 年版。

方珊：《形式主义文论》，山东教育出版社 1999 年版。

方维保：《〈活着〉：先锋派的终结仪式》，《淮南师范学院学报》2002 年第 4 期。

费孝通：《乡土中国生育制度》，北京大学出版社 1998 年版。

冯达甫：《老子译注》，上海古籍出版社 2007 年版。

高尔基：《同进入文学界的青年突击队员谈话》，《高尔基选集文学论文选》，孟昌、曹葆华译，人民文学出版社1958年版。

高小康：《中国语境中的审美文化与意识形态》，《西北大学学报》2005年第4期。

郜元宝：《余华创作中的苦难意识》，《文学评论》1994年第3期。

耿传明：《试论余华小说中的后人道主义倾向及其对鲁迅启蒙话语的解构》，《中国现代文学研究丛刊》1997年第3期。

郭宏安等：《二十世纪西方文论研究》，中国社会科学出版社1997年版。

郭绍虞主编：《中国历代文论选》（第1册），上海古籍出版社2001年版。

郭绍虞主编：《中国历代文论选》（第2册），上海古籍出版社1979年版。

贺拉斯：《诗艺》，杨周翰译，人民文学出版社1962年版。

胡适：《文学改良刍议》，《新青年》1917年第2卷第5号。

胡适：《中国哲学史大纲》，东方出版社1996年版。

黄宝生等：《陕南文化概览》，太白文艺出版社1998年版。

季进：《钱锺书与现代西学》，上海三联书店2002年版。

季羡林：《中华人民共和国五十年文学名著作文库·散文杂文卷（1949—1999）》，作家出版社1999年版。

姜文振：《百年文论"功利与审美纠缠"的理论启示》，《南都学刊》2005年第1期。

蒋寅：《至法无法：中国诗学的技巧观》，《文艺研究》2000年第6期。

金一鸣：《教育原理》，高等教育出版社2002年版。

金占明：《战略管理——超竞争环境下的选择》，清华大学出版社1999年版。

［德］康德：《判断力批判》，宗白华译，商务印书馆1987年版。

寇鹏程：《共鸣：一个更需重视的悲剧生成审美机制》，《云南师范大学学报》2014年第1期。

雷达：《为什么需要和需要什么》，《北京文学》2002年第11期。

雷克啸：《中国教育史话》，江苏人民出版社1982年版。

黎鸣：《中国人性分析报告》，中国社会出版社2003年版。

李锐：《文学的审美解读》，三秦出版社2002年版。

李万武：《审美与功利的纠缠》，大众文艺出版社2000年版。

李旭旦主编：《人文地理学概说》，科学出版社1985年版。

李仰智：《从正常中逃逸到反常中舞蹈》，《河南大学学报》2000年第1期。

梁中效：《汉水文化的特色及影响》，《汉水文化研究：汉水文化暨武当文化国际学术讨论会论文集》，中国国际广播音像出版社2004年版。

梁中效：《试论汉水流域的历史文化特征》，《汉中师范学院学报》2003年第2期。

刘纲纪编：《当代美学评论》，湖北人民出版社2003年版。

刘静：《20世纪美国教师教育思想的历史分析》，北京师范大学出版社2009年版。

刘尧：《大学精神与大学科学发展》，《浙江师范大学学报》（社会科学版）2009年第2期。

楼宇烈校释：《王弼集校释》（卷2），中华书局1980年版。

陆扬、王毅：《大众文化与传媒》，上海三联书店2000年版。

陆扬、王毅编选：《大众文化研究》，上海三联书店2001年版。

罗大经：《鹤林玉露》，中华书局1983年点校本。

那烂陀长老：《觉悟之路》，学愚译，山东人民出版社1996年版。

欧阳康、张明仓：《社会科学研究方法》，高等教育出版社2001年版。

钱谷融：《中国现代文学作品选》，华东师范大学出版社2008年版。

钱理群：《中国现当代文学名著导读》，北京大学出版社2004年版。

钱锺书：《管锥编》，中华书局1979年版。

钱锺书：《七缀集》，上海古籍出版社1985年版。

钱锺书：《宋诗选注》，人民文学出版社1987年版。

钱锺书：《谈艺录》，中华书局1984年版。

屈雅君：《新时期文学批评模式研究》，陕西人民教育出版社 1997 年版。

十四院校《文学理论基础》编写组：《文学理论基础》，上海文艺出版社 1981 年版。

石忠仁：《教育原理》，人民教育出版社 2002 年版。

孙国权：《我国当代大学精神的儒学底蕴》，《西北民族大学学报》（哲学社会科学版）2012 年第 4 期。

孙乃修：《不能轻易否定自我表现》，《文艺报》1982 年 6 月 22 日。

孙绍先：《女性主义文学》，辽宁大学出版社 1987 年版。

覃丽君：《德国教师教育研究》，博士学位论文，西南大学，2014 年。

谭好哲等：《现代性与民族性：中国文学理论建设的双重追求》，社会科学文献出版社 2005 年版。

铁凝：《大浴女》，春风文艺出版社 2000 年版。

金汉等主编：《新编中国当代文学发展史》，杭州大学出版社 1997 年版。

［俄］托尔斯泰：《艺术论》，上海社会科学院出版社 2017 年版。

王安忆：《长恨歌》，作家出版社 2000 年版。

王安忆：《富萍》，湖南文艺出版社 2000 年版。

王安忆：《生活的形式》，《上海文艺》1995 年第 5 期。

王安忆：《我读我看》，上海人民出版社 2001 年版。

王夫之：《楚辞通释》，上海人民出版社 1975 年版。

王国维：《人间词话》，上海古籍出版社 1998 年版。

王蓬：《品读汉中》，陕西旅游出版社 2004 年版。

丁福保：《历代诗话续编》，中华书局 1983 年版。

王文英：《令人困惑的第二性——女人》，《文汇报》1988 年 5 月 12 日第 8 版。

王先霈：《文学批评原理》，华中师范大学出版社 1999 年版。

王晓华：《建构主义：中国文化的唯一希望》，《探索与争鸣》1997 年第 10 期。

王元化：《文心雕龙创作论》，上海古籍出版社 1984 年版。

王征：《日常经验的再现》，《上海师范大学学报》（社会科学版）2000年第1期。

魏庆之：《诗人玉屑》，上海古籍出版社1978年版。

吴功正：《小说美学》，江苏文艺出版社1985年版。

吴强：《写作〈红日〉的情况和一些体会》，《人民文学》1960年1月号。

伍蠡甫：《西方古今文论选》，复旦大学出版社1984年版。

伍蠡甫：《西方文论选》，上海译文出版社1979年版。

席成孝、袁敬：《教育迎接知识经济挑战的对策》，《汉中师范学院学报》1999年第4期。

夏丏尊、叶圣陶：《文心》，开明出版社1996年版。

夏中义、富华：《苦难中的温情与温情地受难》，《南方文坛》2001年第4期。

谢群：《中国诗学理论中的"法"范畴》，博士学位论文，复旦大学，2005年。

段宗社：《中国诗法论》，博士学位论文，四川大学，2005年。

许文郁：《张洁的小说世界》，人民文学出版社1991年版。

许学夷著，杜维沫校点：《诗源辩体》，人民文学出版社1987年版。

杨春时：《超越意识美学与身体美学的对立》，《文艺研究》2008年第5期。

杨春时：《论审美现代性》，《学术月刊》2001年第5期。

杨春时：《审美理解与审美同情：审美主体间性的构成》，《厦门大学学报》2006年第5期。

叶朗：《从中国美学的眼光看当代西方美学的若干热点问题》，《文艺研究》2009年第11期。

叶山土：《创新人才的培养与高等教育改革》，《汉中师范学院学报》2002年第2期。

一栗：《古典文学研究资料汇编（红楼梦卷）》，中华书局1963年版。

易中天：《闲话中国人》，上海文艺出版社2018年版。

余华：《在细雨中呼喊》，南海出版公司1999年版。

袁孟宁：《略论当代小说创作的"内向"化趋势》，《江汉论坛》1994年第3期。

詹艾斌：《论法兰克福学派的大众文化批判》，《学术论坛》2004年第5期。

张法：《何以获得先锋》，《求是学刊》1998年第1期。

张桂：《卓越教师培养的目标取向与价值内涵》，《教师教育学报》2015年第3期。

张洁：《我的船》，《文艺报》1981年第15期。

张抗抗：《作女》，北京联合出版公司2014年版。

张晓梅：《男子作闺音——中国古典文学中的男扮女装现象研究》，人民出版社2008年版。

张岩冰：《女权主义文论》，山东教育出版社1998年版。

赵茂林：《西部农村"教育贫困"与"教育反贫困"》，《汉中师范学院学报》2004年第5期。

赵卫东：《先锋小说价值取向的批判》，《河南大学学报》1996年第6期。

赵勇：《视觉文化时代的文学状况——2008年文化研究学术前沿报告》，《贵州社会科学》2009年第3期。

郑敏：《语言观念必须革新》，《文学评论》1996年第4期。

周黎明：《好莱坞启示录》，复旦大学出版社2005年版。

周锡山编校：《王国维文学美学论著集》，北岳文艺出版社1987年版。

周宪：《"后革命时代"的日常生活审美化》，《北京大学学报》（哲学社会科学版）2007年第4期。

周宪：《审美现代性批判》，商务印书馆2005年版。

周扬：《周扬文集》，人民文学出版社1984年版。

周振甫：《文心雕龙选译》，中华书局1980年版。

朱狄：《当代西方美学》，人民出版社1984年版。

朱栋霖、吴秀明：《中国现代文学作品选》，高等教育出版社2002年版。

朱飞：《汉水中上游文化特征及其现代转型》，《汉中师范学院学报》2003年第5期。

朱光潜：《谈文学》，安徽教育出版社1996年版。

朱光潜：《朱光潜美学文集》，上海文艺出版社1982年版。

朱晟利：《论卓越教师培养的价值取向》，《黑龙江高教研究》2015年第12期。

朱水涌：《世纪之交的中国文学》，厦门大学出版社2000年版。